ALDERITE

ja paholaisen

kapellimestari

Ari-Pekka Lauhakari

Copyright © 2016 Ari-Pekka Lauhakari

All rights reserved.

ISBN-10: 1523911603

ISBN-13: 978-1523911608 (CreateSpace-Assigned)

1	Prologi I – Raja	6
2	Prologi II - Kohtaaminen	8
3	Viulu	9
4	Alderite	29
5	Kirjastonhoitaja	61
6	Mamy Blue	171
7	Noitaperho	330
8	Epilogi	451

Turmion sävel, hurmion tanssi

myyty sydän, kahlittu sielu

aneet mustat

lupaukset, paheet.

Niin turmelee sielun

valtaa musta sydämen

Niin tanssiin kutsuu

omaisuus oikeuttaa

vaihtuu vastuu varkauteen

Aurinko kuuhun

Ottaa, eikä enää anna

Päivä yöksi muuttuu

Romanssin sävel

nocturnen mollisointu

Ei kauas kanna

hurmio tuo

Se ilon juomat juo

Ja uutta tanssiin jo noutaa.

Lopulta.

Viimein kun ylle pään

noitaperho lentää

I Prologi - Raja

Tämä kertomus alkaa sieltä missä oikeus ja vääryys kohtaavat rikkoen arkisen ja epätodellisen rajan, luoden hetkeksi kaaoksen tilan. Tulevan kertomuksen edetessä on hyvä pitää mielessä, että kulttuurimme on tulvillaan erilaisia rajoja: näistä kuitenkin pyhän ja epäpyhän raja on ehdottomasti se vahvin ja vaikuttavin.

II Prologi – Kohtaaminen

Nainen ja mies olivat yön hämäryydessä tunkeutuneet luvatta vanhan musiikkioppilaitoksen kirjastoon. Miehen selässä oli tyhjä viulukotelo, koska he etsivät vanhaa viulua. Kaikki olisi varmasti sujunut hyvin, jos viulu olisi löytynyt eikä heitä olisi häiritty.

1. OSA

Viulu

Kreeta - Pietari – Viipuri

Stella alchemiae,

varjosta neljännen nurkan,

kuin loiste vanhan kuninkaan;

kellä onkaan sormus Salomonin?

Pimeältä puolelta Aristoteleen,

kuunvalossa kylpee,

koiruohot siemeniä sylkee.

Musta prinssi liikaa ratsasti,

oli kaikilla päämäärä, ylevä.

Punaista ja valkoista, millä liitot sinetöitiin:

valoa varjoihin tuotiin, vanhat kirjastot luotiin,

hetki hetkeltä kudottiin, aika unohdettiin.

Andrei Rudnev kurtisteli tuuheita kulmiaan astellessaan auringon paahteessa kohti Pietarin rautatieasemaa, missä junat vihtelivät korviavihlovan äänekkäästi samalla korkealle ilmaan höyrypilviä puhaltaen. Astellessaan eteenpäin hän tunsi itsensä hyväntuuliseksi aistien samalla meren tuoksun, minkä läheisyyden lokkien kirkas kiljahtelu sinisellä taivaalla paljasti. Hän pohdiskeli kaupungin historiaa, viikinkejä ja muinaisia kauppareittejä: hansakauppiaat olivat aikanaan muokanneet Viipuria kaupunkimaisemmaksi, jolloin sinne oli noussut linnoitus ja runsaasti kauppiaiden taloja.

Andrein ajatukset kuitenkin katkesivat, kun uudet ja käsin valmistetut nahkakengät hiersivät hänen jalkojaan: hän kirosi niitä mielessään, päättäen sinnikkäästi totuttaa kengät jalkoihinsa, nahka nöyrtyisi. Kaikella hyvällä oli hintansa, niin oli hänen isänsä muistuttanut monet kerrat. Tällä kertaa Andrei oli matkalla Viipuriin isänsä kohteliaasta toivomuksesta, koska hän oli täyttänyt 17 vuotta, minkä johdosta hänen oli otettava lisää vastuuta omista ja perheensä asioista. Ikäväkseen Andrei ei enää päässyt kuin kesäisin hetkeksi karkuun opiskelua ja pianonsoittoa: hänen yläluokkaiset ja vanhaa aatelia edustavat vanhempansa pitivät tarkasti huolen, että sivistyksen taso oli perheessä korkealla. Andrei oli ulkonäöltään hoikka ja terävänenäinen, sangen vilkkaan oloinen nuorimies, jonka vaalea hiuskuontalo ei koskaan tahtonut pysyä ojennuksessa, etenkään hänen ottaessaan hatun päästään.

Andrei opiskeli pianonsoittoa kuuluisan Nikolai Rimski-Korsakovin oppilaana Pietarin konservatoriossa. Pianonsoittamisen hän oli aloittanut ennen kuin osasi lukea: hänen pienet sormensa olivat liikkuneet kuin vikkelät hämähäkit flyygelin koskettimilla. Nykyistä pääopettajaa Rimski-Korsakovia näki harvoin. Häntä opetti joku tämän vanhemmista oppilaista, mutta toki välillä itse mestarikin kokeili hänen taitojaan. Rimski-Korsakov vieraili myös monesti heidän kotonaan Pietarissa, missä Andrei kuunteli aikuisten keskusteluja iltamyöhään. Näiden keskustelujen sävy oli monesti kiihkeä ja synkkä, koska Venäjällä tuntui olevan jännitteitä. Opettaja oli kertonut hänelle suurista säveltäjistä ja lähes maagisista soittimista sekä nuoteista, jotka olivat melkein kadonneet, kun niitä ei osattu ottaa ajan muutoksien alta talteen. Andrei sai tietää, että Johann Sebastian Bach oli piilottanut nuotteihinsa salakirjoituksia. Muutenkin suuret orkesterit olivat aina olleet hovien ja kuninkaiden lähiomaisuutta: ne olivat tehneet pitkiä esiintymismatkoja läpi Euroopan ja niiden matkassa oli kulkenut valtiosalaisuuksia, papereita, aarteita, karttoja ja vakoilijoita. Monesti muusikoilla oli myös erityistaitoja sotilasasioissa.

Junamatka Pietarista Viipuriin sujui mukavasti uuden ja hetki sitten avatun rautatien kuljettamana. Hän siemaili kauniissa ravintolavaunussa tummaa makeaa teetä samalla kanssamatkustajiaan tarkkaillen. Välillä jostain lehahti vahva venäläisen tupakan tuoksu, jonka perään kaikui humaltuneen miesjoukon naurun remakka. Hänen vastakkaisella puolellaan istui iäkäs mustalaispariskunta, jota hän katseli kiinnostuneena. Mustalaispariskunta huomasi nuoren pojan kiinnostuksen ja mies alkoi herätellä keskustelua. Häntä oli kotona varoitettu muukalaisista, mutta hän arvioi näiden vaatetuksen ja korujen perusteella, että mitään vaaraa tuskin olisi: he saattoivat olla jopa poikkeuksellisen korkeassa asemassa omassa yhteisössään. Keskustelu eteni aluksi yleisissä aiheissa säästä torin antimien vertailuun Pietarin ja Viipurin välillä. Mustalaismiehen äänessä oli harvinaista lempeyttä. Andrei odotteli malttamattomana tilaisuutta kysellä tarkemmin heidän heimostaan. Häntä kiinnosti tavattomasti erilaiset etniset ryhmät, niiden tavat ja käsitykset, mutta aina ensin oli luotava luottamuksen silta.

"Oletko poika viulunsoittaja?", mustalaismies kysyi ystävällisesti samalla katsoen Andrein viulukoteloa.

"En varsinaisesti. Soitan itse pianoa, tätä viulua olen viemässä ystävälleni", Andrei vastasi.

"Ahaa, sitten olet varmasti Pietarin konservatorion miehiä", mies sanoi. Andrei tarkkaili tämän hyvin hienostuneita piirteitä: mies oli sirorakenteinen, iäkäs ja hyvin rauhallinen. Nenän kaari tuntui sopivan paremmin eteläisiin maihin kuin pohjolaan.

"Teillä on todella kauniit korut ja vaatteet. En tiedä paljoakaan heimostanne ja tavoistanne, joten toivon ettette pahastu uteliaisuudestani?" Andrei kysyi rauhallisesti.

"Älä sinä poika meistä välitä, koska Jumalan lapsia olemme kaikki", mies vastasi, sen enempää asiasta häiriintymättä.

"Harvoin me heimolaiset junalla matkustellaan, mutta tällä kertaa olemme olleet matkalla jo viidettä päivää. Menemme Viipuriin katsomaan ottopoikaamme, joka asuu nykyisin siellä. Hän opiskelee viulunsoittoa ollen siinä, kuulopuheiden mukaan, jo erinomaisen hyvä. Hän tuli meille aikanaan sattumalta, eikä ole meille varsinaista sukua. Kutsumme häntä leikkisästi sudenpojaksi, kun näin tuolloin unta harmaasta sudesta, joka toi meille lapsen. Viulua hän alkoi soittaa ihan omasta tahdostaan, ja kyllä hän sitä hyvin soittikin: tuntui kuin hän olisi paennut jotakin viulunsa kätköihin."

Andrei kohotti kulmiaan miettien kysyisikö asiasta lisää, mutta hän ei ehtinyt sanoa sanaakaan, kun nainen puuttui keskusteluun: "Katsos kun näemme monia asioita toisin, ja tällä kertaa ne sanoivat minulle, että nyt on lähdettävä. Tiesin, että nyt ei viivytellä, jolloin me lähdimme." Nainen sanoi asiansa melkoisen tuimasti ja Andrei mietti, kuinka iäkäs tämä mahtoi olla?

"Kaikki katsos liittyy elämässä kaikkeen, ollen yhtä. Näytät oppineelta nuorelta mieheltä, joten taidat olla idän kirkon lapsia", nainen jatkoi enemmän toteavasti, kuin kysyvästi. Nainen oli ottanut keskustelun haltuunsa, ja mies vaikeni täysin tyytyen vain tarkkailemaan.

"Kyllä kuulun tsaarin kirkkoon, mutta olen myös hyvin kiinnostunut vanhoista uskonnoista ja niiden tavoista", Andrei vastasi avautuneesti, koska hän päätti luottaa naiseen.

Nainen kohotti kulmiaan, ja katseli poikaa hetken hyvin tarkasti suoraan silmiin, mikä Andreista tuntui kuumottavalta: aivan kuin muurahaisia olisi juossut hänen ihollaan.

"Näytähän poika kätesi, katson mikä olet miehiäsi!" nainen sanoi käskevällä äänensävyllä.

"Onko väliä kumman käden annan?" Andrei kysyi.

"Molemmat", nainen sanoi, ja Andrei ojensi uteliaana kätensä tutkittaviksi.

Nainen käänteli pitkään hänen käsiään. Lopulta hän piti niitä nyrkeissään kääntäen kämmenet alapinnat ylöspäin: hän ei kuitenkaan katsonut koko aikaa käsiin, vaan Andrein silmiin.

"Jaahas, olet käynyt jo kaukana idässä, vuorijonon ja vartijoiden takana. Tulet käymään vanhojen kansojen luona vielä monta kertaa. Sinulla on hyvä kielipää ja ymmärrät erilaisia ihmisiä. Hetken, mutta vain hetken, kulkee matkassasi suuri salaisuus."

Nainen piti taukoa, mumisi jotakin epäselvää, ja jatkoi: "Näen, että olet jo kohdannut heidän maailmansa ja henkensä: ne ovat kovin mieltyneitä sinuun. Pidät vain itsesi rehellisenä, etkä kerää mammonaa ympärillesi, niin sielusi pysyy tahraantumattomana." Nainen puhui hyvin intensiivisesti. Tuntui kuin tämä olisi vajonnut jonnekin kaukaisuuteen; samalla myös Andrein oma ajan taju tuntui hämärtyvän. Naisen rauhallinen ääni jatkoi kertoen hänen perheestään, menneisyydestään ja paikastaan maailmassa. Osan asioista hän unohti, ja jotkin teemat jäivät hänen mieleensä. Samalla hän mietti, kuinka nainen saattoi kertoa niin paljon, ja niin tarkasti, katsomalla vain käsien viivoja?

"Tulee synkkä aika, pitkä vuosisata, mutta valo alkaa hiljalleen loistaa aikamme jälkeen: näen sinut tässä ketjussa. En tiedä miksi, koska moni asia kuiskii nyt korvaani. Näen, että Viipurissa tapahtuu monenlaista, mutta sinä olet siunattu lahjoilla ja tulet käyttämään niitä kunniakkaasti", nainen sanoi hyvin hiljaisella äänellä ja ummisti silmänsä.

Vihdoin ja viimein hän irrotti otteensa Andrein käsistä, jolloin Andreista tuntui kuin aikaa olisi mennyt ikuisuus: käsiä tuntui kuumottavan. Samalla mustalaismies silitti naisen käsiä ja heidän välillään vallitsi pitkään hiljaisuus. Andrei mietti kuumeisesti kerrottuja asioita, etenkin sitä pitäisikö kädestä ennustuksesta jotenkin kiittää? Lopulta hän uskaltautui kertomaan, että hän ei ollut koskaan aiemmin ollut ennustettavana, mihin nainen vastasi nauramalla iloisesti. Matkan jatkuessa keskustelukin jatkui: he puhuivat uskonasioista, käden viivoista ja maailman menosta.

Mustalaisnainen näytti Andreille kaulassaan roikkuvaa ketjua, mikä oli tehty lukemattomia pienistä kupari- ja kultakolikoista. Vanhin kolikko oli naisen sanojen mukaan yli vuosituhannen takaa. Kolikoita oli korussa yksi jokaiselta hänen esiäidiltään siitä asti. Hänen vanhin tuntemansa esiäiti oli kulkeutunut Välimereltä Konstantinopoliin, tuolloin hallinneen Leo Viisaan hoviin, mistä hän oli lopulta lähtenyt pohjoiseen pohjanmiesten eli viikinkien matkassa.

Tarinaan liittyvä korun vanhin kultakolikko oli peräisin Kreetan saarelta. Mustalaisnainen kertoi, että aikanaan Bysanttia hallinneen Leo Viisaan mielenkiinto oli kohdistunut Välimeren saarille: Kreetaan ja Sisiliaan, joilta hän löysi paljon kadonneeksi luultuja aarteita. Leo oli etsinyt kirjastonhoitajansa kanssa vanhoja kirjoja, tekstejä ja papyruksia. Niitä etsiessään hän pelasti Kreetalla sijainneen Ayois Lazarouksen ihmeellisen kauniin kirkon. Kyseisen kirkon uumenista löytyneitä aarteita oli kuljetettu Bysanttiin Leon Hoviin, ja tässä matkassa kulkeutui mukana myös mustalaisnaisen muinainen isoäiti.

Naisen kertoillessa tarinoitaan Andrei tarkasteli naisen piirteitä: tämä oli hyvin kaunispiirteinen ja oli nuorempana varmasti ollut häikäisevä kaunotar. Andrein mieleen kohosivat kertomukset Kleopatrasta, Ptolemaioksen suvusta, Aleksandrian kirjastosta ja Aleksanteri Suuren seikkailuista.

Nainen sanoi Leon olleen hyvin oppinut ja viisas mies, joka keräsi kirjoja ja etsi antiikin kadonnutta tietoa. Mitään sen tarkempaa tietoa ei nainen kertonut, ja Andrei ymmärsi olla utelematta enempää. Lopulta junan jo lähestyessä Viipurin asemaa nainen esitti vastakysymyksen: "Tunnetko sinä Viipurin Juveliusta?"

"En ole koskaan kuullutkaan, kuka hän on, tai mitä hän tekee?" Andrei kysyi.

"Juvelius on hyvin viisas mies, joka tutkii pyhää kirjaa. Hän on saanut näkyjä, profetioita. Kerrotaan, että itse profeetta Hesekiel puhuu hänen kauttaan."

Heidän välilleen laskeutui hiljaisuus, eikä Andrei oikein osannut sanoa mitään.

"Profetioita? Kiinnostavaa, mutta en ole välttämättä seurannut näitä asioita: olen kuitenkin kuulolla kun pääsen Viipuriin", Andrei vastasi hieman epäröivästi, ja mietti mihin keskustelu seuraavaksi etenisi.

"Katsos poikaseni, kun pyhässä kirjassa on kovin paljon salaisuuksia", nainen sanoi, eikä Andrei osannut vastata asiaan enää mitään. Häntä hieman kummastutti asian siirtyminen Raamatun aiheisiin, joten hän päätti olla hiljaa. Hetken hiljaisuuden jälkeen nainen jatkoi asiaansa kertoen, että jokin pyhä veljeskunta kokoontui myös kaupungissa. Andrei tiesi näistä asioista itsekin jotakin, koska hänen isänsä oli vapaamuurari, ja heidän kirjastonsa oli täynnä mitä erikoisimpia vanhoja kirjoja; papin käydessä kylässä sulki hänen isänsä aina visusti kirjahyllyjen lasiovet. Andreita itseään kiinnosti enemmän siperialaisten kansojen uskomukset, joten mainittu Viipurin Juvelius oli hänelle jotakin aivan uutta. Toisaalta aika tuntui henkivän esiin näkijöitä ja herättelijöitä, joten ilmeisesti sellaista tapahtui myös Viipurissa.

2.

Astuessaan Viipurin uudelle rautatieasemalle tuntui kaupunki kovin paljon pienemmältä kuin Neva-joen hiekkasärkille noussut valtava Pietari. Andrei askelsi kohti perheen asuntoa, missä kaiken piti olla kunnossa: olihan matkan tarkoitus tarkistaa perheen asunnon kunto sekä toimittaa viipurilaiselle kauppiaalle nuottilahjoitus ja vanha viulu. Hänellä oli perheen asunnon avaimet taskussaan, lukkosepän osoite ja perheen Viipurin talousasioiden hoitajan yhteystiedot. Mukanaan kantamastaan viulusta hän ei tiennyt kovinkaan paljoa, koska se oli hänen isänsä ja viulun saajan, kauppias Harry Wahlin, välinen asia. Toisena tehtävänään hänen tuli asioida Viipurilaisessa Pohjoismaiden Osakepankissa, missä hän tapaisi juuri sen johtoon siirtyneen Fred Hackmanin, joka oli myös Andrein perhetuttu. Tavoitteena oli sopia jotain perheen raha-asioista, koska tilanne Venäjän suurruhtinaskunnassa oli hieman jännitteinen, eikä Venäjän ruplaan oikein luotettu sijoitus- ja finanssipiireissä. Suomessa oli kuitenkin oma kultakantaan sidottu markka, joka taisteli olemassaolostaan: Venäjän suurruhtinas oli alkanut ihmettelemään Suomen erityisasemaa, joten vallan kabineteissa käytiin jo sangen kovaa debattia asiasta.

Asunnolle päästyään hän avasi ikkunat ja tuuletti huoneet, joita oli kaikkiaan viisi, antaen kuitenkin lakanoiden olla huonekalujen päällä pölyltä suojaamassa. Hän veti kauniin pöytäkellon käyntiin ja lähti etsimään syötävää, mukanaan vain viulu ja nuotit. Etukäteen oli sovittu, että Andrei menisi saavuttuaan kiltaklubi Pamaukseen hoitamaan asian kuntoon. Andrei kuitenkin poikkesi sitä ennen läheiseen kievariin, joka sijaitsi kauppatorin vieressä Torkkelinkadulla. Ravintolan tarjoama lounas oli mitä maittavin ja hän uskalsi myös maistaa paikallisen panimon olutta. Panimoita oli tuohon aikaan kaksi ja kapakoita ilmiömäisen runsaasti, joten ei ihme että olut oli maittavaa, saaden nuorenmiehen posket punoittamaan. Syötyään Andrei asteli ulos ja lähti suunnistamaan kohti Karjalankatua ja rautatieasemaa: teollisuuden ja liikkeenharjoittajain seuran kiltaklubi Pamaus sijaitsi rautatieaseman läheisyydessä. Sieltä hän saisi helposti lähetettyä viestin Harrylle saapumisestaan, koska tämän puutavaraliikkeen konttori sijaitsi melko lähellä kiltaklubia. Näin hän saisi myös parhaiten luovutettua mukanaan tuomansa esineet. Kiltaklubissa Andrei ohjattiin mukavaan loosiin istumaan ja viestipoika lähti juosten hoitamaan hänelle annettua asiaa. Hän sai eteensä kupin hyvälle tuoksuvaa mustaa kahvia ja suuren Viipurin vaakunan muotoisen vaalean, rinkeliksi kutsutun teeleivän, joka maistui mukavasti kardemummalle. Rinkelin syömisessä hän ehti puoleen väliin, kun loosiin asteli Harry Wahl, pirteästi tervehtien. Harry oli iältään melkein kymmenen vuotta Andreita vanhempi ja olemukseltaan hyvin ulospäin suuntautunut, iloinen mies. Ystävien tapaaminen alkoi hyvin toverillisesti, Andrein mutustellessa rinkeliään ja Harryn kysellessä tämän perheen kuulumisia.

Harry Wahl oli syntynyt 1869 Suomessa, Haminan kaupungissa. Hänen sukunsa oli alun perin kotoisin Saksan Weimarin alueelta, mistä hänen esi-isänsä olivat siirtyneet Viipuriin käymään kauppaa varhain 1700-luvulla. Kukoistavan yrityksen nimi oli Paul Wahl & Co, joka lyhennettiin puheessa muotoon Wahlin kauppahuone: se harjoitti puutavaran sahausta ja omisti Suomessa Viipurista pohjoiseen sijaitsevalla Varkauden alueella tehtaita. Ennen omaa kauppahuonetta Harryn isoisät olivat olleet Fredin yrityksen, kuuluisan Hackman & Co:n osakkaita. Harry oli siirtynyt kauppahuoneen palvelukseen veljiensä kanssa heidän isänsä kuoleman jälkeen vuonna 1872. Hän oli tunnetusti innokas musiikin ystävä ja oli jostain kumman syystä päätynyt keräilemään erilaisia soittimia, kuten viuluja.

"Matkasi taisi sujua ihan mukavasti? Ainakin poskesi punoittavat siihen malliin", Harry sanoi kysyvästi ja ehkä hieman kiusoitellen nuorempaansa. Hän silmäili samalla tämän vaatetusta, jonka hän heti huomasi varsin laadukkaaksi: hyvän räätälin ja kangashankkijan löytäminen oli tärkeää.

"Menihän se. Oli mukava seurata maisemien vaihtumista junan ikkunasta. Kuulostaa ehkä kummalliselta, mutta pidän junien tuoksusta. Tosin höyryä oli aika runsaasti, eikä maisemaa aina kunnolla näkynyt" Andrei vastasi.

"Raiteet ovat todella hyvässä kunnossa, joten juna tuntui suorastaan kiitävän. Ihmeellinen laite."

"Ajavat junalla yllättävän tarkasti näinkin pitkän matkan: onneksi saimme hankittua kunnon ratayhteyden", Harry mietiskeli.

"Kävitkö jo asunnollanne, oliko kaikki niin kuin pitkin?"

"Kävin, kaikki oli kunnossa. Lukot toimivat hyvin, eikä siellä liene käynyt kukaan talonmiehen lisäksi", Andrei vastasi ja hörppäsi kahvia: "Minun pitää toimittaa sinne jotakin elintarvikkeita varastoon."

"Miten oma kaupankäyntinne sujuu?"

"Mainiosti, talousnäkymät ovat loistavat, joten puutavaraa kulkee Saimaan kanavan myötä koko ajan enemmän", Harry vastasi.

"Itse olen kovin tyytyväinen tilanteeseen, mutta kuulemma paremminkin voisi mennä."

"Toitko minulle sen viulun?" Harry kysyi innokkaasti.

"Kyllä toin, isä laittoi matkaan myös jonkun nuotin", Andrei vastasi ja nosti viereiseltä tuolilta nuottikansion Harrylle, joka otti sen hymyillen vastaan, ryhtyen tutkimaan sitä innokkaan oloisesti.

Teos oli Louis Oertelin nuottipainon myymälästä hankittu. Nuotin Leimasta päätellen Oertelin musiikkikustantamo sijaitsi Hannoverissa ja oli perustettu vuonna 1866. Oertelin nuottikaupan kautta tuli runsaasti nuotteja Pietariin ja Viipuriin. Oertelin painama nuotti oli Franz Schubertin Sinfonia numero 8, joka kulki myös nimellä unvollendete, keskeneräinen. Se oli julkaistu vuonna 1822 ensimmäisen kerran. Nuottia oli ilmeisesti jo hieman käytetty eikä Harry tutkinut nuottia sen enempää, vaan suuntasi katseensa puiseen viulukoteloon.

"Annahan kun katson viulua, koska se minua tässä todella kiinnostaa", Harry sanoi.

"Tässä on sinulle kotelon avain", Andrei vastasi, keskittyen sen jälkeen siemailemaan kahviaan.

Kotelon pieni ja kaunis messinkilukko aukeni napsahtaen, jolloin vaatimattoman kotelon sisältä paljastui kaunis, violetin värinen samettipinta, minkä päällä lepäsi vanha viulu. Mitään muuta ei kotelossa ollut. Harry otti viulun esille ja laski kotelon takaisin tuolille: hän kurkisteli viulun ääniaukoista sisälle ja tutki valmistajan merkintöjä. Sen jälkeen hän koputteli ja tunnusteli viulua. Lopulta hän näppäili muutaman äänen ilmoille.

Viulun äänen mukana tulvahti pölyisen kuivakka, mutta kuitenkin hyvä tuoksu menneiltä vuosisadoilta: puuta, nahkaa ja jotakin määrittelemätöntä; samalla sen ääni oli kaunis ja kantavan syvä. Tuntui kuin sen uumenista olisi sävelten myötä noussut esiin elävä henkilö: aivan kuin esiin nouseva sävel olisi kantanut mukanaan avainta, joka ikään kuin raotti hetkeksi Viipurin mystistä, miltei maagista tunnelmaa, tuoden siihen sävyjä Euroopan hovien kätköistä. Andreista todella tuntui hetken siltä, että pöydän ääressä olisi ollut useampi henkilö.

"Tämä on viulunrakentaja Nicolo Amatin valmistama mestariteos vuodelta 1657. Usko tai älä, mutta tätä viulua on soittanut moni huippuviulisti, joista kuuluisin on varmasti Niccolò Paganini. Tämä on ihmeellinen löytö ja minulle hyvin mieluisa, koska olen vasta aloittanut viulujen keräilemisen", Harry sanoi ääni innostuksesta väristen.

"Giuseppe Tartinin kerrotaan säveltäneen tätä viulua käyttäen kuuluisan G-molli sonaatin, jota kutsutaan myös paholaisen trilliksi."

"Kerro isällesi, että ostan tämän sopimaamme hintaan. Viulu tuntuu todellakin olevan kunnossa. Kiitä häntä myös nuotista. Toimitan hänelle rahat etukäteen sopimallamme tavalla", Harry sanoi.

"Prokuristi Brunila saa myös laatia kuitin ja tilityksen ensi tilassa." Harry lisäsi.

"Hienoa, että sain viulun isänne kautta. Olen ollut yhteyksissä serkkuuni Richard Faltiniin, joka on luvannut toimittaa minulle lisää viuluja. Etenkin eräs stuttgartilainen soitinliike on lupautunut kartuttamaan kokoelmiani", Harry jatkoi.

"Tämäpä hienoa", tokaisi Andrei katsellen mielenkiinnolla kaunista soitinta, jossa oli jotakin lumoavaa. Andrei toivoi vielä kuulevansa viulun ääntä. Harry ei varsinaisesti ollut viulisti, mutta hän päätti tiedustella asiaa.

"Osaatko itse soittaa?"

"En kovinkaan hyvin, olen lähinnä harrastelija. Ystäväni Seseman hoitaa kokoelmaani, joten lainaan soittimia välillä soitettavaksi, että ne pysyvät kunnossa. Minä olen vain jotenkin tavattoman kiinnostunut jousisoittimista."

"Aika mielenkiintoista. Olen itse pianisti, mutta osaan vähän soittaa viulua. Mitä teemme seuraavaksi, sillä olen toimittanut luvatut asiat, joten nyt haluaisin tutustua Viipuriin paremmin. Minun on kuitenkin ennen sitä vielä käytävä pankkiasioilla", Andrei sanoi.

"Mainiota, jos tapaat Fredin, niin kerro terveisiä. Lähetän nyt viulun ja nuotin omalle konttorilleni, saatteen kera. Sen jälkeen voisimme käydä ihastelemassa Viipurin nähtävyyksiä. Jos sinulle sopii, niin lähden mielelläni oppaaksesi. Kaupungissa on parhaillaan väkeä Euroopan hoveista. Kuulin, että heillä on jokin suuri kokous menossa, on siis mahdollista, että tapaamme mielenkiintoisia ihmisiä. Kuulin, että Euroopan rahapiirit ovat paikalla, jopa herra punakilpikin on täällä, tarkoitan pankkiiri Rotschildtia", Harry sanoi.

"Tunnetko Juvelius -nimistä oppinutta miestä Viipurista?" Andrei kysyi.

"Juvelius. Siis kirjailija Juvelius? Tunnen miehen hyvinkin. Hän on hyvin erikoislaatuinen mies."

"Kerro lisää!" Andrei pyysi kiinnostuneena.

"No, kuulin huhua, että juuri hänen takiaan Euroopan hovien ja yliopistojen kerma on saapunut tänne Itämeren perukoille."

Harry piti hetken tauon hieraisten leukaansa, kuin sanojaan miettien.

"Mielestäni hän on oikeastaan aivan hurahtanut: katsotaan, jos vaikka tapaisimme hänet, niin voit sitten itse tehdä omat johtopäätöksesi," Harry sanoi hymyillen ja kohautti olkapäitään.

"Juvelius on kuulopuheiden mukaan keksinyt, kuinka jokin Raamatun salainen koodi avataan, joten hän pitää aiheesta luennon opistolla", Harry sanoi nauraen.

"Eikä!"

Andrei purskahti myös nauramaan asialle ja niin miehet hytkyivät hetken naurunremakan vallassa, toisiaan selkään paukuttaen.

Tilanteen rauhoituttua ja naurun kyyneleet silmistä pyyhittyään, Andrei ei voinut välttää asettelemasta saamaansa uutta tietoa mustalaisnaisen kertomukseen.

Andrei nousi ylös ja lähti kohti miestenhuonetta, eikä nähnyt kun sen aikana Harryn ohitse kulki hyvin pukeutunut herrasmies: miehen ja Harryn katseet kohtasivat hetken ajan, jolloin Harry sanoi vain yhden lauseen: "Asiamme on yhä keskeneräinen, unvollendete."

Mies nyökkäsi, käveli tämän ohitse kohti kiltaklubin ovea ja poistui paikalta. Hetken kuluttua vanhempi lähettipoika saapui noutamaan viulun ja nuotin. Harry maksoi molempien laskun. Tämän jälkeen kaksi nuorta herrasmiestä askelsi kohti Viipurin iltaelämää ja seikkailuja.

2. OSA

Alderite

Origeneen ikuinen helvetti

jäätynyt vai kuuma?

Hadaalien syvin kuilu

In imis tenebris

Hermeettinen horisontti

ei palaa sieltä hermeneutti

eksegetiikan rubikinkuutio

avaudu ei koskaan kokonaan

jumalkuvia kuin sarjakuvia

moderni maailma kukkaan puhkesi

pesi pois arkaaisen

verellä uskonsotien

kuitenkin se jokin kutsuu

huutaa syövereistä syvistä

luoden nahkaansa kuin käärme

lohikäärmeen suitsittu suu

kantaa siemeniä hedelmäpuun

kylvää kaiken uudestaan

onnelan arkeen palauttaa

Monesti epämiellyttävien asioiden tai yllättävien tapahtumien jälkinäytöksen keskiössä on poliisiasema. Tässä tarinassa tulevien tapahtumien näyttämönä toimivan kaupungin poliisiasema sijaitsee järkälemäisen kaupungintalon tuntumassa. Molemmat talot sijaitsivat pienen kaupungin korkeimmalla paikalla, kuin luoden tunnelmaa siitä, että ne vahtivat ympärillään koko ajan sykkivää kaupunkia. Perinteisesti pohjolan perukoiden pienten kaupunkien kaupungintalojen edustoilla esittäytyi pronssiinvalettujen patsaiden hahmoissa yhteisön arvojen tihentyminen: niistä henkii hikeä, lihaksia, työtä ja valtaa. Oli siis melko tavallista, että pohjoisten kaupunkien patsaat joko istuivat kulmat kurtussa, nojasivat lakikirjaan, ratsastivat miekat heiluen, tai kuvasivat urheilusuoritusta. Toisenlaisiakin patsaita löytyi, mutta ne tuntuivat piileskelevän tarinaansa hiljaa kuiskaten, kuin kuvaamaansa rakkautta ja iloa piilotellen: sellaisia patsaita saattoi löytää metsistä, sivukujilta, unohdetuista puistoista tai uusista kaupunkitiloista. Ehkä nämä vanhat, tuimat ja hikiset keskuspuistojen pronssijärkäleet edustivat arvoja, joita haluttiin korostaa, mutta jotka eivät sittenkään enää nykyaikana kuvanneet todellisuutta. Joku kuitenkin tiesi kaupungin todellisuuden laidasta laitaan, kaiken sen mitä julkisen kulissin takana tapahtui: se joku oli poliisi.

Helmikuun talvinen maanantaiaamu oli kuulas ja kylmä. Talvenselkä oli kuitenkin jo taitumassa. Pohjoisesta vyöryi talven ehkä viimeinen kylmä säärintama Suomen ylitse, aiheuttaen pakkasmittarin laskemisen lähes ennätyslukemiin. Poliisiaseman kätköissä talon päivystävänä rikosylikomisariona toimi Joni-Jukka Alderite-Pennanen. Hän katseli ulos työhuoneensa ikkunasta, jonka näköala avautui länteen, ja tarkisti pakkasmittarin lukeman: sen punainen patsas oli laskenut kohtaan -28 celciusta. Poliisit olivat pukeutuneet lämpöisiin villapaitoihin, joita riisuttiin kokouksissa, ja puettiin kiroten taas ulos lähtiessä. Astuessa ulko-ovesta ulos saattoi lämpötilan erotus olla yli viisikymmentä celsiusta. Ilma oli kuitenkin pakkasesta johtuen kuivaa, eikä tuntunut kovin pahalle: kuivuus ärsytti monia paljon enemmän, kuin itse kylmyys.

Päivystävän rikoskomisarion viikonloppu oli sujunut yllättävän rauhallisesti, koska kylmä säätila oli saanut ihmiset jäämään koteihinsa. Normaalisti kaupunkilaiset olisivat tungeksineet kaupungin keskustan ravintoloissa, jolloin aina joku neropatti sai aikaan jotakin, missä tarvittiin virkavallan väliintuloa. Alderite oli ollut tyytyväinen rauhalliseen tilanteeseen ja saanut kerrankin paneutua hankalampiin tutkimusasioihin: hän oli avannut joitain hyvin vanhoja kansioita ja tiedostoja. Samalla hänestä tuntui, että kunnolliselle ja syväsuuntautuneelle rikostutkimukselle jäi koko ajan vähemmän aikaa: henkilökuntaa supistettiin, tilojen vuokria laskettiin neliötasolla ja turhiksi mainittuja arkistoja yritettiin kuumeisesti pakata pienempiin tiloihin. Erilaiset niin kovasti kehutut digitoimisprosessit eivät joko edenneet, tai vaativat valtavasti resursseja.

Hyvin mallikkaasti sujuneen viikonlopun jälkeen oli maanantaiaamuna kello kahdeksan aikaan yllättäen tullut hälytys kaupungin musiikki-instituutilta: sieltä oli löydetty todennäköisesti rikoksen uhriksi joutuneen henkilön ruumis. Keskustassa päivystävä poliisiyksikkö oli ajanut heti paikalle ja hälyttänyt myös rikosteknisen yksikön. Tilanne oli kartoitettu hyvin nopeasti ja vainaja oli saatu siirrettyä paikalta pois: löytöpaikka sijaitsi koulussa, eikä nuoria haluttu säikytellä tarpeettomasti. Poliisin tekninen yksikkö oli eristänyt ruumiin löytöpaikan alueen ja jatkoi tukimuksia. Tämän jälkeen tuli aloittaa tutkimustyön analyysit, joten prosessin hoito siirtyi hyvin nopeasti talon päivystävälle rikoskomisariolle.

Alderite astui neuvotteluhuoneeseen, joka oli skandinaaviseen tyyliin vaalean valoisa ja lasiseinäinen. Ainoa pöydän ja tuolien lisäksi selkeästi erottuva yksityiskohta oli katossa huriseva videotykki. Huoneessa oli paikalla mursuviiksinen, sangen isokokoinen vanhempi päällystön rikoskomisario Heikki Marjovirta, joka yleensä tapasi toimia komisario Alderiten luottomiehenä ja työparina. Paikalle oli myös sopivasti Helsingistä saapunut rikostekninen rikoskomisario Kimmo Huhta, sekä tämän matkassa tullut lääketieteen lisensiaatti, kriminologian teknisen yksikön jäsen, rikostarkastaja Tiina Heikkinen. Hän oli tunnetusti hyvin nerokas ratkomaan monimutkaisimpia ongelmia: kuulopuheiden mukaan hänellä olisi ollut myös kysyntää työelämän yksityisellä ja paremmin palkatulla puolella. Tämä kuitenkin piti ammatistaan ja viihtyi työssään. Työpaikalla liikkuvien käytäväpuheiden mukaan Tiina olisi oikeasti ollut hyvin varakkaan suvun perijä: ehkä jopa niin varakas, että tämän ei olisi tarvinnut kuluttaa itseään työnmerkeissä. Joka tapauksessa, hänen taitonsa olivat mitä tarpeellisimpia, ja niitä osattiin arvostaa. Alderite tiesi, että Tiina oli myös suorittanut tutkinnon informaatiotieteiden alalta, sekä vietti paljon aikaansa Lahden poliisiaseman teknisen tutkijan Liisa Mäkikunnaksen kanssa. Tietysti pahat kielet olivat lipsautelleet viittauksia naisten suhteen laatuun, mutta Alderiteä eivät sellaiset seikat ihmisissä, tai ihmisten välisissä suhteissa kiinnostaneet. Kyseiset naiset olivat laitokselle painonsa arvoisia kullassa ja häntä harmitti, kun mikään palkkiojärjestelmä ei antanut apua näiden saavutusten palkitsemisessa asianmukaisella tavalla.

Kimmo Huhta oli kaikille hieman mysteeri, sillä tämä ei kertonut siviilielämänsä asioista koskaan mitään, eikä tätä kovin paljoa kaupungissa edes näkynyt: ulkoiselta olemukseltaan tämä oli pitkänhuiskea ja hieman kireänoloinen tyyppi. Paikalla olivat myös rikospaikkojen erikoisvalokuvaaja Aino Niemelä, joka oli herttaisesti hymyilevä pienikokoinen nainen, sekä kriisipsykologian yksikön vuorossa oleva psykologi Tuure Engelberg, jonka osalle lankesi monesti työyhteisön jäsenten asioiden kuunteleminen ja neuvominen. Tuure piti myös yksityistä filosofista praktiikkaa, ja osasi monesti nähdä asioiden valopilkut hyvinkin synkissä hetkissä. Tuure oli Heikin kanssa porukan iäkkäämpää kerrostumaa, ja molemmat olivat siirtymässä eläkkeelle.

Alderite istui pöydän ääreen ja vilkaisi oven vieressä olevaa design- naulakkoa, joka oli erivärisiä villapaitoja täynnä: nyt se huojui painolastinsa alla uhkaavasti. Hän jätti neuvottelutilan oven auki, ja sen ohitse kulki välillä sinipaitaisia työvuorossa olevia poliiseja, kahvikupit käsissään. Kello oli tarkasti 13.41, kun Alderite päätti avata kokouksen.

"Päivää kaikille. Kysyn aluksi tunnetteko kaikki jo toisenne? Paikalla on Helsingistä kaksi asiantuntijaa ja tietysti omaa henkilöstöämme. Kokouksen tarkoitus on järjestäytyä ja katsoa mitä on tapahtunut. Tämän jälkeen määrittelemme tulevan rikostutkinnan alun", Alderite sanoi ja vaihtoi asentoaan laskien kädessään pitämänsä kahvikupin pöydälle.

"Minkäänlaisesta esitutkinnasta ei nyt ole kyse, koska tapahtunut rikos on piirteiltään hyvin selvä, ja rikoksen tuntomerkit täyttävä. Kertaan vielä, että Lahden musiikki-instituutin alakerran naisten wc-tilasta on löydetty ruumis. Rikos on ilmeinen, sillä kukaan ei viillä itseltään kaulaa auki, ja teippaa itseään väärinpäin vessanpönttöön: tässä oli myös pääpiirteissään se, mitä toistaiseksi tiedämme."

Kokousväki tuntui kuin taikaiskusta heräävän ja kiinnostus välkkyi kaikkien katseissa: tunnelma tuntui selvästi tihentyvän. Alderite tarkkaili kuulijoita ja hymyili mielessään, ei kuitenkaan murhalle, vaan kollegoidensa piristymiselle.

"Nyt mietimme sitä, kuka tutkii ja mitä, eli miten järjestäydymme tutkimusprosessissa? Helsingin herrojen mukanaolo on puhdasta sattumaa, koska heillä on juuri Hämeenlinnassa kansainvälinen symposium, ja he päättivät tulla pistäytymään", Alderite sanoi asiallisen kuivasti käheällä äänellään siirtyen tapojensa mukaan suoraan asiaan.

Hänen sukunimensä ei ollut tyypillinen suomalaismiehen sukunimi, vaan se tuli hänen isänsä puolelta, jonka suku oli kotoisin Filippiineiltä. Hänen äitinsä ja isänsä olivat tavanneet joskus 1960-luvulla Manilassa. Hänen äitinsä, Marja Pennanen, oli ollut töissä journalistina, ja tutustunut erääseen paikalliseen maalaisaatelia edustaneeseen herrasmieheen, jonka suku oli sekoitus filippiiniläistä sekä oletettavasti malajia, espanjalaista ja englantilaista verenperimää. Etunimenä Joni oli ollut hyvä valinta, koska se oli samalla sekä filippiiniläinen että suomalainen nimi. Hänen vanhempansa olivat eronneet Joni Alderiten ollessa hyvin nuori; pieni onnenkantamoinen asiassa oli siinä, että heidän keskinäiset välinsä olivat kaikeksi onneksi pysyneet hyvinä. Kyseisen geenicocktailin sekoittuminen suomalaisen vaalean kaunottaren perimään oli tuottanut tulokseksi melkoisen persoonan: Joni Alderitellä oli valtavirrasta poikkeava ulkonäkö, joka pääsääntöisesti häiritsi samaa sukupuolta ja samalla kiinnosti vastakkaista. Hän oli nuoruudessaan, 1970-luvun Suomessa, joutunut pitämään puoliaan suuren lähiönkoulun maailmassa. Ajan mittaa hänestä oli varttunut pituudeltaan hieman keskimittaista pidempi, ja ruumiinrakenteeltaan suhteellisen lihaksikas mies. Hänen päänuppinsa oli ajeltu kaljuksi, mutta muuten hän oli olemukseltaan keskinkertaista huomattavasti hymyilevämpi. Hän tapasi lyhentää siviilissä pitkän nimensä yksinkertaisesti muotoon Joni Alderite. Mitä kaljuun päälakeen tuli, niin kyllä hänen päänuppiinsa hiukset kasvoivat, mutta jostain syystä hän oli leikannut ne pois, ja pitänyt sitä niin aika kauan. Mikäli näin ei olisi, niin kasvaessaan hänen hiuksensa olivat paksut, kiharat ja väriltään vaalean ruskeat. Hänen hiustensa taipumus kihartua saattoi olla syy, miksi hän oli päätynyt pulipääksi, tai sitten kalju oli joku poliisiporukan yleinen muotivillitys.

Alderite jatkoi tapahtumien kuvailua: "Tiedettyjen tapahtumien kulku on pääpiirteiltään seuraava: aamupäivällä noin kello 8.20 musiikki-instituutin kirjastonhoitaja löysi toistaiseksi tunnistamattoman miehen ruumiin talon alakerran naisten wc:n tiloista. Uhri on mahdollisesti surmattu kaulaan kohdistuneella viillolla. Varsinainen tekopaikka ei ole vielä tiedossa, jos se ei ole tämä kyseinen wc-tila. Tämän jälkeen ruumis oli asetettu pystyasentoon wc- istuimen päälle, ja sidottu vahvalla kangasteipillä väärinpäin pystyyn. Kyseinen wc-istuin oli säädetty auki niin, että se huuhtoi valumaveret pois."

Alderite katsahti nopeasti helsinkiläisten suuntaan ja jatkoi: "On myös mahdollista, että ruumis on surmattu kyseisessä wc:ssä. Alustavasti on selvillä, että ruumis on ollut kuolleena yli 24 tuntia, jolloin on todennäköistä, että teko on tapahtunut lauantain ja sunnuntain välisen yön aikana. Motiivit, aseen laatu ja ruumiin henkilöllisyys, ovat vielä selvittämättä. Tapahtumasta ei ole vielä tiedotettu ulos, ja asiasta tietäviä on pyydetty vaikenemaan tapauksesta. Paikka on myös kuvattu, ja rikostekninen tiimi tutkii sitä parhaillaan. Meidän tulee miettiä millä voimin etenemme, ja sitä miten suoritamme työnjaon. Oma asemani ei ole vielä mitenkään selkeä, joten minut on päivystävänä henkilönä pyydetty ohjaamaan tilanne alusta tähän pisteeseen. Kävin itse paikalla aamulla ja haastattelin alustavasti ruumiin löytänyttä kirjastonhoitajaa.

Alderite nyökkäsi valokuvaajalle, joka nyökkäsi takaisin kannettavan tietokoneensa kannen takaa: samalla av-tykki käynnistyi hurahtaen. Se oli moderni, kuten koko muukin tila, ja roikku käsittämättömän lähellä seinää, katonrajassa. Alderite hörppäsi nopeasti kahviaan ja katseli mietteliäänä papereitaan. Hän harrasti perhosia ja niiden keräilyä, tosin haavi oli vaihtunut kameraan. Aina nähdessään kammottavia kuvia rikosten uhreista, hän ajatteli samalla perhosten kauneutta: hänestä se oli hieman omituista, mutta ilmeisesti se oli jokin mielensisäinen keino käsitellä asioita.

Hän oli edellisenä iltana lukenut italialaisen keskiajalla eläneen Giordiano Brunon kirjoituksia lähes puolen vuosituhannen takaa: hänen mielensä palasi ajoittain myöhäiskeskiaikaisen kirjoitustyylin rytmiin, joka poikkesi kovasti nykyaikaisesta, lähennellen miltei sanataidetta. Toki tekstin sanataiteen lisäksi Brunon esittämien ajatusten sisällöt ja niiden teemat pyörivät hänen mielessään alkaen sekoittua omituisesti murhatutkintaan.

Ulospäin Alderitestä sai yleensä positiivisen ensivaikutelman, mutta alamaailma tiesi hänet tarvittaessa erittäin hankalaksi. Heidän hänelle antamansa lempinimi kulki hänen toisen sukunimensä mukaisesti muodossa: Akku tai Laturi Pennanen. Molemmat etunimet kantoivat muistoa hänen nuorempana

Muay thai -nyrkkeilykehissä ansaitsemistaan mestaruuksista, viitaten nuoren miehen huimaan kuntoon: hänen voimansa eivät kehässä millään ehtyneet ja hetken kulmatauon jälkeen hän tuntui aina olevan uudestaan latautunut ja teräskunnossa.

Alderite oli pitkään pitänyt kaupungin alamaailmaa kurissa ja nuhteessa, mikä tosiaan oli melkoinen suoritus, koska kaupunkia ei suotta sanottu Suomen Chicagoksi. Hänellä oli ehkä jonkinlaisena kuvana omista toiveistaan ja unelmistaan kotinsa seinällä kehystettynä sarjakuvahahmo Corto Maltesea esittävä juliste, joka muistutti häntä seikkailujen ja vapauden maailmasta. Hän koki, että Corton verenperimässä oli jotakin samaa kuin hänen omassaan.

Alderiten hieman poukkoileva ajatusvirta katkesi, kun kuvasarja rikospaikalta heijastui valkoiselle erikoismaalatulle seinälle. Alderite selosti kuvia mietteliäästi, koska hän itsekin näki ne nyt ensimmäisen kerran. Ruumis oli aseteltu nerokkaasti pystyyn: kuvaaja oli ottanut teipeistä ja asennoista runsaasti hyvin yksityiskohtaisia kuvia. Ruumis oli seuraavaksi paareilla ja sen kasvot olivat sangen ikävän näköiset oltuaan kohtalaisen aikaa alaspäin: niiden tunnistaminen olisi toistaiseksi vaikeaa. Ruumiin vaatetus oli normaali, ja alustavan analyysin mukaan suomalaisten markettien perustavaraa. Mitään henkilöpapereita ei ollut. Kuolemansyytutkimuksen raportti saapuisi myöhemmin, kuten myös sormenjälki, hammaskaluston kuvat ja dna-profiilit.

Kaikki katsoivat välkkyvää kangasta ja hiljaisuus jatkui hetken sen jälkeen, kun videotykki hiljeni.

Alderite rykäisi: "Tässä kaikki tähän asti. Nyt mietitään miten tästä eteenpäin?" Helsingin kopla istui hiljaa odottaen jatkoa, eikä kukaan pukahtanut sanaakaan.

Alderite odotti hetken, ja päätti sitten jatkaa: "Tutkimustyö jaetaan osiin ja työtehtävät määritellään. Mielestäni alustavasti tarvitsemme ainakin kolme jalkautuvaa tiimiä: yksi selvittämään surmatun henkilön identiteettiä, toinen selvittämään tapahtumien kulkua, ja kolmas seulomaan alamaailman liikkeitä kaupungilla. Motiivi pitää yrittää kaivaa esille: yksi tiimeistä voisi alkaa selvittämään, miten tämä liittyy löytöpaikkaan? Luulisin tapauksen selkiintyvän hyvin nopeasti, kun olemme saaneet uhrin henkilöllisyyden selville."

Alderite katsoi hetken ympärilleen ja tuntui uppoavan taas ajatuksiinsa. Brunon tekstit tunkivat takaisin häiritsemään hänen työhön liittyviä ajatuksia. Samalla kokousporukka oli alkanut supista keskenään, mutta kukaan ei sanonut mitään hänen suuntaansa. Hetken kuluttua hän sanoi hieman ääntään korottaen: "Otan itselleni työpariksi Heikki Marjovirran, mikäli kukaan ei vastusta asiaa. Kalle Sippola saa ottaa vastuulleen toisen tiimin. Tarkoitan sitten, kun hän palaa sairaslomalta, siis jos tämä homma ei ole selvinnyt ennen sitä."

Kalle Sippola oli nuoremman polven rikostutkijoita, arvoltaan vanhempi rikoskonstaapeli, joka oli edennyt nopeasti urallaan ja tunnettiin talon urheilullisimpana miehenä. Tällä kertaa hänen jalkansa oli murtunut laskettelurinteessä hänen ollessa lomailemassa Lapissa. Yleensä Kalle ja Alderite tulivat kohtuullisen hyvin juttuun toistensa kanssa, ja yhteistyön ollessa melko mutkatonta. Kalle oli hieman levottoman oloinen lihaskimppu, jonka luut eivät tahtoneet kestää rytinöissä, joten hänellä oli lähes vuosittain joku ruuminosa kipsissä.

"Itse asiassa: Kalle voisi ottaa apulaisekseen Linda Milojeffin, joka ei myöskään ole nyt paikalla", Alderite jatkoi.

Linda oli Poliisin ammattikorkeakoulusta työharjoittelua suorittamassa ja luonteeltaan nokkela nuori nainen, joka etenisi urallaan vielä pitkälle. Linda oli muuttanut teini-ikäisenä perheensä kanssa Pietarista Suomeen, ja osasi hyvin sekä venäjää että suomea. Linda oli ulkonäöltään hämmästyttävän elinvoimaisen ja säkenöivän näköinen: hänen hiuksensa olivat aidon punaiset ja huomiota herättävän paksut. Hän tapasi pitää niitä paksuilla leteillä ollen muutenkin sangen pirteä ilmestys, etenkin kun hänellä oli kasvoissaan pisamia kesät talvet. Hänellä oli yksinhuollettavana nuori poika, Alexander, joka läheni ikänsä puolesta jo teini-ikää. Alderite salaa haaveili ottavansa välillä Lindan omaksi parikseen; hänen apulaishaaveensa olivat kuitenkin aavistuksen painokelvottomia, mikä aiheutti pienen virnistyksen Alderiten suupielissä. Ainakin ruumiskuvat, perhoset ja Brunon tekstit häipyivät hetkeksi toisaalle, hän ajatteli.

Alderite jatkoi hieman väsyneen oloisella äänellä: "...ja kolmas tiimi voisi olla Markku Kivikosken johdossa, koska hän on paras henkilö kommunikoimaan muiden poliisipiirien ja hallintovirastojen tahojen kanssa. Kivikoski on käsittääkseni tekemässä akateemista tutkimusta Suomen huumekaupasta. Näin hän lienee paras henkilö arvioitaessa ruumiimme toimia ja motiiveita, jos ne näyttävät johtavan alamaailman suuntaan. Helsingin porukka voi vapaavalintaisesti päättää, kuinka haluavat orientoitua alkavan tutkimuksen kanssa. Säädetään sitten porukan koostumusta, kun saadaan lisää tietoa; ylemmältä taholta voi myös tulla jotakin lisäohjeistusta."

Kokous päätettiin kello 14.15. Alderite ja kollegat jäivät istuskelemaan neuvotteluhuoneeseen ja kädet pumppasivat kiiltävästä termoskannusta viimeiset kahvipisarat. Aderiteä hieman harmitti tapauksen ilmaantuminen, koska hän oli juuri saanut työpöydälleen tietoja hyvin erikoisesta salakuljetusliigasta, joka operoi Itämeren alueella: sen lonkerot ulottuivat hänen toimialueelleen. Liiga käytti ilmeiseti vanhoja viikinkien kulkureittejä hyväkseen liikkuessaan valtakunnan rajojen yli, kauas etelään ja itään, mutta nyt sen tutkiminen siirtyisi hamaan tulevaisuuteen. Hän oli myös parhaillaan auttanut siveysrikosten erikoistukijaa prostituutioon liittyvässä hyvin hankalassa rahankätkentätutkimuksessa, joka tuntui hyvin haastavalta. Sen kautta oli päässyt tutkimaan kuinka rikollisliigat siirsivät rahaa ja omaisuutta piiloon ulkomaille.

"Täytyy avata tälle oma diaarinumero ja miettiä kaikkien tutkimusaineistoon käsiksi pääsevien henkilöiden tunnukset ja roolit", pohdiskeli Heikki Marjovirta ääneen ja rapsutti samalla viiksiään. Heikki oli intohimoinen lintuharrastaja ja kävi vapaa-ajallaan bongailemassa harvinaisuuksia: kuin asiaa korostaakseen oli hänen työhuoneensa seinällä Alfred Hitchcockin Linnut - elokuvan juliste. Heikin pohdiskelun taustalla oli poliisien tietokannan kokemat muutokset: kaikilla tuntui ohjeistussäännön lukeminen kestävän, tai sitten jokainen odotti jonkun toisen lukevan ensin ja kertovan sitten muille miten toimia.

Oli miten oli, tapaus vaikutti jo lähtökohtaisesti poikkeavalta, sillä kaupungissa ei ennen oltu näin tyylikkäästi ihmisiä surmattu: perinteiset surmat olivat känniporukoiden sekoiluja, Heikki mietiskeli. Hänen ajatuksiin nousi viime vuosikymmeninä tapahtuneet tapaukset, joissa hieman kovempia otteita oli jo näkynyt. Esimerkiksi 1990-luvun kuuluisat ravintolasurmat, joka taisi olla rajuin yksittäinen välien selvittely. Tuolloin liiviporukat olivat selvitelleet reviireitään ja lopputuloksena oli ammuskelu julkisella paikalla. Tapahtumapaikka oli ollut vain 100 metrin päässä poliisiasemasta: tapauksessa sai surmansa kolme henkilöä, jotka kaikki olivat liivijengin jäseniä. Teon takana oli toinen paikallinen liivijengi. Poliisit olivat tapauksesta erityisen vihaisia, koska surmat tehtiin päivällä, keskellä työssä käyvien ihmisten ruokatuntien, Hollywoodin toimintaelokuvien teloitustyyliin.

Samaan aikaan Alderite tuijotti ikkunasta poliisiaseman edustalle kohoavan soraharjun päällä sijaitsevia vanhoja radiomastoja. Jostain hänen mielensä perukoilta kumpusi muistikuva tutkimuksista, missä selviteltiin toisen maston juurella tapahtunutta, alun perin saatanpalvontaan liittyvää rituaalia. Maston ympärillä olevaan aitaan oli tehty siistit leikkaukset joista muodostui portti, joka johti arkkitehtonisesti kummalliseen tilaan, näiden valtavien mastojen juurella. Paikalta oli löytynyt verijäämiä useammastakin uhrista, jotka olivat sittemmin paljastuneet eläimiksi, sekä vanhojen kynttilöiden jäänteitä. Alderite inhosi ajatusta viattomien luontokappaleiden hyväksikäyttämisestä: se tuntui hänestä lähestulkoon ihan yhtä hullulta, kuin ihmisen uhraaminen. Kyseistä tilaa oli käytetty menoihin jo pitkään, mutta ilmeisesti kukaan ei ollut joko uskaltanut kertoa asiasta viranomaisille, tai sitten sitä vain ei kukaan ollut huomannut aiemmin. Paikan lähellä oli kaupungin homomiesten kohtaamispaikka, ja yhden ilmeisesti mustasukkaisen pariskunnan toisen puolison paetessa kiukkuista riitaa, oli kyseinen palvontapaikka löytynyt. Mediassa asia tietysti leimattiin heti kristinuskon arkkivihollisen tihutöiksi. Rituaalin toimittajia ei kuitenkaan koskaan saatu kiinni, ja menojen varsinainen sisältö oli jäänyt salaisuudeksi. Alderiteä oli kuitenkin jäänyt vaivaamaan se, että paikalta oli seuraavana kesänä löydetty nuoren kadonneen teinitytön toinen kenkä. Tyttöä ei ollut vieläkään löydetty, ja katoamisesta oli kulunut jo vuosia.

Selvittämättömiä rikoksia tapahtui hänen toimialueellaan kuitenkin suhteellisen vähän, eikä Alderite uskonut mihinkään yliluonnollisiin asioihin. Mielessään hän oli asettanut kyseiset menot viihdeteollisuuden tuottamien kokeilujen piiriin, joten puuhat olivat hänestä lähinnä huono vitsi. Lähimmät muut senkaltaiset tapahtumat olivat aina yleensä liittyneet huumeisiin, niiden kauppaan ja seksuaaliseen hyväksikäyttöön. Tosin hän kyllä ymmärsi, että yliluonnollisilla asioilla oli kovin helppo pelotella herkimpiä, ja näin ehkä tietty vaitiolo oli taattu.

2.

Rikostutkimuksen aloittaminen ei koskaan ole helppoa, koska tulevia tutkinnan tapahtumia ja mahdollisia käänteitä piti kyetä alustavasti koko ajan ajoittamaan oikein: mitä kysyä, keneltä kysellä ja millä tyylillä? Milloin odotella esimerkiksi laboratorion tai tietokantojen seulonnan tuloksia, ennenkuin siirtyy kentälle esittämään kysymyksiä? Mahdollisille epäillyille ei saanut koskaan antaa mitään etua hölmöillä huonosti ajoitetuilla kysymyksillä:

niinpä tällä kertaa Alderite päätti aloittaa tutkimustyöt haastattelemalla ruumiin löytänyttä kirjastonhoitajaa.

Hän myös taustoitti etukäteen mahdollisia kysymyksiä tutkimalla musiikki-instituutin internetistä löytyviä kotisivuja, koska varsinainen taidemusiikin maailma ei ollut hänelle kovin tuttua. Sivuston kuvia katsellessaan hän pohti pitkään, minkälaista musiikinopettajan työ ja arki oikein olivat. Samalla hän mietti oliko työyhteisöllä mitään roolia tässä rikosasiassa?

Mitä todennäköisimmin tapaus olisi selvitetty noin kolmessa arkipäivässä, koska se oli keskiarvo, joka ei yleensä pettänyt. Tosin löytöpaikka oli mielenkiintoinen ja haastava, joten asiassa saattoi olla jotakin erikoista: miksi ruumista ei oltu edes yritetty kätkeä millään tavoin?

Alderite oli kuitenkin optimisti uskoen tekijän löytyvän nopeasti. Asian teki mielenkiintoiseksi se, että ruumiin asettelu löytöpaikalle vaati useamman kuin yhden henkilön. Mikä siis voisi olla teon motiivi: ryöstö, kosto, varoitus vai uhkaus?

Ennen lähtöään poliisiasemalta hän kävi nopeasti poliisilaitoksen miesten pukuhuoneessa. Siellä hän huomasi, että joku oli jättänyt yhden pukukaapin ovea vasten nojalleen ison puupölkyn. Sen puuaines oli kaunista, puun pinta oli kuorittu ja höylätty. Hän arvasi sen liittyvän puoleksi eläkkeellä olevan vanhemman konstaapeli Niilo Hatakan puusepän harrastuksiin. Puupölkkyä katsellessaan hän oivalsi, että Niilo voisi mahdollisesti olla hyvä tietolähde musiikki-instituuttiin liittyen, koska koulu oli vanha kuten Niilokin. Alderite myös muisteli, että Niilo oli alkujaan Viipurista kotoisin, kuten internetin tarjoamien tietojen perusteella oli myös musiikki-instituutti. Molemmat, koulu irtaimistoineen ja Niilo, olivat aikanaan Karjalasta sodan tieltä lähteneitä siirtolaisia. 1900-luvun alkupuolella Suomen ja Venäjän ottaessa toisistaan mittaa, oli Suomen Venäjälle jääneiltä alueilta evakuoitu lähes kaikki asutus ja irtain omaisuus. Erikoista asiassa oli itäblokin muihin maihin verrattuna se, että että Suomi tosiaan kykeni säilyttämään itsenäisyytensä. Tosin aikanaan moni oli epäillyt tätä itsenäisyyttä: oli puhuttu suomettumisesta ja milloin mistäkin. Tärkeintä Alderitelle oli kuitenkin se, että hän sai puhua suomea, ja ainakin omasta mielestään elää aidossa demokraattisessa monipuoluejärjestelmässä.

Alderite kaivoi matkapuhelimensa ja etsi Niilon numeron: Niilo vastasi hetken kuluttua pirteästi ja kertoi olevansa Voitto Solanterän joogatunnilla. Niilo kuitenkin korjasi keskustelun edetessä, että oikeastaan kyseinen tunti oli jo ohitse ja hän oli jäänyt juttelemaan opettajansa kanssa. Kyseinen opettaja, Voitto Solanterä, oli kuuluisa joogan harrastaja, iältään reilusti yli 90-vuotias teräsvaari. Alderiten hieroja oli kertonut tästä juttuja jo aiemmin, joten tapaus oli hänelle tuttu. Miehille sopi hyvin se, että Alderite liittyisi kysymyksineen joukkoon ja he sopivat tapaavansa läheisessä kahvilassa.

3.

Alderite veti villapaidan ja paksun päällystakin ylleen, huikaten samalla tietokonetta naputtelevalle Heikille menevänsä kentälle tekemään alustavia tutkimuksia. Heikki ei tyylilleen uskollisena sanonut mitään, vaan kohotti tuuheita kulmiaan tietokoneen näytön takana. Sen jälkeen Alderite lähti reippaasti vihellellen kohti Mariankatua, missä sijaitsi Sinuhe -niminen kahvila. Kahvilalle oli annettu lempinimeksi akvaario, koska siinä oli tyylikäs lasinen ulkoterassi. Kahvilan mansikkaviineri oli kuuluisa ja maultaan erinomainen, ollen myös Alderiten suosikki. Hän oli nimittäin nuorena poikasena käynyt kesätöissä kyseisen kahvilan leipomossa perkaamassa mansikoita ja muisti vieläkin aikaiset aamuherätykset ja polkupyöräilyn läpi aamusumussa kylpevän kaupungin. Silloin mukuloille oli vielä kesähommia, toisin kuin nykyaikana, Alderite mietiskeli. Samalla hän muisti kokkien villin kermasodan, ja häntä hieman hymyilytti.

Alderiten astellessa sisään kahvilan terassille istui Niilo ystävänsä teräsjoogin kanssa jo akvaarion kulmapöydässä: molemmilla oli mehulasit edessään pöydällä. Alderite nyökkäsi ja nouti mustan kahvin ja lempiviinerinsä. Hän istuutui miesten pöytään ja aloitti reippaasti: "Mikäs ihmeen lauta se siellä pukuhuoneessa nökötti?"

"Lauta? Kuules nyt, märkäkorva kloppi, se on visakoivua ja arvaa mikä on sen kuutiohinta?" Niilo heitti tuohtuneesti takaisin.

"Tjaa, mitäs meinaat siitä tehdä?" Alderite jatkoi, siirtyen maistelemaan mansikkaviineriä.

"Katsotaan nyt. Ensin kuivatellaan, sitten vuoleskellaan", Niilo vastasi salaperäisesti, ja jatkoi hetken empimisen jälkeen: "Sain sen ystävältäni. Käyn aikuiskoulutuskeskuksella puutöissä pari kertaa viikossa. Itse asiassa olin takomassa veistä, ja tuosta voisi tulla komia kahva."

"Ok, no nyt ymmärrän. Raudan takomista ja puutöitä voisin itsekin harrastella, mutta onko se muuten kallis paikka puuhastella?" Alderite kysyi.

"No ei ole. Maksoin muutaman kympin lukukausi- tai kurssimaksua. Siellä tapasin myös Voiton, joka vetää joogaryhmää", vastaili Niilo rauhallisesti ja siemaili kahvia. Niilon kädet olivat valtavan kokoiset, ja kahvikuppi tuntui katoavan niiden otteeseen.

Voitto liittyi hymyillen keskusteluun mukaan: "Tule mukaan vähän rauhoittumaan: antamaan kehollesi ja mielellesi rauhaa ja rakkautta. Olen huomannut, että kiireisen elämän tuottama stressi on nykyajan kansantauti, jota pitää rauhoitella, niin että energiat virtaavat vapaasti kehossa." Hänen sanomanaan asia ei tuntunut mitenkään hassulta eikä huvittavalta. Sitä paitsi joogamies Voiton ääni oli hyvin vahva ja pirteä: tämä oli kävelevä esimerkki filosofiansa toimivuudesta. Kahvilan terassilla tuntui muutenkin olevan päivää viettämässä leegio teräsvaareja, joille Voitto välillä nyökkäili.

"Katsotaan, katsotaan, olen itse punttisalimiehiä, mutta eihän sitä koskaan tiedä, mihin tie tästä johtaa", Alderite vastasi kohteliaasti ja oli avoimesti iloinen tutustuessaan tähän mieheen. Miehessä oli karismaa, ja tämä tosiaan uhkui voimaa ja energiaa, korkeasta iästään huolimatta. Keskustelusta unohtui miehiset vinoilut kokonaan, koska miehissä oli jotakin arvokkuuden tuntua: nyt ei oltu haastelemassa mitään alamaailman perttejä, vaan menneen maailman herrasmiehiä.

"Niin, itse asiassa ajattelin kysellä Niilolta musiikki-instituutista, kun itse siitä vähemmän tiedän," Alderite siirsi keskustelun nopeasti haluamaansa suuntaan.

"Musatuutista, mitä siitä? Vanha Viipurin musiikki-instituutti tai - koulu, kyllähän minä sen muistan. Kävin nuorempana soittamassa pianoa, siis silloin kun tätä uutta taloa rakennettiin. Silloin opettajat opettivat kotonaan tai koulun tiloissa Wilhelminkadulla. Se taisi olla 1950-lukua", Niilo vastasi

"Onko siellä ilmennyt jotakin ongelmia?" Niilo jatkoi kurtistaen kulmiaan.

"No jaa, emme tiedä vielä. Ehkä jotakin pientä, ja kyselen kun en itse ole ollut koskaan oikein kosketuksissa tähän taloon. Eikö musiikki-instituutti ole samaa organisaatiota, kuin muutkin kaupungin koulut?" Alderite kysyi, ja yritti syödä viinerinsä siten, että paras mansikkapala jäisi viimeiseksi. Hänen sormensa olivat sokerimönjässä, ja hän pyyhki niitä vähän väliä.

"Ah, no en ole varma näistä nimistä, mutta se on iso koulu. Sen rakennus on kyllä vähän rapistuneen oloinen, mutta kannattaa muistaa, että se on Suomen vanhin musiikkikoulu, ja alkujaan tullut tänne karjalaisten matkassa Viipurista. Se toinen kaupungin musiikkikoulu on perustettu joskus paljon myöhemmin, eikä siis ole samaa koulua", Niilo kuittasi mietteliäänä.

"Kukkosen Allan oli aikanaan koulun rehtorina. Hän oli aika kova uudistamaan opetusta, saaden valtakunnallisella tasolla aikaiseksi paljon, mutta on nyt jo edesmennyt. Nyt koulua luotsaavat eteenpäin nuoremmat voimat: aika on muuttunut niin kovin paljon, eikä musiikkimaailma varmasti seiso paikallaan. Taitaa muutenkin olla tuo kulttuuripuoli tässä urheilukaupungissa vähän tiukoilla. Toisaalta, onhan se urheilu myös jonkinlaista kulttuuria. Sen muistan, että soittamisen harjoittelu oli rankkaa touhua, ja ahkerimmat aloittivat kukonlaulun aikaan, jatkaen koululla vielä illallakin. En kyllä tiedä, onko nykyään enää vastaavaa intoa havaittavissa, kun on teeveet ja tietokoneet."

Voitto naurahti ja pyöritteli päätään. Niilo päätti jatkaa asiasta kun oli vauhtiin päässyt: "Tiesitkö, että nykyisin rannassa, siellä uudessa konserttitalossa, harjoitteleva kaupunginorkesteri soitti ennen eri paikassa?" Niilo kysyi. Alderite ei tiennyt asiasta mitään eikä oikein ymmärtänyt mitä Niilo ajoi takaa.

"Orkesterin entinen harjoittelupaikka on nykyisin nimeltään vanha konserttisali, sitä kutsutaan myös Felix -saliksi. Se sijaitsee juuri tuolla musiikki-instituutissa", Niilo sanoi ja hörppäsi välillä appelsiinimehua kahvin juomisen lomassa.

"Mikä ihmeen Felix? Se on melko erikoinen nimi?" Alderite sanoi mietteliään kysyvästi, samalla kahviaan siemaillen; hän häpesi hieman tietämättömyyttään. Samalla hänen mieleensä nousi Thomas Mannin kirjojen veijarimainen hahmo Felix Kroll, jonka perään hahmolle muodostui yllättäen musiikin kameleontin David Bowien kasvot. Samalla hänen teki mieli imeskellä viineristä jääneet sokerit sormistaan. Hänen alitajuntansa puursi selvästi jotakin asiaa pinnan alla, ja hänen mielensä tuntui olevan kuin pallomeri, missä pyöri tuhansia ajatuspalloja. Useimmat ajatukset liikkuivat kuitenkin muissa kuin työasioissa, joten ehkä ne olivat vain jonkinlainen keino jaksaa arkisessa aherruksessa.

"Felix toimi instituutin rehtorina sen alkuaikoina. Boris -niminen viulisti perusti koulun alkujaan Viipurissa. Tämä Felix oli varsinaisesti tässä kaupungissa tapahtuneen alkuajan priimus moottori ja hänen poikansa jatkoi hommia myöhemmin, siis ennen Allan Kukkosta. Näitä Viipurin sukuja kun on täällä jonkin verran, ja moni niistä on yhä ilmeisen kulttuurihenkisiä", Niilo kertoi.

"Ahaa, täytyy lukea jostain lisää. En itse ole yhtään musikaalinen, ja siksi varmaan olenkin asiasta melko tietämätön. Sen muistan, että vanha kaupunginkirjasto on ollut liittyneenä samaan kiinteistöön. Onkohan tuosta mitään historiikkia olemassa?" Alderite kysyi ja kirosi jälleen kerran omaa tietämättömyyttään ja ohutta kulttuurisivistystään. Viineri oli kadonnut ja hän vilkuili tiskin suuntaan, miettien kehtaisiko syödä toisen.

"On, on. Minullakin on kotona yksi vanhempi historiikki: instituutilla on myös oma nuotisto, ja sieltä varmasti lainaavat sinulle uusinta tietoa" Niilo sanoi ja jatkoi mietteliäänä: "Mitenkähän ne vanhat nuotit muuten voivat? Muistan elävästi vahtimestari Helkan ja ne vanhat nuotit."

Voitto katseli ja kuunteli pää kallellaan miesten kertomuksia. Alderite huomasi, että miehellä ei iästään huolimatta ollut havaittavissa minkäänlaista kuulolaitetta.

"Nuottikokoelma oli valtava, ja Helka tapasi paimentaa meitä poikia. Helka Puumäki, se oli hänen koko nimensä: hän toimi aikanaan talon kirjastonhoitajana ja vahtimestarina, mutta nyt hän on jo kuollut. Helka sai muistaakseni mitalin työstään: rautarouvat Helka ja pianonsoitonopettaja Elly olivat koulun taustalla vaikuttaneet hyvät hengettäret. Heitä rehtori Kukkonenkin kavahti."

Voitto liittyi vihdoin keskusteluun mukaan: "Minäkin muistan Helkan oikein hyvin. Eikö se ollut juuri Helka, joka pelasti koko kirjaston sieltä Viipurista tänne? Muistan kuulleeni jotakin kertomuksia viipurilaisen Harry Wahlin viuluista ja soittimista. Mitä niille nykyään kuuluu?"

"Niinpä olikin! Siis nyt minä muistan tuon jutun", Niilo sanoi.

"Niinpä asia olikin: venäläisten pommien putoillessa, oli Helka siirtänyt nuottilaatikoita potkukelkalla kirjastosta, ja lastannut niitä lopuksi junaan turvaan. Se oli muuten melkoinen nuottikokoelma, onkohan se vielä kunnossa tai olemassa?" Niilo jatkoi lisäten Voiton muisteluun kerroksia.

"On kai, eikö siellä ole joku oma kirjastonhoitajakin nykyisin? Taisit äsken mainitakin jotakin siitä asiasta", Alderite lisäsi mietteliäänä.

"Nyt alkaa muististani nousta muistoja menneiltä vuosilta, ja paljon! Poikasena naureskeltiin kun koulun perustajan, viulisti Boriksen nimi oli anagrammi, mutta en saa nyt millään mieleeni hänen sukunimeään. Nämä olivat silloin jotenkin ihmeellisiä asioita. Boris, myöhemmin suomalaistuneena, muutti sukunimensä suomalaiseen muotoon, ja hän taisi loppujen lopuksi lähteä Amerikkaan opettajaksi. Tuolloin myös kiersi huhua, että koululla olisi ollut arvokkaita Stradivarin viuluja", Niilo innostui ja korotti ääntään.

"Alun perin hän oli kotoisin Venäjältä, tai jostain Kaukasukselta. Muistaakseni huhun mukaan hän oli alkuperäiseltä nimeltään Wolfson, Sudenpoika." Alderite kirjoitti ylös lauseen sieltä, sanan täältä, ja vaikutti hyvin kiinnostuneelta.

"Muistan myös sen mukavan venäläisen pianistin, joka taisi olla etunimeltään Andrei; se toinen pianisti taisi olla sukunimensä perusteella venäläinen", Niilo lisäsi hetken mietiskeltyään ja vaikutti siirtyneen ajatuksissaan yhä enemmän nuoruuteensa. Voitto nyökytteli ja lisäsi kertomukseen kerroksia omien muistojensa parista: "Olikohan Andrein sukunimi Rudnev, vai mikä? Istuimme monet kerrat kahvilla ja jutustelimme niitä näitä. Hän asui Helsingissä ja opetti pianon soittoa siellä sekä täällä. Hän taisi myös olla myös jonkin kulttuurialan professori, vai olikohan se kielititeilijä? Minusta tuntuu, että hän oli se henkilö, joka vaikutti minun eniten, ollen ensimmäinen kontaktini idän ihmeisiin, siis näihin harrastamiini joogamaailmoihin ja Intian filosofioihin."

Miehet olivat hetken hiljaa, ja Alderite nojautui taaksepäin, kuin antaakseen menneisyydelle enemmän tilaa.

"Andrei Rudnev, se oli miehen koko nimi: hän oli sangen terävä ja hyvin karismaattinen, ehkä henkinen voisi olla kuvaavampi sana. Olikohan se venäläinen nimeltään Kulijeff? Hän oli samantyyppinen, mutta sulkeutuneempi." Alderite laittoi vihkonsa kiinni, koska asiaa tuli aivan liikaa, ja hän oli jo unohtanut suurimman osan.

"Mieleeni muistuu nyt monia aiheita, ja kyllä se niin oli, että kaikesta ei tavattu aikanaan ääneen puhua. Muistan neiti Vyrubovan, joka taisi olla alkujaan sukunimeltään Tanejeva: hän liittyi jotenkin edesmenneeseen Venäjän keisari perheeseen. Sodan ja evakoiden matkassa tuli tänne turvaan paljon muitakin kuin karjalaisia, ja sitten on vielä nämä Suomen Saksassa koulutetut jääkärit."

"Tässähän näitä vielä hengissä olevia jermuja, tai heidän poikiaan istuu ympärillämme kahvilla, jos huomaat", Voitto sanoi haikeasti ja mietteliäästi.

Alderite nojautui taaksepäin mietteliäänä, rypisti kulmiaan ja päätti syventyä aiheeseen. Hän vilkaisi ympärilleen huomaten, että ympärillä pöydissä istuvien teräsvaarien ryhdissä oli tosiaan jotakin sotilaallista. Hän ei koskaan aiemmin ollut miettinyt mihin Odessan miehiksi nimitetyt sotilaat asettuivat sodan jälkeen. Sen hän arvasi, että sodan hävinneen valtion salainen poliisi, Valpo, lienee aikanaan tehnyt näiden miesten elämästä tavallista hankalamman.

"Muistatko muuten sen yhden merkillisen Viipurin veikkosen, Juseliuksen vai oliko se nimeltään Juvelius? Tarkoitan sitä merkillisesti pukeutunutta miekkosta, sitä kirjastonhoitajaa, sitä suurta seikkailijaa?" Voitto kysyi Niiloltan nauraen, pörheät kulmakarvat harottaen.

"En muista, eikun hetkinen, siis ne jutut. Voi herranjestas! Nyt muistuu Juvelius mieleen", Niilo sanoi ja alkoi nauraa hyvin hersyvästi kovalla äänellä.

"Mitähän sillekin ukolle oikein kävi? Siis herranjestas, mikä seikkailija!"

Alderite oli jo jäänyt jälkeen miesten muistelmien ajoituksessa: henkilögalleria oli hänelle aivan uusi ja ennen tuntematon. Tuskin näillä asioilla olisi mitään tekemistä murhan kanssa, mutta ne olivat joka tapauksessa mielenkiintoisia.

"Taidanpa ottaa vielä toisen kahvin kun oli niin hyvää", Alderite sanoi lähtien noutamaan uutta kupillista. Hänen palattuaan miehet jatkoivat tovin jutustelua muistojensa ryhdittäminä, ja komisario Joni Alderitella oli pitkästä aikaa jotakin kiinnostavaa pohdittavaa. Hänen haavinsa oli jäänyt kokonaan uusi näköala, vanha kulttuurinen kerrostuma, omasta kotikaupungista. Vainukoira oli saanut selvästi vainun.

4.

Aikansa miehiä jututettuaan ja samalla maukasta tummapaahtoista kahvia siemailtuaan päätti Alderite palata työhuoneelleen Loviisankadulle. Kiivetessään läheisen puiston jyrkkää rinnettä ylöspäin hän kaivoi taskustaan matkapuhelimen: nyt oli aika soittaa musiikki-instituutin kirjastonhoitajalle, jonka numeron hän oli aiemmin tallentanut alustavan tutkimuskeskustelun yhteydessä, ruumiin löytötilanteessa. Numero oli oikea, ja puhelimeen vastasi hengästyneen oloinen ääni.

"Tere, täällä komisario Alderite poliisista. Ehtisitkö käymään poliisiasemalla? Voisimme jutella tapahtuneesta tarkemmin."

"Toki, koska haluat että tulen. Voin tulla vaikka heti, kun olen täällä kaupungilla vähän tuulettamassa päänuppiani. Töihin ei tänään päässyt niiden tutkimusten johdosta," kirjastonhoitaja vastasi.

"Ok, tule puolen tunnin päästä: löydät huoneeni, kun kysyt poliisiaseman ala-aulan neuvontapisteestä", Alderite vastasi.

"Ok, tullaan, nähdään kohta!" kuului toisesta päästä, ja puhelin sulkeutui.

Päästyään työhuoneelleen Alderite suoritti jälleen kerran villapaidan riisumisrituaalin ja istahti työhuoneeseensa, jättäen sen oven raolleen. Hänen mahassaan tuntui vellovan mustana juotu hieman liian makea kahvi. Yllättäen nautittuun kahvimäärään nähden häntä hieman väsytti.

Kirjastonhoitajaa odottaessaan hän alkoi ilman mitään tarkempaa tai selkeää suunnitelmaa etsiä hakukoneella aiemmin tutkimansa musiikki-instituutin kotisivun oheen lisätietoa: hän selaili sivuja ja siirtyi hetken kuluttua katselemaan Viipurin karttaa. Viipuri, ruotsiksi Viborg, venäjäksi Выборг ja englanniksi Vyborg, vaikutti sijaintinsa puolesta olevan hyvin kauniissa ja suojaisassa paikassa, mutta epäonnekseen kahden valtakunnan rajalla, idän ja lännen välissä. Ei siis mikään ihme, jos siellä oli kahakoitu aika ajoin.

Alderite mietiskeli sitä mahdollisuutta, että entä jos Viipuri olisi yhä suomalainen kaupunki. Suomella olisi tällöin oma ja suhteellisen säilynyt keskiaikainen kaupunki. Alderiten mielessä välähteli mielikuvat Tallinnan vanhan kaupungin sokkeloisista kaduista ja niiden miellyttävästä tunnelmasta, vanha Rääveli. Saakeli sentään, kun Suomessakin olisi jotakin sellaista, hän manasi. Ruotsalaisilla oli Gamla Stan ja latvialaisilla vanha Riika. Alderite hätkähti hereille ajatuksistaan, kun ovelta kuului koputus.

3. OSA

Kirjastonhoitaja

Liitää elämä kuin tähdenlento,

kun lakkaa keinumasta kehto:

Ehdot luetaan,

> polkuja avataan,
>
> jälkiä jätetään.
>
> Suoraa ei ole,
>
> eikä mikään enää alkuun palaa,
>
> mutta alku matkan kuitenkin takoo.

"Tulkaa sisään, ovi on auki."

Sisään astui siististi pukeutunut ja rauhallisen oloinen mies. Miehen tukka sojotti pystyssä, ja tämän kasvoilla oli veijarimaiset piirteet. Alderiten ensihuomio oli, että mies ei ollut mikään ihan tavallinen tapaus.

Hän tervehti kirjastonhoitajaa ja pyysi tätä istumaan: miehet silmäilivät hetken toisiaan.

"Melko ikävä tämä murhatapaus, etten sanoisi. Löysittekö hyvin huoneeni?"

"Helposti tämä löytyi, vaikka en muista täällä ylemmissä kerroksissa koskaan aiemmin käyneeni", vastasi kirjastonhoitaja melko rauhallisesti, eikä vaikuttanut edes hengästyneeltä. Normaalisti adrenaliini ja liikunta saivat ihmiset hieman puuskuttamaan.

Kirjastonhoitajan nimi oli Emil Lindahl, ja koulutukseltaan tämä kertoi olevansa filosofian tohtori. Alderite tarkkaili miestä: hän oli kehittänyt ihmisten katselemisesta hienoisen taiteenlajin. Ensin hän katsoi yleisilmeen ja sitten hiusrajan, kädet, kynnet. Sitten hän tarkkaili puhujan eleitä ja ilmeitä. Hampaat kertoivat monesti elämän menosta paljon, ja Ihmisten stressitaso näkyi yllättävän helposti ulospäin. Myös ihmisen silmänaluset kertoivat paljon. Alderite tiesi, että ihminen kantoi ryhdissään, kehossaan ja ilmeissään koko eletyn elämänsä.

"Niin, kiva kun pääsit näin nopeasti paikalle. Osaatko kertoa tästä asiasta mitään? Onko sinulla mitään käsitystä mistä tässä on kyse? Taisin tosin kysyä samaa jo silloin tapahtumapaikalla. Sopiiko sinulle, että laitan nauhurin päälle?"

"Laita vain", kirjastonhoitaja vastasi rauhallisesti.

Hetken hiljaisuus ja diginauhurin naksahdus kaikui huoneessa.

Tämän jälkeen hän katsahti kirjastonhoitajaa, joka ei tuntunut olevan lainkaan hermostunut, vaan tämän katseessa oli jotakin arvioivaa ja varautunutta. Ei merkkejä stressistä. Ehkä hienoinen järkytyksen tuottama ylävire.

"En oikeastaan osaa sanoa kovinkaan paljoa. Olen kyllä miettinyt asiaa, enkä löydä suoranaisia syy-yhteyksiä oikein mihinkään. Vainaja ei ole tuttu, enkä muista nähneeni miestä koskaan aiemmin. Alakerran vessoja ei lisäkseni käytä kukaan, ja olen siivonnut ne itse aina syksyisin ja keväisin, koska teimme aikanaan sellaisen sopimuksen taloyhtiön huoltomiehen kanssa. Instituutti ei siis ole tämän kiinteistön omistaja.

Alderite katkasi puheen kysyen: "Ahaa, kuka kiinteistön omistaa?"

"En ole ihan varma tästä asiasta, mutta varmasti joku säätiö, tai varmaan sen takana käytännössä kaupunki. Kaikki tuntuu nykyään olevan jotenkin peiteltyä yrityksiin, konserneihin ja säätiöihin, vaikka oikea omistaja on useimmiten kuitenkin veronmaksaja", Emil Lindahl vastasi ja hieraisi korvaansa.

Alderite huomasi pienen epäröinnin, ja asetti välittömästi uuden kysymyksen: "Onko siinä mielestäsi jotakin epäselvää?"

"No, epäselvää tai historian kuormaa, tiedä häntä. En oikein osaa sanoa, jos totta puhutaan." Miehen katse oli älykäs ja vaatetus kieli hyvästä mausta. Alderiten huomio viivähti kirjastonhoitajan kellossa, jonka hän arvioi olevan hyvin harvinaisen ja arvokkaan. Kädet olivat siistit, mutta eivät kirjatoukan kädet, vaan vahvat tekijän kädet: havainto oli hänestä hieman yllättävä, ja Alderite mietti nopeasti, miten tämän harrastuksista ja vapaa-ajan vietosta sopisi parhaiten kysellä.

"Voisitko kertoa minulle aamusta, kun löysit tämän ruumiin, siis ihan alusta asti?" Alderite kysyi.

"Toki, kerron mitä muistan", kirjastonhoitaja sanoi ja ummisti hieman silmiään.

"Muistan, että työmatkalla lumi leijui alas taivaalta siniharmaiden pilvien kätköistä, kun tallustin kohti työpaikkaani. Kuljen milloin Vuorikatua, milloin Harjukatua", kirjastonhoitajan kerronnassa oli hieman runoileva tyyli, mutta se sopi hänelle.

"Muistan selkeästi, että minulla ei kyseisenä aamuna ollut mikään kiire, vaan katselin ympärilleni ja monesti havaitsessani jotakin mielenkiintoista kuvattavaa, saatan pysähtyä ottamaan valokuvan", Emil Lindahl kertoi verkkaisen rauhallisella äänellä, käydessään läpi aamun kulkua.

"Muistan ihailleeni korkeiden radiomastojen kadulle heijastamaa hämähäkin verkon näköistä varjoa, ja kylmyydestä pörheiden tilhien parvea. Yritin samalla ottaa mastojen varjoista kuvia. Muistan myös pohdiskelleeni läheisen levykaupan logoa, jonka ohitse olin kävellyt: se oli yhdistänyt kahden maston profiilin demonin sarviksi. Olin ottanut sen näyteikkunasta ja kadun näkymästä aiemmin hyvän tilannekuvan", hän jatkoi ja pysähtyi välillä miettimään aamuisia ajatuksiaan. Alderite varoi keskeyttämästä miehen tajunnanvirtaa, vaikka tässä oltiin vielä aika kaukana ruumiista.

"Jotenkin välillä tuntuu siltä, että kaupungin julkisivu kiiltää klassista korkeakulttuuria, ja yhtä pönäkästi sen varjoissa jytisee musta metalli, syleillen vanhan teollisuuskaupungin rattaita ja hylättyjä saleja", Emil Lindahl jatkoi.

Alderiten mieleen kohosi Salpausselän harjumuodostelma, joka luikerteli kuin valtava hiekkakäärme halki eteläisen Suomen. Sen päällä oli kulkenut muinaisten metsämiesten polku idän Nevanlinnasta aina lännen Turkuun asti. Hän muisti kävelleensä nuorempana sen päällä kulkevia vanhoja polkuja kymmeniä kilometrejä.

Emil painotti viihtyvänsä kotikaupungissaan hyvin, ja lisäsi hieman sarkastisesti, että kunhan muisti askeltaa sen varjojen valoisalla reunalla. Alderite jäi miettimään asiaa poliisin näkökulmasta: tiesikö mies jotakin kaupungin alamaailman kiemuroista?

"Tiesitkö, että siinä Harjukadun alapäässä, missä on kolmen eri tien risteys, on muinoin ollut Lahden kaupunginorkesterin ulkoilmalava?" Emil kysyi yllättäen. Itsensä paholaisen saattoi kohdata risteyksessä, ja matkan suunta muuttua: ei siis ihme, jos monen rock- ja blues kappaleen nimi oli Crossroads.

Alderiten mietteet kuitenkin katkesivat, kun Emil kuvasi lopulta astuneensa hämärään musiikki-instituutin aulaan, poimineensa päivän sanomalehdet, sekä tervehtineensä vahtimestaria. Sen jälkeen hän yleensä asteli hissien ohi kohti alakerrassa sijaitsevaa kirjastoa, omaa valtakuntaansa.

Hän myös huvitti Alderiteä kertomalla väistelleensä käytävillä lojuneita musiikkileikkikoululaisten leluja ja luultavasti muistuttaneensa Monty Pythonin silly walk -kävelytyylillä askeltavaa herrasmiestä. Kirjastonhoitajalla oli selvästi itseironian tajua, Alderite mietiskeli.

"Kirjastoon päästyään napsautin valot päälle, laitoin tietokoneet käyntiin ja asetin päivän lehdet pöydälle, koska tapojeni mukaisesti laitan yleensä tekniikan kuntoon, ja riisun vasta sitten päällysvaatteeni. Kukaan ei ollut seurannut minua ja kaikki vaikutti olevan kunnossa. Tämän jälkeen luen yleensä paikallisen sanomalehden ja poimin talteen koulua koskevat lehtileikkeet, jos sellaisia on."

Emil piti pienen tauon, ja ilmeisesti epämiellyttävä tilanne lähestyi, joten hän keräsi muistikuviaan otsa rypyssä.

"Mielestäni aamussa ei lumisateen lisäksi todellakaan ollut mitään erikoista; ei talteen otettavaa lehtileikettä, ei mitään. Muistan tarkistaneeni edellisen viikon työni ja miettineeni päivän työn jaksottelua: töitä on paljon, koska minulla on yksin hoidettavanani paitsi suuri ja sisällöltään hieno musiikkikirjasto, niin myös koulun soitinvarasto."

Alderite ei tiennyt kirjastojen hoitamisesta kovinkaan paljoa: ensimmäiseksi hänen mieleensä tuli rauhallinen tila ja joku ihminen lainaustiskin takana.

"Pieniä nyansseja, kuten soitinhuoltoja, kysymyksiä, hoidettavia, tilattavia ja tietokantaan luetteloitavia asioita, on riittämiin. Talon kunto on huolestuttava, ja kysymys sen jatkosta leijuu sen päällä kuin Damokleen miekka, yhden jouhen varassa. Onneksi minulla on niin paljon töitä, että niihin uppoutumalla pystyn unohtamaan huolet joihin en itse suoranaisesti voi vaikuttaa", Emil kertoi lisäten, että hänen suurin huolensa oli vanha ja arvokas koulun Viipurista kotoisin oleva nuottikokoelma, joka ei saanut vaurioitua tai kadota.

Alderite nyökkäsi ja rohkaisi kirjastonhoitajaa jatkamaan. Samalla hän kirjoitti muistivihkoonsa:

- *Vanha nuottikokoelma*
- *Viipuri*
- *Koulun omistussuhteet*

"Muistan noutaneeni kolmannen kerroksen kansliasta kupillisen vahvaa kahvia, jonka siivittämänä yleensä pääsen hyvään työrytmiin. Koska talo on vanha ja kulunut, niin olen saanut luvan käyttää talon alakerran wc-tiloja, mihin yleisöllä ei ole minkäänlaista asiaa tai pääsyä." Kirjastonhoitaja piti taas tauon. Alderite huomasi, että miestä hermostutti.

"Tällä kertaa siellä käydessäni olin havaitsevinani ilmassa oudon, hieman makean mutta pistävän, siis sangen epämiellyttävän hajun. Joten hetken asiaa pohdittuani palasin tiloihin tutkimaan hajun alkuperää."

Kirjastonhoitaja piti tauon ja vilkaisi matkapuhelintaan.

"Ryhdyin ensitöikseni avaamaan vesihanoja ja päästämään vessojen vähän käytettyihin vesilukkoihin vettä, koska epäilin, että hajun aluperä johtui viemärikaasuista, jotka pääsivät nousemaan ylös kuivuneista vesilukoista." Emil piti taukoa ja Alderite huomasi, että tämän poskipielet kiristyivät, ja ääni tuntui hieman muuttuneen.

"Muistaakseni avasin ensin miesten tilojen vesihanat, vedin wc-istuimien vesisäiliöt, ja ryhdyin lappamaan vettä pienellä juomakupilla hanoista lattiakaivoon. Avasin myös pisuaarien hanat auki: näin siis kaikki kolme miesten vessan vesihanaa lorisi ja kohisi. Sen jälkeen kävin avaamassa siivoojan kopin vesihanan. Muistaakseni en käynyt välillä kirjastossa, tai missään muuallakaan", kirjastonhoitaja jatkoi: puhetta näytti tulevan, kuin vettä murtuneesta padosta, mitä Alderite varoi keskeyttämästä.

"Miesten tilojen vieressä oli suunnilleen samankokoinen, mutta yhden wc-istuimen verran laajempi naisten wc, jonne siirryin seuraavaksi. Siellä huomasin, että kyseinen hyvin omituinen haju tuntui vahvistuvan, ja niin rullasin sieltäkin kaikki vesihanat auki ja lapoin vettä lattiakaivoon. Sen jälkeen siirryin vetämään wc-istuimien vesisäiliöitä. Avatessaan keskimmäisen wc-kopin oven muistan hätkähtäneeni, koska WC-kopissa oli joku vaikka siellä ei pitänyt olla ketään."

Hän piti jälleen tauon ja vilkaisi tällä kertaa kelloaan: mitä ilmeisimmin hän ei olisi halunnut muistella asiaa eteenpäin, mutta nyt hänen oli kuitenkin pakko.

"Muistan pelästyneeni ja paukauttaneeni oven refleksinomaisesti kiinni. Taisin samalla pyydellä anteeksi, olinhan naisten wc-tiloissa. Mitään ei kuitenkaan tapahtunut, eikä kukaan vastannut tai sanonut mitään. Tunnelma tuntui jotenkin tihentyvän. Tapahtuneessa oli jotakin poikkeavaa, ja kelasin mielessäni hetken välähtänyttä näkymää sisälle koppiin. Odottelin hetken, ja kävin muistaakseni tässä välissä kääntämässä miesten puolen hanat kiinni ja sammutin sieltä valot", Emil kertoi.

Alderite nyökkäsi ja vaihtoi asentoaan.

Kuulusteltava liikahteli levottomana tuolillaan ja jatkoi: "Muistan, että mielessäni soivat hälytyskellot, ja muistan myös tunteneeni kuinka adrenaliinia pumppasi vereeni. Asiassa oli jotakin erikoista ja minua alkoi jännittää: aivan kuin olisin aavistanut tai vaistonnut jotakin."

Kirjastonhoitaja vilkaisi taas kelloaan, piti pienen tauon ja suki toisella kädellä hiuksiaan. Kuulusteltava lähestyi myrskynsilmää, traumaattista tapahtumaa, jonka hän muistaisi varmasti läpi elämänsä.

"Siirryin hetken kuluttua rohkeasti takaisin naisten wc-tiloihin, ja koputin uudelleen oveen. Kukaan ei vastannut, ja taisin kysellä myös ääneen, ja sitten viimein avasin oven." Emil lopetti kertomuksensa ja liikahteli levottomasti tuolilla.

Tapahtuman syvin trauma oli nyt avoinna hänen mielessään: hänen oli ylitettävä hatara silta sen ylitse. Niinpä Alderite rohkaisi häntä jatkamaan, vaikka se hänestä tuntui hieman ikävälle, koska ruumiin kohtaaminen on aina melko ikimuistoinen kokemus. Se leikkaa arkitodellisuuden halki, ja muuttaa hetkeksi kaiken. Moni jää pohtimaan kuoleman syitä ja syviä hyvinkin pitkäksi ajaksi.

"Siispä pidin kummallisena, että wc-tilassa oleva hahmo ei liikkunut lainkaan: sen asento oli aivan omituinen. Sytytin kopin valot ja järkytyksekseni tajusin yhtäkkiä, että hahmo seisoi päällään tikkusuorassa, toinen jalka toisen alla koukussa, muistuttaen numeroa neljä", hän nielaisi, ja jatkoi kertomustaan hetken kuluttua:

"Löytämäni hahmo oli pää alaspäin ja sen pää oli vessanpöntössä".

Keskustelu taukosi hetkeksi ja Alderite antoi kuulusteltavalleen aikaa koota ajatuksiaan.

"Muistan, että pönttö lorisi koko ajan hiljaa, ja kopin haju oli vastenmielisen pistävä", Emil Lindahl piti tauon ja vaikutti hieman helpottuneelta.

Muistikuvien elävyys heijastui hänen kasvoiltaan selvästi ja sanojen runollinen lennokkuus oli tiessään. Miehellä tuskin oli mitään salattavaa asioiden suhteen, Alderite päätteli. Pahin oli nyt kerrottu; seuraavaksi vuorossa olisi kertomuksen aiheuttaman muiston ohittaminen.

"Muistan tuijottaneeni epäuskoisena hahmon farkkujen saumoja. Kyseessä oli mitä ilmeisimmin kuitenkin mies, ehkä kuollut mies? Oloni oli ilmeisesti kovin hutera, koska tosiaan muistan huonon olotilani, ja sen kuinka minua hieman huippasi. Tämän jälkeen muistan kumartuneeni hitaasti lähemmäksi, alas kohti pönttöä. Hahmo oli tosiaan mies, ja se oli yhä liikkumaton. Päättelin siitä, että hän oli tosiaan mahdollisesti kuollut, joten muistan myös puristaneeni hänen farkkukankaasta tehtyjä housujaan säären kohdalta: kankaan sisällä oli kylmä ja kova jalka", kirjastonhoitaja piti tauon ja nielaisi.

"Samalla muistan huomanneeni, että jalat oli paketoitu teipillä. Ymmärsi tuossa hetkessä koko kuvion: mies oli asetettu teipin avulla pystyyn siten, että veret valuvat kaulasta vessanpönttöön. Siinä vaiheessa ryhdistäydyin ja rynnistin sulkemaan kaikki loput avonaiset vesihanat ja jatkoin samalla vauhdilla soittamaan musiikki-instituutin rehtorille, joka sai luultavasti työuransa karmeimman puhelun."

Alderite päätti lisätä hieman lämpöä keskusteluun ja samalla tarjota kirjastonhoitajalle muuta mietittävää. Hän siirtyi kyselemään henkilökohtaisempia asioita: "Sopiiko, että taustoitan asioita hieman? Kerrotko kuinka olet itse päätynyt musiikki-instituuttiin töihin?"

"Hakemalla avointa paikkaa. Muutimme vaimoni kanssa tänne Lontoosta muutama vuosi sitten, ja olin varautunut kulkemaan pääkaupungissa töissä, mutta sitten kuulin tästä paikasta ja laitoin rehtorille viestiä. Minut valittiin, ja siellä olen yhä." Emil Lindahl kertoi ja vaihtoi levottomasti asentoaan.

"En itse ole varsinaisesti muusikko, vaan akateemiselta koulutukseltani uskontotieteilijä. Tiesin perusasiat musiikista ja nykyisin tiedän toki paljon enemmän. Aluksi epäröin, koska paikka oli kuin aikakone menneille vuosikymmenille ja opettajat haikailivat vielä paperisten kirjastokorttien perään. Hetken asioita tutkittuani huomasin, että kokoelma oli arvokas: päätin antaa sille aikaani ja energiaani, kykyjeni mukaan. Nyt tilanne on jo melko hyvä, mutta ei kuitenkaan paras mahdollinen, osin resurssien niukkuudesta johtuen. Mutta tämä taitaa päteä kaikkialla muuallakin."

"Mitä teit Lontoossa?", Alderite kysyi ja huomasi, että traumaattinen muisto oli nyt ohitettu ja muutamassa minuutissa mies olisi luultavasti rauhoittunut. Jos kirjastonhoitaja olisi ollut rauhallinen koko kertomuksen ajan, olisi Alderite alkanut hiillostaa tätä ja nostanut miehen epäiltyjen listalle: nyt prosessinkulku vaikutti normaalilta. Alderite myös huomasi, että miehen silmät olivat häkellyttävän kirkkaan siniset.

"Aluksi olin erään kansainvälisen ympäristöjärjestön hommissa ja tutustuin samalla Lontoon akateemiseen maailmaan. Sitä kautta päädyin myöhemmin Bodleianiin töihin, siis en virkaan, vaan ihan määräaikaiseen projektiin. Bodleian on Oxfordissa sijaitseva yksi maailman vanhimmista kirjastoista. Tein myös samalla eräälle yksityishenkilölle tämän yksityisen kirjeenvaihtoarkiston ja sukukirjaston selvitystyön: käytännössä työskentelin sen tiimoilta hetken vapaamuurarien kirjastossa, ihan Lontoon keskustassa."

Alderite nyökkäsi ja kirjoitti muistivihkoonsa sanat:

- *Oxford*
- *Bodleian*
- *Vapaamuurarien kirjasto*

"Asuimme mukavasti Thamesin rannalla: vaimoni on samalla alalla kuin minä, mutta töissä eri paikassa. Aikaa vierähti, ja jossain vaiheessa aloimme kaivata kotikonnuille. Lontoossa oli monta polkua ja paljon asioita, mutta en itse kohdannut siellä mitään rikollista saati alamaailmaan liittyvää. Mielestäni työhistoriallani ei pitäisi olla mitään yhteyttä tähän instituutin vessasta löytyneeseen kalmoon," Emil Lindahl vastasi hieman empien samalla, kun toinen käsi hieroi leukaa mietteliäästi. Alderite tarkasteli miehen rystysiä. Taistelulajien harrastajana hän arvioi, ettei kirjastonhoitaja ollut pelkkä lukutoukka.

"Toki, jos historiastani nousee jotakin erikoista, niin vastaan kyllä mielelläni kysymyksiin", hän jatkoi mietteliäänä.

"Teologi, pappismies, miten olet kuitenkin päätynyt kirjastonhoitajaksi? Anteeksi stereotypiani, mutta mielessäni on mielikuva kirjastoalasta hyvin naisvoittoisena ammattina, kun taas papisto taitaa olla melko miesvoittoista?" Alderite kysyi aidosti kiinnostuneena.

"Teologia, äh, ei, ei, siis olen uskontotieteilijä. Humanisti, en teologi. Ero on ulkopuolisesta ehkä pieni mutta sisältä suuri. Katselemme ilmiötä nimeltä uskonto eri suunnista. Teologit katsovat asiaa yleensä uskonnon sisältä käsin, ja me ulkoa päin. Itse tapaan myös kärjistää eroa ihan vain piruuttani. Toki teologiakin luetaan ihmistieteisiin ja humanismiin, mutta olemme kuitenkin hieman eri reunoilla tässä asiassa, vaikka joidenkin mielestä se on sama asia", hän sanoi.

"Tutki ja selaile internetistä hakusanalla comparative religion. Kun huomaat, että tutkimuksen painotus on sanalla comparative, siis vertaileva, niin olet pitkällä asian ymmärtämisessä."

"Jaahas", Alderite sanoi ja kirjoitti sanat ylös.

"Uskontotieteilijöillä on erilaisia taustoja, ja ilman muuta teologi voi olla hyvin suuntautunut uskontotieteen puolelle ja päinvastoin: sivuainevalikoimat ovat yleensä melko laajat. Oma kiinnostukseni on kohdistunut antropologiaan, filosofiaan, psykologiaan ja biologiaan: oikeastaan pidän ihmistä eräänlaisena eliökunnan mysteerinä, jonka uskonnollinen toiminta on hyvin erikoinen ilmiö. Hieman radikaalisti ilmaistuna, mielestäni ihminen on yksi eläinlaji muiden joukossa, hyvin älykäs kädellinen reviirieläin. Olen itse tarkemmin erikoistunut kognitiiviseen rituaalitutkimukseen ", Emil vastasi ja miesten välille laskeutui hetken hiljaisuus. Emil arvasi, että nyt ehkä mentiin ohi komisaarion käsityskyvyn ja arkisen maailman.

Emil odotti ajatusten uppoavan ja rikkoi sitten hiljaisen hetken: "Niin, seuraavaksi varmasti kysyt, mitä uskontotieteilijä tekee kirjastossa. Vastaus on sangen yksinkertainen. Meitä on milloin missäkin kun emme ole ekonomeja, emme pankkiireja, emmekä muutenkaan kovin suuri tai kysytty ammattiryhmä työmarkkinoilla. Moni tekee muuta työtä ja tutkii asioita omalla ajallaan. Meitä on siis moneen lähtöön, mutta koulutus on vaativa ja pitkä. Se vaatii tiettyä herkkyyttä, koska olemme monesti isojen ja perimmäisten kysymysten äärellä."

Alderite mietti asiaa hetken ja katseli mietteissään paperille kirjoittamiaan sanoja: uskontotiede, science of comparative religion.

Hänen ajatuksensa palasivat yllättäen keskustelun alkuun ja havaintoon siitä, että kirjastonhoitajan vaatetus oli rento, mutta laadukas: mies käytti solmiota, mutta se ei jotenkaan häirinnyt eikä noussut esille vaatetuksesta. Kengät olivat laadukkaat ja näyttivät hyvin hoidetuilta. Hän palasi nopeasti asiaan, kurtisti kulmiaan ja naurahti: "...niin kuin se symbologi Dan Brownin kirjassa?"

"Herranjestas sentään! Tuo symbologi on kyllä melkoinen ammattinimike ja mielestäni herra Brown hieman yleistää asioita: sanoisin niin että symbologi voisi olla uskontotieteilijä, mutta uskontotieteilijä tuskin vain symbologi. Symbolit ja representaatiot ovat hyvin iso asia, mutta puhutaan niistä joskus myöhemmin. Tuo vainaja tuskin on symbologi tai vastaava", Emil Lindahl sanoi, ja tuntui hieman lämpenevän asiasta.

"Brownin teoksen tarjoilemat mysteerit ovat aina kiehtoneet ihmisiä ja kerrotaan, että kirjan ilmestyessä kirjakauppoihin sitä olisi suorastaan jonottanut miesvaltainen lukijakunta, joka kirjan ilmestymisen alkuvaiheessa kuulemma koostui enimmäkseen vapaamuurareista."

"Vai vapaamuurareista, " Alderite ihmetteli ja jatkoi samaan hengenvetoon: "Onko sinulla mitään omaa teoriaa tästä murhasta?" Keskustelun nopea käänne oli kuuluisa Alderiten taktinen käänne, johon oli moni rikollinen langennut, joten Alderite tarkkaili kirjastonhoitajan ilmeitä erityisen tarkasti. Hän päätti siirtää keskustelun kulun muilta vesiltä takaisin ikävään ytimeen, koska kirjastonhoitaja olisi vain innostunut selvittämään maailman mysteereitä, luultavasti loputtomiin: nopea paluu saattoi aktivoida jotakin uusia mielikuvia tai muistoja.

"No ei, ja se tässä hieman vaivaa. Talo on vanha ja lukitus vuotaa kuin seula, myös kirjaston osalta. Mietin hetken asiaa kirjaston näkökulmasta, ja mikäli mies olisi ollut etsimässä esimerkiksi vanhoja nuottikäsikirjoituksia, niin miksi hänet olisi murhattu? En oikein näe niitä niin arvokkaina. Toisaalta, tutkin paikat silloin heti, ennenkuin kirjasto ja ala-aula tutkimusten vuoksi suljettiin siltä varalta, että jotakin puuttuu."

Hän piti pienen mietintätauon ja sipaisi solmiotaan.

"Minulla kävi mielessä, että musiikki-instituutti sijaitsee isojen kulkureittien varrella: onhan mahdollista, että taloa on käytetty omistajan ja oppilaitoksen tietämättä pimeisiin puuhiin, kellaria ja komeroita kun riittää," Emil kommentoi mietteliäänä ja Alderite tiesi onnistuneensa löytämään uuden johtolangan.

"Oletko huomannut onko vessatiloissa ollut liikettä lisäksesi?", Alderite kysyi.

"En ole. Mielestäni siellä ei ole juurikaan liikuttu", Emil vastasi mietteliäänä.

Alderite huomasi pitävänsä miehestä: tässä oli jotakin avointa ja aidosti asioita pohtivaa. Alderite ei oikeastaan uskonut, että kirjastonhoitajalla olisi mitään tekoa tapahtuneen kanssa, mutta päätti kuitenkin perehtyä tähän hieman paremmin: "En itse tiedä kovinkaan paljoa kirjastonhoitamisesta, mutta voin varmasti kysellä sinulta, jos tarvitsen lisätietoja. Milloin olet aikonut palata töihin?"

"Käsittääkseni voin palata jo huomenna," Emil vastasi.

Miesten välille laskeutui taas hetken hiljaisuus, jonka Alderite keskeytti: "Ok, ei minulla ole tässä vaiheessa enempää kysyttävää. Sopiiko, että soitat minulle kun olet palannut töihin ja katsonut, puuttuuko mitään?

"Tämä käy vallan mainiosti", kirjastonhoitaja katsahti huojentuneena ja nousi seisomaan.

"Palaamme asiaan mitä pikimmin. Eiköhän tämä tästä selviä. Emme ole vielä saaneet selville vainajan henkilöllisyyttä. Yleensä sen myötä asiat aukenevat noin vuorokauden kuluessa, ja viimeistään kolmen vuorokauden kuluessa."

Alderite jatkoi puhuen mikrofonin suuntaan: "Ok, se on tässä tällä erää. Loppu." Hän lisäsi vielä kerran kellonajan ja päivämäärän.

Kirjastonhoitajan lähdettyä Alderite jatkoi hakukoneella tiedon etsimistä. Selaimen sanahakuun muotoutui erilaisia versioita uskontotieteestä. Hän huomasi kiinnostuvansa asiasta toden teolla ja yritti samalla parhaansa mukaan avata kirjastonhoitajien ammatin maailmaa. Hänen vihkonsa täyttyi kysymyksistä liittyen maailmankuviin ja -käsityksiin.

Kirjastonhoitajien ja informaatikkojen suhteessa tietoon, tiedon etsimiseen ja käsittelyyn oli jotakin samankaltaista kuin hänen poliisin ammatissa tapahtuvassa tiedon seulomisessa: tieto oli kaiken ytimessä. Alderite pohti miltä tuntuisi olla pitkälle erikoistunut kirjastonhoitaja, tai puhtaasti digitaalista tai opetustyötä tekevä informaatikko. Ajatuksista piirtyi esille paljon kysymyksiä, jotka liittyivät enemmän hänen omaan uteliaisuuteensa, kuin käsillä olevaan murhatutkimukseen.

3.

Alderite oli kohdannut työssään jonkin verran uskonnolliseen toimintaan liittyviä erikoisempia tapahtumia. Ensimmäiseksi hänelle nousi mieleen erään valtakirkon piirissä toimiva, mutta muuten itsenäinen uskontokunta nimeltään lestadiolaisuus. Hän yritti aikanaan tavoittaa sen piirissä toiminutta pedofiiliä. Kiinni saaminen, kuten koko asian tutkinta, oli ollut hyvin vaikeaa ja media oli jälleen kerran revitellyt asialla oikein huolella. Kuitenkaan tuonkaan tapauksen yhteydessä Alderite ei oikeastaan ollut tarvinnut uskonnollista tietämystä sen enempää, vaikka kyseisen lestadiolaisuuden toiminnan mittakaava hänen kotikaupungissaan olikin ollut hänelle yllätys. Yleensä pohjoisen Oulusta puhuttiin lestadiolaisena kaupunkina, mutta hänen kotikaupunkinsa oli paljastunut toiseksi vastaavaksi. Alderite oli tutkimuksen edetessä törmännyt moniin tabuihin, suljettuihin oviin ja vaikeneviin päättäjiin. Onneksi kuitenkin todistajat lopulta astuivat esiin, ja asia saatiin pois päiväjärjestyksestä. Yllättäen eräällä lestadiolaisen omistamalta suurelta kauppaketjulta oli myös paljastunut kytkentöjä äärioikeistoon: eräs heidän yrityksensä tiedotuskanava taisi jopa saada jonkinlaisen tuomion kiihottamisesta kansanryhmää kohtaan, joka taisi tässä tapauksessa olla juutalaiset, kuinka ollakaan.

Toinen kerta kun hän oli kohdannut jotakin erikoista uskonnollista tietämystä vaativaa, oli hautausmaalla tapahtunut hautarauhan rikkominen, missä teemana oli hautojen häpäisy ja yleinen sotkeminen. Tapauksen lonkerot olivat vieneet hänet syvällä metallimusiikin, prostituution ja saatananpalvonnan kummalliseen maailmaan. Silloin hän oli myös huomannut, että kaikki asiantuntijat eivät välttämättä olleet oikeita asiantuntijoita, vaan heilläkin saattoi olla omia intressejään. Myöskään saatananpalvonta ei välttämättä ollut aina sitä miltä se ulospäin näytti: yleisesti tunnetun tai nimetyn arkkipahan piikkiin oli kovin helppo pistää milloin mitäkin asioita.

Kolmas kerta oli erään toisen lahkon seksuaalisen eheytyksen leirillä tapahtunut joukkomurha, missä ilmeisesti eheyttäminen homoseksuaalisuudesta takaisin heteroksi oli muodostunut todella rankaksi ja vaatinut haulikon sekä ihmisuhreja. Tapaus oli ollut jopa asiaa tutkivia psykologeja syvästi järkyttävä, mutta siitä yllättäen vaiettiin mediassa. Näiden lisäksi oli Radiomäen rituaalipaikan tutkinta koko ajan taustalla ikuisuusprosessina, mihin palattiin aina silloin tällöin. Ehkä jokaisessa kaupungissa oli joku pimeä piste: sen paikan varjo, missä aurinko aina paistoi.

Alderite oli itsekin kunnostautunut lehdistön suhteen: nuorena konstaapelina työharjoittelua suorittaessaan hän oli niittänyt kyseenalaista kunniaa pääsemällä erään valtakunnallisen juorulehden sivuille. Tapaus sattui keskellä kaunista kesäpäivää, kun hänet oli komennettu tutkimaan junan alle hypänneen tapausta. Alderite oli etsinyt pitkin radanvartta hyppääjän ruumiinosia ja tavaroita. Hänellä oli mukanaan säkki, minkä täyttyessä hän oli reippaana nuorena miehenä roikottanut vainajan irtopäätä kädessään. Tietysti joku tapahtumapaikan ohi matelevan junan matkustaja oli ottanut hänestä oikein tyylikkään kuvan. Oli sanomattakin selvää, että kuva päätyi lehtiin ja asiaa jouduttiin puimaan viraston ylimmillä portailla asti. Tapahtuman ajankohta oli kuitenkin vielä vanhaa ja hyvää aikaa: Alderite sai pienen palkankorotuksen reippaasta toiminnasta, ja kuulopuheiden mukaan poliisijohto oli pitkään nauranut asialle melko huuruisissa saunailloissa. Ruumiita hän oli nähnyt riittämiin Afganistanissa ja Lähi-Idässä suorittaessaan rauhanturvatehtäviä, joten luultavimmin poliisilaitoksen psykologi oli ollut kyseisestä asiasta enemmän järkyttynyt kuin Alderite. Itse kuva oli kyllä kieltämättä aika brutaali, ja se oli hänellä yhä tallessa.

4.

Emil lähti poliisiasemalta henkisesti keventyneen oloisena. Kävellessään läheisen puiston viertä pitkin hän yhtäkkisesti pysähtyi jääden seisomaan kädet takin taskuissa miettien suuntaisiko kaupungille vai kotiin. Kaupungilla oli melko hiljaista, joten ehkä hänen olisi paras lähteä kotiin lepäämään. Samalla hän mietti kuinka tällainen tapahtuma tarttuu ihmiseen, jolloin olosta tulee hieman syyllinen, vaikka asia ei tietenkään niin olisi. Elämän ja kuoleman välinen verho suistaa elävän maailman hetkelliseen sekasortoon, eikä Emil välttynyt pohtimasta kuoleman ja siihen liittyvien asioiden muotoja ja tapoja: kuolema oli nykyisin kovin paljon piilotetumpi ja etäisempi kuin ehkä joskus ennen, silti koko ajan ihmisiä kuoli. Oliko kuolema sitten koskaan ollut läsnä tasapainoisesti jossain yhteisössä?

Samaan aikaan mediavirta välitti kuvaa ja ääntä väkivaltaisesta kuolemasta: informaatiota maailman sotatantereilta, missä terroristijärjestöt nostivat päitään, kaappasivat ihmisiä ja katkoivat kauloja lähes keskiaikaiseen tyyliin. Pahan taskut tuntuivat palavan ja olevan voimissaan pääsääntöisesti Välimeren eteläisellä puolella, samalla kun läntisen viihdeteollisuuden väkivaltaviihde tunki esille täysin epärealistista ja koko ajan enemmän testosteronia pursuavaa kuvaa taistelusta, verestä, kivusta ja tuskasta. Sankari muuttui koko ajan maskuliinisemmaksi ja rujommaksi, koska sota myi ja asekauppa kannatti. Emil mietti, että ihmisiä tulisi kouluttaa siihen kuinka välttellä negatiivista informaatioähkyä. Mutta toisaalta, oliko yhtään sen parempi laittaa pää kainaloon ja sulkea silmänsä, kuin katsoa passiivisesti verenjuhlaa? Kysymys vaivasi häntä, koska hänen mielestään silmiä ei saanut sulkea, vaan asiohin piti vaikuttaa ja ottaa kantaa. Mutta samalla kun asiaan vaikutettiin, niin asiaa muutettiin, ja juuri tuo muutos saattoi aiheuttaa uuden vastarinnan heräämisen. Pitäisikö sotien ja vallankumousten antaa sitten vain vyöryä yli? Ajatuksesta tuli kehämäinen, joten lopulta hän jatkoi matkaansa ryhtyen pohtimaan muita asioita.

Hän käveli rauhallisesti askeltaen kohti asuinpaikkaansa Pyhättömänmäkeä, pakkasen narskuessa kenkien alla. Pyhättömän alue oli kaupungin alueista arkkitehtuuriltaan sekä rakennuskannaltaan iäkkäintä ja idyllisintä. Saapuessaan vanhan puutalonsa portille hän noukki postilaatikosta päivän sanomalehden sekä muut postit, jonka jälkeen hän siirtyi portista kotiovelleen. Sisälle päästyään hän päästi suuren tervetuliaisnuolaisuja yltiöpäisesti jakelevan irlanninsusikoiran ulos, riisui vaatteensa ja napsautti teenkeittimen päälle. Koiran nimi oli Eetla ja se oli koostaan huolimatta ehkä lempein otus mitä maa päällään kantaa. Sen geeniperimän mukaisista, sudenmetsästykseen suuntautuvista ominaisuuksista oli mitä ilmeisimmin enää kovin vähän jäljellä.

Teenkeitin porisi. Emil laittoi teepussin kuppiin hautaumaan ja selaili postejaan. Samalla hän mietti pitäisikö tästä murha-asiasta ilmoittaa hänen veljelleen Tomille, joka asui pysyvästi ulkomailla. He eivät olleet kovinkaan läheisiä, mutta ilmoittelivat kuitenkin toisilleen, jos jotakin hyvin erikoista tapahtui. Hän oli viimeksi nähnyt Tomia kolme tai ehkä neljä vuotta sitten, ja silloinkin vain hetken. Heidän äitinsä oli kuollut ja isä asui nykyisin Tukholmassa.

Ajatellessaan isäänsä ja veljeään hänen mieleensä nousivat hänen omat akateemiset tutkimusintressinsä: pitäisikö hänen omat tieteelliset tiedostonsa ja tietokantansa varmistaa ja tallentaa jonnekin turvaan, pois omalta tietokoneelta? Hän muisti kuulleensa, että poliisin jäljiltä saattoi jäädä tietokone melko sekavaan tilaan. Toisaalta miksi poliisi hänen konettaan tutkisi?

Ylipäätään häntä kiinnosti seurattaisiinko häntä millään tavoin. Häneen liittyvistä henkilökohtaisista asioista ainoastaan Tomin olinpaikkaan liittyvä tieto oli sellaista, mikä ei välttämättä kuulunut niihin asioihin, jonka voi ensimmäiseksi paljastaa poliisille. Emil ei kyllä ollut ihan varma veljensä tämän hetkisestä tilasta tai olinpaikasta, mutta siitä huolimatta, tämän vainajan kanssa ei hänellä varmasti ole mitään tekemistä.

Rikospoliisi Joni Alderite vaikutti hyvältä ja terävältä tyypiltä, joka varmasti selvittäisi rikoksen mitä pikimmin. Emil oli arvioinut Alderiten olevan harvinaisen vahva mies: poliisi ei ollut mitenkään ylimääräisen iso tai lihaksikas, mutta tässä oli jotakin kovin teräksistä. Tämä myös hallitsi miellyttävästi kuulustelun kulkua, kuitenkaan ahdistelematta kuulusteltavaa liikaa. Sitäpaitsi miehen pöydällä oli kaunis ja värikäs perhosenmuotoinen tietokoneen hiirimatto. Emilin yllätykseksi tämän pöydän reunalla oli myös iso pino filosofian kirjoja, joista päällimmäisenä oli ranskalaisen Georges Bataillen filosofiankirja Noidan oppipoika.

Asioitaan aikansa mietittyään Emil siirtyi talonsa kellariin, missä hänellä oli rauhallinen työhuone: hän avasi tietokoneensa ja etsi aiemmin hankkimansa pienen ulkoisen varmuuskopioaseman. Sen jälkeen hän laittoi tiedostojen varmuuskopioinnin alulle. Ensin hän kuitenkin käänsi tiedostot kryptausohjelman avulla salakielelle, ja lähetti nämä kansiot vielä ulkoisen aseman lisäksi erilliselle asemalle, joka sijaitsi hänen omalla palvelimellaan Oxfordissa: se oli hänen kollegansa Neil Åbergin Oxfordissa sijaitsevassa työhuoneessa. Hän kytki sen aina erikseen päälle matkapuhelimesta lähetettävällä viestillä ja heti käytön jälkeen pois, tarkoituksena minimoida palvelimelle kysymyksiä lähettävien hakukonerobottien tunkeilut.

Seuraavaksi hän teki toisen kryptatun varakopion Tor-välityspalvelun välityksellä erilliseen maksulliseen pilvipalveluun, missä tieto hajautettiin ja mistä se olisi erillisellä komennolla taas käytettävissä. Hän oli kuitenkin luopumassa näistä verkon tarjoamista pilvipalveluista, koska ne tuntuivat vuotavan tietoa ja niihin oli mitä ilmeisimmin kyetty murtautumaan.

Samalla kun varmuuskopiolevy surisi ja valo vilkkui, hän kirjautui toisen suojatun palvelun kautta sähköpostitililleen. Hän laittoi veljensä Tomin osoitteeseen lyhyen kuvauksen tapahtumista. Tämän jälkeen hän käänsi saman tekstin englanniksi ja lähetti sen Oxfordiin uskonnontutkija Neil Åbergille, joka oli parhaita ystäviään.

Sen jälkeen hän kirjautui ulos sähköpostista, varmisti varmuuskopioiden tilat ja sulki internetyhteyden. Hän napsautti kytkintä joka irrotti verkkokaapelit verkosta. Lopuksi hän tyhjensi koko työkansionsa tietokoneelta pyyhkien ensin puhdistusohjelmalla koneen muistin, ja varmisti asian vielä omalla itse koodaamallaan ohjelmalla, joka alkoi päällekirjoittaa dataa kaiken poistetun päälle lukemattomia kertoja. Olisi lähes mahdotonta selvittää, mitä siinä oli ollut aiemmin: varmuus oli aina paras keino välttyä ikäviltä seurauksilta. Kehittynein tiedustelutoiminta kyllä kykeni poimimaan etäältä signaalit ja erottelemaan lähetetyt nollia ja ykkösiä sisältävät ketjut, jotka voitiin myöhemmin koota tiedoksi, mutta se oli hyvin kallista tekniikkaa ja vain harvojen käytössä. Hänellä ei mielestään ollut mitään suuria salaisuuksia, mutta hänen ajatuksiinsa ei vain sopinut se, että joku tutkisi hänen asioitaan luvatta.

Lopuksi hän piilotti varmuuskopiota sisältävän ulkoisen muistiaseman. Onneksi vanhassa puutalossa oli sopivia koloja ja piiloja niin paljon, että ilman talon kokonaan purkamista mitään ei varmasti löydettäisi. Hänen kannettavista tietokoneistaan ja muista laitteistaan, kuten tableteista, ei löytyisi mitään hänen akateemisiin harrastuksiinsa liittyvää, joten hänen puolestaan poliisi saisi tutkia jäljelle jäävät tiedot ihan rauhassa. Emil oli kirjastonhoitaja jolla oli salaisuuksia, niin akateemisia kuin muitakin. Salaisuudet eivät aina kuitenkaan tarkoittaneet että kyseessä olisi mitään rikollista, vaan ennemminkin jotakin yleisestä valtavirrasta poikkeavaa.

Emil laittoi teehen lisää hunajaa ja soitti vaimolleen kertoakseen asioiden etenemisestä. Moinen monimutkaisuus ehkä kuulostaisi ulkopuoliselta hieman paranoidilta, mutta koska tietokoneet olivat puhtaasti matemaattisen käyttöjärjestelmän laitteita, niin Emil tiesi hyvin sellaisessa maailmassa lähes kaiken olevan mahdollista. Hänen veljensä Tom oli ollut aikansa neroja ja ohjelmointialan pioneeri.

Emil itse kannatti lähdekoodien avoimuutta ja tiedon suhteen avointa ja reilua maailmaa, mutta henkilökohtaisissa yksityisasioissa ihmisillä olisi kuitenkin sallittava oikeus täydelliseen salaisuuteen. Toisekseen hän tiesi, kuinka maailmassa oli hyvistä ideoista pulaa, niin oli myös akateemisessa maailmassa. Niinpä hän oli tehnyt sen johtopäätöksen, että oli turha olla liian sinisilmäinen omien intressiensä suhteen.

Sitä paitsi juuri oli käynyt ilmi, että Yhdysvaltojen tiedustelupalvelu seuloi ja tutki lähes kaikkea internetin tietoliikennettä. Signaalien kaappaaminen oli melko helppoa jos oli resursseja, eikä niiden avaaminen kaikessa rauhassa ollut sekään silloin ongelma. Asiassa oli ikävä sivuvire: tiedustelupalvelu saattoi antaa tietoja myös yritysmaailmalle, omille yrityksilleen. Melkoinen kilpailuetu etenkin kun kaikilla ei ollut noin tehokasta tiedustelua. Tieto oli valtaa ja rahaa.

5.

Kirjastonhoitajan lähdettyä Alderite jäi mietteliäänä tarkastelemaan muistiinpanojaan: mitään suoranaista yhteyttä vainajaan ei ollut selvinnyt. Hän päätti soittaa sairaslomalla olevalle Kimmo Sippolalle tiedustellen tämän vointia; puhelimen toisessa päässä Kimmo oli jo henkisesti palailemassa töihin kuulostaen hieman kyllästyneeltä kotona olemiseen. Hyvä niin, koska miestä tosiaan tarvittiin. Samalla hän muisti pyytää Kimmolta pientä palvelusta, joka liittyi Lindaan, koska Lindasta tulisi joksikin aikaa tämän työpari.

Linda oli kääntynyt Alderiten puoleen jo pariinkin otteeseen: hän oli hieman huolestuneen oloinen asiasta, joka liittyi tämän poikaan, Alexanderiin. Tämän isä oli ilmeisesti varakas pietarilainen liikemies, ja asiassa ilmeni aina välillä jotakin ongelmia. Alderite ei koskaan muistanut pojan venäläistä sukunimeä, joka oli eri kuin Lindan sukunimi Milojeff. Poika vieraili Alderiten tietojen mukaan välillä isänsä luona Pietarissa, ja nyt asiassa oli jotakin mihin Linda tarvitsi neuvoa tai apua kollegaltaan. Alderite oli tavannut pojan muutaman kerran ja tämä vaikutti hieman sulkeutuneen oloiselta: poika tuntui aina näpräävän matkapuhelintaan musiikkikuulokkeet korvilla, ja tarkkailevan sitä enemmän kuin ympäristöään. Muuten tämän vaatetus oli aina kallista, ja poika oli hyvin hienopiirteinen ja älykkään oloinen nuorimies.

Alderite päätti siirtää asian kohteliaasti Kimmon hoidettavaksi, ja pyysi tätä ilmoittamaan, jos siinä oli jotakin omituista. Kimmo otti asian haltuunsa ja vakuutti ettei unohda sitä. Alderiteä hieman nolotti asian delegoiminen, koska se saattoi olla hyvinkin henkilökohtainen, mutta nyt hän vain tunsi itsensä liian kiireiseksi. Jotenkin Linda kiinnosti häntä, mutta samalla jokin asiassa työnsi häntä kauemmas, eikä Alderite halunnut ottaa tunteistaan sen enempää selkoa. Asian delegoiminen tuntui jokseenkin helpottavalta.

Sen jälkeen hän sulki tietokoneensa, laittoi muistiinpanonsa pieneen olkalaukkuun ja lähti kirjastoon tutkimaan sen uskontotieteeseen ja filosofiaan liittyviä kokoelmia. Muutama hänen lainaamasa filosofian kirja oli jo erääntynyt, koska hän ei ikinä muistanut uusia eräpäiviä, vaikka niistä tuli kätevästi muistutus hänen sähköpostiinsa. Hän päätti samalla käynnillä uusia lainat, sekä tiedustella löytyisikö mitään Suomen musiikkikoulutuksen historiaan ja kaupungin musiikki-instituuttiin liittyvää kirjallisuutta. Viipuri kävi myös hänen mielessään samalla kun hän veti paksua villapaitaa yllensä: hän päätti avata Niilon ja Voiton kertomien henkilöiden ja asioiden taustoja.

6.

Seuraavana aamuna, ulkona pakkasen yhä paukkuessa, Heikki Marjovirta avasi järjestyksessään toisen asiaan liittyvän murharyhmän kokouksen. Tilana oli sama neuvotteluhuone kuin edellisen päivän aloituskokouksessa. Ulkoilma välkkyi isojen ikkunoiden takana yhtä kuulaana aamuauringon sarastuksen hiipiessä taivaanrantaan.

Heikki vaikutti hieman äreältä, koska lintubongareiden verkostosta oli juuri tullut tieto, että Tampereella oli havaittu jalohaikara, eikä hän millään ehtisi katsomaan sitä päivän aikana. Lähimmät jalohaikarat pesivät Virossa, ja yleensä ne talvehtivat Afrikassa: kyseisen yksilön näkeminen olisi harrastajalle huippukokemus, mistä saisi hyvät pisteet. Kyseinen jalohaikara lämmitteli Tampereella jonkin pienen ojan vesissä, joka pysyi kovillakin pakkasilla sulana ja lämpimänä, johtuen jonkin tehtaan lauhdevesiestä.

Alderite taas veikkasi Heikin ärtyisyyden johtuvan rikostutkinnan vieressä tarkkailevista ulkomaalaisista asiantuntijoista. Hän oli itse nukkunut melko huonosti ja kireys painoi sykkien hänen niskalihaksissaan. Hän oli nähnyt painajaista, missä hissi oli pysähtynyt kerrosten väliin, ja avattuaan sen oven hän oli astunut suoraan klassisesta taiteesta tuttuun perinteiseen helvettimaisemaan, ja lopulta herännyt omaan huutoonsa. Tänä aamuna hän siirtyisi tutkimuksen johdosta yhdeksi asiantuntijoista, koska heidän oli tarkoitus yhdessä, suhteellisen tasavertaisena tiiminä, päivittää tilannekuva ja miettiä tutkimuksen etenemistä. Heikki johtaisi tällä kertaa vanhempana rikoskomisariona koko varsinaista tutkimuslinjaa. Ensimmäisessä, edellisen aamun palaverissa, oli ollut kiire ja pyörät laitettiin pyörimään: nyt johtoporras sekä kentällä tutkivat poliisit alkoivat asettua rooleihinsa.

Pöydän ympärille kokoontunut joukko vaikutti hieman väsyneeltä ja kalpealta, mikä ei ollut mikään ihme koska takana oli pitkä ja harmaa syksy, joka talven paukkuessa avautui tuskallisen hitaasti kohti valoisampaa kesäaikaa. Muutenkin useimmat työssäkäyvät joutuivat hakemaan voimia jaksamiseen, kuka mistäkin; välillä joku sortui alkoholiin, tai joku vain jäi rivistä masennuslomalle. Oli selvää, että kaikki eivät olleet yhtä vahvoja, koska työssä oleminen vaati suorittamista. Työ vei väistämättä voimat, tahtoi tai ei, ja siksi kaikkien mielessä oli jo pääsiäisviikko ja pari ylimääräistä lomapäivää.

Tutkimus tarvitsi lisää tietoa, ja Kimmo Huhta oli se henkilö, joka tiesi koordinaatit. Kimmon silmistä näki, että hän oli valvonut ja tehnyt töitä. Paikalla oli myös aiemmin Alderiten huoneessa pistäytynyt kalmontutkijoiden delegaatio, sekä valokuvaaja Aino Niemelä. Ainoastaan psykologi Tuure Engelberg näytti puuttuvan paikalta. Sen sijaan jengi- ja huumeasiantuntijat olivat lisääntyneet ja ryhmittyneet lähimmäs kahvipannua. Kalle Sippola oli palannut sairaslomalta ja istui Lindan kanssa Alderiten vieressä, kannettavat tietokoneet avattuina. Kalle tiesi kertoa, että psykologi Tuure oli passissa koululla torjumassa traumoja ja kuuntelemassa vihjeitä.

Heikki aloitti käheällä äänellä, mursunviikset nenän alla heiluen: "Huomenta hyvä herrasväki, ottakaahan kahveeta nenienne alle, jos haluatte. Meillä on täällä erikoistutkijoita kansainvälisestä symposiumista, ja he ovat vain seuraamassa tapahtumia. Meidän ei siis tarvitse välittää tai häiriintyä heistä sen enempää." Puhuessaan hän nyökkäsi vierailijoiden suuntaan, eikä esitellyt heitä sen kummemmin.

"Murharyhmämme on tutkinut tekopaikan: kuvaukset ja tekniikka on valmista eli työ on siis alkanut hyvin, joten pääsemme jo setvimään alustavia johtolankoja", Heikki sanoi hieman ylipirteästi ja siirsi nopeasti puheenpidon Kimmo Huhdalle. Alderite kuunteli asioita sivukorvalla, pyöritteli kahvia mukissa ja tarkasteli samalla sivusilmällä Lindaa ja Kallea.

"Ensinnäkin, ajattelin että järkevintä olisi aloittaa tutkimalla rikospaikan pohjakuvat ja valokuvat. Muuten suuri kiitos Ainolle hyvistä kuvista, joita tulee tarvittaessa myöhemmin lisää. Katsotaan nyt yhdessä, miten tietoa on kertynyt. Ruuminavauksesta tulee tietoa myöhemmin tänään, kemialliset analyysit joskus myöhemmin. Toistaiseksi ruumiin henkilöllisyys ei ole vielä selvillä." Kimmo Huhta piti pienen mietintätauon, silmäili kokousväkeä, ja kohensi asentoaan.

"Tekniikan latu käy kuumana ja meille pitäisi ihan näillä hetkillä tulla lisätietoa poliisin tietokannoista, jos jotain yhtäläisyyksiä on olemassa. Huumeryhmän miehet liittyvät tässä vaiheessa mukaan tutkimukseen, koska emme vielä ole varmoja jutun motiiveista. Siirrän nyt kuitenkin puheenvuoron eteenpäin Alderitelle", Huhta sanoi, otti kahvikupin, ja nyökkäsi Alderiten suuntaan.

Alderite palasi ajatuksistaan ja ryhdistäytyi. Hän avasi ennen kokousta järjestämänsä valokuvakansion ja videotykki alkoi heijastaa kuvia musiikki-instituutin sisätiloista seinälle. Samalla Alderiten ääni kertoi suomeksi ja englanniksi esille nousseita asioita:

"Kuvat on ottanut Aino", sanoi Alderite ja samalla viittasi Ainon suuntaan.

"... ja jos jollakulla nousee kysyttävää esillä olevien kuvien kuvakulmista tai jotakin muuta merkille pantavaa, niin Aino kirjaa huomiot ylös ja tarkentaa asiaa, tai siis kuvaa. Teemme tämän päätteeksi kuvakollaasin isolle seinälle ja merkitsemme mahdolliset johtolangat esille."

Alderite vilkaisi vierailijoiden suuntaan. Yksi vierailijoista oli melkoinen kaunotar: naisen katseessa ja olemuksessa oli jotakin, mikä sai hänet aina välillä vilkaisemaan tätä.

"Ensimmäiseksi olemme miettineet tekopaikkaa, vanhaa wc:tä ja musiikki-instituuttia, emmekä toistaiseksi ole löytäneet mitään hälyttävää. Toiseksi, meillä on ruumiin löytänyt kirjastonhoitaja", Alderite heijasti Emilin kuvan seinälle; kuvan jonka hän oli ottanut tämän kanssa käydyn keskustelun päätteeksi.

"Hänen taustoistaan ei myöskään ole toistaiseksi löytynyt mitään asiaan liittyvää. Emme tiedä tunteeko kukaan teistä häntä, joten voitte etsiä hänestä tietoa tietokannoistamme ja informanteiltanne ihan vapaasti", Alderite jatkoi.

"Tavoittelemme parhaillaan muuta talon henkilökuntaa ja haastattelemme heitä päivän edetessä. Mielestäni merkillisin ja johtolankojen kannalta oleellisin seikka on murhan tekotapa, ja siinä se, että jälkiä ei tosiaan ole. Niinpä mielestäni kaikki viittaa alamaailman suuntaan, ja kellot kilkattavat parhaillaan sitä porukkaa ripille. Huumetutkijat, kuten Kimmo Krp:stä ja meidän talostamme, ovat paikalla", Alderite piti pienen mietintätauon ja vilkaisi kelloaan. Jokin vaivasi hänen mieltään, mutta hän ei saanut ajatustaan kiinni ja päätti jatkaa.

"Kaiken kaikkiaan alustavan keskustelun pohjalta näyttää siltä, että jäljet eivät kuitenkaan johda mihinkään tiedossa olevaan suuntaan: hyvin alustavasti veikkaisin, että meillä on kokonaan uusi tapaus."

Huoneeseen laskeutui hiljaisuus. Huumeryhmän vanhempi tutkija, joka näytti enemmän rock-muusikolta kuin poliisilta, otti puheenvuoron: "Krhmm, päivää kaikille, olen Riku Juntunen Helsingin Krp:stä. Meillä on, kuten yleensä, pari huumeiden salakuljetukseen liittyvää johtolankaa tällä suunnalta, mutta mikään ei toistaiseksi viittaa siihen, että tämä asia liittyisi niihin. Kävin kaikki tiedossa olevat asiat läpi", Riku Juntunen piti tauon, hörppäsi kahvia ja viittasi edessään olevaan kansioon ja jatkoi asiaansa.

"Vainajassa mielenkiintoni herätti se, että hän oli hyvin siisti ja hyväkuntoisen oloinen: ilman mitään suurempia tatuointeja ja vastaavia, mihin yleensä huumeasioissa törmää, joten toistaiseksi olemme odottavalla kannalla."

Hiljaisuus laskeutui uudestaan huoneeseen. Kaikkien silmissä välkkyi kiinnostus huumepoliisin tutkimuksia kohtaan, koska parhaillaan käytiin suuria oikeudenkäyntejä huumepoliisien omasta sekaantumisesta huumekauppaan. Ne varjostivat pahasti koko ammattikunnan ylpeyttä, ja ennen kaikkea sen uskottavuutta. Alderite mietti, että pelissä liikkui koko ajan isompia summia rahaa, ja se varmasti vaikutti kaikkeen. Ahneus oli lähtemätön perisynti, joten oli selvää, että setelinipun kasvaessa riittävän suureksi, oli heikoimmilla riski pudota ansaan.

Samalla kädet pumppasivat kahvikannusta lisää kahvia mukeihin, ja kahvin täyteläiset aromit täyttivät huoneen. Alderite mietti miksi joku poliisin sisältä oli vähän aikaisemmin paljastanut, että poliisin tietokannasta löytyi myös Venäjän johtohenkilöiden nimiä. Lait ja käytänteet toki vaihtelivat, ja Suomi oli parhaillaan ruplakylvyssä, samalla kun venäläiset sotilaslentokoneet tuikkivat Suomen valtion rajoja. Paineita alkoi kasaantua. Hän mietti miltä huumepoliisista mahtoi tuntua, kun kollegat alkoivat kytätä omiaan?

Helvetin helvetti. Tähän oltiin tultu, ja mihin mentäisiin seuraavaksi, kun venäläisten oligarkien raha alkoi pyöriä Suomessa, tai ehkä tämä oli jo sitä peliä? Salaa hän kuitenkin itse haaveili löytävänsä jonkun oligarkin miljardikätkön, pakenevansa kaukaisuuteen, ja elävänsä seikkailijaelämää kuin Corto Maltese. Corto ei tosin ollut rikas, ja elämä Pienillä Antilleilla voisi myös ennen pitkää muodostua aika tylsäksi.

Alderite palasi ajatuksistaan kahvin terästämänä takaisin asiaan ottaen keskustelun jälleen haltuunsa: "Oletan, että iltapäivän kuluessa olemme selkeämmin kartalla missä mennään. Johdolta tuli noottia, että emme häiritsisi tämän enempää musiikki-instituutin arkea. Olkaa siis hienovaraisia, jos siellä vierailette: onneksi kukaan nuoremmista opiskelijoista ei ole nähnyt ruumista. Olimme tietyssä mielessä kerrankin ajoissa."

Alderite katsoi Heikin suuntaan, ja päätti jatkaa palaveria tämän kanssa, jos mahdollista.

"Tullin ja rajavartioston raportit eivät vielä johda mihinkään, ennenkuin saamme kuvaprofiilia ja lisätietoa vainajasta. Kalle ja Linda saavat jatkaa omilla linjoillaan: laittakaa heti viestiä jos jotakin uutta ja merkittävää ilmenee. Kivikoski lienee yhteyksissä huumeporukan kanssa? No niin, oliko tässä kaikki tähän asti? Laitan heti kaikille viestiä, jos jotakin ilmenee, muuten kokoonnumme uudestaan taas aamulla."

Huoneeseen tuli hetken hiljaisuus, jonka jälkeen kaikki ryhtyivät siirtelemään tuojejaan ja liikahtelemaan.

"Onko kellään mitään lisättävää tässä vaiheessa?"

Hiljaisuus kestin hetken ja Alderiten merkille panema vierailija, ulkomainen kaunotar, kysyi yllättävän vahvalla äänellä ja selkeällä brittiaksentilla: "Olisiko mahdollista päästä mukaan ruumiinavaukseen? Olen hyvin kiinnostunut tästä tapauksesta."

Kaikkien päät olivat kääntyneet porukan taka-alalla seisoskelevan naisen suuntaan. Alderite käänsi oman katseensa kuitenkin Heikin suuntaan, joka vastasi hetken kuluttua hieman ontuvalla englannilla: "Totta kai se sopii. Rikoskomisario Alderite vie teidät paikalle, ja toimii tarvittaessa yhteyshenkilönänne", Heikki viittasi Alderiten suuntaan.

"Ok, onko muuta?" Alderite jatkoi, ja komensi lopulta porukan äreästi töihin.

Tutkimusryhmän hajaannuttua hän keskusteli Heikin kanssa ikävämmästä tapauksesta, joka oli jäänyt roikkumaan osin selvittämättömänä asiana. Kyseisessä tapauksessa Itä-Euroopasta Suomeen saapunut nainen oli vuokrannut vaihtoasunnon

Lahdesta, jonkun netin välityspalvelun kautta. Asunnon omistaja oli lähtenyt Intiaan lomalle, ja nainen oli saapunut Suomeen. Hänen tarkoituksena ei ollut kuitenkaan lomailla Suomessa, vaan ansaita rahaa, joten hän oli kekseliäästi vuokrannut halvan asunnon myydäkseen itseään.

Homma pyöri hetken hyvin, kunnes joku, ehkä prostituutioalalla toimiva rikollisliiga, oli huomannut yksinäisen toimijan ilmoituksen ja lähtenyt paremmin tutustumaan tämän palveluihin. Asunnon omistaja palasi aikanaan lomilta. Järkytyksekseen hän löysi asuntonsa täynnä jo kuivuneita verijälkiä ja kärpäsiä. Kyseistä naista ei ole koskaan löydetty, mutta asia tulisi aina aika ajoin esille. Se pysyisi hyvin varmasti pitkään selvittämättömänä.

7.

Alderite jäi englantilaisen kaunottaren kanssa kahden. Hän tarkasteli naista: nainen oli oikeastaan skotlantilainen, ei englantilainen. Skotlantilainen oikeuslääkäri ja tutkiva poliisi, siis asiantuntija alan huipulta. Alderiten ajatukset risteilivät sinne tänne, ja viimein hän kokosi itsensä alkaen tutkia matkapuhelintaan. Nainen sai yllättäen hänen olonsa ja ajatuksensa hieman sekaisin. Hänessä tuntui olevan jotakin intensiivistä ja latautunutta, jotakin hyvin voimakasta ja älykästä.

"Odota hetki! Soittelen ja selvitän kuka vastaa ruumiinavauksesta, niin tiedämme milloin meidän olisi hyvä mennä siellä käymään", Alderite mutisi ja nosti puhelimen korvalleen. Samalla nainen istui alas odottavan näköisenä. Alderite tarkkaili tätä silmäkulmastaan, kuin jotakin amerikkalaisesta tv-sarjasta tupsahtanutta ihmettä.

Ruumispuolen oikeuslääketieteen erikoislääkäri Pekka Anttonen vastasi puhelimeen: "Halloo, olenkin odotellut soittoasi. Vainajamme, siis tämä John Doe, asettuu pöydälle noin klo. 14, joten olkaa hyvissä ajoin paikalla."

"Jahas, kirottu ajatustenlukija, tulemme silloin" Alderite vastasi.

"Me, mikä hiton monikko tuo nyt oli? Kuulin, että kylällä on jotakin spesialisteja, onko kehissä jotakin SCI -meininkejä",

Anttonen kuittasi veijarilla äänellä, ja jatkoi kuiskaten: "...itse asiassa olen hyvin kartalla, koska olen jo tavannut heidät ja pidin eilen pienen esittelykierroksenkin: esittelin uutta ruumishissiämme ja olivat kovin innoissaan. Tulkaa siis ajoissa", Anttonen sulki puhelimen töksähtävästi, mikä oli hänen tyylinsä.

Pekka Anttonen oli ruumiinrakenteeltaan pitkänhuiskea ja keski-iän jo ohittanut; hän oli kuitenkin teräskunnossa ja pelasi ahkerasti tennistä. Alderite ei muistanut, koska olisi voittanut tennismatsia tämän kanssa, ja nykyisin hän melkein vältteli pelaamista hänen kanssaan. Anttonen oli hyvin kokenut rikoslääketieteen tohtori ja toimi patologina oikeuslääketieteen osastolla. Tälle oli kuitenkin jo kertynyt ikävuosia, joten Alderite arveli tämä siirtyvän kohta eläkkeelle.

Alderite laski puhelimen ja ryhtyi selittämään tilannetta skottinaiselle. Mikä helvetti naisen nimi olikaan?

"Mietin onko sinulla ohjelmaa aamupäiväksi? Olen vasta itsekin orientoitumassa päivän töihin", Alderite sanoi. Samalla välähdys yöllisestä painajaisesta kiilasi Alderiten tajuntaan.

"Lähdetään työhuoneeseeni miettimään mitä teemme", Alderite jatkoi asiaansa. Nainen otti pienen retkeilymallisen reppunsa ja seurasi Alderitea tämän työhuoneeseen. Naisen toppatakki kääriytyi tämän ympärille niin, että hän muistutti rengasvalmistaja Michelin mainoksen hahmoa. Onhan Suomessa toki hieman kylmempi talvella kuin Skotlannissa, tai ehkä tämä oli vain lämminverinen tapaus, Alderite mietti avatessaan huoneensa oven.

Nainen tosiaan muistutti hyvin paljon Alderiten nuoruusvuosien ihastusta kasvoiltaan, mutta muista muodoista ei oikein saanut havaintoa muhkean toppatakin alta. Alderite istuutui ja napsautti tietokoneen käyntiin, samalla kun nainen keriytyi eroon paksusta toppatakistaan. Alderite tarkasteli naista sivusilmällä, ja huomasi ajatustensa hajoavan kuin meteoriittisade. Michelin- vanteiden alta oli kuoriutunut melko muodokas kaunotar. Alderiten kurkkua kuristi: aikamies naiskauhun partaalla. Hän kuitenkin tiedosti oman ikänsä, kokosi ajatuksensa ja avasi rauhallisesti sähköpostinsa.

"Tässä menee hetki kun katson aamun postini. Mietitään samalla miten olisi paras toimia, koska ruumiinavaus tapahtuu noin kello 14 ja siihen on vielä aikaa. Eipä sillä, tämä tapaus on päivän päätyöni, joten voidaan käydä hyvin jotakin asioita yhdessä läpi, jos vain haluat?"

"Ei hätää!", vastasi skottinainen, ja kaivoi oman tablettimallisen tietokoneensa repusta: huoneeseen laskeutui näppäimistön rapiseva äänimaisema, joka keskeytyi hetkeksi Heikin kurkistaessa huoneeseen.

Heikki toi heille kahviautomaatista kupilliset wieniläistä kahvia, joka oli hyvin makeaa ja lämmitti mukavasti. Samalla Heikki jututti naista. He keskustelivat hetken yleisellä tasolla säätilasta ja

Skotlannista. Heikki harrasti iästään huolimatta yhä voimannostoa ollen väkevä kuin vesipuhveli, jota hän myös hieman muistutti suurien viiksiensä kanssa; Heikillä oli myös tapana alkaa puhista kummallisesti, jos joku asia sai hänet kiihtymään, ehkä siitä johtui lempinimi vesipuhveli. Heikki oli alun perin koulutukseltaan vanhan koulun teknikko, joka oli monen mutkan kautta päätynyt poliisiksi. Heikki ei ollut ajattelutyössä mikään moniottelija, mutta päästyään asioihin kiinni hän vain jauhoi ne tasaisen varmasti päätepisteeseen. Nyt hän odotteli jo hartaasti eläkkeelle pääsemistä ja kokopäiväiseksi lintubongariksi siirtymistä.

Alderite mietti kuinka kysyä naisen nimeä, ja keksi katsoa sen pomolta tulleesta sähköpostista, missä oli kaikkien seminaarilaisten nimet. Huojennus ja helpotus, hän ajatteli. Hänen olonsa tuntui jotenkin kuumottavalta. Siinä se oli: Evelina Daly, lääketieteen tohtori, kriminaalipsykologian ja -lääketieteen tohtori, University of Edinburgh, Scotland Yard. Alderitelle tuli ensimmäiseksi mieleen joku samalta kuulostava viskimerkki. Mitä helkkaria! Naisella oli yliopistotason tutkintoja ja viittauksia vaikka muille jakaa. Nainen oli tuplatohtori, muttei vaikuttanut kovinkaan vanhalta, ehkä kahden- ja kolmenkymmenen välissä, tai sitten hän vain näytti kovin nuorelta. Alderite kurtisti kulmiaan ja totesi ajatustensa päätteeksi, että nainen oli melko kiinnostava tapaus tässä kovin arkisessa aherruksessa. Hakukone antoi haulla melko monta samannimistä, joten hän päätti tutkiskella asiaa lisää myöhemmin.

"Teillä taitaa olla kokous meneillään Hämeenlinnassa, niin olin käsittänyt?", Alderite kysyi.

"Sori, en halua tuppautua vaivoiksesi. Omat paperini on jo luettu, eikä siellä ole minulle mitään kovin ihmeellistä. Pohtivat lähinnä kunnallisia ja kovin teknisiä asioita, kuten ruumiskylmiöiden logistiikkaa ja sen sellaista. En kuitenkaan päätyökseni avaa ruumiita, vaan opetan rikostieteitä; toimin myös silloin tällöin Scotland Yardin erikoistutkijana", Eveliina vastasi hymyillen ja Alderite arveli tuijottavansa naista luultavasti kohtuullisen hölmistyneen näköisenä.

Eveliina jatkoi kurtistaen kulmiaan: "Kiinnostuin tästä tapauksesta, kun huomasin, että vainajan asettelussa ja identiteetissä on haastavia piirteitä".

"Voi siis olla, että meillä kävi hyvä tuuri kun satuit tänne juuri nyt, mutta usko pois kunhan saamme hammaskuvat, dna-näytteen ja sen sellaiset, niin meillä on vainaja, jolla on ihan oikea nimikin", Alderite vastasi hymyillen.

"Niin uskon minäkin", Evelina vastasi, "mutta toisaalta, ei kai haittaa jos tutustun toimintatapoihinne kentällä?"

"Kaikin mokomin, ja onhan tämä minullekin vaihtelua!" Alderite jatkoi katsellen Evelinan paksujen ja tummien hiusten laineita.

Nainen tosiaan muistutti hänen nuorempana useammankin kerran ihailemaansa kaunotarta: tumma, sekoitus roomalaisia geenejä, viikinkiverta ja jotakin muuta.

"Mistä sinä aloittaisit, jos tämä olisi sinun tutkimuksesi?", Alderite kysyi.

"Tapahtumapaikalta", vastasi Evelina yksikantaisesti.

"Mietin pitääkö minun suojella tietokantaamme ja kansalaisiamme varaltasi, koska et ole kuitenkaan ihan suomalainen, etkä sisäpiirissä, mutta palataan siihen asiaan, jos jotakin sellaista ilmenee", jatkoi Alderite.

"Mitä jos lähdetään käymään siellä tapahtumapaikalla, musiikki-instituutilla. Ehdottaisin, että ajetaan ensin Pyhättömänmäen kaupunginosan kautta, koska haluaisin vilkaista nopeasti, missä ruumiin löytänyt kirjastonhoitaja asustelee", sanoi Alderite ja sulki tietokoneensa.

Evelina sulki myös tablettinsa, nousten ylös ja ryhtyen kääriytymään takaisin muhkeaan toppatakkiinsa. Alderite tajusi todellakin seisovansa melkoisen kaunottaren vieressä. Alderite kävi kertomassa Heikille lähtevänsä vierailijan kanssa kentälle ja pitävänsä yhteyksiä. Se, mikä jäi Alderiteltä huomaamatta, oli hänen pöytänsä pinnan alle sujautettu, pieni ja litteä, noin 10 neliösenttimetrin kokoinen laite.

"Sopiiko sinua kutsua Evelinaksi, vai haluatko käytettävän jotakin muodollisempaa nimeä?" Alderite kysyi poliisitalon hississä.

"Kahden kesken olen vain Eve tai Evelina, mutta jos paikalla on kollegoita, silloin olen tohtori Daly", vastasi Evelina melko kuivasti, ja kaivoi puhelimen laukustaan.

"Selvä juttu Evelina, nyt astumme autohalliin. Käytän välillä talon autoa ja välillä omaani, riippuen tilanteesta, tai oikeastaan virka-auton saatavuudesta. Tänään ajamme omalla autollani, joka valitettavasti on jo parhaat päivänsä nähnyt", Alderite sanoi, ja painoi hopeisen, muutaman vuoden vanhan Opelin kohdalla ovien kaukoavaajaa: Opel piipahti.

"Ole hyvä", sanoi Alderite, ja he astuivat autoon sisälle.

Alderiten startatessa Eve kysyi: "Osaat varmaan suositella jotakin hyvää hotellia?"

Alderite mietti hetken peruuttaessaan samalla autoa: "Hotelli Seurahuone on juuri remontoitu ja luulisin sen olevan paras, mutta en tiedä hinnoista mitään. Se on ihan tuossa keskustassa, Aleksanterinkadulla."

Evelina puhui nopeasti puhelimeensa, ilmeisesti ohjeistaen puhelimen toisessa päässä olevaa henkilöä tekemään varauksen Aleksanterinkadulla olevaan hotelliin, jonka nimeä hän tankkasi monta kertaa, kuulostaen melko huvittavalta.

"Sori, olen yöpynyt Hämeenlinnassa, joten minun pitää varmaan siirtyä kaupunkiinne loppumatkani ajaksi", Evelina kuittasi.

Alderite ei jotenkin osannut panna asiaa millään muotoa pahakseen. Auton kaartaessa lasit huurussa ja lämmitin täysillä kierroksilla Pyhättömänmäen vanhan puutaloalueen sisälle, päätti Alderite tiedustella Evelinan ajatuksia Suomesta. Heidän keskusteluunsa oli tullut jonkinlainen mutkattomuus: nainen vaikutti, koulutuksen tasosta huolimatta, olevan hyvin maanläheinen persoona.

"Hitto, oikea muumimaa, metsää, metsää ja metsää, ja saaristo. Tutkiessani Hämeenlinnassa historiaanne ymmärsin kuinka idässä te olette, ja kuinka lähellä Venäjä on, siis huimaa. Kaupunkinne nimi oli minulle nimenä tuttu, koska meillä oli kotona keittiössä vanha ja toimiva putkiradio: sen viritystauluun oli merkitty sodanaikaisia radioasemia, ja se oli yksi näistä paikoista. Nyt kun näin radiomastonne, jotka muuten ovat todella komeat, muistin radiomme aseman nimen. Isovanhempani tapasivat kuunnella siitä asemasta radiolähetyksiä sodan aikana, ja sen jälkeenkin."

"Älä helkkarissa! Mastot ovat paikallisille melko laila itsestään selviä, ja olen ihan itsekin unohtanut niiden hienon historian. Niiden juurella on muuten aiheeseen liittyvä museo", Alderite sanoi naurahtaen.

"Sitä paitsi ostin Roomasta parivuotta sitten Napapiriji -merkkisen toppatakin, tämän mikä on päälläni, ja olen aina ollut kiinnostunut Skotlantia pohjoisemmista paikoista", Eve jatkoi.

"Onpa muuten mielenkiintoisen näköinen asuinalue: sanoisin, että tämä alkaa muistuttaa mielikuvaani muumimaasta", Eve sanoi auton puskiessa Pyhättömänmäen pienille kaduille.

Idylli oli kieltämättä kuin postikortista: lumikinokset olivat valtavia ja kaupunki tuntui katoavan jonnekin, vaikka he olivat melkein sen keskustassa. Piparkakkutalojen näköiset pienet lumikuorrutetut puutalot olivat todella kauniita.

"Joo, eikä ihan halvinta aluetta. Onneksi tämä on nyt melko hyvin suojeltua, eikä tänne pääse nousemaan mitään betonibunkkereita. Nyt minun täytyy tutkia hieman karttaa kun eksyn aina tänne tullessani", Alderite sanoi pysäyttäen auton hetkeksi. Aikansa puhelimensa karttasovellusta tutkittuaan hän jatkoi matkaa. Auto kiipesi mäkeä ylös tasaisen kentän viereen.

Evelina katseli ympärilleen pää pyörien, ja jatkoi aloittamaansa Suomi- teemaa: "Itse asiassa Skotlannista on tullut melkoisesti ihmisiä vuosisatojen aikana Suomeen. Kävin Tampereella Finlaysonin museossa, ja tunnistin jopa yhden kaukaisen sukumme jäsenen nimen".

Alderite vilkuili naista hiljaisuuden vallitessa, miettien tämän Suomi-kuvan realistisuutta. Hän johdatteli hetken kuluttua keskustelun eteenpäin: "Tässä on Pyhättömänmäen urheilukenttä, ja tällä paikalla oli joskus joku maatilan päärakennus, mutta se on palanut aikoja sitten. Koko alueen nimi tulee sen historiasta: siihen liittyy ilmeisesti joku henkilö, joka teki pyhinä töitä, ollen muiden mielestä pyhätön mies."

Eve kohotti kulmiaan ja Alderite jatkoi: "Noustaan ulos autosta ja jaloitellaan hieman, sillä en halua häiritä kirjastonhoitajaamme. Kunhan vain vilkaisemme hänen omistamaansa taloa", Alderite sanoi astuessaan autosta ulos. He kävelivät kentän laidalle, mistä avautui kaunis näköala eteläisen kaupungin suuntaan.

"Kaunista! Hei, haluan ottaa kuvan!" Eve sanoi, ja kaivoi takkinsa taskusta pienen kameran.

"Ottaisitko minusta kuvan?" Hän kysyi maanitellen. Alderite otti kameran ja tutki sen säätöjä.

"Eiköhän tämä onnistu", hän lopulta vastasi sormet kylmästä kohmettuneina.

Eve asteli maisemaan, ja Alderite sai hyvän tilaisuuden katsella tätä tarkemmin kameran kautta. Eve nosti isot aurinkolasit otsalleen avaten toppatakkiaan, ilme oli viekoittelevan kaunis.

"Perhana sentään", Alderite manasi, sillä hän huomasi olevansa kaiken perinteisen kaksimielisen ajatusleikin tuolla puolen: tässä oli nyt jotakin enemmän, yli hänen tasonsa. Asian tajuttuaan hän tuntui löytävän itsestään leikkisän herrasmiehen, mutta samalla hän tunsi itsensä vanhaksi ja hieman surulliseksi. Lopulta Alderite pääsi myös itse kuvaan.

Sen jälkeen he kävelivät Pyhättömänkadulle, joka laskeutui hyvin jyrkästi kohti Kerinkallio -nimistä asuinaluetta. Kerinkalliolle nimensä antanut kalliomuodostelma oli komea, ja paikalliset kiipeilijät kävivät siellä kesäisin harjoittelemassa kiipeilyvälineiden käyttöä.

Kirjastonhoitaja asusteli jossain tämän pienen kadun varrella. Heidän kävellessään eteenpäin yhden siniharmaan pikkutalon kohdalla katseli iso ja karvainen koiranpää aidan yli. Koira oli Alderiten mielestä irlanninsusikoira, ja vilkaistessaan nimeä postilaatikossa tiesi Alderite löytäneensä oikean talon. Hän hidasti kävelyvauhtia tarkkaillen silmäkulmastaan taloa: kirjastonhoitajan pitäisi olla parhaillaan töissä, mutta koira oli kuitenkin ulkona. Hän huomasi, että pihalla joku nainen teki lumitöitä, joten he jatkoivat huomaamatta kävelyä talon ohitse. Koira vaikutti kiltiltä, ja Alderitestä tuntui kuin se olisi nauranut heille häntä heiluen.

"Miltä vaikutti?" Hän kysyi Eveltä.

"Pieni, mutta ihana, jotenkin tällaiseksi olen Suomen mielessäni kuvitellut ja savupiipusta nouseva savuntuoksu tuntui ihanalle. Jos talosta ja koirasta voi jotakin päätellä, niin varmaan ihan mukava tyyppi. Sitä paitsi ei kellään pahiksella voi olla kirjan näköistä postilaatikkoa, eihän?" Evelina vastasi nauraen.

"...juu, ei hassumpaa ja talo on tosiaan melko pieni, joten kirjastonhoitajallakin olisi siihen ehkä varaa, jopa tällä alueella. Mitä jos siirryttäisiin seuraavaksi sinne instituutille?" Alderite sanoi.

"Ok, laitan koordinaatit ylös, koska tulen tänne iltalenkille", Evelina vastasi. He kävelivät toista kautta takaisin autolle: hetken kuluttua Opel suunnisti kohti musiikki-instituuttia, nastarenkaat rapisten.

"Käydäänkö radiomastojen juurella?" Alderite kysyi, Even näplätessä tablettimallista tietokonettaan.

"Käydään ensin siellä musiikkikoulussa, ja pidetään siellä ajattelutauko", Eve vastasi hieman mietteliäällä äänellä.

"Ok, siispä instituutille", vastasi Alderite pysäköiden huurteisen auton musiikki-instituutin eteen Karhukadulle: tien toisella puolella vanha karhupatsas katseli nimensä mukaisesti Karhupuistosta heidän menoaan. Alderite itse oli kovin tottunut patsaaseen, mutta Evelina halusi nähdä sen lähempää ja ottaa siitä valokuvia.

Evelinan marssiessa karhupatsaalle katseli Alderite vanhaa ja rähjäistä musiikki-instituuttia. Hän pohdiskeli, miksi se näytti niinkin synkältä, vaikka kaupunki oli kuuluisa musiikista ja hyvästä orkesteristaan? Joku tässä vaivasi häntä: jotkut hänen kuulemansa asiat eivät tuntuneet sopivan tähän päivään, tai ylipäätään normaaliin arkeen. Hänen poliisin vaistonsa olivat hälyttäneet ja aktivoituneet jo aikoja sitten.

8.

Karhun saatua osakseen ihmettelyä ja miljoonia tallennettuja pikseleitä he lopulta marssivat instituutin hämärään aulaan ja pujottelivat lastenrattaiden ohitse. Niistä päätellen joku musiikkileikkikoulun tunti oli joko alkamassa tai loppumassa. Hetken päästä he olivat kirjaston oven takana, joka oli suljettu. Ovessa luki, että kirjasto aukeaisi vasta klo. 12, mutta kirjastotilan sisältä kuului kuitenkin musiikkia ja tietokoneen näppäimistön rapinaa. Alderite päätti koputtaa. Hetken päästä sisältä kuului askeleita ja kirjastonhoitaja avasi oven.

"Hei, emme kai tulleet pahaan aikaan?" Alderite kysyi.

"Ette lainkaan! Tulkaa sisälle", kirjastonhoitaja sanoi, ja he astuivat tilavaan huoneeseen, jonka ympärillä kiersi hyllyjä. Parin hyllyrivin päässä seisoi isot kontrabassot. Kirjasto oli viihtyisän näköinen, joskin hieman vanhanaikaisen oloinen, ajan patinoima.

Kirjastonhoitajan työpöydällä oli pino nuotteja, joita tämä oli mitä ilmeisimmin juuri luetteloimassa tietokantaan. Taustalla soi hiljaa jonkun Alderitelle tuntemattoman rockyhtyeen musiikki ja kirjastonhoitaja vaikutti pirteältä. Edellisen päivän hieman ylivireinen tila näytti poispyyhkäistyltä.

"Tervetuloa valtakuntaani, tai oikeastaan opiskelijoiden valtakuntaan, koska heitä vartenhan me täällä olemme. Esittelen teille nopeasti kirjastoa, jos vain haluatte?" Emil kysyi.

"Anna mennä vain!", vastasi Alderite ja esitteli samalla skotlantilaisen kollegansa. Emil Lindahl osasi hyvin englantia, joten he siirsivät sujuvasti puheen englanniksi. Kirjastonhoitaja vei heidät suurten liukuvien arkistohyllyjen eteen ja veti hyllyn auki.

"Tästä minä yleensä aloitan esittelyni. Meillä on paljon nuotteja ajalta ennen Suomen itsenäisyyttä: niistä iso osa on 1800- ja 1900-lukujen vaihteesta ja osa myös sitä varhaisemmalta ajalta. Siirryttäessä kauemmaksi 1800-luvulle, nuottien määrä vähenee. Kokoelmamme vanhimmat painokset ovat 1700-luvun viimeiseltä puolikkaalta."

Hyllyillä lepäsi kyljellään vanhoja kirjankansien näköisiä partituureja, hyvin ohuita pahvikansioita sekä irrallisia nuottilehtiä. Niiden aavistuksen pölyinen tuoksu leijui ilmassa ja Alderite aivasti.

Kirjastonhoitaja jatkoi esittelyään: "Seuraavassa hyllyssä on hieman isompia nuotteja: tässä ovat museokokoelmamme Viipurin kauden aikaiset orkesterinuotit. Niihin pätee sama kuin edellisiin. Osa näistä Viipurin aikaisista nuoteista on yhä käytössä, ja teen niistä tarvittaessa käyttökopion. Joukossa on paljon käsikirjoitettuja tai käsin kirjoittamalla kopioituja nuotteja, joita pyrimme tunnistamaan aina ehtiessämme. Nämä aineistot ovat hieman pölyisiä ja tunkkaisia, joten emme availe niitä nyt sen enempää."

Alderite ja Evelina tunkivat hyllyjen väliin ja varovasti avasivat muutaman päällimmäisen nuottivihkon kansia.

"Näiden kanssa tapahtuva työ on aikaa vievää, mutta kiirettä ei ole, koska tärkeintä on että nuotit ovat tallessa. Monesti nuottien välistä löytyy kirjeitä ja vastaavaa, jotka pidetään myös tarkasti tallessa", hän kertoi ja avasi heille yhden kansion näyttäen kauniilla käsialalla kirjoitettua nuottia.

Alderite mietti, että jokin näihin liittyvä asia saattoi olla murhan taustalla.

"Tässä on aidolla mustekynällä ja hyvällä musteella, joskus 1800-luvun loppupuolella kirjoitettu nuotti. Se on kopio alkuperäisestä, koska tuohon aikaan ei ollut kopiokoneita ja nuotit olivat suhteessa huomattavasti kalliimpia kuin nykyisin."

Alderite ja Evelina tutkivat nuottia ihastellen sen kaunista ja aidolla mustekynällä kirjoitettua käsialaa.

"Tässä työssä huomaa vertailevansa koko ajan erilaisia historian aikakausia ja tapoja tehdä asioita. Mietin pitkään kuka on V.S, jonka nimikirjaimet esiintyvät monissa käsin kopioidussa nuoteissa, mutta sitten älysin että sehän on latinaa: Volti subito, käännä nopeasti. Se on ohje, joka on tarkoitettu monesti soittajan vieressä istuvalle nuotin sivujen kääntäjälle. Lyhyesti sanottuna nämä nuotit sisältävät hyvin paljon tietoa ja merkintöjä Suomen musiikinhistorian varrelta, eikä näiden arvoa voida oikeastaan mitata rahassa", Emil kertoi rauhallisella äänellä.

"Olisiko mahdollista, että vainajalla olisi ollut jotakin tekemistä näiden kanssa?" Evelina Daly kysyi hieman yllättäen. Ilmeisesti tämän ajatukset olivat kulkeneet samaan suuntaan kuin Alderiten pohdinnat.

"En tosiaan tiedä: vainajan kuolinpaikan läheisyys viittaisi siihen, mutta mikään muu seikka ei", Emil sanoi ja jatkoi nopeasti kuin ohittaakseen ikävän asian: "Näytän teille seuraavaksi soitinvarastomme."

Hän ohjasi heidät sivuhuoneeseen, joka sanamukaisesti oli täynnä soittimia.

"Osa kirjaston puolella näkemistänne isoista kontrabassoista sijaitsee kirjaston sisätilassa, koska ne ovat niin niin kookkaita soittimia, etteivät ne oikein sovi tälle puolelle. Täällä on kaikkiaan yli 600 soitinta, joista suurin osa on lainassa. Mikäli kaikki palautuisivat tänne yhtä aikaa, eivät ne sopisi tilaan.

"Onko teillä arvokkaitakin soittimia?" Alderite kysyi muistaen aiemmin mainitut Stradivarit ja vastaavat.

"Tjaa, koko varaston arvon on melkoinen, mutta nämä on tarkoitettu enemmänkin aloittelijoille, kuin mestareille.

Toimintatapa on pääsääntöisesti sellainen, että opiskelijat lainaavat harrastuksensa alkutaipaleella soittimia ja taitojensa karttuessa hankkivat sitten omat soittimet. Toki on täällä jotakin hieman arvokkaampia viuluja, ja muutama arvosoitin, mutta ei mitään Stradivareja, Amateja tai Guarnniereja", kirjastonhoitaja selvitti.

"Kuulin aiemmin tarinoita arvosoittimista nimenomaan Viipuriin liittyen, joten ajattelin voisiko sellaisella olla yhteyksiä vainajaan? Ihmisiä murhataan pienemmistäkin syistä ja rahasummista", Alderite sanoi harkitun rauhallisesti. Tosiasiassa hän hieman hidasteli, koska hänen tietonsa soitinten ja nuottien maailmasta oli hyvin vaillinaista. Evelina kuunteli vieressä pää kallellaan tutkien samalla englannintorvea, joka oli aseteltu pöydälle niin, että sen kuljetuskotelo oli avoimena ja soittovalmiina.

"Niin no, en itse ole karjalaista alkuperää, enkä varmasti tiedä asioista ihan kaikkea, mutta onhan se ollut melkoinen muutto jos ajattelee, että sen ajan suurkaupunki ottaa ja muuttaa toiseen kaupunkiin."

Kirjastonhoitaja hymyili ja levitti käsiään, kuin viitaten asian valtaviin mittasuhteisiin.

"No, ehkä hieman liioittelin, sillä eivät kaikki viipurilaiset tänne päätyneet, mutta iso osa kyllä. Vanhat viipurilaiset pitävät yhä yhtä ja täällä on paljon karjalaista energiaa", kirjastonhoitaja sanoi ja näytti mietteliäältä.

"Voi vain kuvitella, mitä sieltä on tuotu turvaan, koska olihan siellä vanhoja sukuja, ja tietysti valtavan ruhtinaskunnan pääkaupunki Pietari oli siinä ihan Viipurin vieressä."

Heidän välilleen laskeutui hetken hiljaisuus, kunnes kirjastonhoitaja Emil Lindahl jatkoi kertomustaan eteenpäin.

"Minun työroolin varjeluksessa on tuon ajan nuottiperintö, ja tietysti koulu kantaa mukanaan muitakin perinteitä", hän kertoi yhä enemmän mietteliään näköisenä ja jatkoi: "Jos teillä on ajatuksia, mitä murhaan liittyviä asioita täällä voisi olla, niin selvitän ne kovin mielelläni."

"Tämä on suunnaltamme hieman hakuammuntaa, ennenkuin asiat selkiytyvät", Alderite vastasi ytimekkäästi ja vilkaisi samalla kelloaan.

"Meillä on eräs harvinainen opinnäytetyö Harry Wahl -nimisen Viipurissa vaikuttaneen henkilön viulukokoelmaan liittyen: voisin lainata sen teille luettavaksi, kuten myös koulumme historiikin", Emil sanoi lähtien vastausta odottamatta noutamaan teoksia hyllystä. Hän palasi hetken kuluttua kainalossaan kolme melko pientä kirjaa.

"Saat nämä avolainaan, koska luotan että palautat ne, eli en tee sinusta varsinaista asiakasta", vastasi kirjastonhoitaja hymyillen ja ojensi kolme kirjaa Alderitelle.

"Ok, onko meillä mahdollisuutta saada asiakasrekisteristänne jonkinlaista otetta?" Alderite kysyi mietteliäästi.

Kirjastoon syntyi jälleen hiljaisuus, jonka tällä kertaa rikkoi englannintorven kaunis melodia. Eveliina seisoi ryhdikkäästi soittaen tätä harvinaista soitinta. Ilmeisesti hän tosiaan osasi soittaa sitä hyvin, koska valloilleen päässyt melodia oli hyvin kaunis ja se tuntui vangitevan miehet täysin lumoihinsa. Miehet katsoivat hiljaa toisiaan. Evelina jatkoi vielä hetken ja lopetti.

Miehet taputtivat ja Alderite kurtisti kulmiaan ja sanoi huumorinpilke silmäkulmassaan: "…ei tuo ihan skotlantilaiselta säkkipillin soitolta kuulostanut?"

Evelina naurahti kertoen opiskelleensa nuorena itsekin musiikkiopistossa ja osaavansa soittaa monenlaisia soittimia.

"Tämä on muuten melko arvokas ja harvinainen soitin", hän jatkoi.

"On, se on englannintorvi, joka on tullut juuri orkesterilainasta. Se on menossa takaisin paikalleen soitinvarastoon", Emil vastasi, ja katsoi Evelinaa hyvin kiinnostuneen näköisenä.

"Arvokas, siis minkä hintainen tuollainen soitin on?" Alderite kysyi ihmeissään ja hieroskeli toista korvaansa.

"Tjaa, tuo lienee noin 5000 euron arvoinen", Emil vastasi.

"Krhmm, siis 5000 euron arvoinen!" Alderite vastasi ja päätti olla jatkamatta kommenttiaan, ettei antaisi itsestään ihan hölmöä vaikutelmaa.

"Niin, ei tällaisten soittimien soittajia yksinkertaisesti ole kovin paljoa maailmassa: luonnollisesti arvoon vaikuttavat monet tekijät. Eikä tämä tosiaan ole englannintorveksi arvokkaimmasta päästä", kirjastonhoitaja sanoi tuntuen asettuvan hieman puolustuskannalle.

"Käsityötä, puuta ja sen tulee soida kauniisti. Ei näiden rakentajia joka oksalla istu."

Alderite ei sanonut asiaan mitään. Evelina oli siirtynyt tutkimaan muita soittimia.

"Katson saanko otettua teille tulostetta rekisteristämme, toimitan sen teille heti kun mahdollista. Pääsette netin yli tutkimaan aineistohakuamme, mutta sieltä ei toistaiseksi löydy ihan kaikkia aineistojamme", Emil sanoi palaten nopeasti asiaan.

"Ok," Alderite sanoi ja aisti tapaamisen olevan tällä erää lopussa. Evelina asetteli soitinta hymyillen sen koteloon, ja pyysi kirjaston aineistohaun internet -osoitteen.

"Lainaan nämä kirjat. Vilkaisemme vielä alakerran wc-tiloja mistä vainaja löytyi. Palataan asiaan kun jotakin taas tulee mieleen", Alderite sanoi.

Sen jälkeen he astelivat kirjastosta ulos ala-aulaan. Samalla Alderite mietti miksi kirjastonhoitajalla ei tällä kertaa ollut kallista kelloa ranteessaan, vaan yksinkertainen, vanha ja kaunis vasarakoneistoinen 1940-luvun Omega Seamaster? Kirjastonhoitaja oli mitä ilmeisimmin sangen tyylitietoinen veikko, eikä välttämättä mikään tyhjätasku. Jokin asiassa kuitenkin vaivasi Alderiteä.

Kirjaston vieressä oleva wc:n edustan ala-aula oli kalusteeton, iso, hämärä ja melko matala tila. Hän näytti ruumiin tarkan löytöpaikan Evelinalle, joka katseli paikkoja miettiväisesti. Nainen asteli monta kertaa sisälle wc-tiloihin ja ulos, käänteli hanoja ja mittaili ovia. Hän myös sytytti ja sammutti monta kertaa tilan valot.

"Mihin tämä aula jatkuu?" Evelina kysyi ja jatkoi matkaansa eteenpäin.

"Portaita pääsee hallinnon tiloihin ja ulos, ja takana olevasta ovesta pääsee musiikki-instituutin hyvin sokkeloiseen alakertaan, ja sieltä ylös, ulos, alas, ja talossa oikeastaan melkein mihin vain", Alderite sanoi.

"Mietin vain, mitä reittiä vainaja on tänne tullut tai tuotu? Oletteko pohtineet sitä asiaa?" Evelina jatkoi.

"Tottakai", Alderite sanoi ja mietti harmissaan, että ei ollut ehtinyt miettiä rikollisten tuloja ja menoja sekunnin vertaa.

Perhanan perhana. Kaunis skottinainen onkin Scherlock Holmes ja hän Watson, tai ehkä poliisietsivä Lestrade. Jumalauta nainen oli tuplatohtori, ja osasi vielä soittaa.

"Teoriamme on se, että vainaja on tapettu täällä wc:ssä, koska hänet oli valutettu kuiviin. Siirtäminen kurkku auki leikatuna, siis kuolleena painona, olisi ollut kovin hankalaa, mutta kuitenkaan mitään kamppailun jälkiä ei ole löydetty. Myös kurkun leikkaamisesta olisi tullut melkoinen sotku, joten itse vainajan ja teon tehneiden henkilöiden kaikki reittivalinnat ovat vielä täysin avoimia; puhumattakaan siitä mitä vainaja on täällä tehnyt, jos hän on ollut paikalla elossa?" Alderite vastasi miettien ruumiin liikkumista ja liikuttamista, elävänä tai kuolleena. Se että verta ei näkynyt misään oli kyllä melko erikoista.

"Tavoittaisimmeko jonkun talon avaimista ja valvonnasta vastaavan? Häneltä voisi kysyä monia asioita", Evelina sanoi katsoen Alderitea kysyvän tarkasti. Mies oli kalpea kuin aave, ja vaikutti hieman sekavalta, kuin pahanteosta kiinni jäänyt pikkupoika. Hän päätti hiljentää hieman tahtia ja siirtää keksimisen ilot hitaammalle vaiheelle. Evelinaa alkoi hieman hymyilyttää.

Samalla hän myönsi itselleen olevansa hieman kiinnostunut Alderitestä, siis muutenkin kuin poliisina: miehessä oli jotakin särmikästä karismaa, josta hän piti. Alderiten silmät eivät tavanneet tungetella hänen kehollaan, kuten monesti miesten kanssa tapahtui, ja se oli hyvin kohteliasta. Tosin Alderite oli hieman kulunut ja kyllästyneen oloinen, mutta moniin hänen tuntemiinsa miehiin verrattuna tämä tuntui kuitenkin terävältä tyypiltä. Kun mies katsoi häntä suoraan silmiin, oli tälle kovin vaikea olla vastaamatta rehellisesti: miehessä oli yhdistelmä jonkinlaista lempeyttä ja kovuutta, ja kaikki samassa hahmossa, lisänä ehkä hippunen karheutta. Sitä paitsi miehen pakarat olivat tiukimmasta päästä, mitä hän oli koskaan nähnyt, eikä naamakaan ollut yhtään hassumpi.

He kävelivät ylös kansliaan kyselemään avaimista ja tilojen kartoista: vararehtori Ines Suurmäki lähti itse opastamaan heitä vahtimestarin juttusille. Kyseinen vahtimestari oli juuri kantamassa tuoleja isossa konserttisalissa, ja hän laski tuolit alas kolisten vaikuttaen muutenkin hieman äkeältä. Ilmeisesti toimintaa oli talossa ollut jo tarpeeksi.

"Hei Jouni, tarvitsisimme avainrekisterin tiedot ja tilojen pohjapiirrokset poliisille", talon vararehtori Suurmäki sanoi tomerasti.

"Se rekisteri on sinulla siellä tietokoneella, ja talon huoltomieheltä saatte kartat. Hän tietää myös avaimista", huoltomies vastasi äkeästi.

"Tutkimme täältä löytyneen vainajan tapausta: onko teillä mitään ajatuksia asiasta?" Alderite siirtyi tuimempaan rooliinsa ottaen keskustelun haltuunsa. Huoltomies vaikutti vastahakoiselta. Hän oli ruumiinrakenteeltaan melkoisen vantteran oloinen.

"Minua on jo haastateltu, kuten sanoin, eikä minulla ole mitään tietoa tai käsityksiä tästä asiasta", Jouniksi esitelty vahtimestari sanoi ja jatkoi:

"Niillä tekijöillä on pakko olla hallussaan yleisavain, koska sen verran monesta ovesta heidän on pitänyt kulkea."

"Onko teillä mitään listaa yleisavainten haltijoista?" Alderite kysyi nopeasti.

"On, mutta kun se on vanha avainprofiili, niitä nyt voi itse teettää lisää; koska talo on vanha, niin avaimia on varmasti puolella kaupungilla", jatkoi vahtimestari tuimana.

Alderite mietti, löytäisivätkö kollegat mitään asiaan liittyvää tämän työntekijän taustoista. Vararehtori päästi vahtimestarin takaisin töihinsä ja ohjasi poliisit toimistoonsa, missä hän avasi tietokoneen. Evelina oli ollut koko ajan hiljaa ja seuraillut ilmeettömänä keskustelua, koska ei ymmärtänyt suomea.

"Annan teille listasta paperisen printin. Huomaatte itsekin, että se ei ole ihan ajan tasalla", tämä sanoi, tulostimen alkaessa hurisemaan taustalla.

"Voi kestää hetken, että saan talon kiinteistön omistajan huoltomiehen kiinni, joten olisiko parempi, jos pyydän toimittamaan teille pohjakuvat niin nopeasti kuin mahdollista. Tarvitsetteko koko talosta vai vain kyseisestä wc-kerroksesta?"

"Koko talosta voisi olla hyvä, ja sanokaa, että tuo ne itse minulle: antakaa puhelinnumeroni, sillä aion samalla kuulustella häntä asiasta", Alderite sanoi.

Vararehtori laittoi printtaamansa avainrekisterit kirjekuoreen ja ojensi ne poliisille kysyen samalla: "Onko asiasta selvinnyt vielä mitään?"

"Koko ajan tulee mielenkiintoisia seikkoja esille, mutta kokonaisuus on vielä hieman auki", Alderite vastasi hyvin virallisesti.

"Onko teillä tallentavia videokameroita talossa? Jos sellaisia löytyy, niin tekninen osastomme voisi käydä ne läpi", Alderite sanoi.

Vararehtori tuijotti tämän kainalossa olevia kirjoja mietteliäästi, mutta ei sanonut hetkeen mitään. Viimein hän virkkoi: "Te olette kyllä jo vieneet ne tallenteet, siis joku poliisi tekniseltä osastoltanne vei ne aamulla", vararehtori sanoi.

Alderite tuijotti vararehtoria ja samalla Evelinan ilmeestä näki, että tämä yritti päästä selville mistä puhuttiin.

"Selvä juttu, minä kysyn tekniikan väeltä", Alderite sanoi.

Alderite ja Evelina poistuivat toimistosta suunnaten musiikki-instituutin ala-aulaan. Samalla Alderite selitti, mistä he olivat keskustelleet, kertoen avaimiin liittyvästä ongelmasta. Evelina vihelsi hiljaa ja kirosi.

"Rakennus on melko heikossa kunnossa. Mielestäni se on hieman erikoista, sillä yleensä musiikkikoulut ovat kaupunkiensa helmiä, mutta ei tämä", Evelina sanoi mietteliäästi.

Alderite murahti vastaukseksi jotakin kaupungin taloudellisesta tilasta: hän kertoi 1990-luvun alun lamasta, jolloin sosialismin helmi, Neuvostoliitto, oli romahtanut ja Suomi oli joutunut sen heijastevaikutuksen varjoon. Alderiten selittäessä asiaa joukko nuoria teini-ikäisiä tyttöjä ja poikia tuli ja meni ovesta sisään ja ulos. Henkilöliikenne oli melkoista, ja melkein kaikki kantoivat jotakin soitinlaukkua mukanaan.

Talon edessä vanhemmat poimivat lapsiaan kyytiin tai jättivät heitä kyydistä samalla, kun edustan kadun liikenne vaikutti todella vilkkaalta. Koulun vieressä oli lääkäriasema ja vanhusten hoitokoti, joka sekin oli Viipurin peruja. Suuren liikenneympyrän takana seisoi kaupungin vanha linja-autoasema, ja sen takaa siinti historiallisen museon torni. Alderite katseli hetken museon tornin erikoista profiilia ja muisti samalla, että museossa oli parhaillaan Viipuri -aiheinen näyttely Viipuri Mon repos.

"Hitto, nyt mennään!"

Hän lähti marssimaan kohti linja-autoasemaa. Evelina seurasi ehtimättä kysellä tarkemmin, mihin mies lähti kovin vauhdikkaasti askeltamaan. Alderite oli vain avannut jäähileisen Opelin etuoven, paiskannut kirjat ja avainrekisterit sisälle autoon ja sännännyt sen jälkeen ajatuksissaan eteenpäin auton jäädessä parkkiin odottamaan.

9.

Alderite ja Evelina kävelivät pakkasen nipistellessä poskia ja lumen narskuessa kenkien alla kohti vanhaa linja-autoasemaa, minne musiikki-instituutin luota oli vain hyvin lyhyt matka. Kävelyreitti kulki läpi suuren liikenneympyrän. Seisoessaan liikennevaloissa Alderite vilkaisi liikenneympyrässä kasvavia suuria punatammia, joiden lehdettömillä oksilla näytti olevan suuri ja painava lumikuorma. Hän yllätti itsensä muistamalla niiden latinankielisen nimen: Quercus rubra.

Hän sanoi puiden latinankielisen nimen ääneen osoittaen samalla huurteisia jättiläispuita kumppanilleen, joka ei luultavasti käsittänyt hänen tarkoittamaansa asiaa lainkaan. Alderite selvitti puiden oksien kasvutapaa, joka oli tavallisesta metsätammesta poiketen enemmän vaakatasossa: sen puuaineksesta tehtiin kestävyyttä vaativia puuesineitä, kuten japanilaisia puumiekkoja ja vastaavia.

Se, että Alderiten tunnisti kyseiset puut, johtui siitä, että hän oli tutkinut niitä jo aiemmin perhosharrastuksen liittyen: moni perhoslaji viihtyi tietyntyyppisten puiden ja kasvillisuustyyppien ympäristössä. Hän oli käynyt tutkimassa näitä punatammia eräänä hiljaisena heinäkuun sunnuntaiaamuna; samalla hän oli miettinyt perhospyydysten asettamista niiden lomaan. Aikomus oli kuitenkin jäänyt toteuttamista vaille, koska yleensä hän tapasi lähteä perhoretkelle kaupungista sivummalle.

Kävellessään hän soitti poliisiasemalle ja tiedusteli Heikiltä, kuka tekniikan osastolta oli aamulla noutanut musiikki-instituutilta videotallenteet. Heikki kuittasi asian ilmoittaen ryhtyvänsä selvittämään sitä. Samalla hän kuitenkin hieman ihmetteli asian saamaa käännettä, koska hän ei ollut nähnyt vielä yhtään videokuvaa, eikä edes kuullut niistä mitään.

Alderite harppoi viimein vanhan linja-autoaseman hallin läpi, ja samalla kertoi sen keskellä kasvaneen valtavan kokoisen palmun, jonka kerrottiin kadonneen remontin aikana. Evelinan ilmeestä päätellen tämä ei käsittänyt mitään, mitä komisario yritti hänelle selvittää punatammista ja palmuista, koska tämän kävelyvauhti oli kova ja puheen mumina tuntui jäävän suuren kaulaliinan taakse. Evelina päätti kuitenkin nyökytellä ymmärtäväisesti ja katsoa mihin tämä oli oikein menossa. Alderite jatkoi kiireistä kävelyään matkapuhelin kädessä heiluen. Evelina ei ollut myöskään tottunut jäiseen maahan ja pelkäsi liukastuvansa hetkellä millä hyvänsä.

Linja-autoaseman toisella puolella oli vanha kartanomainen rakennus, joka toimi nykyisin historiallisena museona. Rakennus oli ennen ollut jonkun kaupungin silmäätekevän suvun asuinpaikka. Alderite tiesi kertoa, että kaupungin kupeessa oleva upea järvi oli aikoinaan ulottunut kartanon puistoon asti, mutta nyt paikalla oli suuri jalkapallokenttä. Järven vedenpinta oli tuohon aikaan ollut peräti kaksi metriä nykyistä korkeammalla. Heidän astellessaan kohti kartanoa linja-autojen pysähdyspaikan läpi tiedusteli Evelina musiikki-instituutin avaimiin liittyvistä asioista. Alderite selitti parhaansa mukaan käsitystään tilanteesta, joka oli sanalla sanoen sekava.

Astuessaan sisälle kauniiseen kartanoon Alderite näytti poliisin virkakorttia ja he pääsivät sisälle ilman lipunostoa. Museo oli Evelinan mielestä kovin kotoisan pieni, verrattuna maailman suurin museoihin, mutta sen kätköissä näytti silti olevan mielenkiintoisia kokoelmia. Tällä kertaa, kuin sattuman oikusta, esillä oli jotakin todella kiinnostavaa, sillä ensimmäistä kertaa esille oli aseteltu Viipurin aarteita. Alderite opasti häntä kertoen, että näyttelyn nimi Monrepos viittasi viipurilaiseen hyvin kauniiseen puistoon, missä oli tanssittu, vietetty aikaa ja rakastuttu; siitä oli myös laulettu monia lauluja, koska se oli kuuluisa kauneudestaan.

He katselivat mietteliäinä hyvin huolellisesti esille aseteltuja kokoelmia ja esineitä: välillä joistain esineistä virisi rauhallinen keskustelu heidän välilleen. Hetken kuluttua he olivat yhdessä jonkin vitriinin äärellä, ja taas välillä hyvinkin kaukana toisistaan. Kuitenkin sivullisesta tarkkailijasta olisi saattanut vaikuttaa siltä, kuin kaksi hahmoa olisi ollut näkymättömän langan yhdistäminä kiinni toisissaan. Esillä näytti olevan myös musiikki-instituutin nuotteja ja erilaisia näytteitä vanhojen viipurilaisten sukujen yksityiskokoelmista. Esineitä, aarteita, kirjoja, kirjeitä ja kuvia oli monelta vuosisadalta: osa niistä oli aikanaan kaukomailta Viipuriin tuotuja. Siitä Alderiten mieleen tuli taas sama asia kuin kirjastossakin: voisiko jokin historiallinen esine olla kaiken takana?

Päästyään näyttelyn loppuun he istahtivat pieneen kahvitilaan ja molemmat kaivoivat kannettavat tietokoneensa esille ryhtyen ajatuksissaan kirjoittamaan. Evelina oli myös ottanut muutaman valokuvan näyttelyn varrelta ja vaikutti hyvin kiinnostuneelta. Alderite oli täysin omissa ajatuksissaan ja antoi naisen puuhastella rauhassa. Kahvit juotuaan ja hieman ajatuksiaan järjesteltyään heidän välilleen virisi säkenöivä keskustelu Viipurin ja Suomen historiasta. Keskustelun edetessä Alderite muisti, että hänen pitäisi käydä illalla uudestaan kaupunginkirjastossa lainaamassa lisää tietoa Viipurin elämästä, koska hänen edellisenä iltana lainaamansa kirjat eivät oikein olleet tyydyttäneet hänen tiedon nälkäänsä. Lisätieto Viipurin keskiajasta, ja siitä varhaisemmasta viikinkien ajasta oli jotenkin pimennossa: Hänen lainaamiensa kirjojen teksti tuntui jotenkin pinnalliselta, ehkä liian kuivalta, ehkä aika vain oli tehnyt tehtävänsä. Heidän tutkimansa näyttely avasi kuitenkin hyvin näköalan kaupungin elämään, jota ei enää ollut. Viipurin kaupunki oli kyllä yhä olemassa, mutta sen rakentajat ja asukkaat, sen sielu, oli sieltä aikanaan poistunut. Kaupungin sielu oli nyt esillä vitriineissä. Viipuri oli nykyisin venäläisten kaupunki.

10.

Ulkona oli alkanut sataa lunta, mutta pakkanen ei silti vielä hellittänyt otettaan, kuten lumen sataessa yleensä tapahtui. He palasivat kävellen rauhalliseen tahtiin, näyttelystä keskustellen, musiikki-instituutin edustalle jätetyn auton luo. Alderite käynnisti sen pelokkaan näköisenä: nimittäin kova pakkanen saattoi tehdä auton akusta hetkessä selvää jälkeä. Onneksi auto kuitenkin lähti käyntiin iloisesti yskähtäen.

"Käytäisiinkö kohta lounaalla?" Evelina kysyi.

"Sopiihan se. Onko sinulla jotakin tiettyä mielessä? Täältä löytyy kivoja ravintoloita, kiinalaisia, nepalilainen, intialainen", Alderite vastasi.

"Haluaisin käydä enemmän perinteisessä suomalaisessa ravintolassa. Huomasin hotellin kotisivulla mainoksen ravintolasta, sillä oli joku ranskalainen nimi", Evelina vastasi.

Alderiteltä meni hetki käsittää mitä ravintolaa tämä tarkoitti.

"Mainitsemasi ranskalainen ravintola on varmaan ylhäällä kaupungintalon lähellä sijaitseva paikka: se on hyvin kaunis pieni ravintola", Alderite piti pienen tauon ja jatkoi: "Se on melko hintava, mutta todella tasokas. Paikalla on ollut vanha apteekki, ja nyt siinä on hieno ravintola. Sitten rannasta löytyy vielä pari tasokasta ravintolaa, tosin en osaa sanoa niiden keittiön suomalaisuudesta kovinkaan paljoa."

"Mennään sinne ranskalaiseen ravintolaan, sillä siitähän näyttäisi olevan lyhyt matka sairaalaan kyselemään vainajasta, mikäli osaan oikein tulkita tietokoneeni karttasovellusta", Evelina vastasi.

Alderite vaikutti epäröivältä miettien kuumeisesti miten viitata hienovaraisesti poliisi tulojen pienuuteen suhteessa korkeisiin ravintolalaskuihin. Hetken mietittyään hän kuitenkin päätti heittäytyä tilanteeseen: ehkä näyttelyn kansainvälinen tunnelma, naiskauneus, tai jokin ilmassa leijuva maaginen vire, sai hänet poikkeamaan rutiineista ja unohtamaan hetkeksi ainaiset rahahuolet.

"Ok, olkoon se ravintolamme tänään!"

He ajelivat kaunista rantatietä, koska Alderite halusi näyttää kumppanilleen kaupunkia ympäröiviä maisemia, ja samalla kuluttaa hieman aikaa, jotta lounasaika tulisi paremmin ajankohtaiseksi. Paluumatkalla Alderite ajoi suoraan kaupunginkirjastolle päättäen nopeasti etsiä muutaman kirjan Viipurin historiasta. Samalla kun Alderite vaivasi kirjaston tietopalvelun informaatikkoa, tutki Evelina englanninkielisen hyllyn valikoimaa: hän vaikutti hyvin kiinnostuneelta ja kehui muutenkin kirjastoa. Alderite tiesi hyvin, että Suomen kirjastoinstituutio oli korkeatasoinen, mutta sen mittakaava oli ilmeisesti jotakin ainutlaatuista, ja kirjaston esitteessä sen kerrottiin olevan yksi pienen maan sivistyksen ja kilpailukyvyn peruspilareista. Alderiten mieleen palasi musiikki-instituutin kirjastonhoitaja, mutta hän ei saanut tämän hahmoa oikein sovitettua julkisen kirjaston tunnelmaan.

Ajaessaan kirjastolta kohti ravintolaa Alderite soitti kollegoilleen Heikille, Kallelle ja Lindalle kysellen tilannetietoja. Kukaan ei tiennyt vielä mistään juuri mitään. Se, mikä herätti kiinnostusta, oli tieto siitä että kukaan tekniikan osastolta ollut käynyt vielä noutamassa, saati tutkimassa, musiikki-instituutin videotallenteita. Heikki päätti ryhtyä selvittämään asiaa entistä perusteellisemmin, sillä se saattoi sisältää uusia johtolankoja samalla kun tekniikka ryhtyi kokoamaan kuumeisesti isompaa tutkimusryhmää koolle.

Palatessaan sivukyliltä kohti kaupunkia Alderite jätti auton kaupungintalon puiston viereen, mistä he kävelivät lyhyen matkan valitsemaansa ravintolaan. Ravintolassa oli jo hieman myöhäinen lounasaika, mutta silti se oli melko täynnä liikemiesten oloisia asiakkaita. Tarjoilija ohjasi heidät ravintolan perälle, pieneen ikkunapöytään. Evelina pyysi ruokalistan englanniksi, ja tarjoilija kysyi samalla mitä he haluaisivat juoda. Evelina tilasi ranskalaista talon suosittelemaa punaviiniä ja kivennäisvettä. Alderite tilasi vain vettä, mutta mietti samalla kuumeisesti uskaltaisiko hän juoda ruokaoluen: Alderite, kuten useimmat suomalaiset, eivät käyttäneet lainkaan alkoholia työaikana: Evelina oli pannut merkille, että suomalaisilla muutenkin tuntui olevan hieman ambivalentti suhde alkoholiin. Silloin kun sitä otettiin, niin otettiin reilusti, mutta ei koskaan työaikana.

Alderite mietti hetken ja korjasi tilanteen: hän tilasi lisäksi suomalaisen pienpanimon tumman oluen. Hän nimittäin seurasi tiiviisti parhaillaan Suomessa vellovaa alkoholikeskustelua ja kannatti suomalaisia pienpanimoita. Tilanne oli hyvin erikoinen, koska alkoholilain tiukentajat vetosivat nuorten kasvavaan alkoholin käyttöön, mutta eivät huomioineet sitä että nuoret joivat pääsääntöisesti huonolaatuisia halpaoluita, eivätkä siis pienpanimoiden laatuoluita. Pienpanimoiden oluet eivät kuluneet riskiryhmien käytössä, mutta niitäkin haluttiin suitsia. Ala kaikeksi onneksi työllisti jo runsaasti, samalla kun laatu meni koko ajan parempaan suuntaan. Tosin osa suomalaisista pienpanimoista oli ryhtynyt siirtämään tuotantoaan Viroon, pienemmän verotuksen ja väljemmän alkoholilain turvaan. Alderite kertoi asiasta Evelinalle, joka taas kertoi Englannissa parhaillaan tapahtuvasta vanhojen pubien konkurssiaallosta. Panimokulttuuri oli kuitenkin Suomessa kovassa nousussa ja aidot brittialet olivat myös löytäneet tiensä suomalaisten ruokakauppojen hyllyille. Sitä paitsi internetin kautta kuka tahansa saattoi tilata herkkuoluita tuhansien merkkien valikoimista, kuten ikävä kyllä myös synteettisiä huumeita, jotka eivät jääneet huumekoiran saaliiksi.

Evelina kertoi kotikylänsä pienoluista ja niiden historiasta. Oluet olivat hyvin vanhoja, eikä niissä käytetty humalaa, vaan nummien kanervaa ja yrttejä. Jotenkin Alderiten mieleen jäi kaikumaan Evelinan käyttämä sanavalinta: tämä tuntui viittaavan heidän omaan olueensa, oliko tämän perheellä siis oma panimo? Alderite ei kuitenkaan ehtinyt kysyä asiasta tarkemmin, kun he olivat jo siirtyneet puheenaiheesta toiseen.

"Onpa hieno menu!", Evelina sanoi katsoessaan ruokalistaa, samalla kun Alderite tutki omaa suomenkielistä listaansa. Hänestä oli mukavaa päästä käyttämään englanninkieltä, joka elpyi koko ajan paremmaksi ja joustavammaksi. Hän oli opiskellut aikanaan jonkin aikaa Englannissa ja koki Lontoon toiseksi kotikaupungikseen. Jostain syystä hän oli vieraillut siellä yhä harvemmin, vaikka matka lentokentälle sujui tunnissa ja itse lento kesti vain kolmisen tuntia: metropoli ei siis ollut kaukana. Kaupungista pääsi myös hieman nopeammin junalla suoraan Pietariin ja laivalla Tukhomaan ja Tallinnaan. Saatavilla oli samalla aikataululla oikeastaan koko Pohjois-Eurooppa. Tukholma muistutti paljon Helsinkiä, ja ne muodostivat Tallinnan ohella aivan oman maailmansa: kääntöpuolena nopeassa liikkumisessa oli se, että rikolliset liikkuivat myös yhä nopeammin metropolista toiseen.

Tarjoilija toi heille juomat ja he tekivät tilauksensa. Evelina kysyi Alderiteltä tunsiko tämä historialliselta museolta ketään, kuka olisi asiantuntija heidän katsomiensa Viipurien kokoelmien suhteen. Alderite lupasi tiedustella, kuka olisi sopiva mahdollinen yhteyshenkilö. Samalla hän pohdiskeli, mitä nainen oikein ajoi takaa? Liittyikö uteliaisuus murhaan vai kiinnostuiko tämä asiasta muuten vain? Hän päätti kuitenkin olla kysymättä sen enempää. Hänen oma toimintasuunnitelmansa oli yhä perinteisen metodin linjoilla, siis aina ensimmäiseksi tuli selvittää vainajan henkilöllisyys.

Evelina oli valinnut listalta paistettua Islannin nieriää, korvasienikastiketta ja tilliperunaa. Alderite maisteli omaa grillattua vasikan ulkofilettä, paistettua scampia ja choronkastiketta talon ranskalaisilla perunoilla. Ruoka huumasi aistit ja hän tunsi viihtyvänsä erinomaisen hyvin Evelinan seurassa. Keskusteluiden sisältö kulki koko ajan mielenkiintoisissa aiheissa, koska tämän kanssa oli helppo jutella. Mielessään Alderite kuitenkin pohti oliko tämä naisiin kallellaan, koska tällä ei ollut sormusta sormessaan, ja sulhaskandidaatteja luulisi olevan pilvin pimein. Joten aina kun hänen ajatuksensa kiertyivät aiheeseen, hän ryhdistäytyi: pettymyksen karvaus rakkaudessa oli hänelle kovin tuttua, eikä hän antaisi tunteilleen kovin helposti mitään valtaa, koska työasiat tuli pitää työasioina.

Heidän lounastaessaan saapui ravintolaan lisää erilaisia liikemiesseurueita, mikä ei sinänsä ollut mikään ihme, sillä olihan ravintola rotarilautasella varustettu. Samalla Alderite katseli Evelinan käsiä ja huomasi pienen perhostatuoinnin tämän vasemman käden peukalon ja etusormen välissä. Käden liikkuessa näytti pieni perhonen sulkevan ja aukovan siipiään. Se oli pienestä koostaan huolimatta kaunis taideteos.

Käydessään ravintolan miestenhuoneessa hän huomasi vanhemmanpuoleisen herrasmiehen, jonka hän tunnisti yhdeksi Suomen rikkaimmista miehistä. Seurueeseen kuului mitä ilmeisimmin kolme hyvin varakkaan oloista miestä, ja heidän keskustelunsa tuntui kulkevan pääsääntöisesti englanninkielellä, tosin välillä hän oli kuulevinaan venäjänkielisen lauseen. Kyseinen varakas pankkiiri tapasi kohauttaa kansaa kovilla mielipiteillään ja kärkevillä kommenteillaan. Tosiasiassa hän oli tehnyt oman omaisuutensa juuri muiden, yleensä näiden pienituloisten, rahoja sijoittelemalla. Tosin vaatihan sekin taitoa. Media oli nimennyt tämän Suomen ensimmäiseksi ja omaksi oligarkiksi, jota toiset ihailivat ja toiset paheksuivat. Koska hänellä oli kuitenkin jo paljon omaisuutta, niin tuskin mikään eriävä mielipide hänen maailmaansa kovin paljoa liikuttaisi.

Alderite palasi ja istui pöytäänsä. Ohittaessaan toistamiseen liikemiesten ryhmän hän oli huomannut, että ravintolassa olleen miesryhmän jäsen oli käynyt tervehtimässä yhtä toisen liikemiesryhmän miehistä. Hänen ohittaessaan ryhmän miehet olivat kätelleet: itse kättelyssä ja kohtaamisessa oli jotakin tavanomaisesta poikkeavaa. Kyseinen seikka häiritsi hieman Alderiteä, niinpä hän kaivoi hetken mielijohteesta matkapuhelimensa esiin ja otti salamanopeasti kuvan kyseisestä miesten ryhmästä. Kuvan rajaaminen oli vaikeaa, joten hän jätti hetkeksi puhelimen videonauhoituksen päälle, asettaen puhelimen niin, että se osoitti hetken miesten suuntaan.

Evelina kurtisti kulmiaan huomatessaan asian, mutta älysi olla kääntämättä päätään kuvattavan kohteen suuntaan. Hetken kuluttua Alderite laittoi matkapuhelimensa pois, ja he jatkoivat keskustelua olutkulttuurista. Alderite ihmetteli jälleen kerran naisen tietomäärää. Yllättäen kesken keskustelun joku kopautti häntä olkapäälle. Hänen viereensä ilmestyi paikallisen sanomalehden pitkänhuiskea toimittaja Teppo Haikara.

"Hei, Allu!" tämä huikkasi rennosti ja kysyi samaan hengenvetoon kohteliaasti: "Saanko istua hetkeksi?"

Alderite nyökkäsi myöntävästi ja ennenkuin hän ehti sanoa mitään, esitteli jo Haikara itsensä Evelinalle. Samalla Alderite huomasi Haikaran kuuluisan hurmausvaihteen kytkeytyvän päälle: mies oli niitä veikkoja, joka kaataisi halutessaan vaikka sarvikuonon hymyllään. Evelina ja toimittaja vaihtoivat keskenään kuulumisia kuin vanhat tuttavat. Alderite mietti, mitä toimittajalla oli tällä kertaa mielessään.

Hitto, oliko hän mustasukkainen? Alderite hörppäsi olutta ja vetäytyi tuolillaan takanojaan.

Haikara oli tasokas journalisti ja kirjoitti säännöllisesti valtakunnan lehteen. Hän oli myös poliittisesti hyvin aktiivinen vaikuttaja. Hän kirjoitti kolumnejaan niin laadukkaasti, että lukija ei oikeastaan koskaan saanut selville, mitä asiantilaa tämä itse kannatti.

"Kuulin, että olitte löytäneet vainajan musiikki-instituutilta?" Haikara kysyi kohteliaasti englanniksi.

"Jep, se oli eilen se, ja tutkimukset ovat käynnissä", Alderite vastasi.

"Ahaa, kuka tämä vainaja on, ja liittyykö kuolema kaupungissamme vierailulla olevien venäläisten raharuhtinaiden asioihin?" Haikara jatkoi vilkaisten Alderiten kuvaaman pöytäryhmän suuntaan.

"Jaahas, pikkukaupungissa tosiaan olemme. Emme voi kommentoida, mutta tuskin liittyy. Kerrohan mitä tämä paskanjauhanta rahapoppoista oikein tarkoittaa?" Alderite kuittasi yllättävän ärhäkkäästi takaisin. Samalla Evelina nousi ylös lähtien kohti naistenhuonetta, vilkaisten samalla tarkasti rahaseuruetta.

"Tiedän, että heillä on täällä joku kokous: kaupunkiin on samalla kokoontunut poliittisesti hyvin vaikutusvaltainen ryhmä.

Ilmeisesti joidenkin hyvä veli -organisaatioiden eli vapaamuurarien, odd fellowsien tai muiden sukkanauharitareiden tiimoilta."

Haikara piti tauon ja vilkaisi ympärilleen: "Olen käsittänyt, että he myös kokoontuvat kuuntelemaan jotakin aiemmin esittämätöntä musiikkia, joten toki toimittajana olen luonnollisesti kiinnostunut siitä, mitä he puuhaavat", Haikara jatkoi.

"No, tuskin tuon porukan touhut liittyvät huonokuntoisen musiikki-instituutin uumenista löytyneeseen vainajaan millään tavoin. Mutta toki jos saat jostain jotakin tietoa päinvastaisesta, niin sopii soitella", Alderite sanoi huomattavasti lempeämmin.

"Ok, ok, kaunis daami sinulla...!" Haikara sanoi siirtyen keskustelusta toisiin aiheisiin.

Alderite ei sanonut mitään vaan katsahti Haikaraa pahasti.

Haikara kopautti veljellisesti Alderiten olkapäätä ja poistui kohteliaasti jatkamaan omaa lounastaan.

Alderite vastaili lounaan kuluessa Evelinan esittämiin, mitä erilaisimpiin Suomea käsitteleviin kysymyksiin. Monen mutkan kautta he ajautuivat keskustelemaan luonnosta: erityisesti vanhoista metsistä ja puista. Evelina kertoi hiljaisella äänellä Brittein saarten vanhoista tammimetsistä ja siitä minkälaista siellä ehkä joskus oli ollut. Vastaavasti Alderite kertoi Suomen vanhoista metsistä ja niiden eläimistä ja vaelluskokemuksistaan.

Molempia tuntui huolestuttavan käynnissä oleva ilmastonmuutos. Alderite paljasti myös suuren salaisuutensa: hän maksoi kuukausittain muutaman kymmenen euron kokoisen summan rahaa Suomen luonnonsuojeluliitolle, Greenpeacelle ja Sea Shepardille. Mainitessaan hurjan meriensuojeluorganisaation Sea Shepardin nimen, kohosivat Evelinan kulmakarvat, mutta tämä ei sanonut asiaan mitään.

Ruoka oli kaikkiaan maittavaa ja makuhermoja hivelevää ja molemmilla oli lopulta hyvin kylläinen olo. Samalla hyvin varakkaan oloisia liikemiehiä tuli paikalle lisää, tummien taksien vilahdellessa ravintolan ohitse. Alderite oli tunnistavinaan joitain kansainvälisen yritysmaailman hahmoja, mutta ei ollut varma asiasta.

Liikemiehistä huokui suuryritysten ja rahan mukanaan tuomaa tunnelmaa, joka toisaalta rentoutti ilmapiiriä mukavasti. Heistä huokui lomatunnelmaa, ja poispyyhittyä oli kaikenlainen yritysmaailman kamppailu ja kireys: nämä miehet olivat voittajia. Alderiteltä jäi lounaalla huomaamatta harmaa pakettiauto, joka pysähtyi hetkeksi hänen autonsa perässä: samoin häneltä jäi huomaamatta, miten joku tunkeutui nopeasti hänen autoonsa sisälle, lainasi hetkeksi hänen sinne jättämiään musiikki-instituutin papereita ja kiinnitti samalla jotakin auton alle.

11.

Maittavan lounaan jälkeen Alderite ajoi Evelinan Aleksanterinkadulla sijaitsevan hotellin eteen, missä hänellä oli huone varattuna. He sopivat, että Alderite noutaisi tämän tunnin kuluttua, jolloin he suuntaisivat ruumishuoneelle seuraamaan löydetyn ruumin tutkimusta.

Hyvästeltyään naisen Alderite suuntasi työhuoneelleen purkamaan valokuvat ja videon matkapuhelimestaan. Joku tässä yhtälössä kuumotti häntä: liittyivätkö rahapiirit kuitenkin jollain tapaa instituutin murhakuvioon? Resurssit erottivat rahamiehet pikkukonnista, ja jos sellaista olisi ilmassa, niin juttu voisi mennä hyvinkin mielenkiintoiseksi. Mutta mikä olisi motiivi? Mitä oli musiikki-instituutin videotallenteissa, ja missä ne olivat?

Poliisaseman neuvottelutilan kollaasitaululle oli alkanut kertyä tapauksesta lisää kuvamateriaalia ja hän huomasi, että pöydällä olevassa kansiossa oli musiikki-instituutin avainhenkilöistä taustoja.

Heikki ja Kalle olivat jo neuvotteluhuoneessa katselemassa kuvakollaasia ja heillä oli mielenkiintoista kerrottavaa. Heikki oli tutkinut kirjastonhoitajan taustoja ja sieltä oli löytynyt viittaus ympäristö- ja luonnonsuojeluaktivismiin tämän nuoruudessa. Kyseinen asia ei Alderiteä haitannut, koska hän oli itsekin ympäristön suhteen hyvin aktiivinen ja ymmärsi, että kaikki aktivistit eivät todellakaan olleet terroristeja. Mutta se mikä oli yllättänyt miehet, oli hyvin yllättävä tieto tämän veljestä, Tom Lindahlista.

Alderite klikkasi tiedot välittömästi auki tietokoneelta. Näissä tiedoissa oli useamman tiedustelupalvelun koodit, mikä viittasi hyvin poikkeukselliseen tapaukseen:

Tom Göran Kasper Lindahl, s. 1965.
Asuinpaikka tuntematon.
Mahdollinen kansalaisuus ja siihen liittyvät oikeudet: ei tiedossa.
Viimeinen vahvistamaton havainto Tasmaniassa vuodelta 2009 (Mi. fif034711a).
Lindahl on yksi kansainvälisen finanssi- ja mediakorporaatio Mendaciumin pääomistajista.
Lindahlin omaisuustietoja ei ole varmistettu ja hänen epäillään omistavan bulvaanijärjestelyiden kautta useita media- ja internetalan yrityksiä sekä bioalan yrityksiä.
Suhteita järjestäytyneeseen rikollisuuteen on epäilty. Ei todisteita.
Tiedusteluviitteiden mukaan (Mifif034712a/2007) Lindahl elää todennäköisesti kansainvälisillä aluevesillä tai kolmannen maailman kehittyvissä maissa, vaikuttaen taustavaikuttajana yritysmaailmassa.

Varmistettuja laittomuuksia ei ole kuitenkaan pystytty yhdistämään, mutta epäilyjä on runsaasti (ks. Mifi034215/2004).

Viimeisin vahvistettu valokuva hänestä on vuodelta 1997.

Varmistettu henkilöhistoria (tpaFI1997/2854301):

Lindahl oli nuorena erityislahjakas matematiikassa voittaen jo peruskoulun kuudennella luokalla matematiikkakilpailun. Hänen 1990-luvun alussa julkaistu diplomi-insinöörinlopputyönsä koskee verkkomallisen tietoverkon ominaisuuksia. Hänen omaisuutensa perustuu sille, että hän oli internetin alkuajan pioneereja ja osasi hyödyntää uutta tekniikkaa ensimmäisten joukossa.

Perhesuhteet isä (ss.3a77) ja veli Emil Lindahl (ss.4a74). Äiti on kuollut.

STATUS:

Lindahl ei ole seurannassa aktiivisesti.

Mikäli henkilöstä ilmenee havaintoja, niin jätettävä rauhaan ja tehtävä välittömästi ilmoitus suojelupoliisille.

Alderiten kurkkua kuristi ja hänen korviaan kuumotti, koska tiedot olivat hyvin kiinnostavia: hänestä tuntui, että asia liittyi jotenkin tähän juttuun. Hän katsoi etäältä otettua kuvaa, jonka esittämä henkilö oli hyvin päivettynyt ja muistutti etäisesti musiikki-instituutin kirjastonhoitajaa: kuvan hahmo oli ehkä lihaksikkaampi ja pidempi. Vanhemmassa kouluaikana otetussa kuvassa tämä oli vielä enemmän kirjastonhoitajan näköinen. Alderite tulosti tiedot ja marssi neuvotteluhuoneen kollaasiseinälle ja kiinnitti tulostetun otteen muiden kuvien joukkoon: palapeli sai uuden palan.

Miksei tämän isän nimeä oltu kirjattu lomakkeeseen, ja mitä tietojen numerosarjat tarkoittivat? Mietittyään asiaa hetken hän siirtyi toiseen aiheeseen, ja kysyi Heikiltä musiikki-instituutin videokuvista. Heikki kertoi mitä asiasta tiesi. Sen jälkeen he kävelivät yhdessä laitoksen tietotekniikkaosastolle, missä paikalla oli päivystämässä erikoistutkija Liisa Mäkikunnas.

Liisalla ei ollut mitään käsitystä siitä, kuka olisi voinut käydä kuvat noutamassa, ja oli tosiaan mahdollista, että joku oli käynyt paikalla esittämässä poliisia. Oliko siis koululta viety tai tuhottu tallenteita ja jos, niin mitä kuvat sisälsivät? Oliko niitä mahdollista palauttaa millään keinolla? Valepoliisina esiintyminen oli aivan ennenkuulumaton.

Tekniikan osasto paneutui parhaillaan videovarkauteen luvaten tietoa seuraavaan palaveriin. Liisa Mäkikunnas oli koulutukseltaan tietoteknikan diplomi-insinööri ja koulutukseltaan myös informaatikko, kuten ystävänsä Tiina Heikkilä. Pahat kielet kertoivat heidän olevan pariskunta. Liisa auttoi tiedon etsimisessä ollen siinä erittäin neuvokas, samalla hän toimi koko rikosteknisen osaston esimiehenä. Hän oli olemukseltaan aavistuksen tätimäinen älykkö, jonka silmät tuikkivat paksujen silmälasien takaa. Alderite tiesi, että Liisan kanssa ei kannattanut ryhtyä haastamaan väittelyssä, sillä tämä oli erityisen tarkka tosiasioista saattaen palata korjaamaan jotakin ristiriitaista asiaa kuukausienkin päästä.

Alderite kertoi Liisalle kokonaiskuvan tilanteesta, ja antoi ohjeistuksen kartoittaa Emil Lindahlin elämäntilanne täydellisesti: etenkin tämän pankkitilien rahaliikenne tuli laittaa jatkuvaan tietotekniseen valvontaan, sekä tietysti kaikki muu tietotekninen liikenne: sähköpostit, puhelut ja vastaavat. Hän painotti Liisalle, että tällä kertaa kaikki tiedonmurut olivat tärkeitä, joten Liisa lupasi laittaa kirjastonhoitajan niin fyysisen kuin digitaalisen silmälläpidon alle.

Seuraavaksi Alderite antoi tilannekuvasta tiedotteen koko tiimille, joka saisi koordinoida Liisan ja Heikin kanssa aukottoman valvonnan. Alderite mietti pitäisikö kirjastonhoitajasta, ja etenkin tämän veljestä, laittaa viestiä tulliin ja rajavalvontaan estääkseen henkilöiden rajan yli liikkuminen? Hetken asiaa pohdittuaan Alderite palasi omaan työhuoneeseensa ja kirjautui järjestelmään, jonka kautta hän raportoi suojelupoliisille Tom Göran Kasper Lindahliin liittyvästä tapahtumasta: laittakoon Supo estot päälle, jos katsoisi tarpeelliseksi. Tämän jälkeen Alderite vilkaisi hätäisesti kelloaan, joka oli vanha Vostok -merkkinen venäläinen sukeltajankello, ja säntäsi autolleen.

Evelina odotteli hotellin aulan kahvilassa kahvia siemaillen. Hän hyppäsi Alderiten hotellin eteen ajamaan Opeliin ja hetken kuluttua he olivat keskussairaalan oikeuslääketieteellisen yksikön neuvotteluhuoneissa, missä tohtori Pekka Anttonen siemaili mustaa kahvia tarjoten sitä heillekin.

Anttonen tervehti ystävällisesti Evelinaa, kehotti heitä istumaan ja käynnisti uutuuttaan kiiltelevän videotykin. Taululle ilmestyi John Doe eli musiikki-instituutin kalmo, alasti teräspöydälle asetettuna. Yleensä Alderite sai Anttoselta lyhyen ja kuivan raportin syistä, mutta nyt, mitä ilmeisimmin vierailijan johdosta, mentiin pitkällä kaavalla eteenpäin. He olivat tehneet oikeuslääketieteellisen ruumiinavauksen aiemmin päivällä, mutta Evelina oli jostain syystä ohitettu. He luulivat, että tutkimus alkaisi vasta kun he saapuisivat paikalle ja vilkaisivat toisiaan hämmentyneinä, mutta olivat asiasta hiljaa antaen Pekka Anttosen jatkaa. Anttonen oli asiallisen kuivakka, yli kuusikymmentävuotias, pitkä ja kalju hahmo, joka kulki työaikanaan aina valkoisessa lääkärintakissa. Tämä alkoi kuivaan tyyliinsä kertoa oikeuslääketieteellisen tutkimuksen tuloksista:

"Vainajan arvioitu ikä on 38 - 40 vuotta, fyysisesti hän on ikäisekseen erinomaisen hyvässä kunnossa, siis havaittavissa on hyvin vähän päihteiden käyttöä, eikä hän ole tupakoinut. Huumeista ei havaintoja ja vainajan maksa sekä sisäelimet ovat erittäin terveet. Tarkemmat tiedot näytteistä tulevat myöhemmin. Vainajan sidonta-asento pää alaspäin, toinen jalka toisen taakse taivutettuna, on hieman erikoinen, koska se on vaatinut lisätyötä, eikä olisi onnistunut yhdeltä ihmiseltä."

Anttonen rypisti kulmiaan, oli hetken hiljaa ja jatkoi: "Sivumennen sanoen minulla kävi mielessäni, että jalkojen känsistä ja kenkien hiertymistä päätellen henkilö voisi olla sotilas tai joku muu henkilö, joka on liikkunut paljon marssikengissä tai vastaavissa. Iholla ei merkkejä tai tatuointeja, rystysten iho on tavallista paksumpaa, joka saattaa kieliä jonkinlaisesta harjoittelusta. Vanhoja pienempiä arpia on käsivarsissa ja eri puolilla kehoa. Veriryhmä on O+, suurella varmuudella henkilö on kuollut hieman ennen valutusasentoon siirtämistä, eikä tämä ole tehnyt mielestäni fyysistä vastarintaa ennen kuolemaansa. Oleellista on, että mustelmia ei ole ja kaulan viilto tehty tämän ollessa jo ylösalaisin, siis kuolleena. Anttonen piti pienen tauon ja jatkoi: "Kaulan viilto ei siis ole varsinainen kuolinsyy."

Taas tämä piti tauon, ja Alderite mietti miksi yleensä kovin suoraviivainen patologi nyt takkuili.

"Hammaskuvat on myös otettu ja parhaillaan tietokanta vertailee niitä ja sormenjäljissä sama juttu, kuten myös DNA -profiilin suhteen. Hampaat ovat muuten yhtä hyvässä kunnossa kuin koko mies. Hänellä on muutama vanhempi luunmurtuma, toinen kylkiluissa ja toinen vasemmassa ranteessa, aiemmilta vuosilta. Miehen arvioitu paino, veren kera, on ollut noin 87 kiloa, hiukset ovat ruskeat ja silmien väri sininen.

Anttonen rykäisi ja korjasi lasejaan näyttäen pohtivan jotakin asiaa.

"Vainajan vatsalaukku oli melkoisen tyhjä, joten hän ei ollut ruokaillut hetkeen ennen surmaa, mutta nälissään hän ei ole myöskään ollut. Näistä tiedoista jouduimme etenemään kohti mahdollista kuolinsyytä: verenkuvasta ja sisäelimistä emme löytäneet vielä minkäänlaisia vastauksia. Hänen sydämensä oli ehjä ja hyvin terve."

Hän vilkasi Evelinaa ja Alderite oivalsi, että he luultavasti halusivat siirtyä nopeasti patologien omaan työslangiin, mistä hän ei varmasti ymmärtäisi kovinkaan paljoa.

"Analysoimme parhaillaan hyvin laajasti hänen kudostensa ja verenkuvansa laatua löytääksemme johtolankoja. Hänen aivonsa olivat myös vahingoittumattomat. Vaikuttaa, että hän on kuollut salamannopeasti, mutta syy ja kuolemantapa on toistaiseksi mysteeri. Jonkinlainen myrkytys on mahdollista, mutta emme vielä pysty määrittelemään mahdollisen aineen laatua sen tarkemmin", Anttonen kertoi ja siirti silmälasinsa mietteissän otsalle. Alderite aavisti, että tämä oli hyvin jännittynyt ja ajatuksissaan.

"Olemme ottaneet hänen kasvoistaan kuvat ja laitoksella tehdään hänestä parhaillaan tunnistuskelpoista mallia. Oman arvioni mukaan hän ei ole suomalainen, eikä myöskään pohjoismaalainen, mutta toki kuitenkin kaukasialaista perimää."

Alderite mietti asiaa: mistä mies oikein oli tullut, ja miksi? Evelina oli pysytellyt vaiti, mutta kohotti kulmiaan mietteliään näköisesti. Anttonen jatkoi monologiaan:

"Oma veikkaukseni on, että hän on Euroopan keski- tai itäisiltä alueilta. Toisaalta dna -profiilit saapunevat myöhemmin ja kertovat asian tarkasti. Hammaspaikoista päätellen hän voisi olla Alankomaista, Saksasta tai vaikka Yhdysvalloista", Anttonen sanoi ja sammutti samalla videotykin.

"Sanoisin, että John Doe on toistaiseksi mysteeri", Anttonen päätti vahvalla suomalaisella aksentilla puhumansa englanninkielisen selostuksen, ja asetti silmälasinsa takaisin nenälleen.

Huoneeseen tuli hiljaista ja Anttonen painoi valonapista valot päälle.

Valkeus tuli ja Alderite kokosi itsensä: "Miksi kutsuitte meidät paikalle vasta kello 14? Vieraani olisi halunnut olla mukana avauksessa. Luulin, että asia oli sovittu. Ja mitä helkkaria tarkoittaa, että vainaja on yhä mysteeri? Mitä tämä nyt oikein tarkoittaa?" Alderite tunsi olonsa hyvin tukalaksi, ja suoraan sanottuna koko tapaus alkoi tuntua jonkun pahanilkisen kepposelta.

Anttonen ei sanonut hetkeen mitään vaan tuijotti mietteliäästi Alderitea. Piinaava hiljaisuus jatkui, kunnes Evelina katkaisi miesten huoneeseen virinneen tunnelman.

"Hyvin kiinnostavaa: pahastuttteko, tai siis tarkoitan, olisiko minun mahdollista vielä hieman vilkaista vainajaa? Minulla on aavistus jostain ja haluaisin varmistaa asian, jos vain mahdollista ettekä pahastu tunkeutumisestani reviirillenne?"

Anttonen otti silmälasit nenältään ja katsoi Evelinaa tovin. Hiljaisuus tihentyi hetken.

"Tiedän tutkimuksenne: tämä olisi minulle enemmänkin kunnia, siispä laitan viestiä, että laittavat vainajan takaisin pöydälle. Ohjaan teidät pukeutumishuoneeseen. Haluatko Alderite tulla mukaan?"

"En helvetissä", Alderite sanoi ja päätti odottaa kokoushuoneessa. Evelina sanoi noustessaan ylös: "Tämä voi kestää hetken, joten ole kärsivällinen", hän lisäsi paksulla skotlannin ylämaan murteella.

Alderite jäi yksin neuvotteluhuoneeseen. Kalmontonkijoiden mentyä sairaalan kylmyys ja steriiliys huokui kylmästi iholle. Alderite nojasi taaksepäin ja sulki silmänsä ryhtyen kokoamaan palapelin paloja. Rikoksen motiiveista ei vielä tietoakaan, mutta ruumis heillä oli. Mutta sitten oli vainajan veren laskeminen? Miksi?

Sitäkö Evelina jahtasi? Siis jotakin syytä, joka avaisi ikkunan tekotapaan ja motiiviin. Siitä aukeaisi seuraus ja palapeli alkaisi avautua. Miksi heidät oli sitten ohitettu ruumiinavauksessa? Oliko mahdollista, että joku tiesi enemmän kuin he tästä asiasta? Oliko tässä jotakin kansainvälistä tutkimusta taustalla, ja kohta heidät ohitettaisiin kokonaan?

Liisa soitti asemalta ja kuittasi kirjastonhoitajan olevan nyt reaaliaikaisessa tarkkailussa. Alderite pyysi tätä vielä katsomaan musiikki-instituutin tiedonsiirrot ja tapahtumat, sekä tutkimaan kirjaston tietokannan. Juuri kun Liisa oli lopettamassa Alderite muisti lisätä mietteitään kirjaston asiakasarekisteriin liittyen: "Hei, ota vielä kirjastotietokannan asiakasrekisteri ulos, sori kun unohdin koko asian. Ja jos saat musiikki-instituutin rahaliikenteestä tiedot, niin ota nekin. Jos mieleesi tulee jotakin muuta, niin käy vain kimppuun."

Liisa kuittasi hoitavansa homman.

Suljettuaan puhelimen jatkoi Alderite pohdintojaan: mitä sikarikas pappakerho oikein puuhasi Lahdessa? Eikö tuon kokoluokan haiden pitänyt uiskennella Monacossa? Mistähän tuostakin kyselisi?

Kahvi poltti taas vatsassa, ja hetken rauhoituttuaan hänen ajatuksensa siirtyivät takaisin Evelinaan. Aavistuksen painokelvottomien ajatusten lomasta alkoi pilkottaa taas suorakulmainen esine: harppi, vapaamuurarit. Hän muisti isoisänsä olleen vapaamuurari, mutta häntä ei asia ollut koskaan aikaisemmin sen enempää kiinnostanut tai koskettanut. Hän ei tiennyt näiden touhuista oikeastaan yhtään mitään. Hänen ajatuksensa siirtyivät kuitenkin nopeasti toiseen kaunottareen, poliisin erikoistumisharjoittelua suorittavaan Linda Milojeffiin, ja tämän huolellisuuteen lounasasioissa: Lindalla oli aina omat eväät siisteissä koteloissa, joista näki että nainen tosiaan panosti hyvin syömiseen. Tämä taisi olla vegaani. Alderiteä kiinnosti maistella sen näköisiä ruokia, mutta mistä niitä saisi? Hän päätti hommata vegaanikeittokirjan ja vierailla jossain vegaaniravintolassa. Toisaalta, miksei hän kysynyt Lindalta asiasta suoraan? Pelkäsikö hän mahdollisesti joutuvansa naurunalaiseksi? Oliko tämäkin samanlainen vaiettava asia, kuten hänen filosofian harrastuksensa ja perhosten keräileminen, että niistä vain ei oikein osannut keskustella koko työporukan kanssa?

Alderite otti ärtyneenä pöydällä lojuneen paikallislehden ja alkoi lukea päivän uutisia. Hän hätkähti huomatessaan kulttuurisivulla olevan pienen ilmoituksen kaupungin pääkirkossa järjestettävästä urkukonsertista, missä soitettaisiin Jean Sibeliuksen vähän tunnettua vapaamuurarimusiikkia. Alderite katsoi ilmoitusta pitkään, otti taskustaan monitoimiveitsen ja leikkasi ilmoituksen irti. Lopuksi hän asetteli sen lompakkoonsa talteen. Sen jälkeen hän kaivoi älypuhelimen taskustaan ja avasi internetin ryhtyen etsimään tietoa hakusanoilla Jean Sibelius vapaamuurari.

Hakukone sylkäisi tietoa näytölle: Sibelius, Tuusula, looshit, Yhdysvallat. Säveltäjän erilaiset kytkennät vapaamuurareihin alkoivat avautua. Hakukoneen tarjoamien tietojen mukaan Sibelius oli ollut Suomen ensimmäisiä muurareita ja säveltänyt runsaasti vapaamuurarien uskonnon teemojen aiheista musiikkia. Oliko se sitten uskonto? Siitäkin oli ilmassa eriäviä mielipiteitä. Tästä Alderite päätteli, että musiikki oli kyseisessä toiminnassa erityisen tärkeää ja Alderiten aika kului mukavasti uppoutuneena tutkimaan isoisänsä maailmaa.

Hetken lueskeltuaan hän muisti, että kirjastonhoitaja oli maininnut jotakin vapaamuurareista ja oli koulutukseltaan uskontotieteilijä. Oliko vapaamuurarius sitten uskonto vai ei? Häntä kiinnosti kysymys siitä, mikä ylipäätään teki jostain yhteisöllisestä asiasta uskonnollista toimintaa? Mitä vapaamuurarit sitten palvoivat, siis mihin he uskoivat? Alderite huomasi tietoja analysoidessaan, että pintatasolla tutkittaessa nousi vapaamuurareiden sulkeutuneisuus hyvin esille: looshiin ei päässyt kuka vain ja kokelaan tuli olla vähintään kahden muuriveljen suosittelema. Miksi ihmeessä?

Kun hän yritti etsiä tarkempaa tietoa rituaaleista ja uskomusten laadusta oli sitä huomattavasti hankalampi löytää. Tieto tuntui olevan aina värittynyt eri motiiveista käsin. Vapaamuurareiden omat tietolähteet olivat ilmeisen suljettuja. Hän päätti hakea apua tiedonhakuun poliisilaitoksen informaatikolta.

Alderite huomasi uutisvirtaa seuloessaan maailmalla vellovan keskustelun Jimmy Savile -nimisestä kuuluisuudesta, jonka pedofiiliset synnit olivat alkaneet postuumisti avautua. Ne näyttivät jotenkin olevan kytköksissä myös vapaamuurareihin.

Hän avasi Youtuben asiasta kertovan uutisvideon ja hetken ohjelmia katsottuaan hän ryhdistäytyi ja muistutti itseään lähdekritiikistä. Ehkä tämä asia vaatisi hyvän taustatyön, joten apua voisi tosiaan kysyä laitoksen informaatikolta ja kirjastonhoitajalta.

Alderiten isoäiti oli pirteä ja iältään kunnioitettavat 93 -vuotta. Alderite päätti vierailla tämän luona tekemässä lumityöt ja kyselemässä papan vapaamuuraripuuhista. Aikaa oli kulunut jo lähemmäs kaksi tuntia. Häntä alkoi suuresti tympiä pienen älypuhelimen näytön tihrustaminen. Alderiten pappa eli äidin isä oli ollut hoikka ja hiljainen hahmo, joka Alderiten muistikuvan mukaan aina puuhasi jotakin. Tämä oli aina rauhallisen oloinen ja sympaattinen mies, joka oli läpikäynyt Suomen veriset sodat ja joista hän ei koskaan puhunut mitään.

Alderite otti jo kolmannen kahvin aulan kahviautomaatista ja siirtyi lukemaan paikallislehden pääkirjoitusta, missä päätoimittaja kirjoitti yllättäen Suomen rikkaista perheistä ja niiden vallasta. Kirjoitus oli ilmeisesti saanut inspiraatiota ja sivusi erään tunnetun vasemmistopoliitikon vasta julkaisemaa kirjaa Suomen rikkaista: pääomat ja raha tuntuivat aina olevan joillekin jonkinlainen pakkomielle, yleensä tyhjätaskuille. Sen jälkeen hänen ajatuksensa kietoutuivat toisen jutun tiimoilta verottajan ponnisteluihin päästä veroparatiiseihin sijoitettujen miljardien kimppuun, sillä jostain syytä nämä ponnistelut eivät vain oikein tuntuneet kantavan hedelmää. Muutama isokenkäinen tosin oli jäänyt jo kiinni, mutta se todennäköisesti oli vain pieni jyvä tuossa keitossa. Asiantuntijat kutsuivat veroparatiisien rahoja hitaaksi pääomaksi, joka ei ollut niin helposti maailman talouksien kierrossa voitelemassa työelämää ja tuotantoa. Toisaalta hän myös tiesi, että moni varakas piilotti, tai oikeastaan sijoitti pääomia taiteeseen, kultaan, kelloihin ja vastaaviin, väistääkseen pääomaveroa. Sinänsä jos raha oli kerran jo verotettua, niin mikä siitä teki rikollista? Ei mikään. Mutta jos raha oli pimeää tai harmaan talouden rukin kehräämää, liikkuen järjestäytyneen yhteiskunnan ulkopuolella, oli tilanne kokonaan toinen.

Palatessaan tutkimaan lehden pääkirjoitusta Alderite huomasi päätoimittajan kolumnissa sävyn, joka viittasi siihen suuntaan, että Suomen rikkailla oli jokin oma valvova elin, jonkinlainen erillinen valvova taho tai vastaava. Hän kohotti kulmiaan huomatessaan, että kirjoituksessa selvästi luki, että "...toiminta ei hiipunut vaikka vaaran vuodet väistyivät." Asia oli hämmästyttävä: Alderite tunsi kuinka adrenaliini kohahti hänen poskilleen, sillä aihepiiri oli hänelle tuttu. Monta kertaa tutkimuksia oli siirrelty ja mattoa vedetty hänen altaan perustelematta, miksi näin tapahtui. Oliko mahdollista, että päätoimittajalta oli päässyt lipsahdus asiasta, mitä ei olisi ehkä saanut kertoa?

Tämä asia johti Alderiten pohtimaan naapurimaassa Ruotsissa aikanaan tapahtuneita kirjailija Jan Guilloin tekemiä IB-paljastuksiksi kutsuttuja tapahtumia: Guillou ja kumppaninsa Peter Bratt paljastivat salaisen poliisin erillisen toimielimen Informationsbyrån, joka keräsi ja ylläpiti laitonta rekisteriä Ruotsin vasemmistolaisista voimista. Ei siis mitenkään tasapuolisesti kaikista ääriliikkeistä, vaan nimenomaan vasemmistolaisista voimista. Toisaalta, ehkä oli vain luonnollista, että tasa-arvo oli kylmän sodan aikana enemmän oikealla kuin vasemmalla, mutta asiassa oli toisaalta ikävä sivuvire.

Melko varmasti asiaan vaikutti juuri kylmänsodan aikakausi ja Neuvostoliiton intressit, jotka varmasti olivat vahvimmillaan juuri vasemmistossa. Tieto on kuitenkin arvokasta, ja tietokannaksi järjestettynä se voi uhata myös listalle viattomasti joutuneiden elämää, etenkin jos sitä ei valvoisi kukaan ja listat jäisivät elämään vaaran vuosien poistuttua. Oliko Suomessa olemassa jotakin laittomia tietokantoja tai rekistereitä, mistä päätoimittaja vihjasi?

Aikanaan Guillou ja Peter Bratt pidätettiin: asiasta nousi iso kohu, selvitys ja suuri sisäpoliittinen myrsky. Suomessa suojelupoliisi Supon puuhista ja rekistereistä ei juurikaan tiedetty. Kyseinen pääkirjoittajan hekumointi oikeistotiedustelulla hieman viittasi johonkin, mitä jonkun Suomen Guilloun olisi syytä avata, mutta sellaista ei tainnut olla näköpiirissä. Pääomilla oli kyllä vaurautta ja mahdollisuuksia tarkkailla poliittista kenttää sekä samalla ylläpitää omia rekistereitään.

Hän oli jo noussut ylös ja asteli levottomasti edestakaisin pienessä huoneessa, kun Evelina ja Anttonen saapuivat takaisin salista. Anttosella oli leveä hymy naamallaan, kun taas Evelina vaikutti mietteliäältä. Alderite tunsi itsensä levottomaksi, mutta päätti antaa parivaljakon kertoa tutkimustensa tulokset rauhassa.

Evelina istui Alderiten viereen ja Anttonen veti tuolin allensa, asettuen heitä vastapäätä, ja aloitti keskustelun.

"No niin, saimme ehkä selvitettyä ruumiin kuolinsyyn tohtori Dalyn asiantuntemuksen perusteella. Meillä kesti hieman, koska jouduimme viemään kalmon isoon röntgeniin. Säästän sinut yksityiskohdilta, mutta asia yksinkertaistettuna menee niin, että löysimme tatuoinnin, joka on laserilla taitavasti poistettu jo vuosia sitten. Sen lisäksi löysimme myös arven, joka johti siihen, että hänen selkärankansa nikaman sisältä tai oikeastaan sen reunapinnalta, läheltä kohtaa mistä niskaranka alkaa, löytyi tällainen."

Anttonen ojensi Alderitelle lasisen koeputken, jonka sisällä oli jokin äärimmäisen pieni roskahippusen näköinen esine. Alderite tuijotti sitä aikansa ja ojensi koeputken takaisin.

"Niin, hänen selkärankansa sisällä oli tyhjä koeputki, vai?" hän tokaisi turhautuneena.

Anttonen käynnisti videotykin ja kytki tietokoneensa siihen.

"Tyhjä koeputki on suurennettuna tässä kuvassa."

Taululle ilmaantui kuva missä oli suurennos laitteesta, joka näytti joltain mikroelektroniselta esineeltä. Se oli osin tärveltynyt ja mustunut, mutta joka tapauksessa ihmisen tekoa.

"Siis mitä helvettiä. Tuoko oli vainajan ruodon sisällä?" Alderite katsoi kuvaa ja hänen aivonsa tekivät silmukoita päätyen umpikujaan, ja se taisi näkyä hänen ilmeestään.

"Kyllä", Evelina vastasi ja jatkoi: "Tuo on mikroskooppinen istute, joka tietyn algoritmin tai käskyn johdosta tuhosi itsensä eliminoiden samalla kantajansa. Toisin sanoen se käräyttää selkärangan hermorungon poikki. Tapahtumasta ei ole jäänyt mitään merkkejä uhrin ihon pinnalle. Se kuinka taidokkaasti laite on asennettu selkärangan luuhun, on aivan uskomatonta. Ilmeisesti kaikki arvet on höylätty laserilla pois."

Alderite istui ihan hiljaa ja mietti.

"Kuinka helvatissa sinä sitten osasit arvata, että jotakin tällaista voisi löytyä ja miksi juuri nyt kun olet täällä? Mitä tämä oikein tarkoittaa?"

Alderitea alkoi toden teolla närästää, sillä Watsonin tai Lestraden leikkiminen ei oikein ollut hänen heiniään.

"Se, miten arvasin tämän, perustui hyvin karkeaan olettamukseen. Halusin vain tarkistaa asian mahdollisuuden.

Minulla oli kyllä hihassani pari muutakin johtolankaa", Evelina sanoi miestä rauhoitellen; Anttonen oli vetäytynyt kokonaan keskustelusta sivummalle.

"Se, että tämä löytyi juuri nyt ja täältä, on minullekin pienoinen shokki. Kerron siitä ja asian historiasta omalta osaltani sinulle myöhemmin lisää", Evelina lisäsi.

"Mutta siis varsinainen kuolinsyy on yksinkertaisesti selkärangan sisällä kulkevan hermorungon täydellinen, tarkka ja nopea tuhoutuminen tietystä kohdasta", hän jatkoi.

"Vainajalta ikään kuin katkaistiin sähköt: kuin veitsellä leikaten. Ulospäin tapahtumasta ei yleensä näy juuri mitään. Mitään verenlaskemista ei sen takia olisi tarvinnut järjestää, joten avoimia kysymyksiä riittää vielä sinullekin. Kyseinen tekniikka on kuitenkin hyvin kallista ja harvinaista, eikä siihen ole pääsyä ihan tavan pikkurikollisilla."

Huoneeseen laskeutui hiljaisuus.

Anttonen sammutti videotykin ja virkkoi mietteliäästi: "... tämä on kyllä minullekin uutta ja ihmeellistä; samalla myös hieman pelottavaa. Voitte jatkaa tästä kahdestaan. Tämä mikrolaite lähtee rikoslaboratorioon tutkittavaksi."

Alderite katsoi pahaenteisesti molempia, mutta pysyi yhä vaiti. Hänen ilmeestään ei voinut lukea mitään ja aamupäivän avoimuus oli kuin poispyyhkäistyä.

"Korostan olevani hyvin tietoinen siitä, että lääketiede on kehittänyt kehonsisäistä tekniikkaa jo pidemmän aikaa, mutta se että sellaista on käytössä, tulee minulle yllätyksenä."

Anttonen katsahti Evelinaa ja jatkoi:

"Toimitan raportin virkareittiä pitkin. Päästän teidät nyt ulos laitoksestamme. Ruumis lähtee Helsinkiin kriminologiseen erikoislaboratorioon jatkotutkimuksiin, joten palataan asiaan, jos jotakin uutta ja vielä ihmeellisempää ilmenee."

Alderite kiitti Anttosta melkoisen hämmentyneenä. Tämä ohjasti heidät ulko-ovelle mietteliään hiljaisuuden vallitessa. Ulkona oli tullut hämärää, sillä aurinko oli vuodenajasta johtuen matalalla ja päivän pituus lyhyt. Alderite saattoi Evelinan autolla takaisin hotellille miettien samalla, miksi veret oli laskettu, jos kerran kalmon henki oli noinkin helppo napsauttaa pois päältä? Mutta hän ei enää paljastanut kaikkia ajatuksiaan kumppanilleen. Pohdinnat vapaamuurareista ja Jimmy Savilesta saivat jäädä seuraavaan kertaan.

"Juttu menee nyt liian suuriin sfääreihin", pohdiskeli Alderite ääneen ja vieraastaan välittämättä suomenkielellä. "Simppelein vastaus on aina todennäköisin, mutta eihän tässä ole enää mitään simppeliä."

Hän oli rikostutkimuksellisissa asioissa Occamin partaveitsi - teorian uskollinen kannattaja, eikä sen terä ollut vielä koskaan aiemmin osoittanut tylsyyden merkkejä. Kyseinen teoria kantoi Wilhelm Occamilaisen nimeä, ollen 1300-luvulta periytyvä: sen mukaan mukaan selityksen ei tule sisältää mitään sellaista, mikä ei ole tarpeellista. Partaveitsi leikkaa ja siistii turhat rönsyt pois ja vain oleellisessa, yksinkertaisessa selityksessä pysyminen riittää.

Nyt vain tuntui, että vastauksen kannalta oleellisen kategoriaan alkoi tunkea koko ajan lisää epäoleellisen tuntuisia asioita, kuten vapaamuurareita, kehonsisäisiä istutteita ja ties mitä.

Evelina kohotti kulmiaan kuullessaan Alderiten suomenkielistä manaamista, mutta päätti pysä vaiti, samalla kun Alderite kyyditsi hänet takaisin hotellille. Alderite vaikeni eikä puhunut matkan aikana enää sen enempää, ei suomea eikä englantia.

Evelinan jätettyään hän ajoi ruokakaupan kautta kotiinsa. Hän ajatteli valmistaa itselleen herkullisen aterian. Sen jälkeen hän soitti Heikille ja raportoi tästä sangen erikoisesta löydöstä. He sopivat jatkavansa rikoksen selvittämistä heti aamulla. Heikki oli vielä työpaikalla ja lupasi alustaa aamun kokouksen sisältöä Liisan kanssa, joka oli kartoittanut kadonneeseen videokuvaan liittyviä seikkoja yrittäen samalla myös syventyä Tom Lindahlin olinpaikkaan. Mutta heillä ei ollut vielä mitään kerrottavaa. Kaikki perinteinen poliisintyö tuntui nyt hyvin jähmettyneeltä.

Kokkaillessaan Alderite maisteli hyväntuulisena ostamaansa hyvää ranskalaista punaviiniä, ja vilkaisi aina välillä kirjastosta lainaamiaan kirjoja. Välillä hän kirjoitti jotakin tietokoneella, välillä syöksähti kuumien kattiloiden äärelle.

Yhdellä keittiön seinistä oli pieniä muovisia terraarioita päällekkäin aseteltuna: niiden sisällä oli perhosentoukkia, joko koteloituneina tai rouskuttamassa salaatinlehteä. Suurimmat salaatinlehtiä rouskuttavat toukat olivat etusormen kokoisia. Alderite tarkkaili mielellään niiden elämää ja välillä hän mietti, että ne söivät varmasti terveellisemmin kuin hän itse.

Jokaisessa terraariossa oli erillinen lämpömatto, lämpömittari ja kosteusmittari. Terraarioihin oli myös kiinnitetty kunkin lajin tarkka hoito-ohjeistus sekä hoidon seurantavihko. Heikki tai hänen isoäitinsä hoitivat niitä hänen ollessaan poissa, mikä tosin oli melkoisen harvinaista, koska hän lähti nykyisin hyvin harvoin mihinkään kauemmas. Osa terrarioista oli jääkaapissa kylmässä ja niiden toukat lepotilassa koteloituneina.

Joskus hän päästi asuntoon vapaasti lentämään kuoriutuneen perhosen: hänellä oli runsaasti kuvia missä ritariperhonen istuskelee hänen kädellään tai televisionsa laidalla; kuvia, missä pääkallokiitäjät istuvat hänen kaljullaan ja monet muut eksoottiset lajit lepattelivat huoneessa milloin missäkin. Hänen pienen parvekkeensa oven kautta oli moni harvinainen kotimainen perhonen päästetty luontoon jatkamaan sukuaan.

Hän selaili ruuanlaiton ohella kirjastosta löytämiään uskonnoista kertovia kirjoja yrittäen imeytyä uskontotieteen ytimeen ymmärtääkseen, mistä tässä voisi olla kyse. Kirjoista Näköaloja uskontoon vaikutti parhaimmalta, sen teksti oli myös hyvää, joten hän päätti keskittyä siihen. Hän oli järkeillyt, että joku teoreettinen viitekehys voisi olla avuksi pohdittaessa vapaamuurareita ja vastaavia. Teoksen jutut kuitenkin johdattivat hänet hyvin moniulotteiseen ja kiehtovaan maailmaan.

Hän havahtui puhelimen soittoääneen. Toisessa päässä oli Kimmo Sippola.

"Moro ja sori kun soittelen näin iltasella", Kimmo sanoi.

"Ymmärrän, kerro, joko ratkaisit murhan?" Alderite naurahti.

"Mitä vielä. Kävin Lindan kanssa iltakahvilla: hän hieman avautui siitä mainitsemastasi Alexanderin asiasta", Kimmo tilitti ääni hieman kiihtyen ja Alderite arvasi, että asiassa oli piru merrassa.

"No?"

"Helvatti, se Lindan ex-mies, siis Alexanderin isä, on ilmeisesti kaapannut pojan Venäjälle", Kimmo sanoi.

"Älä helkkarissa! Siis tiedän kyllä, että nämä lapsiasiat ovat olleet tapetilla itänaapurin kanssa, mutta että Alexander, voi helkkari! Kertoiko Linda asiasta tarkemmin?"

"Yes, Linda meni aika yksityiskohtiin. Voitaisiin pitää ehtiessämme palaveria asiasta. Lindaa pelottaa, että tämä voi vaikuttaa hänen työharjoitteluunsa."

"Niin, niin, tietysti. Ymmärrän. Meidän täytyy pitää pieni neuvonpito ja katsoa miten homma hoidetaan", Alderite sanoi, nousten samalla hieman jaloittelemaan lukupaikaltaan.

"Niin, se Alexanderin isä on muuten mies nimeltä Moslov: Pieter Moslov, ja hän on rikas kuin Roope Ankka", Kimmo sanoi hieman ahdistuneen kuuloisesti.

Alderiten ajatukset yhdistivät salamannopeasti iltapäivälehtien lööppien oligarkeista kertoviin juttuihin, ja hän muisti, että sen niminen mies tosiaan oli yksi Venäjän äveriäimpiä porhoja. Miten helvetissä Linda oli sellaiseen sotkeutunut? Tästä saattaisi tosiaan syntyä paha sotku, mutta voihan olla että Linda vain hermoili ja kaikki järjestyisi.

"OK, pidetään palaveria huomenna, eikä hermoilla vielä liikoja", Alderite sanoi ja he lopettivat keskustelun.

Alderite avasi television ja jäi ajatuksissaan tuijottamaan uutisvirtaa, mutta hänen aivonsa eivät kuitenkaan kuulleet tai nähneet erityisesti mitään: ajatukset kieppuivat kuin vuoristorata seuloen erilaisia ajatuskulkuja läpi. Hetken kuluttua hän nousi ylös ja kaivoi esille pullon lempiviskiään ja kaatoi tuhdin paukun lähimpään löytämäänsä lasiin. Sen jälkeen hän kolusi hetken pakastinta etsien jääpaloja ja palasi sohvalle jatkaen tyhjin silmin television katsomista. Hän yksinkertaisesti inhosi ajatusta, että lapset joutuivat kärsimään tai jollain tavoin vanhempien välikappaleiksi näiden erimielisyyksissä.

4. OSA

Mamy Blue

Elohopean ja rikin avioliitossa,

neljästä seitsemään, viiden vallitessa.

Kivi filosofien muuksi muuttaa:

kulta Auringolle, hopea Kuulle,

rauta Marsille, tina Jupiterille,

kupari Venukselle, elohopea Merkuriukselle.

Alfa ja Omega, ken tulen kestää.

Lohikäärmeen kyynel,

kuka pedon kesyttää.

Aito avioliitto ainesten,

on vihreä leijona välissä kaiken.

Viisi haavaa, viisi aistia.

Askeettisen ritarin riitti,

Olento ilman aikaa, ilman loppua,

juoman janoisille lopulta tuo.

Tutkimuksen kolmas päivä alkoi eikä Alderite, Wilhelm Occamin teorian hengessä, voinut välttyä ajatukselta, että tutkimus ei ehkä kuitenkaan purjehtisi selville vesille kolmantena päivänä. Hän oli herännyt aikaisin venyttelemään tuntien olonsa hyvin virkeäksi. Alderiten asunto sijaitsi aivan kaupungin keskustassa. Itse talo oli pieni ja matala kerrostalo, joka oli kaupungin keskustan rakennukseksi hyvin vanha. Alderiten asunto sijaitsi läpitalon pohjois-etelä suunnassa. Hän piti asunnostaan vaikka hyvin vilkas maantie kulki melko läheltä taloa. Häntä se ei kuitenkaan häirinnyt, koska tien melu ei juuri koskaan kantautunut talon paksujen seinien läpi. Talo oli sotien jälkeen talkootöinä tehty, kunnon kotimaisista tiilistä ja käsin muuraamalla. Asunnon keskeinen sijainti takasi sen, että pienen kaupungin palvelut olivat helposti saatavilla.

Alderite oli nukkunut hyvin kevyesti, ja onneksi ilman painajaisia. Alderiten aamujooga oli sekoitus jumppaa, joogaliikkeitä ja hieman varjonyrkkeilyä. Liikesarjoja suorittaessaan hän oli miettinyt tutkimusstrategiaa eteenpäin ja sitä, että hänellä oli jääkaapissa kasvissmoothie odottamassa: kasvissyöjien maailma lähestyi häntä kuin varkain. samalla kun hän mietti käynnissä olevaa tutkimusta, jokin hänen ajatuksissaan varoitti, että koukussa saattoi olla tällä kertaa tavallista isompi kala. Edellinen ilta oli mennyt savunmakuista Laphruaig -viskiä maistellessa, kirjaston kirjoja lueskellessa ja kirjastonhoitajalta saamaansa harvinaisia viuluja käsittelevää kertomusta selaillessa: kertomus tai oikeastaan tutkielma käsitteli Harry Wahlin viulukokoelmaa. Teoksen nimi oli kokonaisuudessaan Harry Wahlin viulut: Ainutlaatuisen jousisoitinkokoelman omistaja. Teos oli ilmeisesti painettu ja kustannettu sen tekijän, Maija-Stiina Roineen, Helsingin Yliopistoon tekemän opinnäytetyön pohjalta, ja se oli julkaistu vuonna 2007. Teoksessa näytti olevan kaikkiaan 80 sivua. Tiedot kyseisen viipurilaisen Harry Wahlin kokoelmasta olivat uskomattomia, sillä kokoelma oli käytännössä ollut maailman komein koskaan koottu yksityinen jousisoitinkokoelma. Asian mittasuhteet olivat melko uskomattomat: mikäli se olisi ollut yhä kokonainen, olisi sen arvo ollut lähes mittaamaton, mutta Suomen ja Venäjän sota oli sirotellut kokoelman maailman tuuliin. Tarinassa oli kuitenkin paljon yksityiskohtia, joita ei vielä tiedetty kunnolla. Kokoelmasta tiedettiin varmuudella sen Viipurin aikainen sisältö: soittimet kuvauksineen, kuitteineen ja nimineen. Sodan alettua osa viuluista jäi Viipuriin ja vain osa saatiin pelastettua. Kuitenkin vuosien edetessä näitä Wahlin kokoelmaluetteloiden listoilla olleita arvosoittimia alkoi esiintyä maailman arvosoitinhuutokaupoissa. Siispä kaikki viulut eivät olleet tuhoutuneet sodan tiimellyksessä. Onneksi myös osa viuluista oli päätynyt myöhemmin takaisin Suomeen soitettaviksi, koska Suomen kulttuurirahasto ja yksityiset tahot, kuten pankkien säätiöt, olivat sijoittaneet niihin varojaan.

Alderite oli lukenut kertomusta ensin silmäillen, ja ymmärrettyään asian erikoisuuden, suorastaan imeytynyt maailmaan, mistä hän ei oikeastaan ollut tiennyt aiemmin mitään. Jotenkin hän oli aina ajatellut, että arvosoittimet ja vastaavat olivat jossain muualla kuin karussa pohjolassa. Miten väärässä hän olikaan ollut.

Hän oli sukeltanut Suomen aikanaan orastavan teollisuuden historiaan, sukujen seikkailuihin, sekä sodan ja rauhan teemoihin. Hänen sormensa olivat hyppineet tietokoneen näppäimillä ja nimiä oli kertynyt muistivihkoon: Evelinan mainitsemat Finlaysonit, Schumanit, skottisuvut, Rotschildin tuki Suomen orastavalle teollisuudelle, Viipurin teollisuussuvut, hansakauppiaat, Tallinna, Wallenbergit ja Norjan mahtisuvut. Kuvassa suurta roolia näytteli myös 1700-luvulla Itämerenpohjukkaan kohonnut Pietari ja Venäjän aristokratian mysteerit: Romanovien suvun ja imperiumin tuho, mullistuksen ajat, maailmasodat, sekä tietysti näihin kaikkiin liittyvät uskomukset ja erilaiset salaliittoteoriat.

Hänen sormensa olivat monesti pysähtyneet näppäimille pidemmäksi aikaa, kun hän ryhtyi lukemaan löytämäänsä tietoa. Yllättäen hän oli törmännyt sivustolle, joka kertoi Odessan miehistä, joilla viitattiin SS-pataljoonassa aikanaan palvelleisiin suomalaisiin: jälleen häntä alkoi häiritä jokin puuttuva yksityiskohta. Palapelissä oli joku tai jotakin paloja, jotka puuttuivat, joten niiden löytyessä koko kuva varmasti hahmottuisi selkeämmin. Suomessa oli Venäjän vaikutuksen lisäksi seikkaillut leegio natseja toisen maailmansodan aikana; Suomesta oli myös lähtenyt jääkäreitä Saksaan koulutettaviksi. Ilmeisesti samoja miehiä tai heidän jälkipolveaan, mihin Niilo ja Voitto olivat viitanneet, istui aiemmin kahvilassa.

Keitoksessa oli tosiaan lihaa luiden päällä ja nyt näytti siltä, että se alkoi hiljalleen kiehua. Mihinkään tällaiseen Alderite ei ollut koskaan aiemmin törmännyt uransa aikana kotikaupungissaan, missä tavan kansa hiihti, hyppi hyppyrimäestä suksilla, joi kaljaa ja tappeli viikonloppuisin. Kafka kirjoitti kotikaupungistaan Prahasta, Joyce Dublinista, mutta tässä pohjolan perukan pikkukaupungissa hersyi kaksimielinen huumori, eikä siellä ollut mitään kuuluisaa yliopistoa, ei vanhaa linnaa, eikä varmasti mitään maailmanhistorian mysteereitä. Kaikesta huolimatta paikka huokui omaa miltei maagista ilmapiiriään, joka oli rauhallista ja jotenkin mystistä.

Illan asioita hetken kertailtuaan hän päätti lähteä poliisiasemalle, sillä työt kutsuivat. Asemalla oli tavanomainen hektinen aamu: puhelimen pirinää ja tietokoneiden näppäimien napsetta poliisien paukuttaessa niitä kuka mitenkin. Alderite asteli pirteästi neuvotteluhuoneeseen tervehtien paikalla olijoita. Hänen peräänsä marssi tulevan kokouksen osanottajia. Tuolien jalat kirskahtelivat ja kahvikupit kopsahtelivat pöydän kanteen: nyt ei puhuttu resurssien priorisoinneista, vaan yritettiin pureutua mitä erikoisimpaan murhaan.

Alderite ja Heikki Marjovirta olivat pohtineet hieman ennen palaveria miten kollaasitaulu muuttuisi tietojen valossa tai olisiko vielä edes aika kertoa kaikille tiimin jäsenille edellisen päivän erikoisesta löydöstä, kehonsisäisestä implantista? Osa tiedoista oli vailla virallista vahvistusta ja asian päällä tuntui olevan niin paljon roskaa, että voisi olla parempi antaa porukan jatkaa omilla jäljillään vielä hetken.

Alderite ja Heikki päättivät antaa tiimien kertoa tietonsa ja sitten yhdessä muokata asiaa eteenpäin: he päätyivät siihen, että avoimuus olisi kuitenkin loppujen lopuksi parasta. Alderite oli aiemmin pyytänyt Heikkiä etsimään kaikki musiikki-instituutin lähialueen videokamerat ja pyytämään niistä tallenteet. Koululla käyneestä valepoliisista ei ollut tietoa vaikka talon henkilökuntaa oli varovasti haastateltu asiasta: näytti siltä, että videotallenteet oli tosiaan viety.

Alderite tervehti paikalla olijoita, mutta ei käynnistänyt perinteistä videotykkiään loistamaan, vaan pyysi Kalle Sippolaa ja Linda Milojeffiä kertomaan oliko heillä mitään tietoja.

"On ja ei", Kalle vastasi hieman epämääräisesti.

"Lindan kanssa huomasimme yllättävän paljon aktiivisuutta kaupungilla ja pyysimme yhdeltä parivaljakolta henkilöllisyystodistusta mistä selvisi, että he olivat yksityisen ja hyvin kuuluisan kansainvälisen turvallisuuspalvelun miehiä. Se oli mielestämme hyvin omituista, siis todella erikoista. Kirjastonhoitajan taustat vaikuttavat myös mielenkiintoisilta, mutta mitään rikollista toimintaa emme hänen taustoistaan ole toistaiseksi löytäneet: päinvastoin, vaikuttaa olevan sangen terävänoloinen kaveri."

Linda lisäsi asiaan: "Seurahuoneen, sekä muiden hotellien huoneet on täyteen buukattu. Itseasiassa koko kaupungin hotellit ovat täynnä, vaikka kaupungissa ei ole mitään urheilukilpailuja tai vastaavia. Se väki mitä niihin on jo asettunut näyttää olevan hyvin erikoista, ilmeisen varakkaan oloista ja hyvin vaikutusvaltaista: emme kuitenkaan osaa sanoa mihin asia liittyy. Ilmeisesti nuo turvallisuuspalvelun heput kuitenkin liittyvät jotenkin näihin vieraisiin."

Linda jäi mietteliään näköisenä tuijottamaan kollaasitaulua, kuin pohtien jotakin. Kalle jatkoi: "Kukaan kaupungin huumevasikoista ei ole tietoinen oikeastaan yhtään mistään."

Huoneessa olijat terästäytyivät, mutta kukaan ei sanonut mitään. Ilmeet kertoivat ihmettelystä. Alderiten mieleen palasi aiemmin ravintolassa näkemänsä herrasmiehet erikoisine tervehtimistapoineen. Hän kääntyi nopeasti Tiina Heikkisen puoleen: "Tiina, saitko eilen dataa siitä kuolemansyyn uudesta käänteestä?"

Tiina Heikkilä vastasi sarkastisella sävyllä: "Joo, sainhan minä, totta tosiaan, sopiiko, että kutsumme tätä murhaa jatkossa vaikka Hi-tech –murhaksi."

Käsite sai aikaan pientä hyminää kokoontujissa, mutta kukaan ei silti keskeyttänyt tätä melko topakkaa ja tunnollista naista. Kukaan ei vielä varmasti ollut käsittänyt mitä tämä Hi tech –käsite piti sisällään.

Tiina jatkoi: "Lyön vanhan kissani vetoa, että asialla on jotakin tekemistä Lindan ja Kallen havaintojen kanssa. Olen myös analysoinut kaikki atk-puolen meille illalla toimittamat videotallenteet lähialueelta, siis sellaiset joita ei ole viety. Ne, mitä olisimme halunneet, oli todellakin jonkun tuntemattoman tekijän toimesta viety, ja pidän asiaa vakavana. Ehdotan sen jäljen seuraamista hyvin tarkasti, jos mahdollista."

Huoneeseen laskeutui hämmentynyt hiljaisuus ja jonkun kuiskauksen liian kovaa lausuttu sana jäi leijumaan ilmaan.

"Saimme kuitenkin kolme täkyä: linja-autoaseman kameraan on tallentunut kuvaa hyvin epäselvästi, johtuen kameran kuvausetäisyydestä. Sama näkyy muissa kauempana kuvanneiden kameroiden tallenteissa, mutta tietysti eri kulmista", Tiina jatkoi hämmentymättä mistään, ja siemaisi kahvia puheensa väliin.

"Sisältönä yhdessä tallenteessa on musiikki-instituutin eteen yöllä pysähtyviä pakettiautoja, joita on kaikkiaan kolme kappaletta: parhaan otoksen näistä saimme viereisen sairaalan videotallenteelta. Ilmeisesti musiikki-instituutin oma ulkokamera oli myös pimennetty jollain tavoin", Tiina jatkoi ja Alderite nyökkäsi tyytyväisesti.

"Mikä sekään ei varmasti ole sattumaa: kamerasta on otettava sormenjäljet talteen, mutta musiikki-instituutin palvelinta ei mielestämme ole peukaloitu. Tiedämme nyt varmuudella, että musiikki-instituutin kirjastoon syttyi valot noin kello kolmen aikaan yöllä, ja tätä valoisuutta kesti noin kaksikymmentä minuuttia."

Alderite vihelsi hiljaa: "Kirjasto ja kirjastonhoitaja taitaa sittenkin nousta ranking-listallamme johtoasemiin. Kertoisitko vielä porukalle jotakin mahdollisesta kuolinsyystä."

"Ok, en ole itse koskaan aiemmin törmännyt tämänkaltaiseen kuolinsyyhyn: vainaja on murhattu jonkinlaisella hänen kehoonsa istutetulla hyvin pienellä laitteella. Mitään tarkempaa asiasta emme vielä tiedä. Emmekä vieläkään tiedä vainajan henkilöllisyyttä, emmekä myös sitä miksi hänen verensä oli laskettu pois" Tiina selvitti rauhallisella äänellä ja jatkoi: "Joten sekin puoli on vielä melko auki."

Puheensorina alkoi uudestaan poliisien ihmetellessä ja kuiskutellessa kuulemiaan asioita.

"Voisimmeko pyytää median välityksellä mahdollisia silminnäkijöitä ilmoittautumaan?" Linda kysyi väliin. Ajatus kirjattiin ylös, mutta mitään ei vielä päätetty.

Evelina Daly ja muut edellisen kokouksen vieraat olivat poissa. Alderite olisi tavannut naisen mielellään uudestaan. Hän katsoi Markku Kivikoskea miettien oliko tällä mitään lisättävää. Kello oli vasta vähän yli kahdeksan ja heillä oli jo koossa aika paljon tietoa, mutta tietojen liittyminen toisiinsa tai vainajaan oli kaukana. Päinvastoin, hänestä koko asia tuntui jotenkin epämiellyttävän monimutkaiselta.

Alderite hörppäsi kahvia ja pyysi Marjovirtaa tyhjentämään tutkimustaulun kuvista ja papereista. "Koostamme kollaasin kokonaan uudestaan," hän selitti.

"Mutta mitä helvattia me nyt sitten laitamme taululle?" Heikki sanoi kysyvästi.

"Helvetti, mistä minä tiedän? Jotakin scifiä vai oliko se hifiä?" Kivikoski sanoi tympeästi virnuillen.

Kalle tuijotti yhä kipeää koipeaan alistuneena ja Linda oli omaan tyypilliseen tyyliinsä lukematon kuin buddhapatsas, tosin melko kaunis sellainen. Alderite oli saunonut tämän kanssa poliisien virkistysmajalla edellisenä kesänä ja huomasi ajattelevansa taas kaksimielisiä.

"Heikki ota tussi pieneen käteesi, ja katsotaan asiat ensin ihan ranskalaisilla viivoilla," Alderite sanoi mietteliäästi

Heikki tutkiskeli tussien värejä päätyen vihreään. Tussin korkki oli jäänyt tiukalle, joten Heikki otti uuden tussin valiten perusmustan, samalla kiroten ja manaten. Tilanteessa oli jotakin Kaurismäen veljesten elokuvista tuttua: sanatonta komiikkaa, hiljaisuutta, manauksia ja lopulta tussin rapiseva ääni toi huoneeseen taas eloa. Heikki oli tunnetusti televisiossa pyörivän Numbers- poliisisarjan fani, missä tehtäviä ratkottiin matematiikan keinoin. Heikki itse vain oli hiton surkea matemaatikko, joten ehkä sarjan teemat juuri siksi kiehtoivat häntä niin paljon, että tämä puhui niistä melkein päivittäin.

Heikki piirsi taulun keskelle ison kysymysmerkin samalla, kun Alderite miltei ärjäisi ensimmäisen ranskalaisenviivan sisällön:

"Laita siihen isolla Hi Tech- murha!"

Hi Tech -murha raapustui heti kysymysmerkin päälle.

"Vainaja ja kysymysmerkki perään!" Heikki sanoi.

"Huumeet – Lahti – ei toimintaa, siihen sivummalle," lisäsi Kivikoski.

"Vapaamuurarit, sukkanauharitarit, salaseurat ja oligarkit", lisäsi Alderite ja kaikki kohottivat kulmiaan ihmetellen.

"Nyt Jonilla keulii pahasti", Kimmo huikkasi ja kokousväki purskahti nauramaan.

Heikki kuittasi myös välittömästi: "Eivätkö ne kutsuneet sinua looshiin, kun nyt noin alat hermoilemaan?"

Alderite murahti ja odotteli kunnes jännityksen purkautuminen alkoi rauhoittua. Hän kaivoi lompakostaan leikkaamansa lehtileikkeen vapaamuurarimusiikin konsertista ja laittoi sen taululle.

"Miten nyt suu pannaan? Musiikki-instituutti, konsertti, salaseura?" Alderite sanoi.

"Ok, voihan asioilla toki olla joku yhteys", Heikki nyökkäsi mietteliäänä.

Kimmo nauroi: "Miksei yhtä hyvin Skull and Bones, Bildenberg tai kveekarit?"

Alderite hymyili ja pyysi leppoisasti kokoustajia pysymään asiassa.

"Hi Tech –murhatekniikan alkuperä", jatkoi Kalle listaa.

"Musiikki-instituutti", lisäsi Alderite.

"… kirjastonhoitaja", hän jatkoi hetken mietittyään ja lisäsi vielä:

"Erityisesti kirjastonhoitajan tausta ja tämän veljen rooli. Kirjoita sinne Tom Lindahl, ja perään helvetin iso kysymysmerkki."

"Kirjastonhoitajien salaseura", Linda huikkasi hymy naamallaan.

Kaikki räjähtivät nauramaan.

Huoneeseen laskeutui hiljaisuus, kun kukaan ei oikein keksinyt enempää, joten Heikki sanoi mietteliäästi: "... tarvitaan raporttia ja lisätietoa rutkasti, nimittäin luulenpa, että tiedämme vain sen, että joku ihminen on Hi Tech murhattu, mutta muut asiat ovat vesiperiä: miksi näin?" Hän ryhtyi sukimaan viiksiään hyvin mietteliään oloisena.

"Yhä vastaamatta on vainajan verienlaskun asento. Mistä ja miksi musiikki-instituuttiin, eikä jonnekin puistoon?" Kimmo sanoi.

"Ehkä juuri siksi, että miettisimme turhia asioita ja tuhlaisimme kallisarvoista aikaamme. Voiko olla niin, että murhaajien jollain asialla on jollain tavoin kiire ja jotakin tapahtuu parhaillaan: suoraan silmiemme alla, mutta emme näe sitä?" Linda kysyi hyvin painokkaasti.

"Jotakin tässä kaupungissa nyt muhii...?" Alderite vastasi.

"Ok, jatketaan eilisestä ja kaivetaan samoilla kokoonpanoilla lisää", Heikki sanoi.

"Linda, sinähän osaat venäjää?" Alderite kysyi.

"Toki, olenhan syntyjään venäläinen, mutta ehkä kaikki oligarkit eivät ole kuitenkaan venäläisiä," Linda vastasi kuivasti.

"Selvä, siispä sinun ja Kimmon tehtävä on soluttautua lähemmäs hotelliin majoittuneita henkilöitä. Selvittäkää keitä he ovat ja mistä on kysymys? Pyytäkää hotellin henkilötietolomakkeet nähtäville, ja ottakaa niistä kopiot" Alderite sanoi jatkaen hetken kuluttua työohjeistuksen antamista: "Kysykää suoraan, jos muu ei auta. Kimmo saa vahtia selustaa. Atk -porukka yrittäköön selvittää musiikki-instituutin eteen pysähtyneiden autojen merkit, värit ja rekisterit; sillä välin minä jututan toimittaja Teppo Haikaraa hieman lisää", Alderite sanoi tomerasti. Hän hieroi samalla toista korvaansa mietteliäästi.

"Ottakaahan loput kahvit ja olkaa varovaisia siellä ulkona!"

Porukka hörppi kahvia jutustellen, kuka mistäkin, samalla kun toimistosihteeri toi viestin tietokoneosastolta, että kaikki pyydetyt tietokantojen otteet oli nyt saatu ja työn alla. Porukan lähdettyä kentälle Alderite jäi Heikin kanssa istumaan. Miehet tuijottelivat toisiaan sanattomina kunnes Heikki katkaisi hiljaisuuden: "Melkoinen mimmi se tumma skotti!"

"No helvetti", Alderite vastasi, ja stoalainen hiljaisuus täytti taas tilan.

"Nyt odotellaan ja sitten ravistellaan", Heikki naurahti kaksimielisesti.

Alderite oli juuri ennen tämän tapauksen alkua lueskellut iltalukemisenaan Philip Rothin 1969 julkaisemaa kirjaa Portnoyn tauti, joka oli kaikessa lihallisuudessaan helpottanut hänen tuntemuksiaan: jotenkin sen ansiosta, jostain syystä, hetkeksi häiriintynyt miehinen tasapainotila oli taas saavutettu. Kiitos Philip, hän ajatteli mielessään paradoksaalisesti lihaa ja arvoviuluja. Muutenkaan poliisiasemalla ei hirveästi viitsinyt huudella filosofisista kirjallisista harrastuksistaan, naisasioista tai perhosista.

Monesti työajalla hän tapasi lepuuttaa ylikierroksilla kieppuvia ajatuksiaan katselemalla perhosten kuvia tietokoneelta ja seuraamalla Facebookin perhosryhmän ilmoituksia. Hänestä ei mikään ollut niin mukavaa kuin istua pimeässä syyskesän yössä perhosenpyyntiin tarkoitetun valolampun ja välineiden kanssa samalla rommitotia siemaillen. Oli jotenkin maagista kun suuret kiitäjät ja kehrääjät tulivat lampulle: monet suurisilmäiset lajit olivat hyvin älykkään näköisiä veijareita. Hänellä oli voimakkaan ja kirkkaan perhoslampun eteen asennettu muovisen lämpöä kestävän suoja, etteivät perhoset vaurioituisi kuumudessa. Valoa heijastettiin suureen valkoiseen kankaaseen, ja aina kun hän havaitsi jonkin harvinaisemman vierailijan, hän pyydysti sen valokuvattavaksi ja päästi taas vapaaksi. Monesti paikalla vieraili myös mitä ihmeellisimpiä yöeläimiä, etenkin lepakoita ja siilejä: yöt olivat jännittäviä vuorokaudenaikoja.

Alderite oli matkustellut jopa ulkomailla perhosten perässä, kimmoke harrastukselle lienee alkanut jo lukioaikoina. Perhosiin liittyi myös erikoisia tarinoita ja perimätietoa: Meksikossa hän oli kuvannut ja pyydystänyt kuuluisan mustan noitaperhosen, jonka uskottiin vievän ihmisen sielun mennessään, jos se lensi pään yli. Nykyisin Alderitellä oli kyseisiä noitaperhosia terraariossa kotelovaiheessa: ne eivät vain olleet lentäneet hänen päänsä yli, vaan ne olivat myös istuneet hänen päänsä päällä.

Alderite palasi ajatuksistaan työasioihin ja kysyi Heikiltä: "Heikki, mitä tuumit jos käyn haastattelemassa isoäitiäni musiikki-instituuttiin ja vapaamuurareihin liittyen? Isoisäni oli näet rappari ja mummi saattaisi osata avata näitä asioita minulle hieman."

"Sen kun käyt. Näyttää muuten käytävällä olevan kaluunaporrasta liikkeellä. Mitähän helvettiä täällä oikein vispataan? Taitaa olla paras kun häivytään hetkeksi", Heikki vastasi äreän kuuloisesti.

Käytävällä miehet ohittavat ihmetellen, mutta kommentoimatta, puolustusvoimien asussa olevan henkilön ja yhden Ruotsin poliisin merkeillä varustetun miehen. Poliisien autotasanteella oli poliisien vahvojen erikoisyksikköjen kalustoa poikkeuksellisen runsaasti. Kävellessään Alderite palasi mielessään sikarikkaan olemuksen kuvitteluun. Hän oli päätynyt siihen, että oli asioita joita ei oikeasti saanut rahalla: nimittäin koulutus ja sivistys, sillä niiden eteen piti itse aina tehdä töitä. Raha kyllä helpotti, mutta ei tehnyt tyhmästä fiksua.

2.

Samalla kun poliisien tiimi piti kolmatta aamupalaveria, istui kirjastonhoitaja Emil Lindahl työpöytänsä takana. Hän järjesteli vanhempia nuotteja eteensä pinoon aikomuksenaan luetteloida niitä kirjastotietokantaan, mutta hänen ajatuksensa liikkuivat kuitenkin tapahtuneessa murhassa: hän oli kuumeisesti miettinyt olisiko kirjaston museokokoelmissa jotakin sellaista, mikä olisi voinut olla tapahtuman syy? Hän ei kuitenkaan keksinyt mitään realistista murhaamisen arvoista. Arvokkaita asioita, jopa historiallisia johtolankoja oli runsaasti, mutta ei niiden eteen ketään tarvinnut murhata. Mutta mikä se syy olisi sitten voinut olla? Vai oliko tapahtuma jonkinlaista esimakua tulevasta? Jonkinlainen varoitus?

Hän ei kuitenkaan päässyt kehäpäätelmissään eteenpäin ja asiasta tuskastuneena hän ryhtyi selailemaan kansainvälisten harvinaisten myyntiin tarjottujen nuottien ilmoituksia. Europpassa tai koko maailmassa ei ollut kovin montaa vanhoihin nuotteihin erikoistunutta antikvariaattia. Niiden kokoelmat liikkuivat hitaasti, koska vanhat nuotit olivat hyvin erikoisten ihmisten hyvin erikoinen ja myös kallis harrastus. Hän ei kuitenkaan huomannut juuri mitään muutoksia antikvaarien ilmoituksissa, joten sekin asia tuntui olevan vesiperä. Hän otti myös yhteyttä IAML:iin eli International Association of Music Libraries -järjestöön, joka oli kansainvälinen musiikkikirjastoseura. Sielläkään kukaan ei ollut huomannut missään mitään poikkeavaa, ja niin hiljaisuus jatkui.

Hän naputteli metadataa kirjastojärjestelmään, kun yllättäen poliisin seurassa ollut tummanpuhuva skotlantilainen nainen astui kirjastoon. Emil keskeytti työnsä, tallensi luettelointipohjaan tekemänsä työt ja kirjaukset. Tällä kertaa suomalaista poliisia, tai ketään muuta henkilöä, ei näkynyt tämän seurassa.

"Hei, tulin ihan yksin tällä kertaa: en kai häiritse? Nainen sanoi tummalla ja syvällä äänellä.

"Tervetuloa!" Emil vastasi melko neutraalisti ja tarkkaili samalla naista.

Nainen oli pukeutunut samaan paksuun toppatakkiin, mutta edellisestä asusta poiketen hänellä oli mustat nahkahousut ja tämä näytti muutenkin upealta.

"Mitä tänne kuuluu?" kysyi nainen ystävällisesti.

Evelina, se taisi olla hänen nimensä, Emil muisteli.

"Ihan tavallista, syklisiä ruuhkahuippuja sekä hiljaista puurtamista." Emil sanoi.

"Onpa täällä hiljaista, etkö kuuntele musiikkia työaikanasi?" Nainen kysyi.

"Joskus, mutta en läheskään aina, " Emil vastasi ja esitti vuorostaan kysymyksen: "Saanko olla hieman utelias? Haluaisin kysyä musiikinopinnoistasi ja tietysti musiikkimaustasi?" Emil vetäytyi tuolillaan hieman kauemmas ja siristeli silmiään, kuin auringon paisteessa.

"Totta kai, ole hyvä vain."

"Tunnistin sävelmän jota soitit eilen. Ihmettelin asiaa etenkin koska tiedän hyvin, että englannintorvi ei ole helpoimmasta päästä oleva soitettava puhallin", Emil sanoi ja meni ytimekkäästi suoraan häntä kovin vaivanneeseen asiaan.

Nainen katsoi häntä arvioiden ja pitkään, mutta ei sanonut mitään.

"Horst Wesselin laulua ei täällä, tai ylipäätään missään, enää kovin usein kuule. Harva myöskään osaa sen nykyisin ulkomuistista tai kykenee soittamaan sen englannintorvella", Emil jatkoi tarkentaen kysymystään samalla kun hän tarkkaili naisen reaktiota.

Evelina Daly oli vaiti ja katsoi häntä tummilla silmillä, joiden katseesta ei voinut lukea mitään.

"Tiedät varmasti, että Horst Wesslin laulu oli aikanaan natsisaksan kansallissosialistisen puolueen tunnuslaulu, ja uusnatsit käsittääkseni tapaavat soittaa sitä yhä. Varmasti olet tietoinen myös siitä, että laulu oli monissa maissa kokonaan kielletty, joten et varmaan ihmettele, jos jäin hieman pohtimaan asiaa?"

"Ahaa, tunnistit sen kuitenkin", nainen sanoi naurahtaen rennosti.

"Kuinkas nyt niin..?" Hän jatkoi ilkikurisesti hymyillen, mutta hänen silmissään oli kova katse.

"Viittaatko tällä jotenkin Suomen menneisyyteen sodissa vai mitä oikein yrität?" Emil kysyi hieman ärsyyntyen.

Evelina ei vastannut mitään, joten Emil jäi hermostuneesti odottavalle kannalle. Hänen aamuinen, leppoisan rento olotilansa oli kaikonnut ja tilalle tuli rauhaton ja hyvin epävarma olotila.

Nainen oli kävellyt rauhallisesti hänen asiakaspalvelutiskinsä viereen, sen oikealle puolelle nojaten nyt matalaan sermiin samalla Emiliä katsellen, mutta hän ei kuitenkaan sanonut mitään. Naisen asento oli hyvin eroottisesti latautunut ja hän tuntui pitävän henkisen yliotteen. Emilistä tuntui, kuin hän olisi ollut tälle ilmaa: joku hyönteinen suurennuslasin alla. Hän ei pystynyt lainkaan lukemaan naisen eleistä ja ilmeistä flirttailiko tämä jotenkin, vai mihin ihmeen suuntaan tämä keskustelu oli kokonaisuudessaan menossa?

"Kaunis sävelmä, minkäs teet. Menit tosiaan näköjään suoraan asian ytimeen: ehkä tarkoitukseni olikin hieman herätellä tai kokeilla sinua?" Evelina vastasi mietteliäänä.

"Eilinen kappale oli kyllä oikeasti ihan spontaani veto, enkä totta puhuakseni itsekään tiedä, mistä tuo vanha sävelmä putkahti mieleeni. Kaksimielistä tarkoitusta sillä ei kuitenkaan ollut."

Emil oli hiljaa ja tunsi itsensä hieman hämmentyneeksi, koska tässä ei varmasti ollut koko totuus. Evelina kääntyi ja alkoi tutkia nuottihyllyn sisältöä. Samalla hän alkoi hyräillä jotakin laulua hyvin kauniilla, tummalla äänellä: laulu oli 1970-luvun alkupuolen kuuluisa hitti nimeltään Mamy Blue, ja sen kaihoisa melodia tunkeutui kirjastonhoitajan tajuntaan kuin kuuma veitsi voihin. Hetken kuluttua Evelina lopetti hyräilemisen ja kirjasto kaikui vielä hetken laulun säveliä. Tunnelman pahaeneteisyys oli syventynyt huomattavasti. Samalla nainen näytti kauniimmalta kuin koskaan ja Emil tunsi niskalihastensa kiristyvän: nainen oli täynnä monimielisyyksiä.

"Terveisiä D:ltä, siis Dadilta", nainen sanoi yht'äkkiä hyräilemänsä laulun päätteeksi rennosti ja kääntyi vilkaisemaan Emilin reaktiota. Nainen oli kuin kiusallaan siirtänyt toppatakin hieman sivuun: pitkä mustaan nahkaan verhottu sääri sekä melkoisen muodokas pakaralihas asettuivat Emilin näkökenttään, hyvin eroottisen kiusoittelevasti.

Sen jälkeen hän jatkoi kaikessa rauhassa nuottihyllyn tutkimista. Emil oli valahtanut nuottipaperia kalpeammaksi laulun aikana ja tuijotti naisen säärtä, takamusta ja selkää tiukasti. Nainen oli pudottanut sanoillaan pommin. Emil oli henkisesti valmistautunut tähän, niinä tuhansina unettomina öinä, kun hän oli miettinyt elettyä elämäänsä ja kohtaamaansa kohtaloa: D eli Dad merkitsi hänelle jotakin hyvin suurta. Hän oli kuitenkin aivan hiljaa yrittäen hillitä itseään vaikka tuhannet kysymysampiaiset surisivat hänen näkökenttänsä takana.

"Dad on nyt täällä, siis kaupungissa: käsittääkseni ette ole tavanneet moneen vuoteen?" Evelina sanoi viimein vilkaisten Emiliä olkansa yli hyvin viattomalla katseella, suorastaan kujeilevasti.

"Hänen mielestään juuri nyt saattaisi olla aika taas tavata."

Hiljaisuus, nuottien rapinaa sekä ilmassa leijuva mystinen parfymin tuoksu.

"Mitä siihen sanot?" Evelina kysyi ja kääntyi kannoillaan nopeasti kokonaan Emilin suuntaan tarkkaillen tiukasti tämän ilmeitä.

Naisen kujeilu muuttui salamannopeasti tiukkuudeksi ja ankaruudeksi, mikä oli uskomaton suoritus, kuin jossain näytelmässä, paitsi että tämä oli oikeaa elämää. Emilin mielessä kävi ajatus siitä mahdollisuudesta, että nainen oli jonkin sortin psykopaatti. Emil asetti molemmat kätensä rauhallisesti pöydälle ollen ilmeetön kuin kissaa piileksivä hiiri. Hän tuijotti naista tarkasti takaisin: henkien mittelöä käytiin kiivaasti. Hän oli kuitenkin kyennyt kokoamaan itsensä salamannopeasti tuntien jonkinlaisen tasapainotilan löytyvän.

"No, kerro minulle? Mikä ihmeen Dad, mitä sillä tarkoitat?" Emil sanoi yksikantaisesti; kaikki hienostuneisuus oli karisut hänen olemuksestaan. Emil oli kuin viritetty jousi, valmiina singahtamaan tuolilta ylös.

Hiljaisuus. Katseita. Energiaa.

"Koko kerho kokoontuu pitkästä aikaa", Evelina jatkoi ja kääri toppatakin takaisin yllensä.

"Äh, tiedät kyllä hyvin mitä tarkoitan! Dad on hänelle tyypilliseen tyyliin asettunut ostamaansa kiinteistöön hetkeksi: kuten tiedät, hän ei asu koskaan hotelleissa, ja tämä kiinteistö on ihan sattumalta asuinpaikkasi lähellä."

"Mitä helvettiä sinä oikein horiset?" Emil sanoi.

"Se on se suuri ja hintava tiilikiinteistö, joka on aikaisemmin ilmeisesti ollut joku vanha tehdas tai vastaava. Nyt se on kauniiksi loftiksi remontoitu."

Emil katsoi silmät sirrillään naista ja analysoi tilannetta, vilkaisi ovelle miettien erilaisia vaihtoehtoja.

"Dad ei varmasti olisi rikkonut kanssasi käsittääkseni joskus aiemmin tekemäänsä sopimusta, ellei syy todellakin olisi jotenkin hyvin pakottava", Evelina sanoi harkitun rauhallisesti asettaen samalla Emilin eteen pöydälle kauniin paperisen käyntikortin, missä oli kiinteistön kuva ja osoite. Puhelinnumeroa tai muita yhteystietoja ei kortissa ollut. Nainen ei odottanut Emilin vastausta.

"Uskoisin, että kello 18.00 on sopiva ajankohta", nainen jatkoi ja kääntyi sitten kannoillaan, astellen hyvästelemättä suoraan ulos ovesta.

Emil jäi tuijottamaan käyntikorttia mietteliäänä naisen parfyymin tuoksun jäädessä leijumaan kirjastoon tämän poistuessa. Emil tunsi olevansa syvästi järkyttynyt ja hieman shokissa mahahappojen puskiessa ylös hänen vatsastaan. Hän ponnisti ylös ja syöksyi oksentamaan läheiseen vessaan. Sen verran hän katsoi eteensä, että ei kuitenkaan oksentanut samaan vessaan mistä kalmo oli löytynyt. Hetken päästä hänen olonsa helpotti ja hän huuhteli kasvojaan kylmän vesihanan alla: nyt tarvittiin hermoja, Mami blue!

Toinen trauma aukesi kuluvalla viikolla, ja se alkoi olla jo paljon: kuin railo jonka ytimessä oli jäisen veden asemasta tulista laavaa. Emil kokosi itsensä, katsoi peilistä kasvojaan ja palasi hetken kuluttua työpöytänsä ääreen. Hän ryhtyi tutkimaan pöydälle jätettyä käyntikorttia huolellisesti.

Kortti oli tosiaan hyvin yksinkertainen. Dadiksi mainitulla henkilöllä oli tapana jättää erikoisia viestejä: eräänlaisia metatasolla liikkuvia piilotettuja viitteitä mielihaluistaan. Emil mietti olisiko tässä jotakin sellaista ja samalla hän ymmärsi, että vainajalla oli todellakin jokin yhteys häneen ja kirjastoon. Mutta voisiko hän kertoa asiasta poliisille? Helkkari tiesikö poliisi naisen todellisesta roolista, entä Dadista? Tai ylipäätään vain Dadistä? Oliko nainen se, joka väitti olevansa? Emil tiesi nyt varmasti, että tämä oli kaikkien tapahtumien käännekohta: hänen kaikki yksityisasiansa, oikeastaan koko hänen elämänsä, oli nyt jonkinlaisessa kääntöpisteessä. Hän tiesi olevansa rikoksen ja pahuuden kääntöpiirillä.

Käyntikortin ylälaidassa oli kaunis mustekynällä piirretty kirjanmerkki, jonka hän tunsi todella hyvin. Kirjaston aikanaan lahjoituksena saaduissa Andrei Rudnevin nuoteissa oli sama signeerattu AR-merkki. Rudnev oli elinaikanaan, viime vuosisadan alun vuosikymmeninä, signeerannut kaikkiin nuotteihinsa tyylitellyn AR monogrammin. Seurasiko tästä se, että Andrei Rudnev liittyi jollain tavoin tähän murhamysteeriin? Andrei oli ollut koulun pianonsoiton opettaja aikanaan ja paennut Venäjältä sotien jaloissa koulun mukana. Tämän valtavan upea nuottikokoelma oli lopulta jaettu Sibelius-Akatemiaan Helsinkiin, ja tänne hänen hoitamaansa kirjastoon.

Mutta miten Andrei Rudnev liittyisi asiaan?

Emil ymmärsi samalla hetkellä, että hän ei varmasti olisi yksin ilman ulkopuolista tarkkailua, ei sekuntiakaan, ei ainakaan ennen D:n tapaamista. Tässä oli pakko olla jotakin hyvin arvokasta takana, joka tarkoitti myös selkeästi sitä, että minkäänlainen pakeneminen ei nyt onnistuisi. Hänellä oli kuitenkin olemassa ennaltaa mietitty pakosuunnitelma, mutta se tuskin toimisi tässä vaiheessa tapahtumia.

Käyntikortti oli jotakin hyvin arvokkaan tuntuista erikoispaperia: kortin kuvaamassa talon seinässä näytti olevan pienen pieni seinäkello, jonka viisarit näyttivät 18.00 aikaa. Talon seinien ikkunoissa oli kaihtimet, mutta vain yhdessä niistä oli verhot, joiden välistä näytti joku kurkistavan ulos: hahmolla oli Dadin kasvojen profiili. Koko kortin kuvamaailma oli kuin jostain B-luokan kauhuelokuvasta, mutta sen paperin laatu ja grafiikka puhuivat toista.

Emilin ajatukset palasivat Rudneviin: miksi kortissa oli Andrei Rudnevin logo?

Se ilmeisesti tarkoitti, että Dad tosiaan halusi hänen työpaikaltaan jotakin, joka liittyi tähän vainajaan: oliko siis Rudnev tiennyt jotakin salaisuuksia tai piilottanut nuottien joukkoon jotakin? Emil mietti yhteyttä kuumeisesti. Olisiko se jotain, joka liittyisi Venäjän menneen suuruhtinaskunnan mysteereihin? Dad ei olisi kiinnostunut mistään ihan pikkuasioista, mutta mitä ihmettä tämän kaiken takana voisi olla?

Hän nojasi tuolissaan taaksepäin miettien, mitä Dad ajattelisi tai kuvittelisi hänen tekevän, kun hän olisi saanut kortin käteensä ja tiedon kutsusta. Emil päätti olla näyttämättä pelkoaan päättäen vain urheasti jatkaa työpäivänsä loppuun asti, jonka jälkeen hän kävelisi normaalisti kotiinsa. Sen jälkeen hän mietti yksityistä tietokantaansa ja koko tietoverkkoaan: uskaltaisiko hän kurkistaa kotona oleviin kameratallenteisiin etäältä, tai ylipäätään kirjautua verkkoon? Onneksi irlanninsusikoira Eetla oli melko hyvä este, jos joku yrittäisi tunkeutua hänen kotiinsa: lukitus oli myös hyvin monikerroksinen ja kestävä.

Entä mitä hänen vaimonsa Raakel tästä ajattelisi? Tämä ei tiennyt hänen historiansa kääntöpuolesta mitään. Entä poliisi, Alderite, oliko tämä viaton kuin enkeli? Tämä tuskin käsittäisi, mikä paholainen kaupunkiin oli laskeutunut. Emil päätyi lopulta siihen, että Dadin ajatuksia ei juuri nyt oikeastaan kannattanut arvuutella, vaan laittaa kaikki panokset omaan turvallisuuteen sekä mahdollisen pakoon. Pakeneminen olisi realistinen vaihtoehto kun ajankohta muuttuisi suotuisaksi: niin hän oli suunnitellut tekevänsä, jos kyseinen Dad ilmestyisi vielä hänen elämäänsä. Flight or fight.

Onneksi kirjastossa ei juuri tähän aikaan ollut asiakkaita. Hän sai rauhassa pohtia tapahtumia. Hän tolkutti itselleen, että nyt ei saisi hermoilla ja teki mielessään mielikuvaharjoituksia, jotka hän oli tätä varten mieleensä istuttanut lukemattomia kertoja.

3.

Pakkaspäivä eteni kirpeän tuulen voimistuessa ja se tuplasi pakkasen purevuuden osuessaan suojaamattomiin poskipäihin. Ihmiset vaelsivat nenänpäät paksujen pipojen ja kaulaliinojen alta pilkottaen. Linda Milojeff ja Kalle Sippola olivat tällä kertaa pukeutuneet poikkeuksellisen siisteihin siviiliasuihin arkisten työvaatteiden sijaan: Kallella oli kaunis Harrodsin tweedkankainen pikkutakki paksun talvimanttelin alla ja suorat housut; kengät olivat ruskeat nilkkurit, jotka sopivat hyvin talvikeleihin. Linda oli kokomustassa housupuvussa ja kääriytynyt myös paksuun talvitakkiin, näyttäen erityisen tyylikkäältä. Hän oli myös, kuin kiusallaan, laittanut ohuen punaisen solmion kaulaansa.

He kävelivät Aleksanterinkadulla sijaitsevan hotelli Seurahuoneen kadunvierelle tyylikkäästi suunniteltuun baariin. Ravintolan keittiö oli kuuluisa ja hotellin alakerrassa oli yökerho. Päästyään sisälle he ihmettelivät miksi ovella oli kolme melko karskin oloista vahtimestaria kuulonapit korvilla. He vilauttivat poliisimerkkejä ja heidät ohjattiin ystävällisesti sisälle. Kalle ripusti herrasmiesmäisesti Lindan talvitakin ja omansa pieneen naulakkoon ja säntäsi sen jälkeen tiskille tilaamaan talon salaatin ja oluen. Linda paheksui Kallen ottamaa olutta, koska he olivat kuitenkin töissä, ja otti vain kahvin. He asettuivat ulkomaalaisilta näyttävän miesryhmän vieruspöytään ja lähelle suurta kadulle avautuvaa lasiseinää: tila oli tosiaan poikkeuksellisen täynnä ja ihmisiä tuntui tulevan koko ajan lisää.

"Helvatin jalka", Kalle manasi toipumassa olevaa jalkaansa ja siemaisi olutta.

"Arvaa onko nuppi turtana särkylääkkeistä", Kalle jatkoi sangen huonotuulisen oloisena.

Linda tuhahti naurahtaen: "Olisit kyllä voinut jättää tuon oluen väliin. Sitä paitsi itsehän kerjäät luiden katkeamisia tyhmillä harrastuksillasi."

"Mikä on tämän parempi maastoutumisjuoma?" Kalle sanoi ja kiusoitteli samalla Lindaa kysellen tämän miesasioista. Lindan sai melko herkästi ottamaan kierroksia ja siitä Kalle piti, mutta toisaalta hän kyllä hyvin tiesi missä toisen sietokyvyn raja oikeasti kulki.

Kalle tarkkaili herkeämättä ympäristöään vilkuillen välillä puhelintaan. Suuren kadulle näyttävän ikkunan takana kova tuuli riepotti ihmisten mukanaan kantamia kauppakasseja, samalla myös kadun jouluiset valot tuikkivat kauniisti tuulen tahdissa heiluen.

"Saakeli, että täällä on muuten rahaa ja vaurautta liikenteessä", Kalle sanoi rauhallisesti.

"... ja kommandomiehiä", Kalle lisäkommentoi hetken kuluttua. Linda ei sanonut mitään vaan vilkuili ympärilleen huomaamattomasti päätään rauhallisesti käännellen.

"Olen mielestäni bongannut aika monta tappajan näköistä veikkoa", Kalle mutisi, suu täynnä salaattia.

"Oikeita Bondeja tai Hamiltoneita. Tunnen hyvin tuon katseen. Sitä paitsi kuulonappeja on enemmän kuin Valkoisessa talossa. Ja katso nyt noitakin liikemiehiä: heidän rannekellonsa on kalliimpia kuin asuntoni."

"Lyön vaikka vetoa, että noiden nappikorvaisten turvamiesten kalliiden pukujen alta löytyy käsiaseita. Katso tarkasti pukujen leikkauksia", Kalle jatkoi ja vilkuili sivuilleen kulmiaan rypistellen.

Ilmeisesti heidän läsnäolonsa häiritsi jotakin, koska heidän viereensä asettui näennäisen rauhallisesti hymyilevä tummapintainen, mutta varmasti tarvittaessa hyvin vaarallinen mies. Linda vilkaisi miestä ja katsoi tämän jälkeen arvioivasti Kallea.

Miehen ranteessa oli kallis sukeltajankello, mihin Kallella ei luultavasti olisi koskaan varaa. Linda tarkasteli miestä ja päätti ottaa tilanteen haltuun. Hän kysyä töksäytti englanniksi: "Sori, onko tässä kaupungissa joku erikoistapahtuma kun väkeä tuntuu olevan aika paljon?"

Mies katsoi Lindaa hetken ja hymyili leveästi vastatessaan: "Krhm, arvovaltainen liikemiesryhmä kokoontuu täällä pari päivää." Mies hieroi samalla käsiään, jotka olivat hyvin voimakkaan näköiset.

Kalle huomasi, että miehellä oli melko hyväkuosisen pikkutakkinsa sivussa käsiaseelle tehty leikkaus, mutta asetta ei näyttänyt olevan takin täytteenä. Kalle mietti olisiko sille ylipäätään saanut erikoislupaa, jos mies ei ollut Suomen kansalainen?

Toisaalta hän arvioi, että miehet eivät lähtisi täältä heti mihinkään, joten asiasta saattaisi olla hyvä keskustella asemalla ennen lisätoimenpiteitä. Etenkin kun joka toisella miehellä tuntui oikeasti olevan kovat kainalossa ja otsat hieman rypyssä. Kalle vilautti miehelle poliisikorttiaan, mihin mies kohotti kulmiaan ja hymyili uudestaan leveästi.

"Ymmärrän, mikäli haluatte lisätietoja, niin kysykää hotellin vastaanotosta", mies sanoi ja siirtyi tämän jälkeen sivummalle. Kalle huomasi tämän sanovan jotakin ilmeisesti ranteeseen kiinnitettyyn mikrofoniin.

Linda otti kuitenkin salamannopeasti tilanteen hoitoonsa ryhtyen jututtamaan miestä lisää. Samalla Kalle hörppäsi oluet, söi salaattiannoksen pikavauhtia ja suuntasi sitten hotellin vastaanottotiskille tekemään lisäkysymyksiä. Saapuessaan tiskille hän vilautti jälleen kerran poliisimerkkiään.

"Täällä on ilmeisesti tänään jonkinlainen erikoistapaaminen?" hän kysyi virkailijalta.

Virkailija katsoi häntä pitkään näyttäen miettivän mitä vastaisi. Pitkänhuiskea ja hyvin vanttera poliisimies oli jotenkin epätyypillisen oloinen poliisiksi, mutta henkilökortti oli kyllä aito. Hetken mietittyään hän sai sanottua: "Hetkinen, ohjaan teidät tästä nimenomaisesta asiasta vastaavan henkilön luokse."

Kalle ohjattiin sivummalle, missä häneen luokseen asteli hyvin pukeutunut, keski-ikäinen mieshenkilö, joka esitteli itsensä tyylikkäästi ja kätteli samalla rivakalla otteella.

"Päivää, olen Peter Ahlgren ja vastaan hotellin puolesta tilojemme turvallisuudesta. Meillä on parhaillaan diplomaattitason erikoistapaaminen käynnissä."

"Kas kummaa, kun me emme tiedä siitä mitään," Kalle sanoi ehkä hieman kysyvästi.

"Se johtuu yksinkertaisesti siitä, että erikoistapaaminen on muodostunut tai ehkä paremminkin kutsuttu koolle hyvin nopeasti, joten tieto ei ilmeisesti ole tavoittanut teitä vielä."

"Vai niin, onpa erikoista."

"Poliisijohtoa on kyllä informoitu ja saatte varmasti ohjeet mitä pikimmin. Me pahoittelemme omasta puolestamme toiminnan ja tapahtuman nopeutta, mutta tällä tasolla liikuttaessa voi nopeus olla myös turvakeino."

"Se on kyllä ihan totta", Kalle sanoi ja tarkasteli miestä kiinnostuneesti.

"Takaan myös ettei mitään Suomen lakia rikota täällä ollessamme. Annan teille myös kaikki yhteystietomme ja vieraslistamme, jos jotakin kysyttävää ilmenee."

Kalle ymmärsi keskustelevansa asiantuntijan kanssa, joka luultavasti oli hyvin korkeatasoinen sotilas. Miehen otteissa oli maailmanluokan varmuutta ja kädenpuristus oli hyvin luja. Kalle käsitti, että nyt kannatti pitää poliisin ammattiprofiili hyvin matalalla.

"Ok, tämä on kyllä melko erikoista, mutta kysymme ohjeistusta ja palaamme asiaan, jos jotakin ilmenee", Kalle sanoi.

Kallen palatessa toista jalkaansa ontuen, oli Linda keskustelemassa keski-ikäisen professorin näköisen herrasmiehen kanssa ja tummaihoinen korsto oli kadonnut paikalta. Kalle kuunteli sivukorvalla keskustelua, jonka puhekieli oli ranskaa, jota hän ei ymmärtänyt sanaakaan. Tarjoilija toi hänelle kuin myötätunnosta kupillisen vahvaa kahvia.

Kallea ihmetytti ympärillä olevan väen kokoonpano ja tyyli. Hän kuitenkin ymmärsi, että tilaisuus oli ainutkertainen ja harmistus vaihtui nopeasti aitoon kiinnostukseen. Kallen toisella puolella tuntematon herrasmies selvitti jotakin kumppanilleen, ilmeisesti flaaminkielellä. Ainoa sana jonka Kalle jotenkuten luuli käsittävänsä, oli suomalaisen kirjailija Sofi Oksasen nimi, joka lausuttiin niin kovin hassusti, että kirjailija olisi varmasti saanut kohtauksen kuullessaan nimensä.

Kalle pohdiskeli kiinnostuneena mistä miehet keskustelivat.

Hänen vieressä nuorempi mies esitteli ohuelta ja erikoismalliselta tietokoneelta jotakin kaupunkiaiheista sivustoa, ja keskustelu kävi kovin vilkkaana asian tiimoilla. Taustalla kuului venäjänkieltä, ja samalla luultavasti jotakin arabimurretta.

Kalle vilkaisi uudestaan Lindaa, joka oli täysin keskustelukumppaninsa lumoissa. Kallen aiempi kiire oli kuitenkin jo tiessään, ja hän vain imi ihmisten energiaa itseensä, istua töröttäen suu puoliksi hölmistyneenä auki.

Ihmisten ranteissa roikkui löysästi luksuskelloja, sormissa oli runsaasti kultasormuksia; platinaiset tai valkokultaiset kalvosinnapit kilahtelivat ja kimmelsivät; itse puvut olivat tehty hyvin kalliista kankaista, jaloissa heillä oli käsintehtyjä kenkiä, jotka kiilsivät täydellisesti kiillotettuina. Toisaalta kimalluksen takana osa ihmisistä oli ihan tuiki tavallisen näköisiä ja aika moni näytti olevan liikkeellä kumppaninsa kanssa, pariskuntina.

Kallen ajatukset keskeytyivät, kun joku nykäisi häntä hihasta: se oli Paukkusen Nisse eli Pate, joka oli kaupungin omaa kermaa ja pelasi Kallen kanssa samassa sählyjoukkueessa.

Pate oli teräsfirman omistajan poika ja ajeli uudella Ford Mustangilla, mutta hän ei ollut ollut niin työtätekevää sorttia, kuin aiemmat teräspaukkuset. Nyt Patekin vaikutti tuiki tavalliselta työhiirulaiselta ja tämä oli ilmeisesti itsekin huomannut, että reviirillä oli valkoisia valaita enemmän kuin Melvillen kirjoissa aikanaan.

"Moro Kalle, mitä hitto täällä tapahtuu?" Pate laukaisi höyryävä kahvikuppi kädessään.

"Hyvä kysymys! En tarkalleen tiedä, mutta melkoista on", Kalle sanoi.

"Meinaavat vissiin sulkea hotellin ovet yksityistilaisuuden johdosta ja olin näkevinäni vastapäisen tavaratalon katolla turvallisuusmiehiä", Pate selvitti ilmeisen innoissaan, posket punoittaen.

"Kuulin että kaupungissa on helikoptereita parkissa. Jumalauta, ajattele: Kisapuistossa, aivan keskellä kaupunkia! Mitä helvattia täällä oikein tapahtuu?" Pate jatkoi ihmettelyään ja keinui samalla erikoisen näköisesti kantapäillään. Kalle ei keksinyt mitään sanottavaa takaisin; ehkä sellaista ei oikeasti kaivattukaan.

"Tunnistin pari tyyppiä ja he ovat Forbesin listalla, siis ihan lehden ekoilla sivuilla, saatana! Kato nyt!" Pate näytti kuvia pienestä tablettimallisesta tietokoneestaan, mutta Kalle ei kuitenkaan ollut kovin innoissaan tästä tunnistusleikistä.

"Anna olla. Parempi, että ollaan ihan rauhallisesti", Kalle sanoi ja vilkaisi Lindan suuntaan.

Mutta Pate oli päässyt vauhtiin eikä suinkaan aikonut hiljentää havaintojensa tulvaa: "Näkisit mitä jahteja Kööpenhaminan satamassa kelluu. Olisivat purjehtineet tänne, jos jäätilanne olisi ollut helpompi! Helkkari, nyt on kultaa kanavassa ja timantteja rännissä", Pate kähisi ja punoitti kuin partiopoika.

"En vain nyt oikein osaa heilutella vaskooliani oikein, että siihen jäisi jokunen hippunen tästä kavalkadista."

"Siltä näyttää", sanoi Kalle ja häntä hieman harmitti Paten ilmestyminen, koska tunnelma jotenkin latistui. Samalla Kallen puhelin ilmoitti viestin saapuneen, ja sivusilmällä hän huomasi, että ilmeisesti Lindalle oli myös tullut samaan aikaan ytimekäs viesti: "Kutsu Loviisankadulle poliisin sisäiseen tiedotustilaisuuteen. Heti!"

"Aika mennä, kutsun kuulen", Kalle kuittasi Patelle ja lähti nopeasti jatkamaan matkaansa.

Kalle nyökkäsi Lindalle ja he irtaantuivat hitaasti ihmisten joukosta kohti ovea. Hetken kuluttua he astuivat kylmään ulkoilmaan suunnistaen vastapäisen tavaratalon alakerran parkkihallissa olevalle autolleen. Molemmat olivat hiljaa ja hengitys höyrysi heidän kävellessään suojatien yli.

Lopulta Kalle alkoi jutella mietteitään ääneen: "Meillä Suomessa on tasa-arvo, ihan erilaiset perinteet rahankäytön ja omaisuuden näyttämisen suhteen, kuin näiden ihmisten maailmassa."

"Harvinaisen totta, mutta toisaalta eipä meillä yleensä ole tämän tyyppisiä ihmisiä laumoittain, tai onko ylipäätään missään? Jos olisi, niin eihän tässä olisi ollut mitään ihmeellistä", Linda vastasi.

"Mutta tuo oli silti jotenkin erikoinen tilanne. Oikeastaan minusta tuntuu, että jotenkin leijun. Muuten Paukkusen Pate kertoi, että maailman rikkain kerma tosiaan pitäisi majaansa kaupungissa. Kisapuisto on kuulemma helikopterikenttänä."

Linda hymyili: "Mies jonka kanssa äsken keskustelin, oli varallisuudeltaan Suomen vuotuisen bruttokansantuotteen tasolla. Ei ihme, jos hieman leijumme. Rahalla on oma voimansa ja energiansa. Sain muuten häneltä lounaskutsun."

Kalle oli kerrankin vaiti eikä jalkaankaan ei sattunut enää yhtään.

4.

Täsmällisesti, juuri oikealla kellonlyömällä, kaikki vuorossa olevat poliisiyksiköt ja muut toimistotyöntekijät olivat ahtautuneet poliisilaitoksen suureen ja uutuuttaan kiiltelevään auditorioon. Sen etualalle oli aseteltu yksinkertainen pitkä pöytä, jonka äärellä seisoi parhaillaan seitsemän henkilöä: kuusi miestä ja yksi nainen. Heistä nainen oli Suomen sisäministeri, miehet olivat Suomen Poliisin hallituksen ylin päällikkö, Suomen puolustusvoimien edustaja, Ruotsin puolustusvoimien ja poliisin edustajat, kaupungin poliisiaseman hallinnon ylin poliisivirkailija sekä ilmeisesti joku Europolin tai EU -tason henkilö. Kaikilla oli oman organisaationsa puolesta pieni rintaan kiinnitettävä merkki tai nimikyltti, joihin kirjoitettuja nimiä ei erottanut puolta metriä kauempaa. Tilaisuus alkoi koruttomasti kun johtava poliisipäällikkö Virtanen aloitti kuivakkaalla äänellä:

"Toivottavasti kaikki ehtivät paikalle myös maakunnista. Olemme saaneet Suomeen, ja kauniiseen kaupunkiimme, hyvin arvovaltaisen sekä myös hyvin varakkaan kokousvierailun."

Virtanen kröhi kurkkuaan ja nosti hieman äänensä voimakkuutta kysyen muodollisesti "Kuuluhan ääneni sinne takariviin?" ja jatkoi suoraan vastausta odottamatta: "No niin, tämä tapahtuma tuli viralliselle tahoille hieman yllätyksenä, mutta käsityksemme mukaan niin oli alun alkaen tarkoituskin toimia. Emme kuitenkaan pidättele teitä täällä pitkään. Tiedotus koskee juuri tätä kokousta, ja yksi oleellisen tärkeä seikka jatkossa on, että medialle ei mainita tästä sanaakaan." Virtanen vilkaisi rivissä seisovaa naista ja jatkoi: "He saavat tehdä asiasta omat juttunsa sitten jälkikäteen. Korostan, täydellinen salassapito kaikille asioille! Saatte asiasta vielä lisätietoa sähköpostitse ja korostan, että toimimme nyt hyvin diplomaattisella vaihteella."

Yleisö kohahti hieman ja hiljaisuudesta päätellen nyt oltiin todella kiinnostuneita siitä mistä oli kyse.

"Sisäministeri Ursula Pirhonen selvittää teille nyt asiaa tarkemmin." Virtanen piti hetken hiljaisuuden ja luovutti puheenvuoron sisäministerille, joka oli miehiin verrattuna iältään nuori, eikä tämä ollut ehtinyt palvella virassaan kuin vasta hetken aikaa.

"Hyvää päivää kaikille!" Pirhonen tervehti vahvalla ja kantavalla äänellä.

"Viranomaisten toimintamalli on sama kuin vastaavissa suuremmissa kokouksissa: asetamme hyvin koulutetut erikoisryhmät valmiiksi ja ketään vieraista ei saa häiritä. He ovat ilmoittaneet, että hoitavat itse oman turvallisuutensa. Olemme asian tietyin ehdoin hyväksyneet, joten tässä ei siis pitäisi olla mitään tavallisesta erikoisvierailusta poikkeavaa", Pirhonen jatkoi ja esitteli nopeasti vieressään seisovat henkilöt.

"Tarkoitus on, että pysyttelemme sivummalla ja ohjaamme liian uteliaat kansalaiset kauemmas. Painotan vielä kerran, että he eivät tosiaan halua itselleen julkisuutta!" Pirhosen puhuessa kuulijakunta alkoi hieman rentoutua.

"Julkisuutta voi toki olla vaikea välttää, ottaen huomioon jo helikoptereiden ja vastaavien määrän. Teemme kuitenkin koko ajan yhteistyötä Ruotsin, Viron sekä Venäjän viranomaisten kanssa. Tulli- ja rajavartiolaitos sekä Puolustusvoimat ovat myös omalla panoksellaan mukana. Suomessa oleskelunsa aikana kokousväki on arvovaltaisuudestaan huolimatta kuitenkin Suomen lakien alainen, joten huume- ja vastaavat lait ovat tiukasti voimassa", Pirhonen jatkoi kohentaen silmälasejaan ja antaen tuiman katseensa kiertää yleisön joukossa.

"Työnjohtonne on ohjeistettu ja saatte heiltä tarkemman ohjeistuksen lähipäiville. Julkisilta televisiokanavilta ei tule heti mitään uutisia tapahtumasta, vaan on sovittu uutiskynnyksen ylittyvän vasta, kun kokousväki on poistunut tai alkaa poistua."

Seuraavaksi Pirhonen istuutui ja Virtanen nousi vuorostaan seisomaan: "Kansainväliset tietolähteemme eivät usko, että Suomeen kohdistuisi mitään terrorismin uhkaa tämän kokouksen johdosta, mutta olemme lisänneet valvontaa ja seuraamme tiiviisti tilannekuvaa."

Virtanen vilkaisi Pirhosta hieman haparoivan oloisena, mutta jatkoi kuitenkin puhetta: "On arvioitu, että he viipyvät Lahdessa keskimäärin noin kaksi tai kolme vuorokautta. Joten mikäli teillä on kysyttävää, niin kysykää nyt. Myöhemmin lähipäällystönne kertoo teille työtehtävienne vaatimat muut tarkemmat asiat."

Virtanen istuutui sisäministeri Pirhosen viereen ja he katselivat yleisöä, joka tuijotti takaisin kysyvän näköisenä, mutta silti kukaan ei kysynyt mitään. Pirhonen toimi virkansa puolesta poliisin ylimpänä johtohenkilönä ja oli ilmeisesti itsekin kiinnostunut tapahtumista, koska oli paikan päälle kiireiltään ehtinyt. Poliisin varsinaista valtakunnan ylintä johtoa ei tilaisuudessa sen enempää näkynyt. Poliisipäällikkö Virtanen jatkoi vielä: "Tilaisuus on nyt päättynyt ja kuten sanoin, saatte tarkemmat ohjeistukset lähiesimiehiltänne. Muistakaa pestä autokalusto ja nyt tosiaan edustatte Suomea ja kaupunkianne. Korostan suomalaista vieraanvaraisuutta: ollaan erityisen siististi ja palveluhenkisiä. Käykää parturissa, puvut kuntoon, virka-autot pesuun ja kiillottakaa kenkänne. Kiitos."

Kokousväki alkoi purkautua auditoriosta ulos kuumat työhaalarit roikkuen. Käytävillä kaikuvan keskustelun sorina oli melkoinen. Asekaapit avattiin, karhukoplan erikoismiehet siirtyisivät omiin asemiinsa, erikoisjärjestelyiden strategiat otettiin käyttöön ja pieni kaupunki oli turvallinen kuin Korvatunturin joulupukinpajan lahjavarasto.

Tilaisuuden jälkeen Alderite ja Heikki istuivat rikosetsivien kokoushuoneeseen, samalla kun kenttäväkeä alkoi hiljalleen asettautua ison pöydän ympärille. Tuolit kolisivat ja arkirutiinista poikkeava tapahtuma oli saanut kaikki erityisen tarkkaavaisiksi. Monesti tavallisissa kokouksissa porukan silmäluomet lopsahtelivat kiinni ja tunnelma oli kuin laiskiaisten puunlatvassa, mutta nyt oli toisin.

"No niin, olemme keskellä jotakin helkkarin jetsettien tilaisuutta, joten nyt on syytä ottaa rauhallisesti. Meidän ryhmäämme kohdistuu erityisen suuria paineita, koska löytämämme vainaja saattaa liittyä tähän tapahtumaan ja äskeisestä informaatiosta poiketen nimenomaan meitä, siis meidän yksikköämme, on kehotettu asian selvittelyn ohella varautumaan mahdolliseen pahimman luokan terroritekoon", Alderite sanoi ja rypisteli samalla otsaansa, koska hän ei todellisuudessa tiennyt asiasta mitään sen enempää.

"Vainajan perusteella terroriteon riski on todellakin otettava huomioon vaikka emme todellisuudessa tiedä mistä on kysymys. Joku on esimerkiksi voinut asentaa räjähteitä jonnekin kaupungin alueelle. Vainaja on saattanut myös olla sotilashenkilö, mitä tukee tietyt ruumiinavauksessa havaitut seikat."

Heikki alkoi sukia viiksiään, mistä Alderite päätteli tämän olevan hieman kiihtynyt. Linda ja Kimmo vaikuttivat melko rauhallisilta, ja loput tilassa olleista olivat jotakin siltä väliltä.

"Nimittäin, jos tuo vieraslista pyyhkäistäisiin taivaan tuuliin, ajautuisi maailmantalous hyvin suureen taantumaan. Niinpä voin sanoa, että suuri maailma hyppäsi kutsumatta pieneen kaupunkiimme, mutta otetaan kuitenkin ihan rauhallisesti", Alderite jatkoi rauhallisella äänellä.

"Asioiden tilan ollessa tämä on ryhmämme löydöt ja analyysit toimitettu eteenpäin. Voitte arvata, että monet terävät aivot, omiemme lisäksi, pureskelevat asiaa parhaillaan ja monella mantereella, niin interpolissa, Europolissa kuin FBI:ssäkin." Alderite piti ajatustauon ja katsoi jokaista osallistujaa vuorollaan huolestuneen oloisesti silmiin.

"Joudumme siirtymään koko laitoksen osalta 24/7 hälytysvalmiuteen, joten pidämme myös täällä konttorissa koko ajan vähintään 2-3 etsivän päivystysvalmiuden. On myös mahdollista, että tiimimme saa lisävahvistuksia, luultavasti Interpolin suunnalta, mutta niistä sitten enemmän kun oikeasti saamme lisätietoja. Seuraavaksi voisimme päättää päivystyslistat ja käydään ne yhdessä läpi", Alderite lopetti puheensa ja antoi katseensa kiertää. Kaikki olivat hiljaa ja näyttivät pohdiskelevan kuka mitäkin.

"Onko kenelläkään mitään lisätietoja asioista sitten aamuisen kokoontumisen?" Alderite kysyi ääni kähisten ja itsekin hetkisen ilmapiirin tunnelmasta kiihtyneenä. Kukaan ei vastannut mitään.

Paperinen, alustava päivystysvalmiuslista kiersi pöydällä ja siinä oli kalenteri: ensimmäisenä huomioitiin se, oliko jollakulla lapsia tai erityseisteitä jollekin päivistä, ja niin lista alkoi muotoutua. Lopulta paperi siirrettiin poikkeuksellisesti paikalle olevan toimistosihteerin eteen, joka vei tiedot tietokoneelle, minkä jälkeen kaikki sitten vahvistaisivat vuoronsa. Kerrankin palaveri sujui mutkattomasti ja porukka oli todella aktiivisesti hereillä. Eipä ihme, kun kaupunki ei varsinaisesti ollut mikään autereinen kaupunkien Fata Morgana. Rikospoliisit eivät yleensä tavanneet kantaa mukanaan käsiasetta, mutta nyt asekaapilla kävi kuhina.

Alderite mietti kokouksen jälkilämmöllä, samalla kun työyhteisö keskusteli ja pohti omia ongelmiaan, isoäitinsä kanssa tämän luona aiemmin käymäänsä keskustelua. Muuten korkeampiarvoisen päällystön saapuminen tai oikeastaan näyttäytyminen sai hänet myös miettimään omaa etsivän uraansa ja valintojaan: Alderite oli aikanaan asevelvollisuuden suoritettuaan päässyt toisella yrittämällä Helsingin Yliopistoon oikeustieteelliseen tiedekuntaan eikä poliisin työ tuolloin vielä käynyt hänellä mielessä. Hän piti suuresti asepalveluksesta ja melkein jäi puolustusvoimien palvelukseen, jonka hän suoritti pioneerien aselajissa, erikoistuen räjähteisiin ja sissitoimintaan.

Samalla hän myös ansioitui komppaniansa parhaana ampujana. Ne olivat niitä aikoja hänen elämässään, joita hän muisteli erityisellä lämmöllä.

Kirjauduttuaan yliopistoon sisälle hänen opintonsa kuitenkin takkuilivat ja viivästyivät, ollen hieman hajanaisia: lopulta hän lähti palvelemaan rauhanturvaajana Suomen YK-joukkoihin. Samalla hänen suhteensa vastakkaisen sukupuolen kanssa kariutuivat, yksi toisensa jälkeen. Niin sanottuja kaatoja oli kyllä reilusti, mutta hän ei ollut kovin hyvä suhteiden kestossa. YK - joukoissa hän joutui muutamaan oikeasti kovaan tilanteeseen ja sai sotilaskielellä ilmaistuna tulikasteen. Oikeustieteellisessä hänellä tuli lopulta jonkinlainen kriisi, ja loppujen lopuksi hän hakeutui Tampereelle poliisikouluun, mihin vaikutti eniten hänen tarkkasilmäinen isoäitinsä. Alderite kuitenkin oli ehtinyt suorittaa oikeustieteen kandin paperit, ja tutkinnosta oli hänelle hyötyä poliisin ammatissa: päästyään rikospoliisin etsiväksi hän sai sovitettua fyysisen toiminnan tarpeen ja pitkäjänteisen pohtimista vaativan tutkimustyön yhteen. Hän kyllä yritti myöhemmin kovasti jatkaa akateemista polkuaan filosofian puolella, mutta se jäi harrastamiseksi, joka jatkui yhä. Hän yksinkertaisesti viihtyi työssään: paineita ja vastuuta oli juuri sopivasti, eikä hän oikeastaan havitellut virkoja kovin paljon korkeammalta, koska silloin myös paineet kasvoivat, monesti suhteellisesti enemmän kuin tulot nousivat.

Alderiten isoäiti, Irmeli Pennanen, oli Alderiten äidin äiti ja syntyperältään karjalan evakoita, kuten myös Alderiten isoisä Gunnar Pennanen. Sodan sytyttyä Gunnarin tehtävänä oli ollut hoitaa Inkerimaalta hevoset ja karja Suomen puolelle rajaa turvaan, samalla kun Irmeli oli tuonut perheen turvaan.

He eivät koskaan olleet kovinkaan paljoa puhuneet karjalaisista juuristaan eikä Alderite oikein osannut mieltää itseään millään tavoin karjalaislähtöiseksi. Hän oli itse, ytimiään myöden, 1970-luvun sosiaalidemokraattisen Suomen peruskoulun kasvatti, missä kaikki tuntui toimivan: hammashuolto toimi ja lääkärille pääsi heti paikattavaksi, jos tarve vaati. Varakkaita he eivät koskaan olleet, mutta heille sivistys, kirjasto ja lukeminen olivat hyvin tärkeitä. Sitä paitsi Alderite oli kuitenkin isänsä puolelta taustaltaan ulkomaalainen, mistä hän myös oli saanut välillä kuulla kunniansa.

Irmeli oli muodoiltaan hieman pyöreä, kuten monet vanhemmat ihmiset tapaavat olla ja luonteeltaan hän oli iloinen karjalaisrouva. Tämän hiukset olivat iästä huolimatta paksut ja tuuheat. Muutenkin hän oli pirteyden perikuva ja tuntui löytävän iloa pienimmistä elämän yksityiskohdista. Alderite oli monesti miettinyt, että ilmeisesti kovat ajat koulivat ihmisistä periksiantamattomia ja eteenpäin suuntautuvia. Ehkä se johtui siitä, että elämän pikkumurheet eivät aiheuttaneet myrskyjä, kun oli nähnyt oikeasti sodan helvetin.

Alderiten isä ja äiti olivat aikanaan eronneet, mutta he kuitenkin pitivät yhteyttä toisiinsa, ja heidän välinsä olivat suhteellisen mutkattomat. Alderiten isä oli katsomukseltaan muslimi. He olivat asuneet yhdessä 1970-luvulla Suomessa, mihin hän ei oikein sopeutunut, eikä kylmä ilmanala tuntunut olevan häntä varten; samaan aikaan öljykriisi raiskasi maailmantaloutta saaden aikaan henkilöautojen kutistumisen ja ihmisten tilipussien laihtumisen.

Se oli aikaa, jolloin Suomesta lähti työn perässä valtava joukko ihmisiä maailmalle: niin myös Alderiten isä, Peter Alderite, joka päätti palata kotimaahansa. Onneksi Alderiten isoäiti oli aina tarjonnut pojalle turvasataman ja niin tapahtui tälläkin kertaa.

Alderite ymmärsi, että hänen erikoiset lukumieltymyksensä ja harrastuksensa olivat mitä luultavimmin Irmeli -mummon hoivista, tämän vanhan sivistyksen perukoilta kummunneita teemoja ja tapoja. Alderiten äiti oli melko boheemi toimittaja, eikä tämä ollut kovinkaan kiinnostunut poikansa koulunkäynnistä: vasemmistolaisena hän uskoi asian valtion huomaan ja keskittyi eron jälkeen omaan uraansa.

Irmeli oli suhteellisen hyvässä kunnossa vaikka tällä tosiaan oli jo ikää yli 93 -vuotta. Yleensä Alderiten vieraillessa tämä laittoi kahvit tulille ja hänen eteensä kannettiin valtava lautasellinen juuri paistettuja räiskäleitä sekä valtava purkki edellisen kesän sadosta tehtyä mansikkahilloa. Alderiten mielestä räiskäleet olivat kuitenkin parhaita pelkän sokerin kanssa syötynä.

Käydessään isoäitinsä luona, aikansa niitä näitä jutusteltuaan, Alderite oli siirtynyt häntä vaivanneeseen vapaamuurareihin liittyvään asiaan. Hän oli kysynyt varovasti Irmeliltä asiasta ja Irmeli oli ollut hetken hiljaa. Hän oli selvästi ihmetellyt Alderiten kysymystä ja vastannut: "Mitä sinä siitä? Ei kai siinä miesten kerhossa mitään ihmeellistä ole? Pappa kuului Harmaansuden veljeskuntaan tai kiltaan, johonkin sellaiseen. He tapasivat kokoontua Viipurissa aina silloin tällöin. Siellä oli joku tuon niminen katukin, jos oikein muistan."

Irmeli oli jatkanut puuhiaan ja astiat kolisivat tiskipöydällä. Alderite oli ottanut lisää teetä ja vielä kaksi räiskälettä oli löytänyt tiensä hänen lautaselleen.

"Ei siitä pappa sen enempää puhunut, tai kertonut. Vissiin heillä oli tapana olla niistä jutuista hiljaa. Sen tiedän, että käyttivät siellä esiliinoja, mutta kotona miestä ei saanut tiskaamaan keittiöön millään konstilla."

Alderite oli mumissut suu räiskälettä täynnä: "Esiliinoja?"

"Nyt kun muistutit, niin minulla on vintillä papan lukittu arkku, missä taitaa olla vielä hänen vapaamuuraritavaransa. Muistaakseni muuriveljet olivat käyneet kyselemässä tämän tavaroita hänen kuolemansa jälkeen, mutta silloin en ollut niitä löytänyt. Muistelen, että pappa ei täällä Lahden aikana enää tainnut kovinkaan aktiivisesti käydä niissä kokouksissa. Joskus pappa puhui jotakin uusista ja vanhoista näkemyksistä, mutta en tiedä mihin asia oikeastaan liittyi. Se oli hänelle kuitenkin melko tärkeä asia."

He olivat kiivenneet pienen puutalon vintille: vanhat talot olivat yleensä kaksikerroksisia, keskusmuurilla varustettuja ja toimivia. Mummon vintti oli eristämätön ja toimi kylmänä ullakkona. Siellä oli enemmän tavaraa, mitä Alderite muisti, ja hän hieman äkseerasi, että vintti pitäisi siivota. Irmeli oli nauranut asialle hersyvästi, samalla kun hän oli kiivennyt ikäisekseen hyvin ketterästi ylös vintille.

Arkku oli löytynyt ja se oli vanhan kapioarkun tyyppinen: sellainen malli, jonka takorautaissa heloissa oli vielä tallessa vanha riippulukko.

"Luulen, että tuohon minulla ei ole enää avainta", Irmeli oli sanonut ja Alderite oli kaivanut taskustaan monitoimityökalun, ryhtyen avaamaan lukkoa. Lukko ei kuitenkaan niin kevyellä työkalulla auennut, joten hän haki sorkkaraudan liiteristä.

"Jos niistä asioista haluat kysellä, niin naapurin Pentti-setä on myös vapaamuurari, joten kysy häneltä", Irmeli oli sanonut. Pentti -setä oli harmaahapsinen vanha herra, joka oli opettanut Alderitelle biologiaa ja luonnontieteitä. Pentti oli mies, jota Alderite arvosti hyvin paljon: oppinut, sivistynyt ja rauhallinen, eikä tämä koskaan sanonut pahaa sanaa kenestäkään, siis todella esimerkillinen herrasmies.

Ei kestänyt kovinkaan kauaa kun arkun lukko oli rikottu ja siirretty sivuun. Alderite oli avannut arkun kannen ja päällimmäisenä sen sisällä oli ollut jokin viitantapainen. Sen alta oli paljastunut vanha esiliina, vanha frakki ja mustat kiiltonahkaiset kengät. Näytti siltä, että osa vaatteista oli erityisesti vapaamuurarien tapahtumiin suunniteltuja ja ne kaikki olivat iästään huolimatta erittäin hyvässä kunnossa. Alderite oli silitellyt vanhaa kangasta sormiensa välissä ja sanonut mieteliäästi Irmelille vanhan kankaan olevan paljon vahvemman oloista kuin nykykankaat.

Hän oli asettanut taskulampun toisen laatikon päälle ja he olivat penkoneet sen valokeilassa arkkua. Arkusta löytyi kuusikulmainen rasia minkä sisältä löytyi, Alderiten järkytykseksi, aito pääkallo. Toisessa laatikossa oli erikoisia esineitä, suorakulmia ja harppi sekä vanhoja mitaleita. Laatikon pohjalla oli ollut myös kaksi kirjaa. Alderite oli ottanut kirjat esille ja huomannut niiden olevan hyvin tukevasti sidottuja ja kovin kauniita. Hetken niitä tutkittuaan hän oli ymmärtänyt toisen olevan jonkinlaisen jäsenluettelon ja toisen olevan jonkinlainen ohjekirja. Nämä hän oli päättänyt ottaa alas tarkempaan tutkimukseen. He olivat sulkeneet arkun ja Alderite jätti riippulukon rikottuna helaan kiinni.

5.

Täsmälleen kello 16 Emil sulki kirjaston oven lähtien kohti kotiaan: aurinko oli jo laskenut ja pakkanen puraisi heti hänen poskiaan terästäen hänen oloaan. Yleensä hän viihtyi työpaikallaan hieman pidempään, mutta tällä kertaa hänen mielensä oli kohdistunut muualle, kauas töistä. Valkoinen lumi narskui hänen jalkojensa alla ja taivas oli sävyltään harvinaisen tumma, kuten oli myös hänen sisäinen olotilansa. Synkkä ajatusten lento tuntui rimpuilevan hänen päänsä sisällä, kuin iso lintu liian pienessä häkissä; samalla suuri naakkaparvi raakkui Karhupuistossa kuin nauraakseen hänen ahdingolleen. Jotakin raivokasta tuntui nousevan hänen sisimmästään, mutta samalla tietoinen mielen pintataso haki rationaalisuuden vaihteita, etsien kuumeisesti mielen turvaköysiä.

Hänen olonsa oli niin raskas, että rintakehän päällä tuntui istuvan ylimääräinen matkalainen. Hän tolkutti itselleen aiemmin harjoittelemaansa mielenmantraa ja psykologista turvarakennelmaa, joita hän oli harjoitellut jo vuosia: yhdistelmää meditaatiota, NLP:tä ja mitä erikoisimpia mielen hallintakeinoja. Kaikkea oli kokeiltu ja nyt oli niiden käytännön toiminnan testaamisen vuoro: tunteet suljettiin häkkiin ja toiminnallisuus piti pitää ykkössijalla.

Kaupungintalo jäi hänen taakseen kaupungin kylpiessä illanhämyssä maagisessa, keltaisessa ikkunoista ja katulampuista purkautuvassa valossa. Lähibaarin ikkuna loisti kutsuvana, mutta Emil tiesi että alkoholista ei tässä ole mitään apua. Hänen kohtalonsa synkät sivut olivat karmeudessaan ja absurdiudessaan niin suurta elämänteatteria, että sen suuruus ja syvyys teki siitä hämmentävän kokemuksen. Palkintoja ei vain ollut jaossa, ellei hengissä pysymistä laskettaisi sellaiseksi. Emil tiesi, että ihmisillä oli kummallinen ajatus siitä, että raha takaa onnen: rahan ja vaurauden myötä saattoi kuitenkin luikerrella perässä jotakin ihan muuta. Haluja, riitoja, orjuutta, eroja, sotia ja kateutta: joskus myös rahan tuoja saattoi asettua lähtemättömästi taloksi.

Emil käveli kotiaan kohti ja päätti valita reitikseen sellaisen, joka ohittaa talon, johon hänet oli kutsuttu. Kurhonkadulla sijaitsi punainen tiilitalo, joka oli kooltaan valtava, entinen pienteollisuuden käytössä ollut tehdas, joka oli vuosien varrella kätkenyt sisäänsä jos jonkinlaista yritystoimintaa. Nyt se oli tyylikäs, arkkitehtuuriltaan loft -henkinen asunto, jonka ikkunoista kajasti valot ja verhot olivat kutsuvasti auki. Emil veti kaulaliinan kasvojensa suojaksi, ettei häntä tunnistettaisi ja joudutti askeleitaan harppoessan talon ohitse. Samalla hänen aivonsa rekisteröivät näkymää: ihmisiä pöydän äärellä, avoin jättimäinen tv-ruutu, shamppanjapulloja, musiikkia, knallihattuinen turvallisuusmies ovella. Talo jäi nopeasti taakse ja pahin kammo alkoi hellittää: oma kotikatu avautui turvallisena, joten hän joudutti askeliaan, avasi portin ja syöksyi kotiinsa. Kaikki vaikutti olevan kunnossa ja hän riisui päällysvaatteensa. Tietokonetta hän ei avannut, koska hän arvasi olevansa niin tiuhassa tarkkailusilmukassa, että mitkään salausohjelmat eivät tässä auttaneet.

Nyt hänen piti ajatella hyvin selkeästi ja rauhoittua: ottaa kuuma suihku ja pienet unet. Yllättäen hän muisti kuinka oli istunut ensimmäisen kerran Rolls Roycen takapenkillä joskus teini-ikäisenä. Häntä oli huvittanut auton sisäpuolella oleva nappi, mistä ovi sulkeutui automaattisesti, ja tyylikäs sateenvarjon säilytyskotelo auton ovenkarmissa. Absurdia. Hänen mielensä yritti ilmeisesti löytää jotakin valon pilkahduksia unohduksen verhon takaa, muistoja.

Suihkussa hän pohdiskeli miten asian kertoisi vaimolleen Raakelille, joka oli taiteilija ja koulutukseltaan valokuvaaja. Raakel oikeastaan teki vain freelance -töitä ja oli jo saanut jonkin verran nimeä maailman taidepiireissä. Hänellä oli oma työhuone talon ulkovarastossa, minne oli rakennettu kokonaan uusi sisusta ja vedetty kunnallistekniikka. Monena iltana pihavarastosta kajasti valo ja musiikki, kun tämä oli luovuuspuuskansa viemänä.

Emil asettui selälleen lepäämään ja asetti kellon herättämään puolen tunnin kuluttua. Yllätyksekseen hän nukahti ja heräsi kellon soittoon tokkuraisena kuin kevätauringon herättämä karhu. Unen myötä oli kauhu ja negatiiviset tunteet väistyneet hänen mielensä taka-alalle. Hän laittoi kahvit tulemaan ja käveli pihan poikki Raakelin työhuoneelle. Eetla nukkui sen ovea vasten ja nuoli hänen kättään iloisesti. Raakel oli parhaillaan tekemässä savitöitä dreijan huristessa ja saven lätkyessä hänen käsissään. Tila oli valoisa ja hurmaavan viehättävä. Raakel puuhasi siellä päivät, ja monesti Emil lueskeli iltaisin tilassa olevalla pienellä sohvalla, toisen tehdessä omia töitään. Tilassa oli suuri venäläinen samovaari, jonka he tapasivat täyttää tummalla teellä, ja suuri vesipiippu, joka oli erityisesti Emilin mieleen. Raakel oli kotoisin Virosta ja olemukseltaan hyvin kaunis: hänessä oli jotakin herkyyden ja eloisuuden kipinää, joka purkautui taiteen avulla; hänellä oli mieleenpainuvat siniset silmät ja pitkät, punertavat hiukset. Emil tapasi kiusata häntä kutsumalla tätä Elovenaksi, jolloin hän itse sai yleensä väistää lentävää saviklönttiä. Raakel hän teki myös jonkin verran kotisivujen taittoa yrityksille auttaen näitä samalla taiteellisen ilmeen tuottamisessa.

"Hei, laitoin kahvit tulemaan. Miten päiväsi on mennyt?" Emil huikkasi ovelta.

"Ihan hyvin. Teimme pitkän patikointiretken Eetlan kanssa ja sain otettua muutaman hyvän kuvan. Oloni oli kuin metsästäjällä Thoreaun ikimetsässä. Päivä on tosiaan ollut hyvin kaunis!" Raakel vastasi samalla kun hän nosti tekemänsä savikulhon dreijalta kuivumaan.

"Onko kaupungissa jotakin tapahtumaa, kun helikopterit ovat pörränneet aamusta asti?" Raakel kysyi ihmetellen ja samalla laittaen dreijalle uuden savierän muokattavaksi. Lopulta dreija pysähtyi ja hän käveli Emilin luo antamaan pusun.

"On hyvinkin", Emil sanoi samalla kun Raakel siirtyi pesemään savea käsistään. Ateljeen seinällä oli suuri susiaiheinen juliste. Raakel oli kuuluisa susien suojelun puolesta tekemästään työstä Suomessa.

"Meillä kävi päivällä joku vanhempi mieshenkilö kyselemässä sinua: hän seisoi tuossa portin takana ja tuijotti pihaamme. Avasin ikkunan ja huikkasin hänelle onko kaikki hyvin? Hän kertoi etsivänsä sinua, mutta koska et ollut silloin paikalla, niin hän jatkoi matkaansa."

"Minkä näköinen tyyppi oli?" Emil kysyi, yrittäen pysyä rauhallisena.

"Todella tyylikkäästi pukeutunut, hyvin charmantti herrasmies, varmaan kuusissakymmenissä ja hänen puheen aksentti oli ulkomaalainen", Raakel sanoi.

Samalla kun tämä pesi ja riisui kumista esiliinaa päältään, Emil sanoi hiljaa: "Sori kun en ole tainnut kovin paljoa puhua vanhemmistani."

Raakel vilkaisi miestään kummallinen ilme kasvoillaan.

"Tämä on taas näitä omituisuuksiani. Tämä tulee nyt totaalisena yllätyksenä, mutta asia on kuitenkin niin että isäni on kaupungissa ja kutsui minut häntä tapaamaan tänään kello 18.00. Mietin menisinkö vai antaisinko asian olla?"

Emil sanoi asiansa hyvin rauhallisesti, mutta yllättäen Raakel hätkähti kohdistaen katseensa tarkasti mieheensä: hän oli hyvin yllättynyt tiedosta, mutta ei sanonut mitään.

"Mikäli päätän käydä tervehtimässä häntä, niin haluaisitko lähteä mukaani? Minusta tuntuu, että tuo portin takana ollut mies saattoi olla hän, tai hänen asioidenhoitajansa nimeltään Dennis. Muistaakseni Dennis ei osaa suomea."

"Asioidenhoitaja", Raakel kallisti päätään.

Raakel asetti esiliinan koukkuun hetken jähmettymisen jälkeen ja tuntui miettivän jotakin.

"Vai isäsi, melko erikoista. Olen välillä ihmetellyt sukusi vähäisyyttä ja miksi olet niin kovin vaitonainen asioista. Ihmisillä kun yleensä on isä ja äiti, jopa kirjastonhoitajilla: ellette sitten tapaa lisääntyä itsestään, kirjojen pölystä, jossain varastossa. Ajattelin, että olet vain arkistoinut heidät jonnekin ja unohtanut missä hyllyssä ja hyllyluokassa he ovat."

Raakel piti pienen tauon ja kuivasi käsiään.

"Mutta, kiitos kysymästä, toki olen mukanasi. Mennään kahville ja jutellaan lisää", Raakel sanoi asetellen samalla tavaroitaan ojennukseen ja hän poisti keskeneräisen savierän dreijalta ja pyyhki sen puhtaaksi. Paja hehkui lämpöisenä saviuunin käytön takia, samalla kun julisteen susi tuntui katsovan heitä seinältä ystävällisellä katseellaan.

"Sinulla ei muuten ole paljoakaan valokuvia suvustasi. Olen pannut asian merkille ja odotellut sopivaa hetkeä kysyä, mutta aina olemme keksineet jotakin muuta ajanvietettä. Itse asiassa en ole nähnyt ensimmäistäkään kuvaa historiastasi, paitsi tuon seinällä olevan huvilan kuvan. Olet omituinen, mutta minulle rakas: olen korvannut asian ottamalla paljon kuvia sinusta."

Emil oli liikuttunut ja hieman häpeissään asiasta kun he astelivat pihan yli talolle. Raakel taas mietti jo kuumeisesti, mitä hän laittaisi päälleen. He miettivät myös yhdessä voisiko Eetlan ottaa mukaan, koska tämä kuitenkin oli osa heidän perhettään ja osasi käyttäytyä hyvin.

"Raakel, rakas, voisit muuten ottaa kameran mukaan kutsuille, vaikka sen ison potrettilaatikon ja sitten jonkun huomaamattoman mallin. Saat luvallani kuvata niin paljon kuin haluat ja takaan, että haluat. Toki siellä voi olla jonkinlainen kuvauskielto, mutta ehkä silti kannattaa yrittää", Emil sanoi innostuneella äänensävyllä, mutta ei perustellut millään tavoin, mistä moinen ajatus kumpusi.

"Kerro minulle jotakin isästäsi vai haluatko että menen sinne kylmiltään ja muodostan omat käsitykseni? Mihin muuten menemme?" Raakel kysyi.

Hän katseli Emiliä ja huomasi, että tämä oli kovin jännittynyt: Emilin silmien mustuaiset näyttivät laajenneilta ja mies oli kuin lentoon lähdössä. Raakel piti havaintoa yllättävänä. Hän laittoi järjestelmäkameran valmiiksi laukkuunsa ja sujautti takkinsa taskuun vielä pienen ja erittäin tarkan pokkarin.

"Menemme kävellen. Tiedän, että tämä tuli todella nopeasti: isäni on ilmeisesti asettunut muutamaksi päiväksi siihen Kurhonkadun valtavaan tiililoftiin. Melkoinen sattuma, sanoisin. Ei nyt kuitenkaan oteta tästä mitään sen kummempia paineita", Emil sanoi rauhallisesti.

Koko asia tuntui Raakelista täysin omituiselta, epäluonnollisesta: näin yht'äkkisesti hänen miehellään olikin sukua. Sukua mistä ei ikinä puhuttu muutamaa ympäripyöreää lausetta enempää.

Raakel oli aistinut aiemmin, että Emilin isäsuhde oli hyvin vaikea ja ilmeisesti sen syystä asiat olivat niin kuin olivat.

"Ok, sitten mennään. Käyn suihkussa ja laitan jotakin kivaa ylleni", Raakel sanoi ja lähti kohti suihkutiloja.

Raakel pohti suihkussa miestään, sitä mikä hänessä oli niin hurmaavaa: Emil oli elegantisti kultivoitunut, aina jostain kiinnostunut mies, jonka sivistys tarttui helposti. Häntä oli huvittanut tämän vinyylilevykokoelma ja valtavat kirjamäärät, jotka vain lisääntyivät, ja ennen kaikkea se, että mies oli lukenut kaikki nuo kirjat. He lukivat yhdessä kuunnellen milloin mitäkin taidemusiikkia. Parhaillaan heidän arkensa sujui Satien, Milhaudin ja Balakirevin sävellyksien tahdissa. Mies oli aina kiinnostunut taiteesta ja häntä oli ollut kovin vaikea vastustaa, niinpä he päätyivät yhteen ja lopulta naimisiin.

Raakel mietti pukiessaan, mitä hän illalla kohtaisi? Talo, mihin he olivat menossa, ei todellakaan ollut millään muotoa kaupungin halvimpia kiinteistöjä. Ehkä asiassa oli jotakin tekemistä varakkuuden kanssa. Toki hänen mielessään kävi myös kelpaisiko hän miehensä perheelle, jolta tosin ei koskaan kysytty mielipidettä. Tämä oli kaikkiaan kovin hämmentävää.

Hän kävi jääkaapilla, poimi valkoviinipullon ja avasi sen.

"Pieni rentoutus ei liene pahitteeksi", hän sanoi ääneen. Hän pohdiskeli vielä Eetlan mukaan ottamista, sillä koira oli herkkä aistimaan isäntänsä mielentiloja ja hän oli huomannut, että Emil oli hyvin erikoisessa mielentilassa. Muuten Eetla kyllä hurmaisi vaikka kenet ja osasi käyttäytyä.

6.

Poliisien lähdettyä tiedotustilaisuudesta takaisin töidensä pariin siirtyi sisäministeri Ursula Pirhonen seurueineen talon ylimmän johdon neuvotteluhuoneeseen, mihin oli katettu pieni herkkupöytä kutsuvieraita varten: pöydät oli aseteltu pyöreäksi kehäksi ja arvovaltainen seurue nouti herkkupöydästä suuhunpantavaa, asettuen keskustelun sorinan saattelemana istumaan. Huoneen takaseinällä oli valkokangas ja huoneen katossa humisi hiljaa videotykki.

Kokousväen pääluku oli kasvanut, kun paikalle oli kiirehtinyt Ruotsin puolustusministerin edustaja ja sisäministeriön kanslisti; Suomen virallisista tahoista oli paikalle kiireiltään ehtinyt presidentin kansliasta Pirhoselle entuudestaan tuntematon virkailija, sekä Suomen poliisin ylimmän johdon edustaja; paikalla oli myös Suomen maanpuolustuskorkeakoulun asiantuntija. Muita vieraita olivat Viron sisäministeriön edustaja, joka oli saapunut samalla kyydillä kuin Suomen presidentin kanslian edustaja, sekä Venäjän suurlähetystön attasea. Euroopan unionin tasolta paikalla olivat Europolin komisario ja kansainvälisiin asioihin erikoistunut Interpolin tutkija.

Pirhoselle kerrotiin, että kyseinen Interpolin edustaja kertoisi heille jotakin hyvin tärkeää kansainväliseen tilanteeseen ja järjestäytyneeseen rikollisuuteen liittyvää. Samalla Ursula Pirhonen pohdiskeli, hyvin optimistisena, mahdollisuuksiaan saada kontakteja kaupungissa vieraileviin superrikkaisiin, koska pienen maan edun kannalta voisi olla monta hyvää asiaa, mistä kannattaisi keskustella, eikä tästä varmasti olisi haittaa hänen uralleenkaan.

Ursula Pirhonen avasi tilaisuuden ja esitteli seurueen jäsenet toisilleen. He sopivat kokouksen etenevän epämuodollisesti, ilman pöytäkirjoja, vapaasti asioista keskustellen. Suomen presidentin edustaja lausui Pirhosen jälkeen muutaman tervetuliaissanan, ja keskustelu siirtyi joustavasti ensin Suomen ja sen jälkeen Pohjolan turvallisuuspoliittisten uhkakuvien analysoimiseen. Pirhosen alustuksen ja presidentin kanslian turvallisuuspoliittisen yhteenvedon jälkeen Suomen maanpuolustuskorkeakoulun edustaja selvitti lyhyesti strategisten painopisteiden muuttumisesta koko globaalissa maailmassa. Poliittinen ja taloudellinen huomio siirtyi koko ajan kohti arktisten alueiden suunnattomia rikkauksia: hän spekuloi niiden mahdollisesti olevan osaltaan monien parhaillaan aktiivisten konfliktien taustalla. Näin myös pohjoismaiden rooli oli muuttumassa ja tilanne tuntui kiristyneen. Kukaan ei silti maininnut sanaa Venäjä, Nato tai Yhdysvallat, mikä kieli hienotunteisuudesta ja hyvästä poliittisesta tilannetajusta, etenkin kun paikalla oli vain yhden osapuolen, Venäjän, edustaja. Suomi ja Ruotsi tunsivat olevansa puolueettomuutensa kanssa hieman hankalassa asemassa samalla, koska niiden puolustuskykyä testattiin Venäjän taholta koko ajan. Kaiken tämän kanssa samaan aikaa ääri-islamilainen organisaatio Isis nosti lonkeroitaan, erilaiset tappavat virukset olivat lisääntyneet, ja Venäjän haaveet Neuvostoliiton aikaisten rajojen palauttamisesta toivat sodan hengen takaisin Eurooppaan.

Lopulta siirryttiin itse jetset-tapahtuman puimiseen. Pirhonen oli hyvin kiitollinen tilanteesta ja tapahtumista, koska hänen poliittinen asemansa oli hieman epävarmassa tilanteessa ja laskusuunnassa. Hän arveli, että tästä saattaisi tarjoutua tilaisuus oman profiilinsa nostamiselle. Polittisesti hän oli mielipiteiltään melko kovan linjan edustaja eikä kansansuosio välttämättä ollut hänen valintansa takana. Pirhonen elätteli mielessään pieniä toivonpilkahduksia, jos hän onnistuisi saamaan kaupunkiin jatkossakin jonkin korkeantason foorumin: olisihan se kuuma juttu hänen uransa kannalta. Keskustelu siirtyi kuitenkin hyvin nopeasti kaupunkiin asettuneen kansainvälisen kokouksen analysoimiseen, jonka piti Interpolin tutkija Eric Andersson. Hän oli kooltaan pieni ja hoikka mieshenkilö, joka tyyliltään muistutti suurkaupunkien hipsteriksi kutsuttuja anorektisen hoikkia miehiä. Miehen puheen tyyli ja tapa esiintyä ei kuitenkaan jättänyt millään tavoin epäselväksi, että hän omasi hyvin korkean koulutustason ja asiantuntijuuden.

Andersson esitteli aluksi yleisellä tasolla kaupunkiin kokoontuneen jetset- seurueen kokoonpanoa ja heidän roolejaan talouselämässä. Yllättävän moni kokouksen osanottajista oli omistajan roolissa, mutta ei välttämättä näyttänyt aktiivisesti toimivan omistamissaan yhtiöissä: suurin osa mainituista nimistä oli myös melko tuntemattomia, mutta yhtiöiden nimet eivät.

Videotykki heijasti huoneen seinälle tietoa terävän talousanalyysin lukujen säestämänä. Yleisen kokousväen analysoimisen jälkeen Andersson selvitti oman roolinsa ja käsityksensä siitä, miksi jotkut näistä rikkaista ylipäätään olivat jossain määrin Interpolin seurannassa: huoneen kokousväki tuntui aktivoituvan kun sana järjestäytynyt rikollisuus esiintyi ensimmäisen kerran. Tutkija korosti, että omistaminen tai rahan määrä ei tässä ollut mikään kriteeri, vaan se, miten sitä tehtiin. Hän myös korosti, että ketään ei suoranaisesti syytetty mistään ja mikäli sellaiselle ilmaantuisi aihetta, niin todistusaineiston esittäminen oli muiden tehtävä, sillä laki suojelisi niin rikkaita kuin köyhiäkin.

Hän myös korosti, että suurin osa kaupunkiin kokoontuneista varakkaista henkilöistä oli kunnon mallikelpoisia kansalaisia, mutta joukossa oli valitettavasti myös muutama musta lammas. Tämän jälkeen hän esitti lyhyen globaalin tason katsauksen rahanpesuun ja kansainvälisen järjestäytyneen rikollisuuden toimintatapoihin: esille nousivat orjatyön määrän kasvaminen, prostituutio, ihmiskauppa, pornoteollisuus, huumeteollisuus, jätehuollon rikokset, lääkkeiden dumppaukset kehittyviin maihin, asekauppa ja tietysti ympäristörikokset sekä harmaa talous. Esitetyt summat olivat valtavia liikkuen miljarditasolla samalla kun itse teot olivat monesti rikoksia ihmisyyttä kohtaan. Esityksen edetessä alkoivat sisäministeri Pirhosen elättelemät haaveet korkeantason poliittisesta foorumista hiljalleen haihtua.

Kokousväki huomasi hyvin nopeasti, että rikollisen toiminnan harmaa budjetti oli niin suurta, että esimerkiksi Interpolin ja Europolin budjetti oli mitätön sen rinnalla. Eric Andersson kertoi myös olevansa osa isompaa tutkimusryhmää, joka mietti kuinka näihin asioihin päästäisiin edes jotenkin paremmin käsiksi. Eräs paikallaolijoista kysyi mafian asioiden penkomisen vaarallisuudesta, mihin Eric Anderssonin vastasi hyvin pelottomasti: heidän tutkimusryhmänsä ajatukset olivat avoimia, joten jos jollekulle kävisi huonosti, niin tietoa ei koskaan jäisi jakamatta muille; näin heihin oli hyvin vaikea päästä käsiksi. Tällaista avointa tietoa ei voinut hävittää poistamalla tutkija pelistä. He kävivät tietojen avoimuudella salaisuuden kimppuun.

Puhuessaan Andersson tarkkaili kuulijoitaan ja pysytteli hyvin keskilinjoilla tiedon tarjonnan suhteen, menemättä tarkemmin esitettyjen asioiden yksityiskohtiin. Pääpiirteissä ja kehyksissä pitäytyminen oli aina tämän kaltaisia asioita käsiteltäessä huomattavasti turvallisempaa, kuin paljastaa tutkittavien nimiä tai identiteettejä. Andersson johdatteli aihetta koko ajan syvemmille vesille, koska tutkijat olivat huomanneet erilaisia aineistoja seuloessaan kytkentöjä erilaisiin, enemmän tai vähemmän salaisiin seuroihin. Hän korosti, että yksilön ja kokoontumisvapauden nimissä salaseurassa toimimisessa ei sinänsä ole mitään rikollista, mutta salaisten kulissien huomassa oli mahdollista puuhata muutakin kuin hyväntekeväisyyttä.

Tästä hän siirtyi hieman yllättäen esittelemään erilaisia poliittisia ja uskonnollisia yhteisöjä ja seuroja, joista yleisesti tunnetut seurat kuten vapaamuurarit, Odd Fellowsit tai Opus Dei olivat vain pieni osa. Esitetty lista oli pitkä ja tutkija sanoi, että sen tuijottaminen ei ratkaisisi asiassa mitään, eikä näissä tunnetuissa salaseuroissa olisi sinänsä edes mitään ihmeellistä. Asian erikoinen ydin oli tällä kertaa siinä, että kaikkien näiden johtavat tahot kokoontuivat parhaillaan kaupungissa, yhtä aikaa, jonkun muun kuin minkään virallisen, valtiollisen tai poliittisen ohjauksen toimesta. Tässä mittakaavassa asia oli ennenkuulumaton, hyvin erikoinen ja kaipasi lisätutkimusta. Hän myös kertoi, että vastaavanlaisia kokouksia oli kerran sukupolvessa. Kukaan ei vain tiennyt miksi?

Eric Andersson katseli kuulijoitaan ja huomasi sisäministeri Pirhosen olevan järkyttyneen oloinen. Hän kuitenkin tarkensi asioita enemmän ja kertoi oman tutkimusryhmänsä olevan paikalla, koska he seurasivat hyvin pientä ryhmää tämän koko väenjoukon sisällä. Kyseinen ryhmä oli hyvin erikoinen ja salainen, koska sen toiminta oli kokonaisuudessaan erittäin paatunutta ja rikollista. Poliisin ongelma oli siinä, että aina kun he pääsivät ryhmän jäljille, se katosi tai sitten asiaa tutkinut henkilö katosi. Tällä kyseisellä järjestöllä oli kytkentöjä järjestäytyneeseen rikollisuuteen, politiikkaan ja ilmeisesti se oli soluttautunut hyvin korkealle tasolle, läpi koko globaalin maailman. Anderssonin mukaan ongelman ydin muodostui siitä, että sillä ei ollut kasvoja tai nimeä, koska kukaan sen edustajista ei ollut koskaan jäänyt kiinni. Se kuitenkin jo tiedettiin, että kyseessä oli muodoltaan jonkinlainen mafian tyyppinen organisaatio, jonka alkuperä oli mitä todennäköisimmin läntisissä teollistuneissa yhteiskunnissa. Tutkimusryhmä oli antanut rikollisryhmälle nimen Sisäpiiri.

Andersson kertoi kuinka he pääsivät ryhmän johtavan ydinorganisaation jäljille erään toisen tutkimuksen yhteydessä ja silloin esille noussut tieto oli hyvin hämmästyttävää, tai oikeastaan niin uskomatonta, että asiaa ei ensin edes pidetty todellisena, eikä sitä ryhdytty tutkimaan. Kyseessä oli todellakin jonkinlainen maailman varjohallitus, jolla tuntui olevan pääsy melkein joka paikkaan.

Oli jopa esitetty spekulaatiota, että kyseinen Sisäpiiri oli oikeasti maailmaa hallitseva organisaatio: parhaillaan oli selkeitä viitteitä, että ryhmä oli nousemassa ympäristökatastrofien ja väestönkasvun kriisien varjoissa kohti valoa, että sen mandaatti liittyi osin perinteisten valtiorakenteiden ja tasaisemmin jaettavan hyvinvoinnin kaatamiseen. Toinen tutkimuslinja esitti, että Sisäpiiri kokeili erilaisia asioita tietämättä itsekään mikä olisi parasta, tai mihin pitäisi pyrkiä, jolloin edessä olisi vain seuraava suuri sosiaalinen ja taloudellinen kokeilu.

Kokouksen osanottajat olivat alkaneet hymyillä ja hieman naureskella Anderssonin teesejä; pian tämä huomasi joutuvansa puolustuskannalle ja Ian Flemingin Bond -kirjojen arkkivihollisen Spectren mainitseminen sai väen nauramaan ääneen. Andersson ei kuitenkaan antanut asian häiritä vaan ryhtyi esittelemään erilaisia rikollisorganisaatioita ja niiden hierarkioita ja rakenteita. Lopulta kokousväki oli hyvin vaitonainen.

Anderssonin lopettaessa esityksensä ei kukaan halunnut ensimmäiseksi sanoa sanaakaan: ilmeistä päätellen asia oli kaikille vieras ja vaikea, joten Andersson kiitti huomiosta ja saamastaan ajasta.

Hetken hiljaisuuden jälkeen puheen avasi Venäjän attasea esittäen, että asia oli hyvin huolestuttava, joten sen oli pakko olla joku Yhdysvaltojen ja Naton punoma salajuoni, tai sitten tämä oli juutalaisten salaliitto. Kukaan ei kuitenkaan viitsinyt kommentoida asiaa sen enempää, niinpä Andersson otti nopeasti ohjat takaisin käsiinsä.

"Se, miksi olen täällä juuri nyt kertomassa näistä asioista, johtuu siitä, että pelkäämme kaupungissa voivan tapahtua jotakin."

Pirhonen oli lähestulkoon harmaa kasvoiltaan.

"Mitä tarkoitatte?" Pirhonen kysyi.

"Emme tiedä mitä, mutta erilaiset analyysit kertovat mahdollisuuksista ja niihin tulee varautua. Kyseessä saattaa olla näiden rikollisryhmien välisiä rajankäyntejä tai jotakin muuta ongelmallista", Andersson jatkoi sinnikkäästi.

"Todennäköisesti aiemmin kaupungin eräästä musiikkioppilaitoksesta löytynyt vainaja liittyy jollain tavoin asiaan, mutta emme tiedä miten ja seuraamme tilannetta. Valitettavasti näin isot kuviot saattavat olla pienen kaupungin poliisivoimille liian iso pala purtavaksi."

Venäjän attasea laittoi kädet ristiin rinnalleen ja puhisi närkästyneenä. Muut olivat hiljaa ja joku teki kynä rapisten muistiinpanoja muistikirjaansa.

"Tässä vaiheessa on tärkeintä, että kukaan ei loukkaannu eikä kaupunkilaisia vahingoitu. Kiitän huomiostanne, jos mieleenne tulee jotakin asiaan liittyvää, niin voitte aina ottaa meihin yhteyttä."

Eric Andersson siirtyi paikalleen ja kokousväki palasi herkkupöydän äärelle ja huoneeseen virisi tasainen keskustelun sorina. Sisäministeri Pirhonen oli kuitenkin hyvin hiljainen ja mietteliäs.

7.

Emil, Raakel ja pörröinen irlanninsusikoira Eetla marssivat yhdessä kellertävien katulamppujen loisteessa, kylmässä ja pimeässä talvi-illassa, kohti Kurhonkadulla sijaitsevaa Emilin isän väliaikaista majapaikkaa. Emil kertoi heidän askeltaessaan perheasioidensa taustoja: "Monet kutsuvat isääni nimellä Dad, joka on siis hänestä yleisesti käytetty lempinimi; Dad on mitä ilmeisimmin joku vanha jäänne jostain hänen nuoruudestaan, eikä siis viittaa siihen että hän on isämme. Hänen oikea nimensä on Christopher O'Morchoe ja oikeastaan nimen eteen kuuluu lisätä etuliite Sir, joten kokonaisuutena nimi on Sir Christopher O'Morchoe." Emil piti pienen tauon samalla kun Eetla jäi sinnikkäästi nuuhkimaan jotakin hajujälkeä.

"Oma sukunimeni Lindahl on äitini peruja. Äitini on aikoja sitten kuollut. Asioilla on syynsä miksen kanna isäni nimeä, mutta siitä kerron joskus myöhemmin", Emil sanoi hyvin syvällä äänellä.

Raakel kuunteli hiljaa eikä kommentoinut mitään. Hän puristi Emilin käsivartta ollen kaunis näky pitkine punaisten kiharoiden ja hyvin räiskyvän taiteilijahenkisin vaatteiden kanssa; pariskunta oli kaikkiaan kaunista katseltavaa. Raakel kuitenkin oli huomannut kuinka kireäksi Emil oli muuttunut, ja hän mietti hieman peloissaan, mitä illasta tulisi.

Kurhonkadun tiililoftin ovella seisoi rauhallisen oloinen mies, jolla oli päässään pieni knalli ja yllään kaunis manttelitakki. Hän pysäytti heidät pyydellen anteeksi, koska joutui tarkistamaan, ettei heillä ollut aseita. Raakel näytti hieman pöllämystyneeltä, mutta mies oli alansa asiantuntija, joten kaikki kävi nopeasti. Raakelin kamerasta tämä ei sanonut onneksi mitään ja mies jopa taputti Eetlaa hymyillen, mihin jättimäinen koira suhtautui tyynesti nuolaisten vastaukseksi tämän kättä. Tämän jälkeen mies kävi sisällä talossa, palaten hetken kuluttua takaisin ovelle ja kutsuen heidät sisälle. He astuivat valoisaan ja valtavan avaraan tilaan ja heitä kohti asteli hyvin istuvaan tummaan pukuun pukeutunut vaaleahiuksinen ja hymyilevä mies.

"Emil, pitkästä aikaa. Anna kun oikein katson sinua!" Mies sanoi ja tarttui Emiliä toverillisesti olkapäistä ja halasi tätä oikein kunnolla.

"Koska, herran jestas sentään olemme viimeksi tavanneet? Onko siitä kohta kymmenen vuotta? Aika rientää!" Hetken kuluttua mies päästi irti Emilin olkapäistä ja kääntyi Raakelin puoleen.

"Hyvää päivää, te lienette Emilin kumppani. Olen tämän hulttion isäpapan asioidenhoitaja: kutsukaa minua vain Denniksesi!" Mies hymyili ja Emil huomasi Raakelin olevan kuin sulaa vahaa tämän vanhan tervaskannon dollarihymyn loisteessa. Dennis oli tunnettu seurapiirihai ja supliikkimies, joka olisi myynyt lypsykoneen lehmättömään taloon, tarvittaessa vaikka kolmeen kertaan.

"Teidän pitää kertoa minulle kaikki itsestänne ja elämästänne täällä: voitte vain arvata kuinka kiinnostunut olen. Mutta nyt ensin: parasta shampanjaa! Lena!" Denniksen äänessä oli karheutta ja karismaa.

Oikeastaan koko miehessä oli karismaa, enemmän kuin kenessäkään ketä Raakel oli aiemmin tavannut. Tämä oli hieman pidempi kuin Emil ja hyvin nuorekkaan oloinen. Raakel tarkkaili miestä ja huomasi olevansa tämän lumoissa.

"Tässä tervetuliaismaljat! Eikö Suomessa sanottu, kippis!" Dennis sanoi pitäen lankoja ja tilannetta koko ajan hyvin käsissään.

"On teillä melkoinen koira. Se on ilmeisen kiltti, mutta täällä voi olla niin paljon väkeä ja humalaisia, että olisiko mitenkään mahdollista viedä se takaisin tai sopiiko teille jos sijoitamme sen jonnekin talon perällä oleviin huoneisiin?" Dennis kysyi, mutta ei tehnyt elettäkään silittääkseen jättimäistä koiraa.

"Allergikkoja täällä tuskin on, mutta jos jotain ilmenee, niin meiltä löytyy lääkekaapista histamiinia", Dennis jatkoi shampanjalasi kädessä heiluen.

Samalla Raakel tarkasteli hyvin tarkasti tämän kultaista sormusta, jossa oli kaunis vihreä kivi. Raakel oli nähnyt maailmalla kuvatessaan monenlaista osaten arvioida asioita, esineitä ja ihmisiä ehkä tavanomaista paremmin.

"Viedään koira sivummalle ja esittelen teidät sitten vierailleni. Voimme myös paremmin vaihtaa kuulumisia". He irrottivat Eetlan hihnan ja kävelivät talon läpi sen sisutuksia ihmetellen. Eetla oli tavoilleen uskollisesti hyvin säyseä vaikka se aisti isäntänsä kireyden. Se oli nuuhkaissut nopeasti Denniksen kättä, mutta sen häntä ei ollut heilunut, eikä havaittavissa ollut sille tyypillistä ylitsevuotavaa lempeyttä, tai mitään halua alkaa tutkia uusia paikkoja.

"Isäsi, Sir Christopher, on kokouksessa ja tapojensa vastaisesti hieman myöhässä, mutta hänen pitäisi saapua paikalle aivan kohta", Dennis sanoi.

"Talon sisustus oli melko karu, joten tätä hieman muokattiin vierailumme ajaksi", Dennis jatkoi. Heidän ympärillään, upeilla sohvilla, istuskeli hyvin yläluokkaisen ja varakkaan oloisia, keski-ikäisiä tai vanhempia toistensa kanssa keskustelevia ihmisiä, joiden ilmeet vaihtelivat heidän havaitseessan jättimäisen koiran kulkevan ohitse. Suuren huoneen perällä oli valtava syvennys, missä paloi keskellä tuli: sen äärellä olevilla miehillä oli käsissään sikarit. Huoneeseen oli ilmeisesti asennettu ilmanvaihtolaitteet, eikä sikarinhajua juurikaan haistanut. Eetla tallusteli Raakelin ja Emilin välissä yhä hieman levottomana; Emil tarkkaili sivusilmällä koiraa. Raakel totesi kuiskaten: "...on muuten joku paikkakunnan sisutuskauppa tehnyt melkoisen tilin tällä hommalla."

Dennis oli Emilin yllätykseksi puhunut melko hyvää suomenkieltä, mutta vieraita tervehtiessään hän vaihtoi automaattisesti englanniksi, ranskaksi, saksaksi, italiaksi tai venäjäksi. Raakel oli äimistynyt koko hulabaloosta ja koko heitä ympäröivä maailma tuntui hieman absurdilta, boheemin rikkaalta, ajattomalta.

Välillä Dennis esitteli heidät ympärillä kulkeville ihmisille ja väkeä tuntui saapuvan koko ajan lisää. Raakel pani kuitenkin merkille, että Dennis ei heitä esitellessään koskaan maininnut Emilin olevan Dadin poika. Sisääntulon vieressä oli flyygeli ja sen ympärillä pieni kamariorkesteri soitti todella kauniisti: ilmoille tulviva herkkä musiikki sekoittui äänen sorinaan ja naurunremakoihin. Emil yritti tunnistaa kappaletta ja pisti samalla merkille hyvin arvovaltaisen ortodoksipapin keskustelemassa rabbin oloisen miehen kanssa. Toisella reunalla huonetta oli arabiasuun pukeutunut mies sekä hyvin tyylikkäästi sovelletun viittamaisen puvun omaava herra polttelemassa sikaria. Kolmas, ilmeisesti italialainen mies, imeskeli välillä savut suuresta vesipiipusta. Seuraavassa huoneessa oli pääsääntöisesti hyvin varakkaan oloisia herrasmiehiä joiden puheeseen sekoittui venäjää, välillä espanjaa ja muita kieliä. Tuntui kuin tuhannen ja yhden yön tarinoiden hovi olisi laskeutunut talviseen pikkukaupunkiin.

Raakel pisti merkille Emilin koko ajan kasvavan tympeyden. Dennis ei sen enempää ehtinyt keskustelemaan heidän kanssaan, vaan esitteli taloa ja toimi isäntänä joka suuntaan. Raakel mietti tämän ikää ja tutkiskeli tämän käsien ihoa: miehessä oli jotakin senaattorimaista, vanhan poliitikon glamouria, ei mitään lipeävää vaikka tämä koko ajan flirttaili ja huuteli ympärilleen. Shampanja alkoi poreilla heidän päissään ja hiljalleen hän huomasi miehensä hieman rentoutuvan. Raakel oli varma, että jostain pöllähti kannabiksen makeaa tuoksua.

Emil ohjasi Eetlan rauhallisempaan tilaan talon toisella reunalle, pieneen huoneeseen ja kehotti koiraa valloittamaan mukavan nurkan itselleen. Eetla tutkiskeli ympäristöään sieraimet avoimena tuoksuja analysoiden, mutta se pysyi onneksi rauhallisena. Sillä näytti olevan myös hieman kuuma ja sen kieli heilui sen suusta läähätyksen tahdittamana. Samalla kaunis ranskaa puhuva nainen tuli Emilin ja Eetlan luokse tervehtien ystävällisesti haluten tehdä tuttavuutta koiran kanssa.

He vaihtoivat puhekielen nopeasti englanniksi: nainen kertoi asuvansa maatilalla ja tuoksuvansa luultavasti hevosille. Eetla tuntui hieman rauhoittuvan kun sitä rapsuteltiin, joten Emil uskalsi jättää sen hetkeksi uuden tuttavuutensa seuraan. Samalla hän etsi katseellaan mihin Raakel oli jäänyt. Häntä hieman kadutti jättimäisen koiran mukaan ottaminen, sillä hänellä ei ollut ollut mitään aavistusta tämän kokoluokan seurueesta.

Tarkkaillessaan tapahtumia hän huomasi Raakelin kädessä pienen kameran, millä tämä ilmeisesti otti koko ajan kuvia ympäristöstään. Turvamiehiä ei sisällä näkynyt, joten tilanne saattoi olla sen suhteen otollinen. Kamera vilahteli salamannopeasti taskuun ja sieltä ylös. Raakel tosiaan osasi työnsä. Hetken kuluttua Raakel jutteli taas Denniksen kanssa jotakin, samalla kun Emil päätti etsiytyä tarjoilupöydän antimien pariin. Hän oli kiitollinen tilaisuudesta olla hieman sivussa, koska hiljainen läsnäolo Denniksen kanssa olisi voinut olla hänestä piinaavaa.

Emil lastasi lautaselle hienoja juustoja, pientä purtavaa ja poimi käsiinsä lasin erittäin laadukasta valkoviiniä. Sen jälkeen hän suunnisti avotulella varustetun sikaritilan hienolle sohvalle istumaan. Hän naposteli ja tarkkaili tilannetta yrittäen samalla poimia keskusteluista langanpäitä. Jostain taustalta kuului luutun soittoa ja barokkimusiikkia.

Luksuskellot, kultasormukset ja aidot helmet kimaltelivat tulen loimutessa, samalla kun ylellinen sikarin tuoksu leijui ylös ilmakuiluun. Sohvan pintamateriaali oli sekin jotakin paksua ja hillityn näyttävää luksuskuosia. Kummallista kyllä, mitään modernin taiteen luomusta ei näkynyt yllättämässä, kun hän käänteli varovasti päätään vilkuillen sivusilmällä ympärilleen. Taustalla kuului pätkiä akateemisista väittelyistä ja erilaista, jopa kiihkeää, poliittista argumentointia. Kielten kirjo oli laaja: oli Oxfordin englantia, jopa kiinankieltä, ehkä myös aksenteissa kaikui pientä haastamista ja pörhentelyä vauraudella. Dadin ystäväpiirin show oli siis käynnissä, ja sitähän miehen koko elämä Emilin mielestä oli.

Se, mikä häntä oikeasti askarrutti, kietoutui yhteen kysymykseen: mitä nämä jetsetit oikein tekivät piskuisessa pohjoisessa pikkukaupungissa? Se tässä oli jotensakin poikkeavaa. Tämä seurue kuului ennemminkin Monacoon tai Karibian salaisille saarille, huviloiden terasseille; tuskin he hiihtämään olivat tulleet. Emiliä hymyilytti ajatus arabiasuisesta miehestä hyppäämässä hyppyrimäestä, sikari suussa, mustat lasit silmillään ja sieraimet enkelipölystä valkoisina. Emil katsoi ympärilleen tutkivasti huomaten Denniksen ja Raakelin kadonneen. Hän päätti varovasti kysyä joltain vieraista, mikä oli heidän vierailun tarkoitus. Hän lähestyi tummakiharaista miestä, mutta tämä luikahti nopeasti kauemmas. Emil ymmärsi ulkoisilta tuntomerkeiltään olevansa varmasti tyhjäntoimittajan, tai vielä pahempaa, toimittajan näköinen: mahdollisesti rikkaista kiinnostunut journalisti. Ei luksuskelloa, ei glamouria: siis köyhä tai välteltävä. Mies, joka luo koko ajan ympärilleen uteliaita katseita.

Emil hörppäsi viiniä, maisteli juustoja ja vaihtoi puhtaan suukappaleen edessään olevan vesipiipun letkun päähän. Sen jälkeen hän imaisi kostean ja makean savun keuhkoihinsa: vesipiipun aromitupakka oli todella hyvää. Hän tunsi hieman rentoutuvansa miettien oliko tupakassa aavistus kannabista. Hetken kuluttua hän nousi ylös päättäen tiedustella vastausta koko ajan mielessään pyörivään kysymykseen kotikaupunkinsa roolista kokouspaikkana.

Hän päätti kysyä sitä yhä Eetlan luona olevalta ranskalaiselta naiselta. Saapuessaan koiran luo hän huomasi sillä olevan kokonainen ihailijapiiri ympärillään ja se ilmiselvästi nautti olostaan huomion keskipisteenä. Emil ei saanut tilaisuutta kahdenkeskisiin ajatustenvaihtoihin, joten hän päätti etsiä

Raakelin. Hän ajatteli lähteä hiljalleen palaamaan takaisin kotiinsa, sillä Dad loisti yhä poissaolollaan.

Emil tunsi olotilansa hieman huteraksi, sillä jännitys alkoi purkautua ja kieltämättä shampanja ja viini myös vauhdittivat asiaa. Tunti tätä rikkaiden iltakerhoa riittäisi hänelle mitä parhaiten. Hän ei voinut välttyä ajattelemasta, että tämä olisi P.G Wodehousen luoman Jeeves -hahmon kaveriporukan Droones clubin iloinen kokous, mutta surukseen Emil tiesi osan ihmisistä olevan lähempänä 1700-luvulla vaikuttanutta Hellfire clubia. Dadin viipyminen oli erikoista, koska tämä tosiaan oli yleensä aina ajoissa. Kirjastossa saamassaan käyntikortissa oli siis virhe kellonajassa, ja se oli todella erikoinen juttu. Todennäköisesti jotakin yllättävää oli nyt tapahtunut: nimittäin Emil tiesi entuudestaan, että Dadin päivä saattoi mennä pahasti pilalle moisesta rikkomuksesta.

Samaan aikaan, kun Raakel keskusteli jonkin vanhemman mieshenkilön kanssa, päätti Emil antaa keskustelun edetä hänen sitä häiritsemättä. Paikalla oli muutama mieshenkilö, jonka hän uskoi nähneensä joskus nuorempana, mutta muuten seurue oli hänelle tuntematonta. Dennis oli kadonnut jonnekin ja alun ajatusten vaihdon lisäksi he eivät toistaiseksi olleet keskustelleet sen enempää. Tarjoilija kyseli Emilin toiveita ja hän tilasi yhden hyvin kalliin viskin: kaikkea löytyi kaviaarista hanhenrintaan. Maistellessaan viskiä ja kuunnellessaan puheensorinan läpi kamariorkesterin soitantaa, Dennis ilmestyi kuin tyhjästä hänen vierelleen.

"Oletko kuullut veljestäsi Tomista mitään?" Dennis tiedusteli.

"Kuten tiedät, en kertoisi vaikka olisin", Emil vastasi sarkastisella äänensävyllä.

"Ikävää, että olette noinkin jukuripäitä, mutta tiedät kyllä, että olette silti Dadille rakkaita poikia. Jos vain tarvitsette jotakin, niin hän on aina käytettävissänne", Dennis sanoi ja kuulosti aidon surulliselta.

"Emme me tarvitse. Ihmettelen kerhonne kokoontumista juuri tänne?" Emil kuittasi kysyvästi.

"Niin, jumalilla on tiensä ja kaikella on tarkoituksensa, rakas poikani, kaikella on tarkoituksensa", vastasi Dennis lähinnä mystisesti samalla supistellen typeriä huuliaan.

"Ai jaa, olette siis jotakin jumalaa tapaamassa tässä kaupungissa? Ilmankos Dad on myöhässä," Emil naurahti.

"Juuri niin, historian salaisuudet astuvat joskus esille, ja nyt on kaupunkinne vuoro. Olemme täällä hyvällä asialla: tiedäthän että on myös erään tunnetun säveltäjän juhlavuosi, joten olemme kunnioittamassa suuren säveltäjän muistoa. Muutenkin on hyvä joskus kokoontua vaihtamaan ajatuksia. Sitä paitsi tämän turvallisempaa paikkaa ei maailmasta juuri löydy", Dennis sanoi hiljentäen ääntään ja siirtyen salamanopeasti hyvin asiallisen kuivaan tyyliin boheemin seurapiirihain roolista.

"Olemme sivumennen sanoen ajatelleet tehdä koululllenne lahjoituksen, joka ei olisi ihan mitätön. Sen lisäksi uskoisin, että mies jonka kanssa Raakel parhaillaan keskustelee, aikoo varmasti viedä hänen valokuvanäyttelynsä New Yorkiin", Dennis jatkoi.

"Mutta sinä, Emil, mitä teen kanssasi? Tiedät paljon asioita, joita sinun ei ehkä pitäisi tietää. Isäsi on jo vanha mies, joten emmekö voisi antaa menneiden olla. Voisimmeko olla ystäviä?" Dennis kysyi hyvin rauhallisella äänellä.

"Tunnemme toisemme, mutta sen syvempiä asioita en halua kanssanne jakaa: likaiset salaisuutenne menköön kanssanne hautaan. On hyvin vaikea uskoa, että minulla tai kenelläkään muulla olisi teille kuin välillistä tai välineellistä arvoa", Emil vastasi hyvin kireän oloisesti, sillä hän ei pitänyt yhtään keskustelun saamasta suunnasta vaikka samalla kuitenkin hän oli aavistanut sen menevän juuri näille urille.

"Tunnen teidät liian hyvin, D & D", Emil sanoi hyvin kylmäsointuisella äänellä.

"Mihin jäi anteeksianto ja myötätunto? Eikö pieni buddhalainen sydämesi noudatakaan Siddhartan neuvoja?" Dennis kysyi hyvin mairealla äänellä.

Emil mietti hetken mistä Dennis tiesi hänen buddhalaisita intresseistä tai kiinnostuksista ylipäätään. Sen jälkeen hän ymmärsi tilanteen: naamarit oli nyt riisuttu ja Dennis menisi hänen kansaan seuraavaksi suoraan asiaan: hunaja oli nyt loppu ja seuraavaksi juotaisiin katkera kalkki. Hän arvasi, että se liittyisi jotenkin Andrei Rudneviin ja murhaan. Jotakin häneltä tässä aivan varmasti haluttiin. Kohtalon juonia oli se, että nimenomaan hän sattui olemaan tämän asian portinvartijana. Ilmeisesti heidän jumalallaan oli kuitenkin ironian taju tallella.

"Hetkinen, tulen kohta takaisin", Dennis sanoi ja käveli juuri ovesta sisälle astuneen pariskunnan luokse tervehtimään. Dennisin vilahtaessa toisaalle, kuin salama kesäyössä, kaunis englantia italialaisella korotuksella puhuva nainen asettui Emilin viereen.

"Juhlamme jatkuvat puolelta öin Pyhävuoren kartanossa, missä onkin sitten paljon väkeä: olisitteko halukkaita olemaan mukana loppuun asti? Voisimme viettää oikein hauskaa ja laadukasta aikaa yhdessä. Olemme hieman swingereitä, kuten useimmat täällä", nainen sanoi ja viittasi ilmeisesti parinvaihtoon eroottisia hetkiä varten.

"Pahoittelen, tuo ei ole minun juttuni mutta hyvää iltaa teille kuitenkin", Emil kuittasi, ja nainen liihoiteli haikeasti tiehensä.

Emili alkoi väsyä. Ihmiset, joilla ei ilmeisesti ollut muuta puuhaa kuin rikkaiden hovin tarkkaileminen, shoppaileminen ja iltakukkuminen, alkoivat käydä hänen hermoilleen. Jollekulle toiselle tämä olisi ollut varmasti suurta seikkailua, mutta hän oli saanut tästä kaikesta nuorempana riittävän annoksen, eikä Dadiä vieläkään näkynyt.

Emil kävi katsomassa Eetlaa, joka tarkkaili isäntäänsä pää pienen huoneen oven karmeista ulostyöntyneenä. Eetla alkoi ilmiselvästi väsyä, kuten hänkin, joten hän päätti, että heidän olisi parasta kohta poistua. Hän myös aavisti, että Raakel ei välttämättä haluaisi vielä lähteä, sillä tämän ja iäkkäämmän herrasmiehen välille näytti kehkeytyneen hyvin tiivis keskustelu.

Dennis asteli takaisin hänen luokseen ja sanoi: "...niin, mihin jäimmekään?" Lausahdus oli ilmeisen retorinen, koska hän jatkoi keskustelua saman tien:

"Apulaiseni, eräs skotlantilainen tutkija, todellinen huipputtutkija, tumma nainen nimeltään Evelyn Daly. Siis sama neito, jonka olet jo tavannut sen poliisin seurassa; hän, joka toi sinulle kutsun luoksemme, tulee huomenna käymään työpaikassasi."

"Mitä ihmettä, nytkö murhamysteeri avautuu?"

"Ehei, vielä pitkään aikaan. Hän haluaa sinulta pientä palvelusta."

"Eikö palvelus ole jotenkin vastikkeellinen? En kyllä ymmärrä mistä olisin teille palveluksen velkaa?"

"Toivon todellakin hartaasti, että voit auttaa häntä. Olisi nimittäin ikävää, jos suomalaisen mestarisäveltäjän juhlavuonna kaikki ei suju kuten pitää."

Miesten välille lankesi pahaenteinen hiljaisuus.

"Uskon myös, että siitä olisi koulullenne tosiaan suuresti hyötyä."

"Entä se vainaja: oliko sekin sinun tekojasi?" Emil kysyi.

"Ihmiset kuolevat aikanaan, toiset ennemmin, toiset myöhemmin. Muistutan, että voisit halutessasi olla myös suurperijä, rikas kuin Kroisos", Dennis sanoi ja poistui taas yllättäen keskustelemaan tarjoilijan kanssa.

Tilanteessa oli jotakin epätodellista ja synkkää. Emiliä alkoi kuvottaa, joten hän päätti, että hänen osaltaan tapaaminen oli tässä. Hän kävi varovasti kysymässä Raakelilta haluaisiko tämä jo lähteä. Emil arvasi, että tunnelman glamour oli tehnyt tehtävänsä: Raakel sanoi jäävänsä paikalle vielä hetkeksi. Emil nouti Eetlan ja turvamies päästi heidät takaovesta huomaamatta ulos.

Emil mietti pitäisikö hänen varoittaa rikoskomisario Alderiteä tästä petollisesta skotlantilaisesta naisesta ja tilanteen saamasta käänteestä, mutta asia jäi vielä mietintään. Ulkona oli suuri, ilmeisesti väliaikainen rakennelma, joka muistutti kasvihuonetta. Sen sisällä tuikkivat lyhdyt ja kaasulämmittimet pöhähtelivät huurujaan pakkasessa. Takseja tuli ja meni, samalla kun Emil ja

Eetla siirtyivät kasvihuoneen reunalle, hieman kauemmas juhlinnan ytimestä. Emil päätti seisoa ulkona hetken raikastumassa, selvittämässä ajatuksiaan ja jatkaa sen jälkeen matkaansa kohti kotia. Hän mietti huomista työpäiväänsä, vainajaa, ja ennenkaikkea sitä mystistä asiaa, mitä häneltä haluttiin. Raakel tulisi ehkä myös aiheuttamaan päänvaivaa kysymyksillään; ehkä myös Tomiin olisi hyvä saada jonkinlainen yhteys. Mutta ensin: mitä häneltä tai kirjastosta haluttiin?

Emilin isä, Sir Christopher O'Morchoe omasi norsun muistin. Hän oli aina kotona listannut omaisuutensa pienintä pensseliä myöten, siis aivan kaiken, lapsensa mukaan lukien, ja vielä ylpeili asialla. Mikään arvokas, tai hänen käsiinsä päätynyt asia, ei koskaan kadonnut hänen siitä tietämättä. Ja jos näin kävi, niin edessä oli kolmannen asteen kuulustelut: lapsiperheessä asia oli hyvin ikävä, koska on melko normaalia, että lapset tapasivat leikkiä toisten, myös isänsä, leluilla.

Mitään yhteistä ei heillä ollut, ei kenenkään kanssa. Tavarat, materia se oli hänen isänsä palvonnan kohde. Hän jotenkin käänsi asian niin, että työ oli pyhää juuri sen takia, että sillä saatiin itselle tuota tavarahyvää, ei niinkään yhteiskunnallisen näkökulman kautta. Ilmeisesti siitä ei ollut kovin pitkä hyppy muihin sangen oikeistolaisiin, työn etiikalla masturboiviin herrakerhoihin. Emil ei kuitenkaan ollut itsekään mikään ehdottoman tasa-arvon kilven taakse piiloutuva kommunisti, vaan toisaalta myös ymmärsi, että kaikki ihmiset eivät koskaan voineet olla samalla viivalla. Emilin oma näkökanta oli ehkä enemmän lähempänä John Stuart Millin määrittelmän utilitaristisen moraaliteorian piirteitä, missä korostettiin yksilön vapautta ja vastuuta, koska niiden kautta katsottiin syntyvän yksilön arvo yhteisön jäsenenä. Hän oli saanut sovitettua Millin ajatukset omaan mielestään demokraattiseen viitekehykseen samalla toivoen kohtuullista tulonjakoa ja yhteiskunnan heikompiosaisten huolehtimista. Työ oli kuitenkin hänellekin kaikki kaikessa, joten mitään vapaamatkustajia ei hän mielessään hellinyt.

Toisaalta hänessä oli myös annos vihreyttä, joten hänen mielestä jonkun uuden ajan filosofin pitäisi määritellä uusiksi työn ja luonnon suhde. Luontosuhde oli alkanut nousta hänen filosofissa pohdinnoissaan ihmisen työkulttuurin roolin rinnalle, ei sen yläpuolelle. Yht'äkkiä hänen hyvin erikoisille radoille singonneet ajatuskulkunsa keskeytyivät, ja hän hätkähti: hänen viereensä oli ilmestynyt kuin tyhjästä kookas silmälasipäinen mies, itse Sir Christopher O'Morchoe.

"Tervehdys poikaseni! Kuinka voit?", tämä yön pimeydestä materialisoitunut mies kysyi hyvin syvällä ja karhealla äänellä. Emilistä tuntui kuin aika olisi pysähtynyt ja ympäröivä pimeys tihentynyt, eikä hän saanut sanaakaan suustaan. Eetla pelasti tilanteen aloittamalla hyvin syvän ja kumisevan murinan: koiran vaistot olivat ilmeisesti sittenkin kunnossa.

"Anteeksi viipymiseni. Tarkoitukseni oli olla ottamassa sinut vastaan, mutta kuljettajani luki navigaattoria miten sattuu ja ajoimme väärään paikkaan. Todella harmillista", Dad sanoi.

Emil oli yhä hiljaa ja tuijotti viereensä ilmestynyttä miestä, joka näytti, uskomatonta kyllä, nuoremmalta kuin heidän viimeksi tavatessaan. Emil silitti Eetlaa rauhoittelevasti samalla kun se astahti miehestä kauemmas. Emil otti itsekin lisää etäisyyttä. Hänestä tuntui hyvin epätodelliselta, että hänen isänsä seistä nökötti hänen asuinalueellaan. Tunnelmassa oli jotakin herkkää ja samalla jotakin kafkamaista.

"Tulisitko takaisin sisälle kanssani, niin voisimme vaihtaa kuulumisia", Dad sanoi ja räpsytteli silmäripsiään suurten paksusankaisten silmälasien takana. Miehestä leijui hienoinen sikarituoksu.

"Mitä ihmettä te oikein taas puuhaatte. Työpaikallani on ruumis ja samalla Dennis juonii jotakin hämärää skotlantilaisen naisensa kanssa? Olisiko sinun mitenkään mahdollista tavata minua yhtään vähemmän dramaattisella tavalla?" Emil kysyi aavistuksen värisevällä ja kiukun täyttämällä äänellä.

Hänen itsetuntonsa oli palannut ja päällimmäisenä oli kiukku ja harmi siitä mitä hän oli edellisinä päivinä joutunut kokemaan: hänen paratiisiinsa oli luikerrellut käärme.

"Ota ihan rauhallisesti. Kaikki on yhteensattumien summaa ja voit olla huoleti, sillä sinulle ei käy tässä kuinkaan", Dad sanoi ja korjasi paksusankaisia silmälasejaan.

"Miten niin ei muka käy kuinkaan? Entä jos kieltäydyn yhteistyöstä kanssanne?" Emil ärähti.

"No, no. Me korvaamme vaivat ja pyyntömme ei liikauta maailmaasi mihinkään suuntaan. Ei tässä ole nyt mitään hätää. Toki voihan olla, että oletkin murhannut jonkun, kun tunnut hieman epätasapainoiselta."

Samalla Eetla päästi matalan murisevan äänen siirtyen isäntänsä ja paikalle tulleen miehen väliin.

"Hyvä poika, rauhoitu nyt hieman. Olette aina olleet yhtä hysteerisiä kuin äitinne", Dad sanoi ja hymyili samalla vinosti välittämättä suuren koiran murinasta.

Vertaus Emilin äitiin oli Emilille liikaa. Hän tajusi, että jos hän ei nyt poistuisi paikalta, niin hän kävisi mieheen, isäänsä, käsiksi.

Emil käännähti kannoillaan ärähtäen samalla kiukkuisesti: "Jätä minut kerta kaikkiaan rauhaan!"

Hän poistui suuren koiran kanssa kadulle eikä kukaan vieraista huomioinut hänen lähtöään. Raakelia ei myöskään näkynyt, eikä hänen isänsä huutanut hänen peräänsä. Koiran ja miehen varjot pitenivät ja lyhenivät kauniisti heidän edetessään katovalojen loisteessa ja heijastuessaan talojen seiniin ja lumikinoksiin.

Juhlinnan hälyäänet vaikenivat nopeasti ja hän tunsi kuinka hänen olkapäänsä hytkyivät raivosta ja itkusta. Eetla ei tapojensa mukaisesti jäänyt tällä kertaa nuuskimaan hajuja. Samalla Dad katseli vaiti poikansa poistumista katulamppujen valoista varjoihin. Hän kuitenkin hymyili.

Emil palasi kotiinsa, ja riisuttuaan Eetlan kaulapannan hän napsautti teenkeittimen päälle. Nyt piti miettiä hyvin tarkasti mitä tässä oli tulossa, koska hänen sisäinen mielentilansa oli kuin palava jääpala, samalla kuuma ja kylmä. Jonkinlainen pakene tai taistele olotila kamppaili hänen mielensä herruudesta, joten hän päätti vetäytyä passiiviseksi, varautua taistelemaan, ja katsoa mitä Dad oikein halusi. Hän päätti, että kuppi hyvää teetä varmasti selkiyttäisi hänen ajatuksiaan.

Hän oli hyvin suuri teen ystävä. Hän tilasi teensä Helsingistä, Eerikinkadun pienestä teekaupasta ja erilaisia teelaatuja sisältäviä pusseja oli pienen kaapin hyllyllä useampi. Hän valitsi mielestään rauhoittavan ja laadukkaan Earl Grey sekoituksen, mihin hän sekoitti lusikallisen kuivattuja neidonhiuspuun, Ginqo biloban lehtiä, ripauksen luomu Ceylonin kanelia, hippusen sahramin terälehtiä sekä ripauksen kurkumaa ja inkivääriä.

Tapahtumat kieppuivat hänen mielessään ja teen hörppimisen lomassa lapsuusmuistot avautuivat esille hänen muististaan. Mitä hänellä voisi olla sellaista mitä Dad haluaa vai halusiko tämä hänestä lopullisesti eroon? Sekin oli mahdollista. Toisaalta tämä tiesi missä hän asui ja halutessaan hänet löysi koska tahansa, vaikka palkkamurhaaja. Jotakin muuta tässä haudottiin?

Kuitenkin Emil oli joskus ollut pikkupoika, isin pikkupoika, ja monet hyvät muistot riipivät hänen sisintään: oliko Dadilla samanlaisia tuntemuksia vai oliko hän jo aivan läpeensä paatunut, kuin Tähtien sota -elokuvan kuolemantähden musta ruhtinas? Darth Vader vastaan Obi Wan Kenobi.

Halusiko Dad kiristää häntä saadakseen Tomin olinpaikan selville? Kaikki oli mahdollista. Mikäli kyseessä oli jokin muu asia, niin hän ei kyennyt arvioimaan mikä se olisi voinut olla. Tämä oli hänen elämänsä pahin painajainen ja se tapahtui taas, mutta tällä kertaa aivan liian nopeasti. Salaa hän toivoi, että Dad kuolisi jo vanhuuttaan, katoaisi hänen elinpiiristään kokonaan, mutta tämä näytti nuorekkaammalta kuin Italian Berlusconi. Raha, valta, naiset ja paheet pitivät näköjään miehet vedossa, tai sitten huippukalliit plastiikkakirurgit.

Hän päätti pidättäytyä käyttämästä tietoliikenneyhteyksiä ja soittelemisesta kenellekään. Kuten sanottu: todennäköisesti häntä ja verkkoa seulottiin tarkasti, eikä yksikään datapaketti lähtisi ilman, että se tutkittaisiin perusteellisesti. Hän tiesi isänsä imperiumin resurssit ja päätti olla hölmöilemättä. Juotuaan pari kupillista teetä Emil päätti ottaa kuuman suihkun ja kömpiä nukkumaan. Toistaiseksi hänellä ei kuitenkaan ollut mitään välitöntä hätää. Raakel hieman huolestutti, mutta hän oli sen verran henkisesti lukossa, että ei kyennyt murehtimaan asiasta sen enempää. Tuskin tälle vastentahtoisesti mitään kuitenkaan tapahtuisi. Samalla Eetla ihmetteli emäntänsä jäämistä ja nökötti odottavana talon eteisessä.

Alderiten työpäivän loppuosa oli mennyt kokouksesta toiseen siirryttäessä. Työn alla oli loputtomasti projekteja, kehittämistä, priorisointia; uutta, eikä aina niin järkevää asiaa tuli poliiseille konsulttien esittämänä, enemmän kuin tarpeeksi. Tuntemattoman vainajan tapauksessa ei kuitenkaan edistytty mihinkään suuntaan vaikka tietokoneet olivat raksuttaneet. Kuulopuheiden kantamana saataisiin aamulla paikalle joku eurooppalainen Interpolin tutkija. Alderite makasi parhaillaan kotisohvallaan ja hänen matkapuhelimensa oli koko ajan hälytysvalmiina. Hän oli myös ottanut virka-aseensa esille ja tarkistanut sen kunnon: pistoolin oman lippaan paukut saivat riittää, jos jotakin tapahtuisi, niin mitään varakuteja hän ei mukanaan kantaisi.

Hän katseli sivusilmällä televisiota ja selaili isoisänsä vanhoja vapaamuurarikirjoja: niistä toinen oli kustannettu ja virallisesti painettu. Sen painopaikka näytti olevan Yhdysvalloissa vaikka se oli suomenkielinen. Siinä oli jonkin verran perustietoutta veljeskunnasta ja sen kieli oli vanhakantaista, mutta hyvin fraseerattua. Harppiveljien maailmankuva alkoi kuitenkin hieman avautua ja se tuntui sangen kummalliselta, viattomalta, mutta kuitenkin kaukaiselta.

Vapaamuurareiden näkökulmasta maailma näytti olevan jonkinlainen louhos, valimo, ikuinen työmaa, missä sielua työstettiin. Maailma oli paikka missä oli salaisuuksia ja erilaisia tasoja, joille pyrittiin tai ohjauduttiin erilaisten rituaalien kautta. He näyttivät uskovan maailman olevan henkivaltojen ohjauksessa, mutta mitä kohti siinä mentiin, mitä tavoiteltiin? Ainakin kohti menestystä ja mammonaa; asia jäi hänelle kuitenkin hieman epäselväksi. Alderite oli hieman hämmentynyt. Hän päätti nousta ylös sulkeakseen television ja avatakseen tietokoneen tutkiakseen netistä lukemiaan asioita lisää. Puhelin kuitenkin keskeytti hänen aikomuksensa ja Alderite syöksyi kiroten työpuhelimelleen, epäillen samalla pahinta.

Puhelimen toisessa päässä oli kuitenkin raukea naisen ääni: Evelina Daly. Alderiten sydän löi muutaman ylimääräisen lyönnin ja hän huomasi reagoivansa melko voimakkaasti naisen ääneen. Tunteita siis oli, mutta oletettavasti melko epäselviä, ja ilmeisesti häneltä itseltäänkin hyvin peiteltyjä.

"Hi, täällä Evelina, se skotlantilainen tutkija, jos muistat?

"No, totta kai muistan, mitä sinulle kuuluu?" Alderite vastasi ja hieroi toisella kädellä kireää kurkkuaan.

"Olen täällä hotellilla. Täällä on melkoiset pirskeet menossa, joten en ole ihan varma olenko Las Vegasissa, Yhdistyneissä Arabiemiraateissa vai kaupungissasi lähellä napapiiriä. Harvemmin törmää tällaiseen määrään porhoja samassa paikassa, joten ajattelin tiedustella onko täällä joku kultalöytö tai vastaavaa käynnissä?" Evelina vastasi nauraen.

"Ei tarkempaa tietoa, enkä tiedä uskallanko virallisesti edes kommentoida. Meitä lähinnä kiinnostaa liittyykö vainajamme tähän, ja jos liittyy, niin miksi ja mitä siitä voi seurata?" Alderite vastasi vakavasti.

"Niin tosiaan, sitä minäkin mietin. Olen tänään ollut vapaalla ja kävin Helsingissä. Minua ei vielä kuitenkaan ole perehdytetty suomalaisen saunan salaisuuksiin, joten ajattelin kysellä mitä aiot tänään puuhastella? Toki kello on jo paljon, mutta joudun palaamaan kohta kotiin Englantiin, ja olisi kiva vielä nähdä," Evelina sanoi.

Alderiten aivot tuntuivat nyrjähtävän: sauna? Siis saunaan Evelinan kanssa? Mitä helvettiä: heittikö daami flirtin? Mitä tähän sanoisi?

Alderite ähisi ja puhisi hetken ja päätti miehekkäästi heittää kuvainnollisesti vettä kiukaalle: "On minulla sauna, ota pullo viiniä mukaan ja saunaoluet tarjoan minä. Miltä idea kuulostaa?" Alderite vastasi ja tunsi puristavansa matkapuhelinta niin että sormissa pisteli.

"Mihin minä tulen?" Evelina sanoi nauraen.

Alderite antoi osoitteen ja sanoi laittavansa sen vielä tekstiviestinä taksia varten, eikä matka olisi pitkä. Puhelun päätyttyä Alderite tuijotti pitkään puhelintaan. Hän nielaisi ja kävi laittamassa hyvin pienen saunansa päälle. Sen jälkeen hän järjesteli paikkoja: teki pientä siistimistä piilottaen tiskit visusti astianpesukoneen uumeniin ja tunki kalsaripyykin pesukoneeseen. Lopuksi hän tarkasteli itseään peilistä: hetken kuluttua partakone surisi ja hän vaihtoi parempaa vaatetta ylleen. Vapaamuurarien salaisuudet hän piilotti hyllyn päälle ja virka-aseen hän tunki päällystakkinsa taskuun.

Ei mennyt kovinkaan kauaa kun alaoven summeri pärähti ja Alderite avasi mietteliäänä oven. Oven takana seisoi Evelina hymyilevänä ja he halasivat tervehdykseksi. Evelina oli poiminut hotellista jollain konstilla mukaansa kuohuviinipullon ja valkoviinipullon; hän näytti sangen pirteältä ja seksikkäältä. Riisuttuaan päällystakin Alderite huomasi tällä olevan tiukat nahkahousut ja muutenkin enemmän virka-ajasta ulospäin suuntautuva tyyli. He olivat vapaalla, oli mitä ilmeisimmin niiden sisältämä viesti. Alderite mietiskeli miksi hänenlaisensa harmaa poliisi kiinnostaisi Evelinan tasoista naista, mutta päätti heittäytyä asiassa uskaliaasti eteenpäin ja lopettaa itsensä kiusaamisen.

Evelina katseli hänen asuntoaan ja vaikutti pitävän siitä. Hän kurkisti saunaan ja ihmetteli sitä, etenkin sen pienuutta. Kysymyksiä sateli tiuhaan tahtiin: "Ovatko kaikki saunat näin pieniä? Onko kaikilla asunnossaan sauna? Kuinka kuuma siitä tulee?" Alderite vastaili kysymyksiin tietämyksensä mukaan. Ajatus savusaunasta herätti selkeästi eniten kysymyksiä ja ihmettelyä. Hetken kuluttua he istuivat olohuoneen sohvalla kuohuviinilasit käsissään.

"Tapasin sen toimittajan, sen jolla on hassu ra-ra sukunimi? Sen jonka kanssa juttelit siellä ravintolassa", Evelina sanoi.

"Ai, Haikaran. Teppo Haikaran, siis sen pitkänhuiskean ja hymyilevän miehen", Alderite vastasi.

"Juuri hänet. Hän oli hotellilla seuranaan The Guardian -lehden toimittaja, jonka tunnen sekä pari muuta eurooppalaista toimittajaa. Vaihdoin heidän kanssaan ajatuksia ja yritin samalla tiedustella mitä he täällä tekivät. Kuten arvata saattaa heidän läsnäolonsa liittyy näihin jetsetteihin. Se, mitä minä käsitin heidän puheistaan, oli että he yrittivät saada aikaiseksi juttua jostain superrikkaiden salaseurojen toiminnasta. Sen mitä pystyi seuraamaan, mainittiin keskustelussa pedofiilit, Jimmy Savile, Breivik, natsit ja vapaamuurarit. Olin kyllä hieman ihmeissäni", Evelina kertoi mietteliäänä.

"Siirryin siinä sitten jossain vaiheessa penkomaan internettiä. Näyttää siltä, että Englannissa ja muualla Euroopassa on käynnissä huima keskustelu näihin teemoihin liittyen," Evelina jatkoi aiheesta.

Alderite kuunteli ihmeissään ja oli tyytyväinen, että oli piilottanut isoisänsä vapaamuurarikirjat ylähyllylle. Hän hörppäsi viiniään hiljaisuuden laskeutuessa ja nousi sitten ylös noutamaan viskiä sisältävän karahvin noukkien samalla pakastimesta jääpaloja astiaan.

"Tarvitsen vahvistusta! Tämä on hyvää skotlantilaisia hurahtaneita noitia torjuttaessa", Alderite sanoi ja kysyi haluaisiko Evelina maistaa tätä hieman vahvempaa. Tämä kieltäytyi naurahtaen. Alderite istui alas, kaatoi itsellensä siivun viskiä ja jatkoi: "En tiedä olenko oikea henkilö analysoimaan näitä salaseuroja, jotenkin olen aina ollut tällaisesta touhusta aika kaukana, enkä edes ajatellut, että jonkun työuraa ja harrastuksia oikeasti ohjaa henkimaailma, rituaalit ja magia." Jäät kilahtelivat viskilasissa, kun Alderite pyöritteli sitä käsissään. "Mielestäni se on kovin omituista", hän jatkoi mietteliäästi.

"Olisiko meidän vainajamme joku tämäntyyppinen henkilö tai ollut jotenkin tekemisissä jonkin näihin liittyvän asian kanssa?" Evelina kysyi ja siemasi kuohuviiniä.

"En kyllä ymmärrä miten? Ilmeisesti salaseuraharrastukset vaativat kuitenkin ylimääräistä aikaa ja rahaa, jota harvemmalla on," Alderite virkkoi ja siemaili viskiään.

"Teppo Haikara on kyllä oikeasti erittäin laadukas journalisti ja kansainvälisesti hyvin verkostoitunut. Olemme oikeasti tehneet runsaasti yhteistyötä, ja kunnioitan suuresti hänen näkemyksiään, vaikka välillä vähän äksyilemmekin toisillemme", Alderite sanoi.

"Sinun pitää sitten yhdessä hänen kanssaan selvittää missä täällä on erilaisten salaseurojen paikalliset kokoontumispaikat, julkaisunsakanavat ja keskukset. Käsittääkseni monilla ryhmillä on omat tilansa ja temppelinsä: sitten vain katsot keitä siellä käy", Evelina sanoi miettiliäästi ja jatkoi hetken kuluttua: "Mielestäni ne ovat enemmän ja vähemmän salaisia, mysteerien ympärille kietoutuneita, ehkä niitä voisi jopa kutsua okkultisiksi seuroiksi. Näitä yhteisöjä on mitä erilaisimpia: on Odd Fellowseja, ruusuristiläisiä, temppeliritareita, vapaamuurareita, Opus Deiläisiä, Skull and Boneseja, sekalaisia hermetiikan tutkijoita, teosofeja, thelemittejä, wiccoja, ja niin edelleen."

Alderite simasi viskiään eikä sanonut mitään.

"Suurin osa näihin kuuluvista henkilöistä kuuluu kiltisti arkiseen kirkkoon, mutta puuhailee sen reunalla jotakin ihan muuta. Näistä asioista ei myöskään, jostain kumman syystä, media osaa kertoa meille yhtään mitään", Evelina jatkoi.

"Ehkä se on niin, että mysteerit ja mystiikka voivat toimia harmaassa arjessa kuin porno, huumeet tai vastaavat: niiden avulla tai siivittämänä on helppo paeta hetkeksi arjen tylsyyttä, eikä se välttämättä ole edes pahasta. Kaikki tietävät, että niitä on, niitä myös käytetään ja kulutetaan, mutta asiallinen puhe jää tutkijoiden kammioihin. Siis tarkoitan tällä sitä, että kaiken maailman sukkanauharitareita riittää loputtomiin", Evelina sanoi samalla asentoaan korjaten ja riisui lopulta yllään ollevan villapaidan pois.

"Ovatko näiden ryhmien jäsenet sitten oikeasti tosielämässä tarjottujen stereotyyppisten ja karrikoitujen mielikuvien mukaisia hihuleita ja hörhöjä, onkin hyvä kysymys," Evelina jatkoi.

Alderite nyökkäsi ja vastasi: "ehkä kannattaisi analysoida asiaa ensin kokonaisuutena ja sitten seuloa jäsenluetteloita, jos niihin pääsee edes käsiksi. Sen jälkeen voisi katsoa liittyykö kukaan tai mikään tähän musiikki-instituuttiin?" Evelina nyökkäsi mietteliäästi, ja tuntui samalla asettelevan itseään sohvalla, kuin tarjotakseen paremmat näköalat itseään silmäilevälle ystävälleen.

"Mitä mieltä olet tästä musiikki-instituutin kirjastonhoitajasta? Eikö hän ollut joku uskontospesialisti? Minua hieman epäilyttää ja kuumottaa koko tyyppi," Evelina kysyi, ja nousi yllättäen ylös ryhtyen tarkastelemaan Alderiten kirjahyllyä, joka oli paljon mielenkiintoisempi kuin hän osasi odottaa.

"Ehkä siksi, että palaamme aina häneen: entä jos tuo vainaja on tarkoituksella hämäyksenä, ja silmiemme alla tapahtuu jotakin ihan muuta?" Evelina sanoi mietteliäästi.

"Kieltämättä, kaikki jäljet kiertävät kirjastonhoitajan ympärillä, mutta oma tuntemukseni on se, että tällä ei olisi mitään suoraa tekemistä vainajan tai vainajan kuoleman kanssa."

"Taidat harrastaa lukemista?" Evelina kysyi yllättäen.

Alderite ohitti kysymyksen pitäytyen kirjastonhoitajan olemuksen pohtimisessa: "En myöskään tiedä miten tämän saisi kiinni tai puhumaan, koska mitään ristiriitoja ei ole, mihin takertuisin. Todisteita ei vain yksinkertaisesti vielä ole. Eikä myöskään käytettävissäni ole mitään virallisia henkilölistoja tuon koulun salaseuralaisista".

"Niin, meillä sumuisilla saarilla on erilaiset perinteet näiden looshien toiminnasta, olemmehan muutenkin yhä kuningaskunta, emme tasavalta kuten te: kuulemma jopa Buckinghamin palatsissa on vapaamuurareiden temppeli."

"Luen jonkin verran", Alderite vastasi naisen välikysymykseen ja silmäili taas tämän muotoja Evelinan kurotellessa kirjahyllyä vasten.

"Täällä se saattaa näyttäytyä jotenkin erilaisena, enkä itsekään oikein tiedä kaikesta niin paljoa. Varmaan he hakevat jonkinlaista mystiikkaa arkisen aherruksen keskellä: suurin osa on varmasti vanhoja partiolaisia. Sen verran tiedän, että monet ryhmistä vannovat valan toisilleen, siis järjestölleen ja tämä seikka on aiheuttanut ristiriitoja oikeuslaitoksessa ja vastaavissa. Kyseessähän on tuplavala: kummalle taholle annettua valaa he noudattavat esimerkiksi oikeuden edessä?"

Alderite vihelsi ja sanoi: "Niin aivan, tuplavala, veljeskunta: sinun etusi on minunkin etuni."

"Muistaakseni salaseurojen toiminta ei loppunut edes kommunististisessa Neuvostoliitossa. Olen jopa lukenut aikanani yhden sangen mielenkiintoisen kirjan asiasta ja ajasta: tekijä oli sukunimeltään Ryan ja kirjan nimi oli The Bathhouse at Midnight, jos oikein muistan", Evelina kertoi ja siemaisi välillä kuohuviiniä.

"Jumalat juhlivat öisin, mutta ehkä pahojen miesten jumalat saattavat olla erilaisin intressein liikkeellä, kuin oma lempeät ja päivänvaloa kestävät päiväjumalamme, jos pieni sanaleikki sallitaan. Ehkä asiaa kannattaa tosiaan tutkia."

"Tee kunnon kotietsintä tämän kirjastonhoitajan kotiin ja katso löydätkö mitään liitoskohtia. Eihän sitä koskaan tiedä", Evelina sanoi ja jatkoi: "mmm...joko sinne saunaan voisi mennä?"

Alderite nousi ylös, siemaisi kuoharia, sitten päälle hieman viskiä, ja lähti tutkimaan saunaa. Palatessaan hän huikkasi "Menee vielä hetki" ja jatkoi heti perään: "Minä soitan sille toimittajalle, Teppo Haikaralle, joten ethän pahastu jos keskeytän jutustelumme hetkeksi?" Alderite siemaisi lisää savuaromista viskiään, tarttui puhelimeensa ja soitti Tepolle.

Evelina siirtyi katselemaan Alderiten melko miehekkään ajattomasti sisutettua asuntoa ja kiinnitti huomionsa tämän perhosterraarioihin. Samaan aikaan Teppo vastasi ja taustalta kuului hälyä, mistä Alderite arvasi tämän olevan jossain juhlahumussa.

"Moi, sori jos häiritsen. Alderite poliisista täällä…"

"Eipä hätiä mitiä", Teppo Haikara vastasi jouhevasti ja jatkoi: "oh, mutta mitä konstaapeli haluaa tähän aikaan illasta?"

"No helkkari, saat huomenna selvittyäsi tavata minut ja selvittää mitä olet nuuskimassa. Edessäni näyttäisi olevan kaikenlaisia vapaamuurareita, oligarkkeja, porhoja ja hörhöjä," Alderite kuittasi sangen ytimekkäästi, ja iski perinteistään poiketen kortit suoraan pöytään.

Toisesta päästä kuului vihellyksen tapainen puhallus ja sitten: "Ok, ollaan sitä ilmeisesti hereillä! Tehdään niin, että soitan sinulle aamupäivällä, kun pääsen taas töihin. Sopiiko näin? Oikeasti vainuni kertoo, että olemme suuren ja hyvin erikoisen asian juurella."

"Tämä sovittu!" Alderite sanoi ja sulki puhelimen.

Alderiten fiilikset olivat hyvät ja alkoholi lämmitti mukavasti. Koko kehoa tuntui mukavasti kihelmöivän. Onneksi kaikenlainen jännitys tuntui jo olevan tiessään: hänestä tuntui kuin hän olisi ollut kevyesti huumattuna. Laphruaig toimi niin kuin pitääkin. Samalla hän huomasi Evelinan kadonneen ja hörppäsi lisää viskiä. Sitten olohuoneen oviaukkoon ilmestyi alastomana ehkä kaunein hänen koskaan näkemänsä nainen. Oli mitä ilmeisimmin aika saunoa.

9.

Raakel lähti juhlista pari tunti miestään myöhemmin, joten Dennis osoitti kohteliaasti yhden talon vartijoista saattajaksi kotimatkalle. Raakel palasi kotiin ulko-ovi kolahtaen. Emil oli jo sängyssä, mutta kuitenkin hereillä. Hän päätti näytellä nukkuvaa, koska se olisi yksinkertaisesti tällä kertaa helpompaa. Hän kuunteli, kun Raakel avasi jääkaapin oven ja kolusi kaapin sisältöä hetken, ilmeisesti juoden jotakin. Äänistä päätellen tämä oli hieman hiprakassa.

Emil arvasi, että rahan ja vapauden glamourin syleily oli nostanut tämän leijuvaan olotilaan, pois arjen varjoista. Jonkin ajan kuluttua tämä asettautui Emilin viereen ja tunnusteli oliko toinen hereillä. Samalla Eetla kolisteli eteisestä makuuhuoneeseen: se oli niin iso, että sen häntä heiluessaan tapasi osua milloin mihinkin, mistä seurasi kolinaa.

"Haluan nukkua", Emil sanoi unisella äänellä.

"On sinulla isäpappa! Etkä olet kertonut halaistua sanaa. Luulin, että hän on ollut joku puistodeeku ja häpeät asiaa. Enkä tietysti ole älynnyt kysellä mitään." Raakel kähisi ja oli kuin energiapallo olisi asettunut Emilin kainaloon.

"Helvatin helvatti", Emil ajatteli, mutta pysyi hiljaa.

"Keskustelin hänen kanssaan pitkään ja hän kertoi haluavansa sovitella jotakin välillänne olevia väärinkäsityksiä. Hän myös ilmoitti haluavansa tukea meitä taloudellisesti. Hän oli huolissaan näistä asioista, koska oli jo vanha mies. Ei sillä, taloudellisesti olemme ihan omillamme, mutta silti. Mitä ihmettä välillänne oikein voi olla?" Raakel jatkoi.

Emil pysyi vaiti, mutta tunsi sisällään kiertävän. Hän tiesi että nyt, täällä kotona, ei saisi tai kannattaisi jutella, koska seinillä voisi olla korvat, ehkä monetkin korvat. Nyt oltiin vallan ja rahamaailman ytimessä, todella keskiössä.

Raakel kuitenkin jatkoi vauhtiin päästyään: "Hän myös arveli tai toivoi, että skitsofreeninen isoveljesi olisi vihdoinkin hyvässä hoidossa jossain psykiatrisessa sairaalassa."

Se oli Emilille liikaa. "Mitä, veljenikö skitsofreeninen? Sairaalassa?" Hän ponnisti ylös sängystä, iski nyrkillä seinään ja putosi hiljaa polvilleen. Eetla syöksähti myös paikalle.

Raakel katseli ihmeissään miestään.

Emil hengitti syvään, mutta mitään ei kuulunut. Tämä nousi ylös ja vaihtoi huonetta istuen olohuoneen sohvalle ja ryhtyi katselemaan ikkunasta ulos. Hetken kuluttua Raakel asteli perässä ja halusi istahtaa miehensä viereen, mutta Emil torjui tämän aikeen.

"Nyt annat asian olla ja puhutaan tästä vaikka huomenna lisää. Ymmärrätkö! Tätä asiaa ei tämän enempää tälle illalle," Emil sanoi hyvin käheällä äänensävyllä, mistä Raakel ymmärsi vaistomaisesti vetäytyä takaisin makuuhuoneen puolelle. Eetla makasi lattialla isäntänsä jalkojen vieressä, mutta sekin oli hiljaa.

Raakel oli hyvin hämmentynyt ja hetken kuluttua, toisen tuskan saattelemana, alkoi illan hehku ja glamour hiljalleen haihtua: hän nousi ylös ja päätti keittää isot kupilliset kuumaa kaakaota. Se yleensä auttoi. Ilmeisesti raha ei aina tee ihmisiä onnellisiksi: Emil piti saada puhumaan asiat ulos.

Kaakao kiehui. Raakel lisäsi joukkoon hieman tummaa suklaata ja kermavaahtoa: sillä leppyisi syvinkin mielipaha.

Olohuone oli pimeänä ja Emil tupsahti häntä vastaan napsauttaen keittiön valot pois, jolloin koko talo oli pimeänä. Emil otti toisen kaakaokupin ja pienen avaimenperässä roikkuvan ledivalon ja opasti sen pienessä valokeilassa ihmettelevän Raakelin kanssaan talon yläkertaan.

He asettuivat päätyikkunan äärelle. Emil hörppäsi kaakaota ja tuijotti ulos. Raakel päätti olla hiljaa katsoen samaan suuntaan kuin Emil. Samalla kun he hörppivät lämmintä kaakaota, liikahti jotain heidän tonttinsa ja viereisen talon välissä. Hetken kuluttua Raakel paikallisti hahmon, jonka hehkuva tupakan pää alkoi loistaa kuin pieni lamppu hangen ja pensaan välissä. Raakel kurtisti kulmiaan ja nyökkäsi Emilille.

Mitä hittoa tämä oikein tarkoitti? Oliko hänen saattajansa jäänyt vahtiin?

Raakel mietti ja Emil nousi ylös ja johdatteli tämän talon toiseen päähän. Taas he joivat kaakaota ja tutkivat aukeavaa maisemaa, missä keltaiset lamput valaisivat osan pimeydestä. Toisella puolella seisoi myös ihmishahmo, hyvin topattuna, läheisen pienen roskakatoksen takana, tarkkaillen heidän suuntaansa.

Emil johdatteli ihmettelevän Raakelin takaisin alakertaan ja he kaatoivat hämärässä keittiössä lisää kaakaota mukeihin. Samalla heidän silmänsä alkoivat tottua pimeään paremmin. Emil potkaisi kellarin lattialuukun tieltä maton syrjään. Hän arveli, että kellarissa voisi keskustella rauhassa. Ajatus perustui siihen, että hänellä oli ovikontrolli ja kamera kellarissa, koska siellä sijaitsi hänen oma arkistonsa, salainen datakeskus ja yksi omista tietokonepalvelimistaan. Itse kellarin luukku oli äärimmäisen vaikeasti havaittavissa eikä kellarista näkynyt ulospäin mitään. Se lienee toiminut joskus sotien timmellyksessä piilopaikkana.

Kiivettyään melko jyrkät tikkaat alas, hän sulki luukun ja sytytti valot: ulos talosta ei näkyisi mitään. Kellarissa hän näytti Raakelille kansainvälistä sormi huulien edessä elettä, merkiksi hiljaisuuden jatkumisesta. Emil kolusi hetken jotakin pienen työpöydän luona.

"Nyt voimme puhua huoleti. Laitoin kuuntelulaitteen häiritsijän päälle ja laitan vielä hanan kohisemaan", Emil sanoi ja avasi pienen peltilavuaarin päällä olevan hanan.

"Emil, mitä tämä kaikki tarkoittaa?" Raakel sanoi.

Emil joi kaakota ja päätti ryhtyä hieman avaamaan isäkompleksiaan. Kovin helpolta se ei tuntunut, ja ensin hän oli varovainen, mutta sitten hallitsematon sisäinen kaaos otti vallan ja hän levitti raadollisen, miltei uskomattoman todellisuuden Raakelin eteen.

Emilin kasvot olivat ilmeettömät, mutta Raakel huomasi kylmän hien ja silmien tumman loisteen ja vihdoin ymmärsi, että miehen sydäntä, mieltä ja sielua oli raadeltu todella pahasti. Emilin vaikeneminen asiasta, ja näennäinen mielenrauha, tuntui nyt kovin uskomattomalta. Oli kummallista istui tämän kanssa talonsa kellarissa, kuuntelunestolaitteen kitinässä ja naputuksessa, samalla kun miljönäärikerhon äänten sekamelska kaikui vielä korvissa.

"Ollessamme lapsia, isämme oli luonnollisesti pienten poikien maailman keskusnapa, perheen patriarkka. Teimme matkoja mitä erikoisimpiin paikkoihin, ennen kaikkea museoihin, historiallisiin kohteisiin. Jo tuohon aikaan hän oli kirjojen keräilijä, bibliofiili. Muistatko kun pyysin sinua lukemaan Arturo Perez-Reverten kirjan Yhdeksäs portti, missä sen sankari Lucas Corso, bibliofiilien palkkasoturi, hoitaa tehtävän miehelle nimeltä Boris Balkan.

Homma muuttuu kirjan kertomuksen edetessä melkoisen hurjaksi. Sanoisin, että isäni muistuttaa Boris Balkania enemmän kuin Corsoa: hänellä on mittavat tiedot ja kokoelmat nimenomaan apokryfiteksteistä, salatieteistä ja okkultismista."
Emil piti tauon ja siemaisi kaakaotaan.

Raakel silitti miehensä käsivartta ja pysytteli vaiti.

"Muistan kun istuimme monta kertaa Strahovin luostarin kirjaston portailla, isän keskustellessa asiantuntijoiden kanssa jostain kirjansidontaan liittyvistä hyvin yksityiskohtaisista asioista; istuimme myös lukemattomat kerrat luostarin oluttupa Klostern Pivovar Strahovissa isän nauttiessa luostarin oman panimon oluita."

Eetla raapi kellarin luukun päällä lattiaa.

"Kävimme Vatikaanissa, Lontoossa, Pariisissa, pikkukylissä ja isoissa kartanoissa: näimme huimia yksityiskokoelmia ja erikoisia ihmisiä. Isä oli tuolloin töissä suuren monikansallisen teräsyhtiön johtoportaassa, ja hän oli myös paljon kotoa poissa. Asuimme Tukholman lähistöllä, pienessä saaressa, hyvin suuressa talossa, jonka kuva on työhuoneen seinällä."

Raaps, raaps, tömps. Eetla kellahti makaamaan kellarin luukun päälle.

"Meillä kävi paljon vieraita, joten meillä oli myös palveluskuntaa: olimme hyvin varakkaita, mutta emme kuitenkaan mitään sikarikkaita." Emil hörppäsi taas kaakota ja kohensi asentoaan.

"Ymmärrettävistä syistä meillä oli suuri kirjasto, mutta isän oma harrastekirjasto oli tiukasti lukkojen takana, eikä sinne päästetty ketään", Emil jatkoi mietteliäästi ja hörppäsi kaakaota.

"Näin tuon huoneen vain kerran, siis vain kerran: se oli pitkulainen tila, jonka toisessa päässä oli ikkuna. Muistan vieläkin yllättyneeni, että ikkunan alla oli hyvin vanha rukoilemiseen käytettävä penkki tai tuoli. Sellainen missä oltiin polvillaan, polvet telineellä, samalla kun luettava kirja, ehkä Raamattu, pidettiin pöydällä."

Raakel korjasi asentoaan ja joi kaakaota. He olivat hetken hiljaa.

"Mitään kuvia en muista nähneeni, mutta kirjat olivat hyvin iäkkäitä. Isä ei kuitenkaan koskaan vienyt meitä tavalliseen kirkkoon, tai ollut mitenkään sen ihmeemmin uskonnollinen. Päinvastoin, saimme hyvin maallisen koulutuksen uskonnollisiin asioihin liittyen. Silti jotakin hyvin vahvaa uskonnollisen tyyppistä tunnelmaa tuntui leijuvan talossamme."

Raakel nyökkäsi ja kehotti Emiliä jatkamaan.

"Asiaa on hieman hankala selittää", Emil sanoi hiljaisella äänellä ja välillä ummisti silmiään mietteliäästi. Raakel oli visusti vaiti ja kuunteli tarkasti ja joi välillä kaakaomukistaan.

"Yhdeksäs portti -kirjan elokuvaversiossa ja tietysti itse kirjassa rikas bibliofiili Boris Balkan etsii jotakin pyhää, tai oikeastaan paholaisen kirjoittamaa kirjaa, antikvariaattien ja vanhojen kirjojen erikoismiehen Corson avustuksella: tarina sisältää paljon alkemistien salaisuuksia, ajatuksia kuolemattomuudesta, elämän totuuden etsintää, ja ehkä unelmia ikuisesta onnesta ja rikkaudesta."

Raakel sanoi: "Tarkoitat varmaan ikuisen elämän, absoluuttisen vallan ja rikkauden yhdistelmää."

"Jos muistat, niin lopulta Corso tapaa oikean paholaisen, joka auttaa häntä ja Balkan tuhoutuu, mutta paholainen onkin jotakin aivan muuta, kuin miksi omat mielikuvamme sen ennakoivat: siksi se oikeastaan on niin yllättävää", Emil jatkoi katsoen Raakelia tarkasti. "Kirjailija ehkä haluaa kertoa jotakin oikeasta hyvästä ja pahasta, en tiedä?"

Raakel kuunteli mietteliäänä muistaen kirjan ja siitä tehdyn elokuvan.

"Tarkoitat siis jonkinlaista okkultisimia, salatieteitä?" Raakel vastasi rauhallisesti nuolaisten kaakaoviiksisiä huuliaan ja kannustaen Emiliä jatkamaan kertomustaan.

"Jotakin siihen suuntaan: sitäkin on niin monenlaista."

"Niin voisi ajatella", vastasi Raakel.

"Olen miettinyt monta kertaa kuinka syvällä isämme oli tuohon aikaan näissä asioissa: oliko hän mahdollisesti vasta liukumassa toiselle, sanotaanko vaikka pimeälle puolelle."

"Melkoinen harrastus!" Raakel totesi mietteliäästi.

"Veljeni Tomin teoria on, että isämme oli ollut jo kauan syvissä vesissä ja eteni loogisesti koko ajan syvemmälle. Asia vain valkeni meille sitä mukaa kun kasvoimme."

Emil piti taukoa ja tuntui keräilevän ajatuksiaan. He joivat kaakaota ja Raakel huomasi miehensä alkavan hiljalleen rauhoittua. Koko kertomus oli aivan mielipuolinen ja hän mietti, kuinka miehen tai oikeastaan miesten, kanssa tulisi edetä kun se päivä koittaisi.

"Talossamme kävi vaikutusvaltaisia vieraita, välillä palvelijamme vaihtuivat. Saari oli sijaintina hyvä, koska sinne pääsi huomaamatta veneellä tai vesitasolla, miksei myös sukellusveneellä. Talossa oli iso sauna, missä oli hyvä puida salaisuuksia, koska lauteilla ei voinut olla mukanaan kannettavia kuuntelulaitteita", Emil jatkoi ja hörppäsi välillä kaakaota.

"Nimittäin asian karmea todellisuus on, että isäni on pedofiili, joka käytti hyväkseen omaa lastaan, veljeäni Tomia."

Raakel jäykistyi. Tälläista kertomuksen käännettä hän ei ollut osannut odottaa: pahuus tuntui tiivistyvän ja häntä alkoi palella.

"Tilanne eskaloitui kun äitimme kuoli pudottuaan veneestä. Myöhemmin Tom valotti minulle tapahtumien käänteitä. Hieman itseäni vanhempana hän myös kykeni puolustamaan minua isän mielihaluilta, niinpä isämme oli yhä vähemmän kotona."

"Huh," oli ainoa mitä Raakel sai sanotuksi.

"Luonnollisesti Tomin ja Dadin välit kärjistyivät räjähdyspisteeseen, mistä Tom pelastautui lähtemällä opiskelemaan kauas kotoa. Kaukaa viisaana hän onnistui lopulta keplottelemaan minut mukaansa. Hänellä oli tietääkseni todistusaineistoa Dadia vastaan. Hieman samaan tyyliin kuin Julian Assange on välttänyt salamurhaajien pahat katseet oletetulla salaisella kansiollaan: Tom lunasti meille jonkinasteisen vapauden", Emil selvitti.

"Tämä asia tulee tässä nyt hyvin lyhyesti ja melko minimalistisen kaavan kautta. Ymmärrät varmaan, jos ihminen on oikeasti vinoutunut tai psyykkisesti häiriintynyt, samalla kun hänellä on käytettävissään huomattavan paljon taloudellisia resursseja, voi tapahtua melkein mitä vain."

"Ymmärrän, ymmärrän: nyt minulle alkaa valjeta koko kuvio," Raakel sanoi.

"Pointtina on se, että Dad kuuluu jonkin sortin Hellfire Clubin tyyppiseen kerhoon, missä moraali ja arvot on käännetty päälaelleen."

"Siis joku pedofiilien kerho? Voi luoja!"

"Kerhoon, joka ei harrastanut hyväntekeväisyyttä, vaan toimi pahojen tekojen kautta. Pääsin kerran kurkistamaan erästä heidän kokoustaan salaa: sen toiminta oli hyvin paljon samanlaista kuin Stanley Kubrickin Eyes Wide Shut -elokuvassa, missä päähenkilö pääsee yllättäen osalliseksi salaisesta rituaalista."

"Voi hyvänen aika, minulta lähtee kohta taju. Siis, voi hyvänen aika!" Raakel sanoi käheällä äänellä. Häntä alkoi itkettää asian likainen syvyys ja pahuus.

"Rituaali jonka näyttämönä oli joku tuntematon kartano, vartijat, messu, oma liturgia, orgiat, ja sen sellaista. Jäin kokemani perusteella, myöhemmin elokuvan nähtyäni, todenteolla miettimään mitä Stanley Kubric oikeasti elokuvallaan halusi kertoa: oliko hänkin kokenut jotakin vastaavaa? Sellaista nimittäin on oikeasti olemassa."

Emil piti tauon ja hörppi välillä kaakaota. Sitten hän jatkoi kertomustaan: "Toisen kerran näin vilauksen tapahtumasta, minkä kyseiset herrat toimittivat talomme kryptassa, joka sijaitsi ulkorakennuksessa. Luulin aina, että meillä oli katolilainen pieni kappeli takapihallamme, mutta se olikin jotakin muuta."

Emil otti uuden tukevan siemaisun kaakota, kuin rohkaisuksi.

"Nyt minulle alkaa avautua, miksi olet katsonut tuota elokuvaa lukemattomia kertoja", Raakel sanoi.

"Niin, ja olen lukenut toinen toistaan kummallisempia kirjoja iltalukemisena", Emil vastasi.

"Olen kyllä pannut merkille senkin asian", Raakel vastasi ja mietti hetken ennekuin virkkoi: "Nyt myös ymmärrän miksi sinulla on niin paljon järjestäytynyttä rikollisuutta käsittelevää kirjallisuutta."

"Itse tapahtuma, josta äsken mainitsin, oli jonkinlainen uhrirituaali, missä he käsittääkseni ehkä raiskasivat ja uhrasivat hyvin kauniin ja hyvin nuoren naisen, joka ilmoitettiin noin viikon kuluttua kadonneeksi. Häntä ei ole vieläkään löytynyt. Olin itse syvästi järkyttynyt ja erittäin onnellinen päästyäni pakenemaan, joten minäkin aloin piileskellä."

"Helvetti", Raakel sihahti. Hän oli vetänyt jalkansa tuolille ja istui polvet rintaansa vasten.

"Myöhemmin, monen mutkan kautta valmistuin uskontotieteilijäksi. Eikä ihme, että luin sivuaineena myös psykologiaa: ilmeisti hoidin samalla omaa mieltäni."

Emil piti taas tauon ja Raakel mietti kuulemaansa hyvin hämmentyneen oloisena, eikä hän oikein tiennyt mitä olisi sanonut. Emil kuitenkin jatkoi: "Ei myöskään ihme, että lopulta päädyin kirjastonhoitajaksi. Suomi, Ruotsi ja muut Pohjoismaat ovat sukumme vanhaa reviiriä, ja äitini oli suomalainen. Näin osasin puhua suomea yllättävän hyvin ja asetuin lopulta tänne", Emil jatkoi.

Raakel mietti kuulemaansa: väistämättä hänen mieleensä nousi ajatus miehensä mielenterveydestä, mutta hän päätti olla hiljaa ja esittää tarkentavat kysymykset joskus myöhemmin.

"Selvittelimme Tomin kanssa Dadin puuhia ja yhteenvetona kaikesta on se, että hän on yksi rikollismaailman suurmiehistä, jonkinlainen Moriarty pahuuden verkostoineen, jotka on kudottu kullasta."

"Voi helkkari!" Raakelia alkoi taas itkettää ja kyyneleet vierivät hänen poskiaan pitkin. Emil jatkoi maanisesti, koska ei kyennyt enää pysähtymään tai annostelemaan sielustaan ulostunkevia kokemuksia.

"Dad toimii monien pankkien johtokunnissa. Kuten tiedämme, jossain rikollisjärjestöt rahojaan pesevät: ehkä juuri näissä pankeissa pestiin huolella huumerahaa, prostituutiokartellien ja asekaupan tuloja. Vyyhti oli valtava ja huomasimme pelkäävämme henkemme edestä, mutta älysimme paeta ja kääriytyä internetin verkon suojakaapuun. Olemme pysytelleet siitä lähtien mahdollisimman anonyymeinä ja päät matalalla."

Emilin puhe vaikeni. Hän tarkisti jotakin tietokoneen näytöltä, joka oli tämän työpöydällä. Sitten kertomus taas jatkui: "Veljeni

Tom on joutunut siitä asti elämään Dadilta, kuten myös viranomaisilta piilossa; Dad ei välttämättä kuitenkaan kovin pitkään olisi kaihtanut keinoja meidän kiinni saamiseksi tai tuhoamiseksi, jos vain olisi tiennyt molempien olinpaikan."

Raakelin yöpuvun etumus ja polvet olivat kyynelistä märät.

"Itse olin tuolloin valmistumassa yliopistolta. Pääsin lopulta itse Dadin kanssa sopimukseen, mihin kuuluu se, että en häiritse häntä, eikä hän häiritse minua. En myöskään saisi olla Tomin kanssa tekemisissä, joten olemme salanneet tarkasti kaiken yhteydenpitomme", Emil virkkoi ja huomasi kaakaon loppuneen.

"Näin aina tähän asti kunnes tuli tämä kirjastokalmo: nyt Dad manifestoitui naapuriimme, joten olen siis mielestäni aivan syystä hieman kauhuissani", Emil selvitti kurkku käheänä. Tyhjä kaakaomuki roikkui tämän kädessä.

Raakel oli aivan häkeltynyt ja hämmentynyt. Hän mietti kuumeisesti mitä sanoisi.

"Miten olitte ajatelleet edetä asian kanssa, siis ennen kuin Dad ilmestyi tänne?" Raakel tiedusteli ja ryhdistäytyi pyyhkien lisää kyyneleitään yöpaitaansa.

"Pohdimme nuorempana hänen surmaamistaan, mutta hänen kimppuunsa on lähes mahdoton päästä. Hän nauttii suurta suosiota, huipputason poliittista arvostusta, ja niin edelleen. Päätimme odotella ja antaa savun laskeutua. Mietimme myös kuinka seuraisimme häntä. Onneksi Tom oli hyvin aktiivinen verkostoituen samalla erilaisten aktivistipiirien ja poliittisten järjestöjen kanssa."

"Tuo paska on saatava kompostoitua, kävi miten kävi", Raakel sanoi urheasti.

"Lopulta olimme luoneet jonkinlaisen seurantaverkoston, jonka haaviin alkoi vihdoin jäädä pienempiä kaloja, koko ajan isompia pedofiilejä, sekä alamaailman konnia. Prosessi on koko ajan etenemässä, joten Jimmy Savilen kaltaisten suurpetojen elämä on tulevaisuudessa yhä hankalampaa", Emil kertoi muki heiluen etusormessa.

"Etkä ole kertonut minulle halaistua sanaakaan!" Raakel melkein huusi.

"Tom on myös onnistunut keräämään vaurautta itselleen ja hän on luonut sekä mittavan ympäristönsuojeluorganisaation että omat turvallisuusjoukot. Odotettavissa on jonkinlainen hyvien ja pahojen voimien ottelu", Emil sanoi ja napsautti vanhan jazzia sisältävän vinyylilevyn pyörimään: kaihoisa vaskipuhaltimien ja pianon melodia täytti kellarin.

Raakel pudisteli päätään ja nojasi taaksepäin; hän ei tiennyt halaisiko Emiliä vai esittäisikö jonkin pikkunokkelan vastakysymyksen. Hänen maailmaansa oli astunut jotakin pahaa, haisevaa ja epätodellista. Häntä raivostutti ja itketti samanaikaisesti.

"Miten me oikein tästä etenemme? Eikö meidän jo kannattaisi mennä poliisin juttusille?" Raakel kysyi pitkän hiljaisuuden jälkeen.

"Interpol, Europol ja monet muut tahot ovat jo mukana tässä pelissä, mutta niidenkin johdossa saattaa olla näitä paskiaisia, joten asiat etenevät kovin hitaasti ja mutkikkaasti", Emil vastasi.

"Entä me, olemmeko vaarassa?", Raakel kysyi.

"En usko. Ainakaan välitöntä vaaraa ei mielestäni ole. Luulen että Dad yrittää päästä kauttani käsiksi Tomiin. On myös mahdollista, että on tosiaan jotakin, mitä hän haluaa minulta, jotakin mitä emme ole tulleet ajatelleeksi. Olenhan minäkin kirjastonhoitaja ja bibliofiili."

"Onko se poliisi, josta kerroit jotenkin vaarassa: voiko tästä tulla lisää viattomia uhreja tai tuhottuja elämiä tai työuria?" Raakel kysyi.

"En tiedä."

"Kannattaa muistaa, että hänen maailmassaan okkultistinen tieto on valtaa", Emil kuittasi rauhoittavalla äänellä.

"...ja minulla on sitä."

"Se kalmo, tunnistamattoman vainajan mysteeri, liittyy tähän ja meidän tulee toistaiseksi, vaikkakin vastentahtoisesti, pelata peliä eteenpäin Dadin ollessa pelinjohtaja", Emil sanoi.

Kaakaot olivat loppuneet jo kauan sitten; jazz svengasi tilassa miellyttävästi.

"Entäs nämä vapaamuurarit ja kaupunkiin saapuneet vieraat: ovatko hekin kaikki jonkin saatanallisen pedofiiliklubin jäseniä?" Raakel vihdoin kysyi.

"Ehei, uskoisin, että suurin osa on kunnon rehtiä porukkaa. Kyseisten veljesliittojen ja salaseurojen sisällä voi hyvin touhuta monenlaista sekä keräillä suhteita ja samanmielisiä ympärilleen."

"Niin, mutta miksi olla niin kovin salaista?"

"Luulisin, että uskonnonvapauden nimissä voi kummallisuuksia syntyä, vaikka minkä salaisen yhteisön parissa. Etenkin jos on riittävän lahjakas manipuloija ja mieleltään sairas. Muistatko Charles Mansonin jengin, Sharon Taten murhat ja vastaavat?" Emil vastasi mietteliäästi.

"Dadin kerho tuntuu olevan kirotun hyvin soluttautunut juuri yhteiskunnan toiminnan ja sen tiedonkäsittelyn ytimeen. He eivät ole paenneet mihinkään autiomaahan palvomaan belsebubia: siinä se ero mielestäni on."

"Totta. Mukana on pakosti myös joitain valtapiirejä", Raakel sanoi.

"Olemme pohtineet monen tutkijan voimin seurojen dynamiikkaa ja rikollisjärjestöjen sosiaalisia malleja: asia on kovin mielenkiintoinen. Kyseessä on jonkinlainen valtio valtiossa, organisaatio organisaatioiden taustalla, joka ei välttämättä edes ole koko ajan aktiivinen. Nyt kun olemme siirtyneet globaalimpaan maailmaan, näitä ryhmäläisiä ei tunnu pidättelevän enää mikään. Käsittääksemme heillä on jonkinlainen suurempi tavoite, mutta mikä? Sitä emme tiedä", Emil sanoi ja oli jo huomattavasti rauhallisempi.

"Toinen pohdiskelumme aihe on se, että jos onnistumme tuhoamaan tämän organisaation, nostaako kohta jossain joku uusi lonkero päänsä pinnalle? Kannattaisiko siis pitää yksi lonkero hengissä, mutta kituvana, ja antaa sen raivata kilpailijat tieltään?"

"Olet siis miettinyt kuinka edetä. Liityn maanlaiseen armeijaanne välittömästi", Raakel sanoi.

"Vastauksia meillä ei ole, mutta kyseisen porukan uskonnollisen toiminnan piirteet ovat sellaisia, että niiden kitkeminen ei välttämättä onnistu. Tuntuu kuin paha olisi oikeasti elävä voima, ja sekin optio on syytä pitää avoimena. Nyt olemme hiljaa, enkä suosittele uskomaan kaikkea mitä kuulet. Olet manipulaation mestarin loisteessa. Mutta jos joku mesenaatti haluaa auttaa sinua taide- tai vastaavissa ponnisteluissa, niin ole hyvä vain ja käytä hyväksesi", Emil sanoi.

"En tiedä, tuntuu että olen aivan lukossa. Jollain tapaa kaipaisin jotakin kouriintuntuvaa todistusaineistoa. Tämä tuntuu niin uskomattomalta", Raakel vastasi kyyneleet silmäkulmista jälleen valuen ja hieman täristen. Tietoa oli tullut liikaa ja hän ymmärsi, että tämä meni täysin yli laidan.

"Ymmärrän. Mutta nyt olemme hiljaa. Emme ota tämän asian suhteen kontakteja maailmalle, odottelemme. Muistutan, että äsken kertomani asiat ovat täysin luottamuksellisia, eivätkä siis saa välittyä kauttasi eteenpäin. Kerron sitten lisää kun asiat selkiytyvät, mutta nyt meidän pitää jatkaa, kuin mitään ei olisi tapahtunut. Se tässä on helvetillisintä, sillä tämä syöpyy syvälle, eikä pahan stigma lähde koskaan pois. Todistusaineistoa näet sitten, kun sen aika koittaa ja jos epäilet sanaani, niin ole hyvä vain. Se on ihan ymmärrettävää ja luonnollinen oikeutesi", Emil sanoi.

Pariskunta istui kellarissa vielä pitkään, kumpikin oli mietteissään ja välillä toinen kysyi jotakin; viimein Emil sammutti levysoittimen ja he kiipesivät yläkertaan. Yöstä tuli harvinaisen levoton.

10.

Evelina oli lähtenyt jo aiemmin aamuyöllä ja Alderiten olotila oli jokseenkin leijuvan unenomainen. Hän oli käynyt yöllä erotiikan paratiisisaarilla ja se poltteli vielä reisissä miellyttävästi. Hän ei voinut välttyä miettimästä sitä, että kuinka ihmeessä hänelle, ottaen hänen ikänsä huomioon, voi enää tapahtua mitään näin hienoa. Päätä alkoi jomottaa mojovasti ja hän huomasi, että hänellä oli jo ikävä kumppaniaan. Vauhti oli tosiaan ollut hurjaa: ilmeisesti kuohuviini, tunteet sekä sauna tekivät yhdessä miehestä melkoisen villipedon. Jotenkin hänestä tuntui, kuin hän olisi muutamassa päivässä siirtynyt elämässään kokonaan uusille raiteille joilla vauhti tuntui koko ajan kiihtyvän. He olivat juoneet, saunoneet, poltelleet savukkeita ikkunasta roikkuen ja rakastelleet. Alderite otti kuuman suihkun, mustaa kahvia ja päänsärkytabletin. Hän tiesi myöhästyvänsä töistä, mutta toisaalta se oli hänelle aika harvinaista, joten hän ei osannut olla asiasta kovin huolissaan.

Poliisiasemalla oli täysi miehitys ja hulina päällä. Mitään brittiläisen dekkarisarjan idylliselle pikkukaupungille tyyppistä murha-aaltoa ei kuitenkaan ollut, ainakaan vielä, alkanut. Mahdolliset terroristitkin olivat yhä koloissaan. Kaupungintalolla oli kuulopuheiden siivittämänä palanut valot läpi yön ja moni jo hykerteli kaupungin saavan uusia investoijia. Alderite itse veikkasi, että kuivat virkamiehet eivät vain vielä olleet huomanneet mitään erikoista, ja kaupunki nukkui ruususen untaan valmistautuen lähestyviin talviurheilukisoihin. Hyppyrimäkeä viritettiin ja latuja jynssättiin: kummallista, että kukaan ei kisojen lisäksi ollut koskaan ymmärtänyt markkinoida pelkästään kaupungin patikointi- ja lenkkeilymaastoja, kesää ja järviä, jotka olivat huimat joka suuntaan. Evelina oli myös ihmetellyt kyseisiä ulkoilumaastoja ja montaa muutakin mielestään mukavaa asiaa. Päivän paikallislehti oli hiirenhiljaa kaupungin vierailijoista, joten kauempana keskustasta asuva kaupunkilainen ei vielä välttämättä ollut lainkaan tietoinen juhlista tai juhlijoista.

Aamuisessa kokoushuoneessa oli jälleen tuttuja kasvoja pöydän ympärillä. Muutama naiskonstaapeli silmäili Alderitea tavallista tarkemmin. Ilmeisesti rento, fyysisesti purettu olotila näkyi ulospäin; sisäisesti se ainakin vielä hymyilytti häntä. Itse suuri päällikkö Virtanen tuli seuraamaan palaveria ja tällä oli mukanaan kolme miestä: kaksi vanhempaa hyvin pukeutunutta, hymyilevää herrasmiestä, ja yksi nuorempi, kokomustiin pukeutunut, hyvin hoikka ja ilmeetön nuorimies. Virtanen ei kuitenkaan esitellyt vieraitaan, joten Alderite nyökkäsi Heikille, jonka johtovuoro oli tänään. Heikki aloitti kokouksen ja teki katsauksen tilanteeseen sen kummemmin spekuloimatta erityisesti mitään, koska mitään uutta ei ollut ilmaantunut. Sen jälkeen hän teki vielä kyselykierroksen tiimien osallistujille: sieltäkään ei tullut mitään uutta laitettavaa kollaasitaululle.

Alderite mietti pitäisikö hänen avautua salaseuroihin liittyvistä mietinnöistään, mutta ei oikein tiennyt miten sen olisi tehnyt? Onneksi terroristin terroristia ei ollut toistaiseksi ilmaantunut, eikä mitään muutakaan ollut tapahtunut. Edes vainajan henkilötietoihin ei vielä saatu mitään informaatiota vaikka työviikko oli jo loppusuoralla, mikä oli tavattoman epänormaalia. Kolmen päivän sääntö ei toiminut, nyt oli piru merrassa, sillä Occamin partaveitsi osoitti tylsyyden merkkejä.

Alderite vei omassa alustuksessaan tutkimuksen polttopisteen kirjastonhoitajan ylle. Niinpä sekä kirjastonhoitajan kotiin että kirjastoon päätettiin valmistella hyvin tarkka kotietsintä. Lupaprosessit laitettiin liikkeelle ja etsivät alkoivat kerätä kalustoa valmiiksi.

Porukka siemaili kahvia ja keskustelu kiersi jetsettien asioiden spekuloinnissa ja ihmettelyssä. Virtanen nyökkäsi Heikille, nousi ylös ja lähti jatkamaan kierrosta vieraidensa kanssa. Tämän jälkeen Heikki katsoi kokoukseen osallistujien listaa, ja pyysi yllättäen kaikkia oman talon poliiseja käymään lähtiessä wc:ssä. Samalla kullekin annettiin virtsanäytemuki mukaan ja oven ulkopuolella odotti terveydenhoitaja, joka otti heiltä verinäytteet.

Poliisit olivat hiljaa ja katsoivat ihmetellen Heikkiä, joka vain pudisteli olkapäitään, nousi ylös ja asettui listan ja kynän kanssa wc:n oven viereen.

"Tiedoksi, että olen antanut jo oman näytteeni", Heikki sanoi synkällä äänellä.

Alderite oli kerran aikaisemmin joutunut tällaiseen tilanteeseen ja silloin yksi poliiseista oli kärynnyt piristeiden käytöstä. Syytä, tai sitä mistä esimiesporras tiesi asiasta, ei kuitenkaan koskaan kerrottu. Se tuntui aikanaan hyvin suurelta epäluottamuslauseelta työntekijöitä kohtaan, ja niin se tuntui nytkin: kokousväki poistui hiljaisuuden vallitessa yksi kerrallaan wc:n kautta, myös Alderite.

Tapahtuman jälkeen hän asettui työhuoneeseensa mietteliäänä. Hän luki päivän lehdet digitaalisina painoksina laitoksen käyttämän palvelun kautta. Tukholmassa oli edellisenä iltana surmattu kolme nuorta hyvin raa'alla tavalla ja surmaaja oli yhä karkuteillä; koko kaupunki, tai oikeastaan koko maa, kohisi asiasta. Puhuttiin jopa rituaalimurhista ja okkultismin aallosta kaupungissa, mutta onneksi muualla Euroopassa oli suhteellisen rauhallista. Jossainpäin maailmalla sodittiin, kuten Ukrainassa, Lähi-Idässä ja Länsi-Afrikassa. Alderiteä harmitti se, että aina jossain oli joku sota: jonkinlainen pahan tasku täynnä väkivaltaa.

Sen jälkeen hän lähetti sähköpostia poliisilaitoksen vastaavalle informaatikolle ja pyysi tätä etsimään uusinta kirjallisuutta, tutkimuksia ja vastaavia erityisesti vapaamuurareihin, okkultismiin sekä salaseuroihin liittyen. Alderite pyysi myös apua kysymyksen tarkentamisessa, koska koko salaseuroihin ja vastaaviin mysteereihin liittyvä käsitteistö oli hänelle hieman vierasta. Sen jälkeen Alderite tutki Viipuria käsitteleviä internetistä löytyneitä sivustoja huomaten Helsingin Sanomien kirjoituksen, missä kerrottiin Venäjän saneeraavan Viipuria kuntoon kovaa vauhtia: kaupungin keski-aikaisia kerrostumia aiottiin sen mukaan kaivaa esille. Itse Vladimir Putin oli maininnut, että kaupungista haluttiin Tallinnan vanhan kaupungin kaltainen turistikohde.

Ilmeisesti suurin osa Viipurin talokannasta oli kuitenkin 1700-luvulla rakennettua, ajalta sen jälkeen, kun Viipurin suuri tulipalo oli tuhonnut vanhempia kiinteistöjä. Viipurilaiset, siis venäläiset, tosiaan suunnittelivat artikkelin perusteella kaupungistaan vanhan Tallinnan kilpailijaa. Mikäs siinä, mietti Alderite ja päätti keväällä tehdä retken Viipuriin. Häntä harmitti, jälleen kerran, että Suomen rakennuskanta oli niin kovin nuorta ja keski-aikaista kaupunginosaa ei juuri missään ollut. Kiiltävä modernius ja kaiken kiiltävä uutuus tuntuivat välillä piinaavan Suomea hieman liikaa. Samalla sitäkin vähää vanhaa purettiin ja perustelu oli aina sama: ei sitä kannata korjata. Sitten uusi rakennettiin pikavauhdilla ja hetken kuluttua ihmeteltiin kun rakennuksessa oli homeongelmia, tai muita laadullisia heikkouksia. Rakennusten betoniin dumpattiin lisäaineita ja jätteitä, samalla kun itse rakennuksia siivottiin hirveillä myrkyillä lähes päivittäin. Alderitestä oli vapaa-aikanaan mukavaa kierrellä kirpputoreja ja antiikin myyntipaikkoja: yhä useammin hän kuitenkin kävi Virossa tai kauempana etsimässä kiinnostavia tavaroita. Suomen kirpputoreilta ja antiikkimyymälöistä ei hänen mielestään niin kauheasti löytynyt oikeasti vanhempaa esineistöä, mutta arkeen sopivaa käyttöesinettä löytyi sitäkin enemmän.

Alderite havahtui mietteistään ja jatkoi internetin koluamista etsimällä hakukoneella vapaamuurareiden ja pedofiilien yhteyksiä: hän löysi Jimmy Savilen tapauksen. Mies oli ollut kuuluisuuden kermaa, toimittaja ja eräänlainen popikoni. Samalla, kuuluisuuden loisteessa, hän oli käyttänyt seksuaalisesti hyväksi ja vahingoittanut satoja ihmisiä. Sairaammillaan tämä oli, kertomuksen mukaan, puuhaillut ruumishuoneella, minne joku työntekijä oli antanut hänelle oman avaimen. Savilella oli myös avaimet ja pääsy takaovesta moniin hoitolaitoksiin ja paikkoihin, missä oli puolustuskyvyttömiä ihmisiä. Asiassa oli iljettävä ja karmea sivuvire, kun Englannin kuningashuone oli ehtinyt lyödä Savilen ritariksi ennen tietoa miehen kääntöpuolesta.

Savile oli osannut peitellä jälkensä todella hyvin, eikä hän ilmeisesti toiminut koskaan yksin. Keskustelu kävi verkossa kuumana ja Alderite päätti tehdä asiasta tarkentavan kysymyksen Interpolille sekä muutamaan muuhun laitokseen. Hän saattaisi saada sitä kautta uusinta ja totuudenmukaista tutkimustietoa käyttöönsä. Hän törmäsi myös kertomukseen Italialaisesta vapaamuurareiden P2 looshista, joka oli aikanaan ratsattu, kun sen jäsenet olivat hautoneet Italiaan vallankaappausta. Yksi kyseisen looshin jäsenistä oli ilmeisesti ollut Italian entinen pääministeri Silvio Berlusconi.

Eräs linkki johdatti hänet juttuun, missä epäiltiin Jimmy Savilen olleen yhteistyössä Britannian pahimman joukkomurhaajan kanssa. Tämän joukkomurhaajan jäljiltä löydetyistä ruumiista olisi, internetin tarjoamien tietojen mukaan, löytynyt muidenkin kuin syytetyn hyvin brutaaleja puremajälkiä: nyt epäiltiin, että ne saattoivat olla Savilen. Kiinnostavaa tai oikeastaan järkyttävää oli muutama todistajan lausunto, missä kokonainen joukko Savilen kavereita oli raiskannut uhrinsa jonkinlaisen rituaalin keskellä. Poptaivaan ikonina ja kommentaattorina toiminut Savile oli myös toiminut hyvin aktiivisesti vapaamuurarina, ja ilmeisesti Pohjois-Walesissa paljastuneen pedofiiliringin ja paikallisen vapaamuurariyhteisön nimilista oli ollut hyvin yhtenevä.

Alderite napsautti seuraavaksi sanan Breivik hakukoneen hakukenttään ja siinä tuo seisoi täydessä vapaamuurareiden puvustuksessa: Breivikin vapaamuurarius oli tosiaan merkillistä. Terroristina Breivik ei kuitenkaan ollut mikään jihadisti, vaan aito kotikutoinen skandinaavi. Kaiken kanssa samaan aikaan Paavi Franciscus oli antanut tiedotteen katolisen kirkon pedofiiliongelmista. Hän mainitsi tiedotteessaan, että kirkon piirissä eli hyvin paha salaseura: ehkä jopa joka viideskymmenes katolinen pappi olisi taipumuksiltaan pedofiili.

Alderiten ajatukset palasivat Breivikin tapaukseen: hän ei kyennyt käsittämään kokonaisuutta, ja hänen mielestään mies olisi pitänyt tuomita rikoksesta ihmisyyttä vastaan hirtettäväksi. Nyt tämä oli vähän väliä uutisissa. Alderite ihmetteli, mistä miehen rynnäkkökiväärin kanssa kuvattuja poseerauskuvia oikein tuli? Oliko tämä itse ottanut niitä vai tekikö joku jossain lehdistölle materiaalia? Mies oli kuitenkin tappanut raa'asti puolustuskyvyttömiä lapsia. Alderite mietti, että hän olisi luultavasti ampunut miehen, jos olisi ollut se poliisi, joka meni Utön saarelle ensimmäisenä.

Alderite sulki tietokoneen, sillä tämä oli hänelle hieman liikaa eikä asian laajuutta osannut hahmottaa mielekkäästi. Mistä tässä oikeasti oli kyse? Hän päätti ottaa johdon kanssa asian puheeksi ja anoa lisäkoulutukseen, koska häneltä loppui selvästi henkiset työkalut käsitellä näitä asioita. Hänen piti alkaa myös tekemään raporttia tutkimuksen tilasta. Tässä tapauksessa asioita kertyi koko ajan lisää, samalla kun itse rikos ei ollut juurikaan selkiytynyt. Tai oikeammin rikos kyllä tiedettiin, se oli murha, mutta sen ympärillä olevat kysymykset olivat auki joka suuntaan. Yllättäen puhelin soi katkaisten Alderiten vauhdikkaan järkeilyn: poliisikorkeakoulun informaatikko soitteli hänelle tarkentavia kysymyksiä. Hän sai annettua jonkinlaista lisätietoa ja informaatikko kuulosti hieman huolestuneelta puhelimen toisessa päässä. Lopulta tämä antoi hänelle Helsingin Yliopiston uskontotieteen laitoksen dosentti Björn Riddarin yhteystiedot. Riddar oli kuulemma ekspertti näissä asioissa.

Alderite tunsi olevansa hukassa, oudolla maaperällä. Silti hän muisti ja pyrki pitämään mielessään isoäitinsä sanat: "hyviä miehiä he olivat, aivan parhaimmasta päästä." Samalla hän myös muisti naapurin Pentti -sedän, jonka käytös oli aina ollut nuoria kohtaan moitteetonta. Penttiä pitäisi varmasti ehtiä haastella asiata.

Samalla ovelle koputettiin ja sisään astui poliisipäällikkö Virtanen, kannoillaan huolestuneen oloinen Heikki.

"Alderite, asia on nyt niin, että me lähdetään käymään sairaalalla kunnon verikokeessa", Heikki sanoi.

"Miten niin?" Alderite vastasi kunnes hänellä välähti, että hänen näytteensä ei ilmeisesti ollut puhdas.

"Mitä hittoa! Otin kyllä iltasella vähän Laphruaigia, eikä sen pitäisi enää veressäni kummitella" Alderite sanoi, mutta ymmärsi, että oli paras olla hiljaa ja katsoa mistä nyt tuulee: ilmassa oli pedofiilejä ja hänen kehossaan oli jotain dopingia. Kaikki eteni nyt ihan liian nopeaan tahtiin, ihan väärällä kaistalla ja vauhti sen kuin kiihtyi.

Alderite mietti asiaa kiivaasti istuessaan Heikin autossa. He olivat matkalla ensiapupoliklinikan päivystykseen antamaan näytettä. Heikki tuijotti visusti tiehen, eikä ollut lainkaan juttutuulella, joten Alderite kaivoi taskustaan matkapuhelimen ja soitti tekniikan rikospaikkatutkijalle Liisalle Mäkikunnakselle, joka oli parhaillaan työvuorossa ja vastasi miltei heti.

"Moi, täällä Alderite. Tarvitsen asiantuntemustasi niin nopeasti kuin mahdollista."

"Toki, toki. Mistä on kyse?" Liisa kysyi pirteästi.

"Heikillä on kotioveni avaimet. Menette kohta Heikin ja tutkijoiden kanssa kotiini: keittiöni pöydällä on skumppapullo ja jääkaapista löytyy avattu viinipullo. Otatte ne hyvin tarkkaan syyniin, niin sormenjälkien kuin sisällönkin suhteen. Ottakaa myös lasit mukaan tutkittaviksi; laitoin jääkaappiin puolivahingossa yhden lasillisen juomatonta skumppaa, kun sähläsin viskilasin ja jääpalojen kanssa. Löydätte sen varmasti. Älkää kuitenkaan koskeko perhosiini. Heikki soittelee sinulle kohta ja pyydän, että tästä asiasta ei vielä raportoida mitään ylös eikä alas", Alderite sanoi hyvin ytimekkäästi.

"Ok, näin teemme. Tietääkö Heikki tästä asiasta jo?" Liisa kysyi ihmetellen.

"Jes, tuossa mies möllöttää kuunteluetäisyydellä."

"Tämä selvä!" kuittasi Liisa eikä kysellyt asiasta sen enempää.

Heikki kohotti kulmiaan, mutta ei kommentoinut mitään. Alderite marssi laboratorion näytteenottotilaan, samalla kun Heikki keskusteli vastaavan hoitajan kanssa.

Itse verikoe oli nopeasti ohitse, ja sen jälkeen Alderite pyysi Heikkiä viemään hänet takaisin asemalle. Samalla hän varmisti Heikiltä, oliko tällä hänen kotinsa avaimet. Heikki jäi mietteliäänä istumaan autoon kun Alderite lopulta jäi kauppatorin kohdalla vauhdikkaasti ulos autosta.

Alderite pyyhälsi suorinta reittiä hotelli Seurahuoneen ovista sisään sen verran vauhdikkaasti, että huomasi olevansa turvamiesten muurin edessä. Hän pysähtyi ja kaivoi hitaasti taskustaan poliisin virkamerkin ja sanoi englanniksi: "Police, police!"

Reitti aukeni välittömästi.

Alderite pyyhälsi vastaanoton tiskille ja asetti virkalätkän pöydälle.

"Evelyn Daly niminen naishenkilö pitäisi löytyä?"

"Hetkinen", sanoi virkailija ja ryhtyi penkomaan tietokantaa.

"Kyllä meiltä löytyy sen niminen henkilö, mutta hän on lähtenyt ulos. Voinko auttaa jotenkin muuten?" virkailija vastasi kysyvästi.

Alderite mietti tovin ja päätteli, että naisen huoneesta tuskin löytyisi mitään asiaa edesauttavaa. Samalla hän mietti kuumeisesti pystyisikö hän tilaamaan huumekytät paikalle ilman, että siitä syntyisi jonkin tason skandaali?

Evelina Dalyn sana hänen sanaansa vastaan. Tämä oli kuitenkin kutsuvieras oikeuspatologisessa seminaarissa. Scotland Yard. Voi helvetti, mikä trippi!

Hän päätti tiedustella lisätietoja virkailijalta. "Kertoiko hän mitään mihin olisi menossa tai koska hän palaisi?" Alderite kysyi varsin äkeästi ja hieroi päälakeaan.

Pari turvallisuusmiehistä oli jäänyt parin metrin päähän kuuntelemaan ja seuraamaan episodin kehittymistä. Alderiten mulkaistessa heidän suuntaansa, nämä katsoivat muina miehinä toiseen suuntaan.

"Valitan, meillä ei ole asiasta sen enempää tietoa," virkailija sanoi.

"Ok, tässä kaikki, kiitän tiedoista", Alderite kuittasi kohteliaasti ja lähti marssimaan kohti Loviisankadun työhuonetta. Matkalla Loviisankadulle oikeuspatologi Anttonen soitti ja Alderite vastasi puheluun harppoessaan Rautatienkatua ylöspäin.

"Moi, mitä kuuluu?"

"No, töitä paiskitaan!"

"Älä vain sano, että ruumiistamme ilmennyt jotakin uutta ja ihmeellistä?" Alderite vastasi kysyvästi.

"No juu, kyllä sen suuntaista on kartalla", Anttonen sanoi hieman kireän oloisena.

"Tämä on kyllä ihmeellisin tapaus, jota olen koskaan penkonut", Anttonen jatkoi mietteliäästi.

"Annahan nyt sitten tulla täysilaidallinen: liittyykö kalmo jotenkin Roswellin ufoihin, vai mitä nyt tällä kertaa?"

"No ei varmaan lentäviin lautasiin, mutta..."

"Kentälläkin on maailmankirjat jo suhteellisen sekaisin", Alderite sanoi ja kirosi samalla palelevia sormiaan, kun hänen hanskansa olivat jääneet autoon; puhelin tuntui sen sijaan kestävän pakkasta oikein hyvin.

"No, me olemme nyt sitten lisätutkineet milli milliltä tätä John Doeta, kuvanneet ja skannanneet. Ja tuota, miten tämän sanoisin yksinkertaisesti, löysimme sen silloin löytämämme implantin lisäksi hänen toisesta kämmenestään toisen istutteen."

"Mitä helvettiä?"

"Sitä on ihmetelty ja tutkittu: se on ihan yksinkertaisesti pieni siru, missä on eräänlainen viivakoodi. Se antaa lähettimellä tutkittaessa eräänlaisen viivakoodia muistuttavan numerosarjan."

"Mikä helvetin kaupankassa se mies nyt sitten on ollut?" Alderite äyskähti.

"Kun sitä skannaa, tarkoitan tosiaan sellaisella ihan tavallisella rfid-lukulaitteella, niin tosiaan lukemia tulee", Anttonen kertoi vauhdikkaasti.

"Mitä helkkaria, onko tämä joku vitsi?" Alderite äyskäisi.

"Niin, tarkoitan sellaista lukulaitetta, mitä kaupatkin käyttävät."

"Juu, juu, ymmärsin, mutta siis mitä sitten: miksi?"

"Niin no..." Anttonen nieleskeli toisessa päässä.

"Tämä on kuin jostain helvetin karjamarkkinoilta: merkattu mies kaukolaukaisin niskassaan ja viivakoodi kämmenselässään. Olemme täällä aika ihmeissämme. Tästä asiasta täytyy lankojen laulaa kunnolla kansainvälisiin yksiköihin."

Anttonen oli toisessa päässä vaiti eikä keksinyt enää muuta sanottavaa.

"Tämä on jotakin todella kummallista, tai oikeammin todella kamalaa!" Alderite paasasi, mitä hän ei yleensä tehnyt, mutta jatkoi sitten hieman rauhallisemmin:

"Dokumentoikaa data talteen. Yritän yhä saada ruumiille nimeä, vaikka soppa menee koko ajan jännittävämmäksi. Palataan asiaan, muista tehdä kunnon raportit."

Alderite oli syvällä mietteissään siirtyessään työhuoneensa lämpöön. Mafian ja orjakaupan kuviot olivat maailmanlaajuisesti sen verran villejä, että tällaisella sovelluksella pystyi orjuuttamaan miltei kenet tahansa. Kehon sisälle asetettavat implantit eivät vielä kuuluneet poliisin arkipäivään, mutta kohta ilmeisesti niistäkin saadaan ongelmia. Kuka helvetti moista tekniikkaa oikein kehitti ja miksi? Oikeastaan hän arvasi vastauksen, mutta sen laatu oli niin vieras ja kaukana YK:n ihmisoikeuksien julistuksesta, että häntä oksetti. Alderite otti mietteliäänä esille kansainväliset kontaktinsa ja ryhtyi kirjoittamaan raporttia esimiehelleen. Tietokoneen tekstinkäsittelyohjelman sivu pysyi kuitenkin tyhjänä Alderiten näytöllä.

11.

Alderite tuijotti pitkään ja mietteliäänä tietokoneen näytönsäästäjää. Lopulta hän päätti soittaa Helsingin Yliopistolle uskontotieteen laitokselle, dosentti Björn Riddarille, ja pyytää lisätietoa salaseuroihin liittyen. Alderite oli kuitenkin hieman hämmentynyt, ja hänen epäröintinsä kiteytyi siihen mitä ja kuinka kysyä asioista, joista hänen etukäteistietonsa olivat kovin hataria?

Dosentin vastattua puhelimeen ja heidän hetken asiasta keskusteltuaan, molemmat totesivat Alderiten esittämän kysymyksen niin laajaksi, että siitä olisi parempi keskustella lounaalla tai muuten pidemmän kaavan kautta.

Dosentti Riddarin ääni oli hienosteleva, älykkäästi kommentoiva ja ehkä hieman kujeileva. Alderite katsoi samalla hakukoneelta miehen tietoja ja sai esille tämän kuvan, joka ei vastannut yhtään äänen synnyttämää mielikuvaa: mies oli kuin kerubikasvoinen jättiläinen, jonka hauikset pullistelivat kuvan t-paidan alta ja ilmeisesti tällä oli hallussaan leuanvedon Suomen ennätys.

Alderite kertoi poliisilaitoksen korvaavan yliopistolle matkakulut sekä tämän työajan, jos tämä tulisi ehtiessään käymään kaupungissa. Matka yliopistolta sinne ei kestäisi junalla pitkää aikaa. Dosentti Riddari, hentoine äänineen ja kyborgimaisine hauiksineen, lupasi tarkistaa lähipäivien kalenterinsa ja soitella takaisin Alderitelle hetken kuluttua. Dosentti oli tunnistanut Emil Lindahlin nimen ja kehottanut myös kyselemään tältä asioista, koska tämä oli hyvin perillä tutkimusten ajantasaisuudesta. Hän myös mainitsi Alderitelle aivan uusia aloja kuten rituaalitutkimuksen, ei-kristillisten liikkeiden toiminnan, uuspakanallisten liikkeiden tutkimuksen ja monta muuta akateemista aihetta.

Puhelun lopuksi dosentti oli kysynyt oliko komisario Alderite lukijatyyppiä. Alderite vastasi kysymykseen myöntävästi ja Riddari suositteli lukemaan Umberto Econ kirjan Focaultin heiluri. Alderitelle oli Econ tuotannosta Ruusun nimi -kirja ennestään tuttu, ja hän oli pitänyt kirjasta suunnattomasti. Focaultin heilurin hän oli jotenkin onnistunut ohittamaan. Hän napsautti jälleen internetin haun päälle. Asiaa hetken tutkittuaan Alderite alkoi epäillä, että dosentti Riddarin uutta soittoa tai tapaamista ei ehkä tulisi.

Kaupunginkirjaston tietokannasta kirja tosiaan löytyi ja Alderite päätti noutaa sen luettavaksi mitä pikimmin. Kirjaa kehuttiin magian, aatehistorian ja metafysiikan järkäleeksi, missä lopulta lukija saattoi ajautua niin pahasti salatieteiden ulkoraiteille, ettei voinut olla varma mikä oli totta ja mikä houretta, mikä oli sivistystä ja kulttuurin ydintä, mikä järjen jättömaata? Alderitestä tuntui, että tämä oli juuri se, mitä hän ei tässä nyt kaivannut. Hän halusi selkeää ja puhtaan järkevää analyysiä, ei järjen jättömaita.

Alderite oli omissa filosofian mietinnöissään lähempänä loogikkoja ja matemaatikkoja, mutta hän oli koko ajan siirtymässä rohkeammin tai vapaammin assosioivien ja asioita yhdistelevien ranskalaisten ja italialaisten filosofien ajatusten pariin. Niinpä hänestä Econ kirjan internetistä avautuvat tiedot viittasivat enemmän hippimeiningin kuuloiseen touhuun, kuin vakavasti otettavaan filosofiseen pohdiskeluun. Alderitelle tuntui vaikealta sisäistää semiotiikan ydinolemus: merkkien merkitykset, ikonit ja indeksit, mikä viittaa millä ja mihin. Toisaalta hän alkoi kiinnostua asiasta, joka jollain tavoin kuitenkin hieman kiusasi hänen mielikuvitustaan. Hän suki päälakeaan. Reidet olivat edelleen aivan maitohapoilla ja lukiessaan hän hymyili välillä veijarimaisesti, etenkin kun navan alla eros muistutti sykkien edellisyön erotiikan riemuista.

Alderite mietti, mitä Evelina touhusi parhaillaan. Hän työnsi sivummalle ajatukset huumeista veressään, joille täytyi olla joku järkevä selitys. Hänen mieleensä nousi kertomuksia toisesta Umberto Econ kirjasta, jonka hän oli ihmetyksen vallassa aikanaan lukenut: Ruusun nimessä seikkaili hahmo nimeltään William Baskerville käyden kilvoittelevia väittelyitä, jotka tapahtuivat Fransiskaaniluostarin muurien suojissa. Alderite muisti ihmetellessään kuinka elävästi apotti Gioacchino puhui

Econ kynän kautta, läpi vuosisatojen, ihmiskunnan historian ajanjaksoista. Ihmiskunta oli tuolloin siirtymässä uuteen ajanjaksoon, menossa oli kuudes kausi: kahden antikristuksen aikakausi. Alderite muisti tuolloin tutkineensa antikristusteemoja, mutta se oli painunut unholaan aikoja sitten. Kirjassa oli myös Bonfatius, mystinen antikristus, meren näkemättömistä syvyyksistä kummunnut hirviö, muinainen Godzilla, jonka seitsemän päätä edusti kuka mitäkin kuolemansyntiä, ja sen kymmenen sarvea edustivat rikkomuksia kymmentä käskyä vastaan. Alderite oivalsi, että joku kuitenkin oli Ruusun nimi - kirjan kuvaaman luostarin ytimessä aikanaan pohtinut vakavasti pyhien käskyjen rikkomista. Ehkä edistyksen eteen vain oli rikottava asioita ja tabuja? Kirjastot, kirjojen kopioiminen ja kirjastonhoitajat nousivat hänen mieleensä erilaisina versioina.

Econ Ruusun nimi -kirjassa oli myös merkillinen kirjastonhoitaja nimeltään Malachias Hildesheimilanen, jolla oli tapana etsiä toivottu kirja vain, jos kirjaa haluavan pyyntö oli hänen mielestään riittävän oikeamielinen ja hurskas. Tieto ei tuohon aikaan todellakaan ollut helposti internetin hakukoneesta esiin klikattavissa, kuten nykyisin, vaan ensin piti osata lukea ja sitten vielä päästä lähelle kirjoja. Entä jos Google tekisi yht'äkkiä vastakysymyksen, ja haistattaisi kysyjälle niin sanotusti pitkät? Alderite purskahti nauramaan, ja koko hänen huoneensa täyttyi hetkeksi aikaa hersyvävästä naurusta.

Kirjastonhoitajat, niihin Alderiten ajatukset palasivat aina uudestaan: nuo mystiset, ikiaikaiset, akateemiset, ja yleensä varsin pienpalkkaiset tiedonvartijat. Mitähän salaseuroja heillä sitten on? Hän marssi aulan kahviautomaatille ja valitsi vahvimman tuplaespresson ilman sokeria. Samalla hän pohti sitä, miksi hänet olisi tieten tahtoen yritetty huumata? Pelasiko joku taho häntä pelikentältä ulos?

Hänen ajatuksensa palasivat uskonnollisiin teemoihin, koska jotenkin ne tuntuivat takertuneen hänen mieleensä. Hän pohti Raamatun viimeisten aikojen apokalypsioita. Kummallista, miten asia jotenkin tuntui suorastaan piinaavan Alderiteä.

Helkkari, hän manasi: hyvä kyllä voittaa pahan 6-0, vaikka mikä olisi. Pakkohan asioiden oli mennä niin. Toisaalta, niin oli ehkä helppo ajatella, kun oli itse ihmiskunnan hyvinvointipyramidin huipulla. Sekavat ajatusketjut näyttivät koko ajan palaavan takaisin kirjastonhoitajaan, joten hän päätti laittaa kirjastonhoitajan luukun kotietsinnän välittömästi käyntiin. Hän otti puhelimen esille ja soitti Lindalle.

"Moi, Alderite täällä, mikä on tilanne Lindahlin kotietsinnän suhteen? Oletteko jo saaneet tekniikan pojat ja tytöt ruotuun?" Alderite kysyi oikopäätä ja turhia jaarittelematta.

"Da! Kaikki on täällä valmiina lähtöön. Sinä päätät, kumpaan kohteeseen menemme ensin: kirjastoon vai miehen kotikoloon?" Linda kuittasi yhtä ytimekkäästi, kuulostaen hengästyneeltä.

"Ok, menkää kotikoloon. Otetaan pakettiautot ja katsotaan kuinka monta muuta pienempää autoa tarvitaan sen lisäksi. Huumekoira otetaan myös mukaan. Heikki ja Tiina tulevat kohta suoraan paikan päälle", Alderite sanoi. Hän nousi ylös tuoliltaan ja venytteli reisiään.

"Selvä, kohta hallissa", kuittasi Linda.

Sen jälkeen Alderite laittoi Heikille ja Tiinalle tekstiviestin, että saapuvat kirjastonhoitajan kotiin heti kun vain ehtisivät, ja laittoi vielä varmuuden vuoksi osoitteen perään.

12.

Poliisin joukot ryhmittyivät Emil Lindahlin portin taakse, missä iso irlanninsusikoira tutkiskeli heitä hyvin huolestuneena kunnes huomasi yhdestä autosta ulos tulleen huumekoiran. Koirat katsoivat toisiaan hetken ja rähinä alkoi: tällä kertaa lempeästä Irlannin jättiläisestä tosiaan lähti ääntä. Niinpä huumekoira katsoi parhaaksi siirtyä takaisin auton takapenkille hieman vapisten ja niskakarvat pystyssä. Samalla Eetla ryskytti porttia voimakkaasti, mutta ei kuitenkaan hypännyt sen ylitse vaikka se olisi ollut sille helppoa.

Emil Lindahlin vaimo oli kotona ja saapui melun hälyttämänä portille. Alderite selitti hänelle tilanteen ja tämä valahti aivan kalpeaksi. Hän kuitenkin avasi heille kaikki ulko-ovet vetäytyen samalla itse ateljeehensa suuren koiransa kanssa, kun tekniikka ryhtyi koluamaan paikkoja. Alderite käveli hetken paikkoja katseltuaan myös pihan poikki ateljeehen. Tilassa leijui kahvin tuoksu ja iso koira vaikutti tällä kertaa tosiaan hieman äkeältä, eikä sitä tehnyt mieli mennä silittelemään. Raakel Lindahl tarjosi Alderitelle kahvit itse tekemistään savikupeista samalla, kun he istuivat alas keskustelemaan. Raakelin mielestä poliisi vaikutti hyvin väsyneeltä ja hieman hermostuneelta. Tosin hän oli itsekin viime yön tapahtumista ja kertomuksista hieman sekaisin ja ylivireinen.

"Tutkijat käyttäytyvät siististi, joten voi olla ettette edes huomaa heidän käyneen kotonanne. Heillä on kumipussit kenkien ympärillä ja hyvät varotoimet, joten teillä ei ole mitään syytä huoleen. Tämä vain kuuluu tutkinnan prosessiin", Alderite rauhoitteli ja katseli ympärilleen.

"Minkä ihmeen tutkinnan? Luuletteko tosiaan, että miehelläni on jotakin tekemistä sen musiikki-instituutilta löytyneen vainajan kanssa?" Raakel kysyi ärtyisästi.

Naisella tosiaan oli taiteellista silmää: kehystetyt valokuvat olivat moniulotteisia ja herättivät ajatuksia; taulut ja esineet kertoivat kovasta ja ahkerasta kädentaitojen kehittämisestä. Alderite ei aikonut viedä keskustelua taidekritiikin suuntaan, koska ei siitä niin hirveästi ymmärtänyt. Nainen seurasi tarkasti tämän ilmeitä, mutta ei sanonut sanaakaan. Tällä oli myös pussit silmien alla, mikä kieli huonosti nukutusta yöstä. Seinällä oli hienoissa kehyksissä kaunis valokuva, joka esitti hyvin koristeellista puutaloa, tai ehkä paremminkin huvilaa, jossain saaristomaisemassa. Alderite kiinnitti huomiota kuvan talon edessä olevan pitkän venelaiturin porttiin, jonka kuvioinnista muodostui siipensä avanneen perhosen profiili: portti ja talo olivat todella kauniita ja ilmeisen vanhoja. Mikähän talo oli kyseessä? Hän ei kuitenkaan esittänyt siitä kysymyksiä, vaan selvitti asioiden etenemistä: "Tutkijat tulevat myös katsomaan ateljeesi läpi, joten juodaan kahvit ja siirrytään sitten vaikka taloon odottelemaan." Alderite oli talossa ollessaan sivusilmällä vilkaissut heidän kirjahyllyään, ja paloi nyt halusta tutkia sitä tarkemmin.

"Minua on jotenkin alkanut kiinnostaa erilaiset uskonnot, uskonnolliset käsitykset ja niiden tutkiminen", Alderite virkkoi ja jatkoi rohkeasti miltei samaan hengenvetoon: "Saanko kysyä minkälaista on elää alan ammattilaisen kanssa?"

"Ei kai sen kummempaa kuin kenenkään muunkaan. Emil näkee monissa asioissa, myös taiteessa paljon asioita ja yhteyksiä, joita en itse tavoita eli elämämme on hyvin mielenkiintoista", Raakel vastasi mietteliäästi ja tarkkaili poliisin piirteitä. Miehessä oli jotakin hyvin luottamuksellista ja tämän teki mieli avautua täysin, mutta se ei käynyt päinsä. Sen sijaan hän kysyi: "Oletteko saaneet mitään selville tästä vainajasta?"

"Jaa-a, hyvä kysymys. Jos vastaan rehellisesti niin emme ole, mutta odotamme jonkinlaista läpimurtoa minä hetkenä hyvänsä", Alderite vastasi jatkaen: "Voit soittaa miehellesi, jos haluat. Ei tässä kotietsinnässä ole mitään salaista."

Raakel kaivoi puhelimen työpöydältään ja asettui kahvikupin kanssa pienelle sohvalle. Alderite istui työjakkaralla katsellen samalla tilaa tutkivasti ja kuunnellen puhelua sivukorvalla. Nainen sanoi kuitenkin ennen puhelua Alderitelle: "Kertokaa tutkijoillenne, että katsovat jäljet tonttimme reunoilta, jos siellä öisin kytänneet henkilöt eivät ole poliiseja."

Alderite kohotti kulmiaan, mutta jäi kuitenkin kuuntelemaan puhelua.

"Tsau, mitä kuuluu"

"Onpa jännää, mitä hän haluaa? Ahaa.."

"Täällä kotona on lauma poliiseja tutkimassa asuntoamme!"

"Niin-pä"

"Ei tarvitse"

"Jes, jatketaan", Raakel sulki puhelimen.

"Kolleganne, se ulkomaalainen nainen, oli kuulemma parhaillaan kirjastolla käymässä." Raakel sanoi ihmetellen.

Alderite tuijotti Raakelia mietteliäästi eikä vastannut mitään. Alderiten aivot lähtivät kuitenkin villisti miettimään asiaa. Hän mietti mitä helvettiä Evelina oikein puuhasi? Ja mitä ihmeen miehiä on talon tontin reunoilla kyttäilemässä?

"He olivat lähdössä juuri käymään museovirastolla, siinä linja-autoa aseman takana, ja ovat hetken poissa kirjastolta", Raakel sanoi.

"Vai niin." Alderite vastasi ja yritti olla täysin ilmeetön.

Hetken kuluttua tekniikan väkeä alkoi siirtyä pihamaalle, joten Alderite ja Raakel lähtivät kohti taloa. Samalla Raakel kytki Eetlan juoksunaruun säätäen sen niin, että Eetla joutui pysyttelemään sivussa tutkijoista ja tapahtumista. Koiraa alkoi todenteolla harmittaa, joten juoksunarun pidikkeet joutuivat koetukselle valtavan koiran kokeillessa uusia rajojaan. Poliisin huumekoira oli mitä ilmeisimmin hieman poissa tolaltaan ja Raakelista tuntui, että sen huumeiden haistelusta ei tullut tällä kertaa yhtään mitään.

Alderite ja Raakel istahtivat olohuoneen sohvalle odottelemaan, kun rikostekniikan miehet siirsivät laatikoitaan ateljeen eteen. Kaikki kävi nopeasti. Alderite oli ennen ateljeehen menoa kurkistellut kaappeihin ja luonut yleissilmäystä asunnosta. Muistitikut, kortit, mobiililaitteet, päiväkirjat, kaikki sellaiset olivat asioita joita hän halusi tutkia. ATK-osaston tutkija oli ihmetellyt jotakin asioita kiinteistön ja sen tietoverkkojen suhteen, mutta ei ollut tarkentanut asiaa, ainakaan vielä. Samalla Alderite osoitti yhden tutkijan katsomaan tontin reunoilla olevia jälkiä.

Alderite uskoi saavansa laadukkaan selvityksen, mutta epäili vahvasti, että mitään kiinnostavaa ei kuitenkaan löytyisi. Hän nousi ylös ja ryhtyi tutkimaan kirjahyllyä: hän huomasi muutamia mafiaa käsitteleviä kirjoja poimien niistä käteensä Marcelle Padovanin toimittaman Giovanni Falcone - Cosa Nostra. Tuomari ja kunnian miehet. Hän oli myös itse lukenut kirjan ja tiesi, että se käsitteli eteläisen Italian uskomattomia jätteendumppauksia ja saapasvaltion poliittisia kiemuroita. Mafia oli dumpannut Etelä-Italiassa jopa ydinjätettä kylien lähelle ja kaiken kaikkiaan Napolin läheisellä alueella oli syöpäkuolleisuus huimissa lukemissa. Mafia ei välittänyt ihmisten hyvinvoinnista tippaakaan, ei sitten piirun vertaa, kunhan raha virtasi. Ja se tosiaan virtasi.

Samaan aikaan Vatikaanissa kohistiin kun paavi pyrki epätoivoisesti julistamaan mafian tilille teoistaan: samalla kirkon omat poliittiset ja rahaliikenteen kytkennät haiskahtivat joiltain osin myös liittyvän laittomaan toimintaan. Kansaa puhutti myös katolista kirkkoa ravistelevat pedofiiliskandaalit. Alderite muisti kirjassa olevan sangen omituisen kuvauksen mafian jäsenten eräänlaisesta rituaalista, jolla kokelas astui mafian "kirkon" piiriin. Selaillessaan kirjastonhoitajan kirjaa samaisessa kohdassa oli kirjanmerkki ja lyijykynämerkintöjä kirjan reunassa. Teksti kulki jotakuinkin seuraavasti:

"Kokelaalle kerrottiin heti ensimmäiseksi, että se järjestö johon tämä oli aikeissa liittyä, oli oikealta nimeltään Cosa Nostra. Tulokkaille oli vielä tässä vaiheessa mahdollisuus luopua jäsenyydestä. Tämän jälkeen Kunnian miesten säännöt kerrottiin tarkasti ja ne olivat:

1. *Toisen kunnian miehen vaimoon ei saa kajota.*

2. Ei saa varastaa.

3. Prostituutiota ei saa hyödyntää rahan ansaitsemiseksi.

4. Muita kunnian miehiä saa surmata vain poikkeuksellisissa pakkotilanteissa.

5. Ilmianto poliisille on ehdottomasti kielletty.

6. Muiden kunnian miesten käsityksiä on kunnioitettava.

7. Käytöksen tulee aina olla arvokasta ja asiallista.

8. Cosa Nostran asioista on ehdottomasti pidättäydyttävä puhumasta ulkopuolisille.

9. Tuntemattomille kunnianmiehille ei koskaan pidä esittäytyä yksin, vaan toisen, edellisen tunteman kunnian miehen seurassa. Säännöt edellyttävät kolmannen osapuolen on kyettävä varmentamaan kummankin tahon kuuluminen järjestöön lausumalla "Hän on yksi meistä."

Falconen tai Padovan kuvauksen säännöt sisälsivät selvän hierarkian ja salassa pidettävän rituaalin: Cosa Nostra oli organisaationa ikivanha ja organisaatiorakenteeltaan hyvin salainen ja läpitunkematon. Yhteisö, jonka sisäpiiriin oli hyvin vaikea päästä: tutkimuksia oli siksi hyvin vähän saatavilla.

Toinen hyvä samaa asiaa käsittelevä teos oli myös hyllyssä: Roberto Savianon Gomorra. Alderite mietti, että vapaamuurareiden sisäänpääsyssä oli jotakin samankaltaista. Voisiko mafioso olla samalla vapaamuurari? Mikä sitä estäisi? Ei mikään.

Alderite huomasi kirjan väliin jääneen kirjanmerkin vilkaisten mitä tekstinkohta käsitteli. Siinä oli jokin erikoinen kuvaus käänteisestä Neitsyt Marian messusta, mutta kyseessä olikin musta Maria. Alderite pohti tekstiä lukiessaan, mitä hittoa asia tarkoitti, sillä hän ei ollut koskaan kuullut useammasta Mariasta? Tekstin kohta kuvasi jotakin rituaalia missä tehtiin verivala. Alderite otti nopeasti kuvan tekstistä varmistaen, että sivunumero tuli kuvaan mukaan.

Alderite kysyi Raakelilta oliko tämä perillä miehensä akateemisista kiinnostuksen aiheista. Nainen katsoi häntä pitkään ja kohautti olkapäitään, mutta pysyi vaiti. Samalla tämä oli kuitenkin seurannut tarkasti Alderiten toimia. Alderite huomasi, että kirjahyllyn kirjat oli jaoteltu aihepiirien mukaan; hyllyn filosofian kirjallisuus oli myös hyvin vaikuttavaa ja tasokasta. Hän olisi halunnut istua alas ja alkaa lukea teoksia saman tien. Toisella puolella hyllyä oli mitä ilmeisimmin Raakelin käsityö- ja taidekirjallisuus.

"Miehellänne on varsin kelpo uskontotieteellinen kirjasto: metritolkulla perusteoksia. Kirjojen joukossa on paljon sellaisia, joita itse haluaisin lukea. Lainasin hetki sitten kirjastosta Umberto Econ Focaultin heilurin ja se näyttää olevan myös täällä."

Hyllystä löytynyt opus oli sekin täynnä lyijykynämerkintöjä. Alderite huomasi kirjan ensiölehdellä olevan ulkomaalaisen nimen: se oli Umberto Econ aito omistuskirjoitus, osoitettuna

Emil Lindahlille. Alderite kohotti kulmiaan ja asetti kirjan pöydälle. Hän kääntyi selin Raakeliin ja otti sivusta nopean äänettömästi kuvan.

"Omat opilliset harrastukseni ovat liikkuneet filosofian ongelmien parissa. Olen pohtinut maailmaa lähinnä logiikan ongelmien kautta: olen ilmeisesti jonkin sortin konstruktivisti, tai oikeastaan viimeaikoina olen lipsunut kognitiivisen psykologian suuntaan. Se sopii hyvin työhöni, mutta uskontotiede on minulle hieman vieras alue, mutta sitäkin kiinnostavampi", Alderite sanoi.

Samalla hän mietti omaa puheliaisuuttaan eikä voinut välttyä pohtimasta vaikuttivatko vieraat aineet hänessä vielä näin paljon, koska yleensä hän oli melko vaitelias. Hänen mielensä ei kuitenkaan suostunut rauhoittumaan, vaan hän pohdiskeli kaiken taustalla modus tollens – säännön sopivuutta rikostutkimukseen. Säännön mukaan hypoteesin pitää olla epätosi, koska tosista väitteistä ei voi loogisesti johtaa epätosia väitteitä. Tästä johtui selkeästi se seuraamus, että havainnon loogiset seuraukset osoittautuivat tosiksi, jolloin hypoteesi on saanut tukea: tällöin havainto konfirmoi hypoteesia. Mutta mikä olisi tämän rikosasian hypoteesi: se todellinen päähypoteesi? Tässä tuntui kulkevan monta tutkittavaa asiaa samaan aikaan, ja kaikki vielä päällekkäin, ristikkäin ja lomittain. Miten uskonnollisista vesistä tulisi metsästää okkultismin valkoista valasta, kuin kapteeni Ahab Moby Dickiä?

"Ahaa", Raakel sanoi yllättäen, katkaisten Alderiten hieman sekavat ajatukset, kävellen samalla tämän viereen.

"Katsotaan, katsotaan", hän sanoi ja poimi kirjahyllystä muutaman kirjan pöydälle, mutta ei sanonut mitään sen enempää.

Alderite katsoi naista mietteissään älyten siirtyä hieman sivummalle.

Raakel hymyili ensimmäisen kerran samalla kun hän alkoi taiteilijan vimmalla nostaa kirjoja hyllystä ja asetella niitä pöydälle: hänen etusormensa juoksi kirjojen takakansilla ja ilme oli hyvin mietteliäs. Alderite antoi hiljaisuuden jatkua ja Raakelin ihan rauhassa nostella kirjoja hyllystä. Samalla hän mietti naisen vaikenemista, joten hänen ajatuksensa suuntautuivat kuuntelulaitteiden suuntaan: oliko tilassa mahdollisesti jotakin tarkkailua? Miksi joku vakoilisi jotakin kirjastonhoitajaa? Vai oliko kirjastonhoitaja kotihirmu, vaimon hakkaaja?

Hän kirjoitti paperille sanan kuuntelulaitteita asunnossa, ja sen perään ison kysymysmerkin. Sitten hän antoi lapun teknikolle, joka katsoi Alderitea huolestuneen näköisesti, mutta lopulta nyökkäsi ymmärryksen merkiksi. Sen jälkeen Alderite istahti sohvalle ja vilkaisi puhelintaan. Hänen kurkkuaan kuristi ajatus verinäytteestä, mutta jotenkin hän kuitenkin osasi hyvin pitää huolensa loitolla. Raakel tutki yhä kirjahyllyä raapustaen välillä jotakin paperille. Alderite mietti, miksei nainen tosiaan voinut sanoa yhtään mitään? Eihän tämä ollut kuitenkaan mykkä? Koko soppa tuntui koko ajan menevän hullummaksi ja hullummaksi: kohta se kiehuisi yli. Hän päätti seivästää okkultismin meren Moby Dickin.

Alderite palasi jälleen hetkeksi filosofisiin pohdintoihinsa. Mitä filosofian teorioita hypoteesiin olemukseen ja luonteeseen tuli liittää. Itse teoria hypoteesin perusvaatimukselle oli hyvin merkityksellinen: ruodittaessa epäselvyyksiä pois totuuden tieltä, olivat hypoteesien suoriutumisvaatimukset jotakin sellaista, jotka kertovat jotakin siitä, miten hypoteesien tulisi kunniallisesti selvitä sille asetettavista testeistä. Kunnollinen hypoteesi oli kuin Occamin partaveitsen terä, jolla oli hyvä alkaa ruokkoamaan epätosia asioita pois tieltä.

Alderite mietti niitä konkreettisia rikoslain rikkomuksia, mitä tässä asiassa oli toistaiseksi tullut vastaan: huumeet ja murha. Kumpaankin näytti liittyvän ketju muita asioita, joiden päätepisteissä saattoi olla lisää rikoksia, mutta ensin oli kyettävä selvittämään murhan osatekijät. Mitä hypoteesejä murhaan voisi liittyä? Hänen ajatuksensa kiersivät erilaisia kehiä ja tuntuivat aina palaavan samaan pisteeseen.

Nainen keskeytti Alderiten sangen villit pohdiskelut, koska tämä oli lopettanut kirjahyllyn penkomisen ja nyökkäsi nyt pöydän suuntaan: sen päälle oli aseteltu kirjoja viiteen pinoon. Alderite katsoi asetelmaa hetken ja ymmärsi asetelmasta muodostuvan jonkinlaisen kuvion. Havaintoa helpotti se, että Rakel oli laittanut kynät pinojen väliin: muodostuva kuvio oli seriffin tähden muotoinen viisikanta. Samalla Alderiten mieleen nousi kuvia isoisänsä vapaamuurarikirjoista. Rakel oli myös piirtänyt kuvion päälle lapun, missä oli viisikulmainen kuvio: viisikanta eli pentagrammi oli hyvin vanha symboli, joka sisälsi paljon uskonnollisia merkityksiä.

Oikeastaan kuviossa oli yllättäen kaksi pentagrammia: toinen kärki ylöspäin ja toinen kärki alaspäin. Niiden lisäksi paperilla oli suuri kysymysmerkki. Mitä nainen oikein yritti viestittää? Alderite nyökkäsi, ja päätti antaa leikin jatkua kysymättä mitään. Miksi nainen ei muka voinut, tai halunnut, sanoa mitään ääneen?

Pöydälle aseteltujen kirjojen keskelle oli aseteltu kuvallinen kortti, joka muistutti pelikorttia, tai ehkä se sittenkin oli ennustamisessa käytettävä kuvallinen Tarot- kortti? Kortin kuvassa oli mies, ja numero XII ja kortti oli aseteltu katsojan suuntaan ylösalaisin. Kortin kuvan mies roikkui toinen jalka toisen taakse sidottuna: ilmeisesti tämä roikkuminen tapahtui toisesta jalasta puuhun hirtettynä. Alderite ei sanonut mitään ja mietti tarvitsevansa sen merkitykselle tulkintaa, mutta sitten hän yhtäkkiä oivalsi, että sehän viittasi ilmiselvästi tuntemattoman kalmon asentoon. Hän ei kuitenkaan missään vaiheessa ollut kertonut tutkittaville, että kalmon jalka oli näin sidottu. Toisaalta kirjastonhoitaja oli nähnyt kalmon, ehkä niin? Alderite kurtisti kulmiaan ajatuksilleen. Hän kuitenkin arveli olevansa vielä leikissä mukana ja nyökkäsi naiselle jatkamisen merkiksi.

Kirjoista muodostuva kuvio oli siis pentagrammi, viisikanta, joka oli heidän katselusuunnastaan kärki alaspäin, ja sen huipulla kirjapinossa oli yksi kirja: Umberto Econ Focaultin heiluri, jota Alderite ehtiessään lueskeli. Sen alla oli Gary Valentine Lachmanin Tajunnan alkemistit, joka oli kirja, jota hän ei ollut lukenut eikä moisesta koskaan kuullutkaan: ilmeisesti tajunta ja alkemia viittasivat johonkin mielenmuokkaukseen.

Kirjoja oli kuitenkin aseteltu pöydälle enemmänkin: Umberto Econ kirjan oikealle puolella oli aseteltu Lucien X. Polastronin Books on Fire- kirja. Teos saattoi mahdollisesti viitata kirjastoihin, tiedon hävittämiseen. Alderite oli kuitenkin ymmällään mihin tämä johtaisi.

Teoksen vieressä oli Jonathan Hughesin The Rise of Alchemy in Fourteenth-Century England. Plantagenet Kings and The Search of The Philosopher's Stone. Näistä kirjoista kumpikaan ei sanonut Alderitelle mitään. Hän kuitenkin yritti miettiä mihin näillä viitattaisiin: salatieteisiin, alkemiaan, siis tietynlaiseen prototieteeseen, vai mihin? Kirjojen, tiedon hävittämistä, prototieteitä, noituutta, siis mitä ihmettä?

Niiden alla pentagrammin kehällä, sen oikeassa alareunassa, oli Grimoires. A History of Magic Books, jonka oli kirjoittanut Owen Davies, ja sen alla oli pinossa Ronald Huttonin The Triumph of The

Moon. A History of Modern Pagan Witchcraft. Alderitellä löi pahasti tyhjää. Hän päätti antaa kysymysten kypsyä ja vain seurata prosessin etenemistä. Hän vaihtoi levottomasti painoa jalalta toiselle ja rapsutteli leukaansa mietteliään näköisenä.

Vasemmalla reunalla oli Tobias Churtonin kirjoittama vapaamuurareita käsittelevä kirja Freemansory. The Reality sekä saatanan historiaa käsittelevä P.G. Maxwell-Stuartin kirjoittama Satan. A Biography. Näiden yläpuolella vasemmalla oli Benjamin Woolleyn The Queens Conjuror. The Life and Magic of Dr. Dee joiden jatkoksi Raakel asetti Alderiten aiemmin tutkimat, järjestäytynyttä rikollisuutta käsittelevät kirjat, sekä yllättäen David Kortenin kirjoittaman When Corporations Rule the World -nimisen kirjan.

Alderite ihmetteli asetelmaan laitettua Kortenin kirjaa, koska se ei millään sopinut joukkoon, mutta ymmärsi, että se voisi olla avain koko yhtälössä. Raakel tarkkaili Alderiteä kun tämä katseli kuviota ja kirjoja. Kun miehen katse kääntyi takaisin, hän asetti symbolisesti dollarin setelin Tarot -kortin päälle ja iski silmää.

Alderite katsoi hölmistyneenä seteliä. Vihdoin hän ymmärsi vinkin: kaikki tiesivät, että setelissä oli pyramidi ja sen päällä symbolina kaikkinäkevä silmä, joka katseli pyramidin laelta, kuin valvoen alaspäin siten, että sen säteistä muodostui pyramidin reunat: illuminaatti.

Alderite katsoi asetelmaa hyvin mietteliäänä, samalla kun hän poimi taskustaan kameran ja hän otti muodostuneesta kuviosta muutaman kuvan. Hän katsoi Churtonin Freemansory -kirjaa ja avasi sen etulehden: siinäkin oli tekijän omistukirjoitus Emil Lindahlille. Raakel oli kuitenkin vaiti ja lisäsi setelin päälle ipadinsa, missä oli auki internetin sivu. Sivustolla oli juttua juuri pedofiliasta kiinni jääneestä näyttelijä Rolf Harrisista, jolta oli juuri peruttu kunniamerkit ja aatelisarvo. Alderite mykistyi ja alkoi samalla oivaltaa jotakin.

Hän räpsi kuviosta kameralla kuvia yrittäen saada kaikki kirjojen nimet kuviin mukaan. Heti kun hän lopetti kuvaamisen ja kirjojen tutkimisen alkoi Raakel tunkea kirjoja nopeasti takaisin kirjahyllyyn. Hän koppasi Tarot –kortin, iPadinsa ja rahansa pois. Lopulta hän yllättäen avasi internetin karttasovelluksen.

Alderite katsoi mietteliäästi, mitä Raakel nyt yritti viestittää: avatussa kuvassa oli arvokas Kurhonkadun vanha tiilinen rakennus. Alderite oli täysin ymmällään, mutta tyytyi olemaan hiljaa. Oliko vainaja murhattu tuossa talossa? Nainen pitäisi viedä kunnon kuulusteluun, poimia talteen, koska tässä oli nyt aika paljon huurua ja tietoa. Mutta kuitenkin jokin alkoi kilkattaa Alderiten korvien välissä: vihdoin hänen ajatustensa latu aukeni. Ei kai kirjastonhoitaja ollut joku pedofiili?

Alderite katsoi Rakelia suoraan silmiin ja kirjoitti lapulle sanat pedofiili ja yhtäläisyysmerkki Emil? Raakel heilutti päätään kieltävästi. Siispä jossain muualla oli rankkitynnyri, joka piti paljastaa ja hävittää. Nainen ei kuitenkaan ollut puhunut: ilmeisesti se oli jotenkin tärkeää.

Raakel kirjoitti paperille:

Dad = Christopher O'Morchoe = Emilin isä = mafia

Alderite katsoi kirjoitusta eikä käsittänyt siitä yhtään mitään. Hän kuitenkin nyökkäsi ja palasi miettimään talon kuuntelulaitteita, samalla kun Raakel näytti kansainvälistä hiljaisuusmerkkiä laittamalla sormen suunsa eteen. Alderite nyökkäsi ja lähti salamannopeasti uudestaan juttuttamaan tekniikan miehiä, jotka juuri lastasivat laatikoitaan takaisin päätalon eteen: hetken keskusteltuaan tutkija siirtyi takaisin sisälle erikoisen elektronisen laitteen kanssa. Alderite jäi ulos ja mietti, että nyt oli aika siirtyä toisaalle. Täältä ei saanut todellakaan mitään järkevää irti.

Ehkä nyt olisi sopiva aika kovistella itse kirjastonhoitajaa. Raakel oli kohonnut hetkessä ykköstodistajan paikalle ja tälle tuli asettaa maastapoistumiskielto. Alderite pohti myös kuumeisesti tulisiko tämä pidättää saman tien? Hän voisi pyytää tätä ulos ja alkaa hiillostaa, mutta toisaalta ehkä asian kannattaisi antaa kypsyä vielä hetken.

Onneksi iso irlanninsusikoira oli selkeästi rauhoittunut ja istui nyt tutkijoiden puuhia tarkkaillen, hengitys pakkasessa höyryten. Alderite nyökkäsi tekniikan miehille astuessaan Opeliinsa ja lähti ajamaan otsa kurtussa pois paikalta. Heikkiä ja Tiinaa ei ollut kuitenkaan vielä näkynyt paikalla, joten ilmeisesti he touhusivat vielä jotakin hänen asunnollaan. Alderite ajoi hitaasti Raakelin merkkaaman tiililoftin ohi samalla, kun hän soitti Kimmolle. Nyt oli aika inspiroida, säveltää ja sooloilla.

"Tsau, Alderite täällä soittelee. Saisitko mahdollisimman nopeasti selville kuka omistaa, tai on ehkä vuokrannut, sen Kurhonkadulla olevan punatiilisen tehdasmaisen rakennuksen."

"Kyllä kai, tarkoitat sitä loftiksi remontoitua vanhaa tehdasta?"

"Justiinsa sitä sikakallista loftia, missä oli joku paja ennen remonttia.

"Minä tutkin ja ilmoittelen, oliko muuta?"

"Ilmoita minulle jos tietoa löytyy ja yritä tunkeutua mahdollisimman syvälle tähän asiaan. Kyseessä voi myös olla jotkin isommat talousrikokset tai järjestäytynyt rikollisuus. On myös hyvin mahdollista, että vainajamme on murhattu siellä."

"Ok, minä selvitän. Tuletko käymään laitoksella, kaipailevat sinua kovasti", Kimmo vastasi.

"Heti kun ehdin!", Alderiten ääni oli käskevä.

"Laita samalla hakuun nimi Sir Christopher O'Morchoe".

"Mikä, sanotko nimen uudestaan?" Kimmo kysyi.

Alderite tavasi nimen ja lopulta sulki puhelimen nopeasti, turhia jupisematta. Hän halusi tekniikan raportin ja nopeasti. Sitä odotellessa hän otti suunnan kohti musiikki-instituuttia. Mitä ihmettä Evelina oikein touhusi? Alderite ei pitänyt lainkaan tilanteen saamista lisäkäänteistä.

5. OSA

Noitaperho

Mikä on mieli,

entä kehon kieli?

Osa minua haluaa, osa ei.

Miten erillään, miten yhdessä?

Mistä voimankipinä jatkaa?

Vaikka tietää:

on tyhjän takana

vietti vallaton,

kalske egojen ja

tuhansien tekojen.

Kulta on vain hiekkaa

ilman markkinaa,

silti on mieli sitä täynnä,

koska muuten,

ei mitään.

Emil oli kävellyt hyvin vauhdikkaasti työpaikalleen kirjastolle. Hän tunsi olonsa hyvin raskaaksi ja passiiviseksi: mitään normaaleja turvallisia tunteita ei tuntunut liikkuvan hänen sydämessään. Puiston huutava naakkalauma ei saanut tällä kertaa hänen huomiotaan. Kirjaston työlista oli melkoinen ja hän huomasi purkavansa sitä raivon vallassa. Hän oli aamulla käynyt taksilla erä- ja retkeilytarvikkeita myyvässä kaupassa, koska hänellä ei ollut omaa autoa. Sieltä hän osti kaksi melko tarkkaa riistakameraa, jotka hän päätti asentaa ensi töikseen eri puolille kirjastoa. Hän pelkäsi, että hänet saatettaisiin lavastaa syylliseksi johonkin, vaikka murhaan. Hän katseli kirjastoa ja mietti paikkoja ja koloja mihin ne olisi hyvä asentaa.

Lopulta hän asensi ne paikoilleen samanlaisella kangasteipillä, millä vainaja oli sidottu. Sen jälkeen hän laittoi kokeeksi tekniikan pyörimään ja käynnisti kamerat. Hän ohjasi niiden kuvavirran musiikki-instituutin kirjaston tietoverkossa olevaan kansioon varmistaen sen toimivuuden. Olisiko nainen tai joku muu vielä niin hölmö tai välinpitämätön, että antaisi itsensä tallentua videolle? Itse tallennus alkaisi erillisestä komennosta, tietokoneen yhden tietyn näppäimen kosketuksesta.

Sen jälkeen hän kävi vaihtamassa kuulumisia koulun kanslian kahvitilassa, missä kaikkien huulilla oli kaupunkiin tupsahtanut jetset -kerma. Hetken kuluttua Emil livisti nopeasti takaisin kirjastoon ja ryhtyi puuhailemaan normaaleja työrutiineitaan samalla odottaen jotakin tapahtuvaksi. Hän painoi pari kertaa vahingossa tallennusta kun opiskelija tai opettaja ilmestyi kirjaston ovelle. Evelina Dalya ei kuitenkaan näkynyt.

Aika mateli ja vihdoin ja viimein Emil kuuli käytävästä oikean tyyppiset askeleet: hän painoi nopeasti tallennuksen päälle jatkaen töitään ja yrittäen olla näyttämättä hermostuneisuuttaan. Ovesta asteli kuitenkin jälleen kerran paljon kirjastoa käyttävä opettaja. Emil napsautti nopeasti kamerat pois päältä. Opettajan kysellessä häneltä nuotteja ja apua tiedonhakuun, astui skottinainen kirjastoon hyvin hiljaa ja huomaamatta.

Tämä oli yhtä kauniisti pukeutuneena kuin edellisellakin kerralla: naisella oli päässään huppu ja silmillään suuret aurinkolasit, joten tämän tunnistaminen videokuvista olisi hyvin epävarmaa.

Helvetti! Emil manasi mielessään ja kytki huomaamatta kamerat päälle. Opettaja jatkoi nuottihyllyjen välissä etsintöjään. Skottinainen odotti opettajan poistumista ja istui alas ryhtyen lukemaan Gramophone -nimistä musiikkilehteä. Hetken kuluttua, opettajan saatua asiansa hoidettua, sulki Evelina kirjaston oven tämän perästä: kukaan ei tulisi keskeyttämään eikä poistuisi paikalta.

"Ciao!" Evelina sanoi.

"Hei, näytät pirteälle", Emil sanoi hieman väkinäisesti.

"Nyt kun tiedät salaisuuteni, tai oikeastaan osan siitä, niin voimme mennä suoraan asiaan."

"No, mikä se asiasi sitten oikein on?"

"Enkä sitten kaipaa mitään vastaväitteitä: onko tämä selvä?" Evelina sanoi hyvin käskevällä äänellä, joten ilmeisesti tämän luonteen oikea puoli oli nyt esillä.

"No, autan jos vain voin, ja näin on ehkä jo sovittu", Emil vastasi lakonisella äänellä. Häntä raivostutti koko asia, mutta jokin varoitti hänen mielessään, että hän ei halunnut päätyä vessaan pää alaspäin ja kurkku auki leikattuna.

"Tietokannassanne on Seseman -nimisen viulunrakentajan rakentama vanha viulu: haluaisin nähdä sen", Evelina sanoi.

Kirjastoon laskeutui hiljaisuus.

"Hetkinen. Siis Sesemanin viulu?", Emil oli todella hämmästynyt ja hetken kuluttua hän alkoi miettiä kuumeisesti: tässä oli sittenkin kyse soittimista. Mitä ihmettä tämä tarkoitti?

"Se on hyvin kaunis viulu ja siihen liittyvä tarina kertoo, että viulunrakentaja Seseman tutki aikanaan Harry Wahlin kokoelmien Stradivariuksia tehden samalla niistä kopioita."

"Tiedän kyllä tämän asian melko hyvin", Emil virkkoi mietteissään ja jatkoi:

"Yksi niistä on juuri tämä kyseinen viulu, missä on kauniit siniset liljat kannessa, mutta valitettavasti sen sointi ei ole esikuviensa tasoa."

"Juuri sitä tarkoitan", Evelina sanoi.

"Pidämme sitä eräänlaisena koristeviuluna näyttelyiden varalta. Myöhemmin urallaan ja elämässään Seseman käsittääkseni siirtyi asumaan New Yorkiin", Emil sanoi ihmetellen ja yrittäen pelata lisää aikaa.

"Juuri näin, mutta saisinko nyt kuitenkin viulun nähtäville", Evelina sanoi napakasti ja näytti siltä, että tämä tulisi kirjaston asiakaspalvelutiskin ylitse minä hetkenä hyvänsä. Nahkahousuissa hän muistutti alistavaa dominaa, vain piiska puuttui.

"Hetkinen, hetkinen, viulu on kaupunginmuseolla siellä Viipuri -näyttelyssä, jonka kuulemma kävitte komisario Alderiten kanssa katsomassa. Mutta se ei ole osana varsinaista näyttelyä, koska se ei mahtunut vitriiniin. Jätin sen kuitenkin sinne odottelemaan. En tiedä onko se heti saatavilla", Emil vastasi kiusaantuneesti hymyillen.

"Olisiko mahdollista hakea viulu takaisin tänne, tai meidän mennä sinne sitä katsomaan?" Evelina kysyi kireästi, eikä silminnähden pitänyt tästä tilanteen muutoksesta.

"Kyllä kai. Onhan se meidän omaisuuttamme. Hetkinen, soitan museolle", Emil sanoi ja ihmetteli mielessään, mitä nainen halusi vanhasta viulusta? Hän mietti samalla kuumeisesti voisiko hän jotenkin varoittaa museota, tai järjestää virkavaltaa paikalle pysäyttämään tilanteen etenemisen. Nyt hänen pitäisi yrittää jotenkin hidastella, ottaa samalla yhteyttä komisarioon. Entä jos viulun vain saisi piiloon eikä nainen pääsisi siihen käsiksi. Oliko siihen kätketty jokin salaisuus?

Samalla Emilin puhelin soi ja toisessa päässä oli Raakel. Emil kertoi lyhyesti tilanteen. Evelina Daly tarkkaili häntä koko ajan ja Emil mietti oliko tämän hupparin taskussa mahdollisesti ase.

Puhelun jälkeen Emil soitti museolle. Samalla hän mietti mitä poliisi tekivät hänen kotonaan? Hetken keskusteltuaan museonvirkailijan kanssa hän sulki puhelimen ja kertoi, että viulu on noudettavissa. Hän pukeutui toppatakkiin ja he lähtivät ulos viulua noutamaan. Evelinalla oli pieni reppu mukanaan ja muutaman sadan metrin matka taittui pakkasessa oikein vauhdikkaasti: kumpikaan ei sanonut toiselleen sanaakaan.

Emil päätti pysytellä vaiti, eikä Evelina tuntunut välittävän hänestä millään tavoin. Museolla virkailija oli heitä vastassa lipputiskillä, mistä he kävelivät museona toimivan vanhan kartanon alakertaan. Siellä oli museon työntekijöiden työhuoneita. Museon vanhempi tutkijatohtori Johan Karjalainen antoi heille viulun tutkittavaksi ennen kuin pakkasi sen viulukoteloon. Samalla miehet jutustelivat kiireettömästi kuulumisia. Johan tarkasteli Emilin matkassa olevaa naista kiinnostuneena ja lopulta viulu oli turvallisesti kotelossa. Myös sen luovutuspaperit allekirjoitettiin.

"Viulu on nyt taas meidän, joten voimme lähteä", Emil sanoi viimein ja Johan ojensi kotelon Emilille, joka ei välttynyt pohtimasta kuinka paeta tilanteesta viulun kanssa. Viulu näytti hyvin huolletulta, sen talla oli ojennuksessa ja ilmeisesti kielet vaihdettu, mistä Emil oli kovin mielissään. Hän päätti olla kiltisti ja katsoa mitä seuraavaksi tapahtuisi.

He lähtivät takaisin musiikki-instituutin suuntaan Emilin kantaessa viulukoteloa ja pohtiessa kuumeisesti: miten helvetissä kaikki liittyi tähän viuluun? Mitä viulussa voisi olla?

Evelina Daly oli viulun nähdessään jännittynyt ja silminnähden innoissaan. He saapuivat hetken käveltyään takaisin musiikki-instituutille. Evelina veti kirjaston oven perässään kiinni samalla kun Emil heitti päällystakkinsa pois. Hän kävi nopeasti tietokoneensa edessä ja varmisti kameroiden olevan päällä. Sen jälkeen hän napsautti huomaamattomasti muusikoiden yleisesti käyttämän tuplamikrofonisen taskunauhurin päälle: sen tuplamikrofonien johdosta nauhuri oli hyvin tehokas. Se oli piilossa yhden nuotin alla.

Emil kuitenkin yritti epätoivoisesti pelata vielä aikaa ja pyysi Evelinaa odottelemaan hetken ennen kuin tämä avaisi viulukotelon. Emil perusteli asiaa sillä että viulun olisi hyvä temperoitua huoneenlämpöön, ettei se kylmänä imisi kaikkea lämpimän huoneilman sisältämää kosteutta pintaansa. Evelina nauroi Emiln pyynnölle ja avasi nopeasti viulukotelon ottaen viulun syliinsä. Hän ryhtyi koputtelemaan sen kantta. Aikansa koputeltuaan tämä avasi reppunsa ja otti sieltä pienen työkalukotelon.

"Valitettavasti joudun ottamaan uuden tallan ja kielet pois", Evelina sanoi. Hän oli vaihtanut silmälasiensa paikalle suurentavan katselulinssin, joka oli otsapannalla kiinni hänen kasvojensa edessä. Otsapannassa oli myös ledvalo ja hän näytti kummalliselta valon hohtaessa tumman hupparin aukosta. Evelina koputteli nyt kantta minimaalisen pienellä vasaralla, aina välillä kuunnellen. Hetken kuluttua viulu oli alaston kielistä ja tallasta. Emil nojautui tuolillaan taaksepäin tarkkaillen tapahtumia silmät sirrillään.

Evelina otti esille pienen lämmityslaitteen ja napsautti sen päälle. Laite oli jotakin Emilille tuntematonta erikoisvalmistetta, joka ilmeisesti puhalsi lämpöä hyvin tarkasti. Hetken laitetta säädeltyään, Evelina alkoi ohjailla sen kärjen lämpöpuhallusta pitkin viulun kannen reunaa. Aikansa jatkettuaan tämä asetti viulun pieneen telineeseen ja yksinkertaisesti kopautti takakannen pois paikaltaan. Viulu oli avattu nopeasti ja erittäin mestarillisin ottein. Kansi oli ollut oikeaoppisesti luuliimalla kiinni ja lämpö sai sen aukeamaan.

Evelina koputteli viulun sisäpuolta ja tutki suurennuslasilla viulun vanhaa etikettiä. Viulun äänipinna pyörähti samalla lattialle.

"Voila" Evelina sanoi ja taittoi pienellä kirurgin veitsellä irrottamansa viulun takakannen kahtia: kansia oli kaksi, kuin kerrosvoileivässä.

"Tästä syystä viulun sointi ei ole ollut paras mahdollinen", Evelina sanoi ja otti kansien sisällä olevan hyvin vanhan näköisen paperin talteen. Hän asetti sen varovasti ensin kirjekuoreen sitten vesitiiviiseen kansioon ja lopulta tunki kansion nopeasti pieneen reppuunsa.

"Usko tai älä, mutta tein teille palveluksen: kun taas kokoatte viulun, niin se luultavasti soi kuin esikuvansa", Evelina sanoi hymyillen.

"Sopisi hieman valottaa mitä sieltä löytyi ja mitä tämä kaikki tarkoittaa? Miten tämä kaikki liittyy vainajaan?" Emil puuskahti ja yritti saada tarinaa nauhalle, mutta Evelina pysyi vaiti.

"Toivoisin kyllä, että edes kokoat viulun ehjäksi?" Emil jatkoi.

"Valitan! Koulunne tulee saaman hyvin mittavan lahjoituksen, joka varmasti korvaa kaiken vaivan jota olen aiheuttanut. Uskoisin myös viulun soinnin olevan todella mestarillinen, joten tämän jälkeen teidän pitäisi oikeastaan olla kiitollisia minulle", Evelina sanoi tyytyväisenä.

"Sitä paitsi, mistään vainajista minulla ei ole mitään käsitystä", tämä jatkoi ja kumartui Emilin korvan lähelle kuiskaten: "En varmaan tunnustaisi asiaa sinulle näin helposti, jos olisi..."

"Oli hauska tavata. Pidä itsesi miehenä!" Evelina huikkasi ja lähti kirjastosta pois sulkien oven takanaan.

Emil tuijotti tämän perään ja katseli osissa olevaa kaunista viulua. Hän tarkisti saman tien nauhoitukset ja äänitteen: ne olivat laadultaan ensiluokkaisia. Hän oli aikeissa kopioida ne internetin yli omalle palvelimelleen, kun hän muisti, että poliisi tosiaan penkoi parhaillaan hyvin perusteellisesti hänen kotiaan, joten kellarin palvelinta ei ehkä kannattanut käynnistää. Niinpä hän päätti jättää tiedoston kirjastossa olevalle isolle ulkoiselle muistille.

Hän pohti mielessään mitä seuraavaksi tapahtuisi? Vainaja oli yhä tunnistamatta ja vihollinen johti ainakin 6-0. Pirullista toimintaa. Mitä ihmettä siinä lapussa oikein oli?

Samalla Emil älysi soittaa uudestaan museolle ja pyysi heitä poimimaan omiin turvakameroihinsa jääneen jäljen tallennettavaksi ja lähetettäväksi poliisiasemalle komisario Alderitelle. Museovirkailija oli hieman hämmentynyt, mutta lupasi toimia toivotulla tavalla. Samalla Emil älysi kysyä oliko mikään museon turvakameroista suunnattu talon takapihalle urheilukentän suuntaan. Kenttä oli parhaillaan vuokrattu helikopterikentäksi ja kuvista saattaisi selvitä jotakin. Virkailija mietti hetken ja lupasi tarkistaa asian.

Se, mitä Emil ei nähnyt, oli kirjaston ylätasanteella tapahtunut nopea repun vaihto toiseen samanlaiseen: alkuperäinen reppu lähti jatkamaan matkaansa tummapintaisen ja olemukseltaan karskin miehen kuljettamana samalla, kun Evelina itse astui kirjaston ylätasanteen sivuovesta ulos suunnaten jäiselle urheilukentälle tehdylle väliaikaiselle helikopterikentälle. Hän olisi hetken kuluttua kaukana maasta. Samalla kun Evelinan kopterin nousi ilmaan, nousi kolme muutakin, jotka kaikki suuntasivat eri suuntiin. Se, mikä niistä kuljetti naista, jäisi ehkä mysteeriksi.

Emil mietti itsekseen, että kyse oli sittenkin tosiaan viuluista ja jostain sen sisällä olevasta. Toisaalta Dadilla oli varallisuutta ostaa niin monta Stradivariusta kuin vain halusi, joten kyseessä oli pakosti jotakin muuta. Mikäli kyseessä oli raha tai aarre, niin se ei varmasti olisi ihan pieni sellainen. Pitäisikö hänen ilmoittaa tästä asioiden käänteestä poliisille? Hän päätti tehdä niin ja soitti komisario Alderitelle.

2.

Juuri kun Alderite sai autonsa lämpenemään kunnolla ja uhmaamaan pakkasta soi puhelin: toisessa päässä oli huolestuneen kuuloinen kirjastonhoitaja, joka soitti sopivasti juuri samalla hetkellä, kun Alderite oli ohittanut vanhan Kurhonkadun tiililoftin.

"Musiikki-instituutin kirjastonhoitaja täällä."

"No niin kuuluu, mitä asiaa?"

"Olette ilmeisesti penkomassa asuntoamme?"

"Näin on. Tämä kuuluu normaaliin tutkimusprosessiin ja lupaan, että olemme siististi ja sotkematta paikkoja."

"Ok, puhutaan siitä myöhemmin. Olisiko sinulla mahdollisuutta tulla käymään täällä kirjastolla? Jotakin on sattunut."

"Evelyn Daly oli ilmeisesti siellä? Nähdään hetken kuluttua."

Alderite suuntasi kohti musiikki-instituuttia ja mietti kirjastonhoitajan taloa ajaessaan huurteisen kaupungin läpi. Hän manasi pakkasta ja ajatteli, että kylmän rintaman soisi hellittävän jo otettaan. Minkälaista olisi asua pienessä puutalossa, hieman niin kuin isoäitikin asui? Tehdä lumityöt ja hoitaa puutarhaa? Ei varmasti mitenkään hassumpaa.

Saavuttuaan koululle hän jätti Opelinsa sen etuoven eteen ja harppoi kirjastoon. Aikaa oli kulunut vasta kymmenen minuuttia siitä kun Evelina oli sieltä lähtenyt.

Kirjastonhoitaja istui työpöytänsä takana hänen astuessaan kirjastoon. Hän vaikutti mietteliäältä ja kirjastossa oli samalla pari ihmistä penkomassa nuotteja. Sivusilmällä Alderite havaitsi, että isommalla lukupöydällä lepäsi kasa viulun osia, joten ilmeisesti joku oli purkanut soittimen.

"Terve, vaimosi oli kotona ja tutkimus on nyt tehty. Pahoittelen tosiaan, että emme ole sinulle kertoneet mitään, mutta näin yleensä toimitaan", Alderitella oli tilannetajua ja sanoi asian niin hiljaa, etteivät asiakkaat sitä kuulleet.

"Löytyikö kotoani aarteita?" kirjastonhoitaja kysyi sarkastisesti. Asia ei kuitenkaan näyttänyt häntä suuremmin liikuttavan, ja tämä oli muutenkin kovin väsyneen näköinen.

"En tiedä vielä, pitäisikö löytyä?" Alderite heitti takaisin ja kysyi samaan hengenvetoon: "Onko Evelina Dalya tai ketään muuta tutkintaan liittyvää vielä paikalla?"

"Hän lähti. Johan minä puhelimessa asiasta mainitsin", Emil sanoi ja viittasi hieman väsähtäneesti pöydällä makaavan puretun viulun suuntaan. Alderite marssi viulun luo, mutta päätti olla koskematta siihen. Samalla hän mietti, mitä ihmettä tämä oikein tarkoittaa? Hän seisoi kädet puuskassa ja katseli viulun osia kulmat kurtussa.

"Ystäväsi tohtori Daly kävi kylässä ja vei viulun sisältä jotakin, mitä emme ole siellä tienneet olevan", Emil sanoi sarkastisesti ja käveli viulun viereen.

"Viulu on viipurilainen Sesemann -nimisen viulunrakentajan rakentama Stradivariuksen kopio, Harry Wahlin kokoelmista, tai niin ainakin luulemme."

"Helkkari, onpa hieno kansi. Voiko sitä katsoa tarkemmin?" Alderite kysyi.

"Kyllä kai, sinunhan pitäisi tietää minua paremmin dna-asioista ja vastaavista", Emil virkkoi.

"Kuten näet sen alapohja on näköjään koko ajan ollut kaksiosainen, joten tohtori Daly avasi viulun, halkaisi sen alapohjan, ja otti sieltä käsittääkseni jonkin paperin", Emil sanoi sanan tohtori melko halveksivasti.

Alderite tutki viulun osia ja sanoi: "En koske siihen paljaalla kädellä. Siitä otetaan sormenjäljet talteen, joten kukaan ei saa ennen sitä kajota siihen. Selittikö hän yhtään mitään miksi viulu on purettava tai mistä tässä on kyse?" Alderite kysyi jatkaen melkein samaan hengenvetoon: "Haluan hyvin yksityiskohtaisen selvityksen koko käynnistä."

"Mennään toiselle puolelle pöytääni, niin pääset itse katsomaan", Emil sanoi ja siirtyi työpöytänsä taakse, missä hän napsautti tietokoneen videotallenteen pyörimään. Samalla hän antoi Alderitelle niistä ulkoiselle muistiasemalle tekemänsä kopion.

"Museolta saatte lisää kuvaa, jos vain haluatte, joten kyselkää sieltä vahtimestarilta."

Alderite manasi mielessään katsellessaan huppupäisen kaunottaren toimintaa.

"Ei minullakaan ole käsitystä, mitä ihmeen salaista aarretta tässä oikein jahdataan, mutta se on selvää, että joku jahtaa jotakin ja oikein tosissaan", Emil sanoi.

"Tiedät kuitenkin kuka jahtaa?"

Emil katseli Alderitea pitkään ja mietti mitä tälle voisi viestittää tai uskaltaisi sanoa: kyläpahasen poliisi jahtaa dinosaurusta. Mikäli hän olisi nyt varomaton, voisi käsissä olla kohta poliisinkin kalmo.

Alderite oli ilmiselvästi stressaantunut, koska tämän päälaki punoitti hieman. Ehkä kuitenkin olisi reilua edes jotenkin yrittää varoittaa tätä sinisilmäistä etsivää, joka kyllä varmasti oli jo monessa liemessä keitetty.

"En tiedä tarkasti", kirjastonhoitaja vastasi.

Alderiten mielestä tämä viestitti silmillään sekä koko olemuksellaan jotakin ihan muuta: pelkoa.

Alderite asteli viulun luo ja otti siitä muutaman kuvan matkapuhelimella, sen jälkeen hän kysyi oliko mitään mihin viulun voisi kääriä. Emil laittoi kangashanskat käsiinsä ja ryhtyi paketoimaan viulua. Sitä tehdessään hän näytti Alderitelle miltä viulun sisäpuoli näyttää.

"Katsokaa, tämä on hyvin erikoista: viulussa on tosiaan kaksiosainen takakansi", Emil sanoi.

"Niinpäs onkin", sanoi Alderite ja liikutteli kansia lyijykynänsä kärjellä.

"Hyvin ohuita ja taitaa olla hyvin vaikea tehdä tällaista? "Alderite jatkoi kysyvällä äänen sävyllä ja oli ilmiselvän kiinnostunut asiasta.

"Kyllä, etenkin jos halutaan että viulu silti soi hyvin. Tämän viulun ääni on ollut hieman paksu ja tunkkainen, joten ehkä se on johtunut juuri tuosta. Oikeastaan sen ei olisi pitänyt soida lainkaan, joten tässä on käsityötaito kyllä todella huipussaan", Emil sanoi ja näytti Alderitelle myös pientä pyöreää puutikkua.

"Tämä on jousisoittimissa oleva äänipinna, se puristuu juuri oikeasta kohdasta kannen ja pohjan väliin resonoiden äänen koko viuluun. Kaikissa jousisoittimissa on tällainen:

isommissa isompi ja pienemmissä pienempi. Kaikkien soittimen osien tulee olla oikeassa suhteessa toisiinsa. Myös pohja veistetään resonoimaan oikeista kohdistaan tietyllä korkeudella, joten tällaisen rakentamisessa ei ole mitään helppoa tai yksinkertaista", Emil sanoi.

"Viulun rakentamisessa puulajin laadun valinta on hyvin tärkeää: vanhat mestarit osasivat tämän ja käsityön laatu oli tuolloin huiman korkealla tasolla. Viulun mittasuhteet ovat tarkkoja: pinnin ja ääniaukkojen kohdat sekä muotoilu antiikin ihanteiden mukaisesti, kultaisen leikkauksen tarjoamien mittasuhteiden periaatteilla. Näin kaikki elementit ovat harmoniassa toisiinsa nähden. Voin näyttää sinulle vanhoja piirustuksia ja soitinrakentajien suunnitelmia, jos haluat?"

"Näytä vain", Alderite sanoi ihmeissään ja kiinnostuneena. Viulu tuntui kuivalta ja hyvältä hänen kädessään.

Emil Lindahl kaivoi esille kirjan, missä oli esitelty vanhoja soitinrakentajien kaavioita ja suunnitelmia. Kuvissa viulun talla, ääniaukot, ja kaikki kulkivat sopusoinnussa kuvion päälle piirretyn spiraalin kanssa, missä oli välillä mittausmerkkeinä toimivia pieniä kolmioita ja neliöitä. Emil tiesi kertoa, että aikanaan Leonardo Da Vinci oli myös ollut kiinnostunut soitinten ominaisuuksista. Häneen liittyi kertomus hirvenkallosta tehdystä luutusta.

"Ei riitä, että viulun osat ovat paikallaan, kansien pitää myös soida oikein ja oikeista kohdista koputtelemalla lähtee erilainen ääni. Huomaatko, että viulu on sivusuunnassa myös kupera ulospäin: tämä kuperuus ja kannen paksuus vaihtelee eri kohdissa", Emil jatkoi kertomustaan ja tuntui innostuvan aiheesta koko ajan enemmän.

Alderit katseli viulun kuviointeja: sen kanteen oli kuvioitu herkät siniset lyyrat ja viulu oli muutenkin hyvin kaunis. Siitä tuntui hehkuvan tekijän huolellisuus ja henki. Se oli kuin elävä ja sielukas olento.

"Laitetaan viulu pakettiin, jatketaan sen tutkimista sitten kun laboratorio on hoitanut oman roolinsa. Onko sinulla mitään käsitystä, mitä tärkeää näiden kansien välisessä paperissa oikein olisi voinut olla? Voisiko kansipaloihin olla jäänyt painaumia paperista tai jotakin merkkejä?" Alderite kysyi.

"En tiedä mitään koko asiasta. Jos viulu on Harry Wahlin soitinkokoelmaa hoitaneen viulunrakentaja Sesemanin rakentama, niin paperi on luultavasti vähintään noin satavuotias. Mikä voisi olla paperin sisältö? Jokin kartta tai jotakin muuta tietoa, mutta mihin se voisi liittyä?" Emil lähinnä pohti ääneen ja jäi mietteliäänä tuijottamaan viulua.

"Mieleeni tuli, että voihan tässä viulussa olla muutakin piilossa, joten tutkikaa se hyvin tarkasti, mutta älkää kuitenkaan hajottako viulua enempää. Jos vain voitte, niin läpivalaiskaa sen kaulan puuosat ja vastaavat, ihan varmuuden vuoksi."

Alderite nyökkäsi ja rullasi Emilin hänelle antamat kangashanskat käsissään viulun koteloineen kuplamuovin sisään. Lopuksi hän teippasi paketin hyvin kiinni. Sen jälkeen hän istui kirjastonhoitajan eteen ja otti tämän vierestä lokerikosta paperia. Hän kirjoitti nopeasti paperille:

Uhataanko sinua?
Onko täällä jotakin kuuntelu tms. tekniikkaa, että et voi puhua?
Onko sinuun asennettu mitään kehonsisäisiä laitteita tai tekniikkaa?

Emil katsoi paperia hiljaisuuden vallitessa ja lopulta vastasi selkeästi kirjoittamalla KYLLÄ ensimmäiseen ja toiseen kohtaan, mutta kolmanteen vastaus oli EI. Viimeisen kysymyksen kohdalla hän katsoi poliisia pitkään.

Alderite mietti pitäisikö kirjastonhoitaja poimia suojeluun, ja kirjoitti senkin lapulle. Tämä vastasi, että tarvetta ei ole. Alderite nyökkäsi, otti lapun ja kirjoitti siihen:

Tarvitsen tietoa isästänne Sir Christopher O'Morchoesta.

Emilin kulmakarvat kohosivat. Samalla Alderite kirjoitti kaupungin keskustassa olevan pienen, vanhassa puutalossa sijaitsevan kahvilan nimen, lisäten perään vielä kellonajan ja kysymysmerkin.

Emil katsoi paperia hetken ja kirjoitti siihen: *klo 16.15 ok!*

Alderite nyökkäsi ja kirjoitti ok, sen jälkeen hän hyvästeli kirjastonhoitajan ja lähti kävelemään viulu kainalossaan kohti poliisiasemaa. Ensin hän kuitenkin päätti käydä kotonaan, koska se oli aivan lähellä. Nyt tapauksessa oli jo kaksi pääepäiltyä, tai ainakin jonkinlaista todistajaa. Hänen kotonaan paikat olivat suhteellisen hyvässä järjestyksessä tekniikan siellä vierailtua. Alderiten mieli rauhoittui hieman. Samalla hän mietti pitäisikö hänen kotiinsa asentaa myös jonkinlainen tallentava videovalvonta? Helvetti, joka paikassa oli nykyään kameroita. Kunhan kukaan ei vain kajoaisi hänen perhosiinsa.

3.

Alderite starttasi onneksi lämpimänä pysyneen autoonsa, ja ajoi omalle parkkipaikalleen asuntonsa eteen. Päästyään sisälle hän ensitöikseen hörppäsi lasillisen vettä ja vilkaisi jääkaappiinsa: viinipullot olivat kadonneet, myös viskipullo oli kadonnut. "Helvetti", hän manasi. Viskiä oli ollut jäljellä yli puoli pullollista. Sen jälkeen hän huomasi keittiön pöydällä olevan dvd-levyn, minkä päällä luki Alderite. Dvd:n kannen käsiala vaikutti naisen käsialalta, mutta siitä ei voinut olla ihan varma. Hän katsoi sitä melko hölmistyneenä, eikä muistanut nähneensä sitä koskaan aiemmin: ehkä tekniikan väki oli jättänyt hänelle jonkun asian katsottavaksi? Hän mietti katsoisiko sen sisällön heti, vai joskus myöhemmin. Samalla puhelin soi, se oli Kimmo.

"Haloo, pomo!" kaikui puhelimesta, jonka kaiutin oli päällä.

"Niin, sain alustavaa tietoa sen tiililoftin asioista."

"Hitto, kerro!" Alderite sanoi ja näpräsi dvd-levyä käsissään.

"No, sen on ostanut joku Arubaan, siis Karibian Pienille Antilleille rekisteröity yritys, jonka omistaa joku Bahamaan kirjattu firma. Näiden firmojen ketju tuntuu vain jatkuvan ja jatkuvan. Kenenkään oikean omistajan nimeä en ole saanut ongittua ylös. Kuullostaa mielestäni hämärältä", Kimmo kertoi.

"Osasin vähän odottaa jotakin tällaista", Alderite sanoi.

"Entä se nimi jonka annoin sinulle?"

"Jep, se se vasta mielenkiintoinen juttu onkin."

"Kerro."

"Kaikki ne tietokannat, joihin minulla on pääsy, olivat luokitelleet tiedot salaisiksi, joten en saanut nimestä mitään irti."

"Helkkari, pitää tulla itse katsomaan. Jatka kaivamista ja laita kollegoille Ruotsiin privaattia kyselyä. Kyllä joku jotakin tietää."

"Muuten se Lindan pojan juttu..." Kimmo sanoi.

"Odota, jutellaan siitä sitten kun pääsen asemalle: pidetään kokous ja otetaan Heikki mukaan, sopiiko?

"Hyvin sopii. Odottelen täällä."

Alderite sulki puhelun ja nappasi dvd-levyn käsiinsä. Hän kytki virran av-laitteeseen, joka oli kytketty melko tasokkaaseen taulutelevisioon ja hifi-järjestelmään, ja asetti lopulta levyn laitteeseen. Sitten hän istahti sohvansa reunalle levyn kansia tutkimaan: mistä ihmeestä se oli oikein ilmestynyt? Kansista ei voinut päätellä mitään sen sisällöstä, joten hän päätti katsoa mitä sen sisällä olisi. Sitten hän huomasi, että keittiön perhosterrariot olivat hieman vinossa, joten hän tarkisti perhoset ensin. Kun hän oli vamistanut että perhosilla oli kaikki hyvin, hän istahti hieman kuluneelle kangassohvalle silminnähden rentoutuneempana. Hetken kuluttua kirkas kuva ilmestyi välkähtäen litteään TV-ruutuun. Tallennuksen edetessä Alderite valahti kalpeaksi kuin lakana ja tuijotti kuvaruutua silmät sirrillään. Hänen poskillaan väri vaihtui ja ilme kieli pakokauhusta ja jostain muusta: häpeästä.

Kuvissa Alderite hyväili itseään omassa kylpyhuoneessaan, ylen tyytyväisen näköisenä. Seuraavaksi hän harrasti seksiä thaimaalaisen nuoren naisen kanssa, jonka hän kyllä muisti: se oli tapahtunut kaksi tai kolme vuotta sitten. Hän oli järkyttynyt siitä, että tapahtumista oli olemassa tallenne. Miten se ylipäätään oli mahdollista? Kyseessä oli ilmiselvästi vakoilutallenne vuosien takaa. Todella omituista, jos niissä hierontakopeissa oli ollut kamerat. Alderite kiroili ja manasi omaa tyhmyyttään samalla, kun tapahtumat kuvaruudulla etenivät yhä omituisempaan suuntaan: seuraavaksi videolla harrastettiin seksiä stripparin kanssa, jälleen kerran jossain ajallisesti ja maantieteellisesti kaukana. Alderite muisti vuosien takaisen heikon hetkensä, mutta samalla reissulla oli kyllä ollut mukana muutama muukin poliisihenkilö. He olivat olleet lomalla, kieltämättä ehkä hieman liiankin vapaalla.

Video oli kuin surkeaa amatööripornoa, missä hän oli itse pääosissa, ja vielä umpitunnelissa: se oli todella inhottavaa katsottavaa, mieltä alentavaa ja musertavan häpeällistä. Hänen yksityisyytensä oli häväisty. Kertakaikkisesti. Miten helvetissä joku oli osannut yhdistää hänet suttuiseen hahmoon? Tämähän oli ajatuksenakin hirvittävä: joku teki tallenteita ihmisten, etenkin viranomaisten, yksityisistä puuhista. Mutta seuraava pätkä pudotti hänet polvilleen. Se oli suora potku munille: videolla hän hyväili nuorta tyttöä, selvästi alaikäistä. Seuraavalla videolla hän puuhasi jotakin pojan kimpussa, ja niin edelleen. Alderite tiesi, ettei ollut koskaan harrastanut seksiä yhdenkään alaikäisen lapsen kanssa. Jo pelkkä ajatuskin sai hänet voimaan pahoin.

Alderite pakotti itsensä katsomaan koko videon ja käynnisti sen sitten uudelleen. Henkeään haukkoen hän kelasi eteenpäin ilkeimpiin pätkiin: video oli todella laadukkaasti tehty. Hän tunnisti omia ruumiinosiaan, mutta välillä ne vaihtuivat jonkun muun ruumiiksi. Video oli ilmiselvästi koostettu ja muokattu, ykkösluokan digitaalisten muokkaajien ja ammattilaisten toimesta: hän ei ikimaailmassa pystyisi todistamaan, ettei juuri hän ollut siinä. Ei ainakaan ihan helposti ja ilman hyvin ilkeitä ja intiimejä tutkimuksia. Mikäli tämä vuotaisi johonkin keltaisen lehdistön toimitukseen, niin häntä ei otettaisi todesta enää ikinä: se olisi hänen uransa loppu. Kolmas valtiomahti kastroisi hänet takuuvarmasti. Eikä sitä enää naureskeltaisi johdon saunailloissa.

"Voi sinä saatanan pukki", hän manasi itseään.

Se olisi loppu, kaiken loppu. Hän hieroi ohimoitaan.

Kuinka monta ihmistä, poliitikkoa ja julkisuuden henkilöä mahdettiin maailmassa kiristää jollain tällaisella. Tämän touhun täytyi oli todella hyvin organisoitua. Jossain täytyi olla varastollinen erilaisia tallenteita: sellaisia missä oli tunnistetiedot ja niille tietokanta, tai siis helvetin laadukas tietokanta, koska tämä vaikutti hyvin organisoidulta vakoilulta.

Viimeinen kuvatallenne oli ehkä kuitenkin järkyttävin: TV-ruutuun ilmestyi Lindan poika Alexander katsoen suoraan kameraan. Alexander oli kuin kauhuelokuvan hahmo, hänen silmiensä pupillit olivat jättimäiset saaden silmät näyttämään miltei mustilta; hänen olemuksensa kieli sanatonta kauhua ja järkytystä. Hetken kuluttua Alexanderin paidan kaulukseen tarttui iso käsi, joka veti pojan luokseen samalla kun kamera zoomasi kauemmas: Alderite seisoi pojan vieressä, hymyili kameralle ja oli se, joka veti pojan viereensä. Tallenne loppui siihen.

Alderite istui järkyttyneenä lattialla ja kaatoi sitten itsensä selälleen. Hän tuijotti kattoa samalla, kun hänen sydämestään otti, häntä sattui ja väsytti. Dvd-levy alkoi tuoksua oudolle, joten hän nykäisi sen nopeasti laitteesta ulos ja asetti pienelle lautaselle: levy käpristyi hieman ja ilmeisesti tuhoutui hänen silmiensä edessä.

Hänen ajatuksensa sinkoilivat villisti, hänen looginen ajattelunsa oli pettänyt ja yhtäkkiä hänellä oli vastassaan hirviöitä alamaailmoista. Hän tunsi vain vajoavansa sydämenlyöntiensä tahdittamana Ahabin mereen; hän vaipui unenomaiseen tilaan, nähden messuja, paholaisia, valkoisia valaita, enkeleitä ja demoneita. Yksi demoneista oli tatuoitu ja sen silmät olivat kuin kuu autiomaan taivaalla, piinatut, mutta vahvat. Näkijän silmät. Wilhelm Occam raaputti samalla veistään hiekkaista asfalttia vasten. Se tylsyi koko ajan lisää ja Wilhelm katsoi häntä pirullinen hymy kasvoillaan, mustuaiset laajentuneina.

4.

Poliisiasemalla Linda ja tämän ex-aviomies, venäläinen suurliikemies Pieter Moslov, istuivat vaitonaisina Heikin työhuoneessa. Laitoksen psykologi Tuure Engelberg ja Lindan työpari Kimmo olivat myös paikalla. Pieter Moslov vaikutti hyvin varakkaalta ja sivistyneeltä, mutta nyt tämän olemus kieli syvää huolestuneisuutta. Kimmo oli hieman yllättynyt siitä, että Linda ja mies istuivat aivan vierekkäin: mies vaikutti lohduttelevan Lindaa pitäen kättään tämän hartioilla. Linda oli ilmiselvästi itkenyt. Pieni mustasukkaisuuden väre nousi Kimmon ajatusten pinnalle sulaen kuitenkin nopeasti pois, koska meneillään oli hyvin vakava tilanne. Heikin työhuoneen seinällä roikkuva Linnut - elokuvan julisteen tummanpuhuva Naakka tuntui katselevan heitä läpitunkevasti.

"Odottelemme komisario Alderiteä saapuvaksi, mutta voimme sillä välin alkaa keskustelemaan tästä aiheesta ihan avoimesti. Poikanne Alexander on siis mitä ilmeisimmin kadonnut?" Heikki alusti keskustelua hieman ontuen ja vilkaisi Tuuren suuntaan, joka tarkkaili pariskuntaa.

"Kyllä, hän ei ole tullut kotiin, eikä kukaan ei ole nähnyt häntä koulussa. Alexander on tunnollinen ja olisi kyllä ilmoittanut minulle, jos jotakin muutoksia tapahtuisi tämän päivärytmeissä. Hän ei vastaa puhelimeen, eikä sitä löydetty paikannuslaitteilla" Linda selvitti ääni hieman käheänä, mutta kuitenkin yllättävän tarmokkaasti.

"Tästä katomisen havaitsemisesta on nyt kulunut aikaa yli vuorokausi: Alexander ei tullut yöksi kotiin", Linda jatkoi. Sitten puheen otti haltuun tämän entinen aviomies, Alexanderin isä: "Nimeni on Pieter Moslov ja olen sattumalta kaupungissa. Meidän oli tarkoitus tavata Alexanderin kanssa, Lindan luvalla. Mehän olemme eronneet. Poika ei kuitenkaan ilmestynyt eilen sopimallemme kohtauspaikalle. Oma epäilykseni on, että hänet on kaapattu, ehkä lunnaiden toivossa."

Pieter Moslov esiintyi hyvin vaikuttavasti, mikä saattoi kieliä hyvästä kokouskulttuurin osaamisesta, sekä varmasti myös oman vaikutusvallan tuntemuksesta. Hänellä oli hyvin erikoiset silmät, joiden katse oli raskas ja väsynyt, mikä puolestaan kertoi jotakin tietokoneen ruudun edessä tehdyistä pitkistä työpäivistä.

"Otetaan ihan rauhallisesti ja kerrataan hieman yksityiskohtia. Oletan, että pojalla tuskin on mitään hätää: mikäli kaappaajat haluavat rahaa, niin vaihdonväline on tässä tapauksessa Alexander. Hänet pidetään varmasti hyvässä kunnossa. Tästä seuraa kysymys, oletteko saaneet mitään viestiä mahdollisita kaappaajilta?" Tuure kysyi ja vaikutti rauhoittavasti tilanteeseen jo pelkällä olemuksellaan.

"Emme, ja se tässä alkaakin hieman ihmetyttää", Linda sanoi.

"Olemme kirjanneet ylös yksityiskohdat jo silloin kun teimme katoamisilmoituksen. Alexanderista on tehty virallinen etsintäkuulutus, mutta se pidetään toistaiseksi hyvin matalaprofiilisena, koska emme ole vielä saaneet mitään kontaktia mahdollisiin kaappaajiin", Heikki totesi.

"Onko mahdollista, että hänet yritetään viedä maasta pois, esimerkiksi Venäjälle?" Kimmo kysyi.

"Kaikki on mahdollista, mutta en ole tietääkseni virallisesti mustalla listalla, tarkoitan Kremlin mustia listoja. Mutta on totta ja hyvä huomioida, että tällä hetkellä välttelen Venäjää sen poliittisien tilanteen johdosta, joten asun toistaiseksi muualla. Joten kaikki on tietysti mahdollista", Pieter Moslov sanoi ja kohautti olkiaan surullisesti.

"Ok, teemme niin, että odottelemme Alderitea ja teemme sitten erilaisia toimintasuunnitelmia sen varalle, että mahdollisilta kaappaajilta tulee jotakin viestiä. Teidän on hyvä jutella Tuuren kanssa siitä, kuinka hallita tilanteen mukanaan tuoma psykologinen kuormitus. Otetaan nyt odotellessa kahvit ja samalla herra Moslov voisi hieman avautua siitä, onko teillä mahdollisia vihamiehiä?" Heikki sanoi ja vilkaisi seinältä katselevaa lintutaulua.

5.

Joku läpsi Alderiten poskia. Demoni.

Alderite yritti huitaista, mutta käsi ei liikkunut mihinkään.

Hänen kätensä oli kipsissä, kuin Kimmon jalka.

Demoni sanoi sumun läpi jotakin.

Oliko tämä joku tuomionlautturi?

Perkele, suomipoika, ei saatana!

Päähän sattui.

Nyt joku hyväili seksuaalisesti lasta: iljettävät kuvat vilisivät ja vihloivat hänen takaraivossaan.

Demoni läpsi uudelleen hänen poskiaan.

Alderite yritti pitää silmiään auki.

Perhosia, paljon perhosia.

Pään ympärillä.

Noitaperhosia.

Sielunviejiä.

Maailma pyöri.

"Kohta helpottaa", demoni sanoi.

Demonin vieressä istui sama Interpolin hipsteri, jonka hän oli nähnyt poliisiasemalla: oliko tämä joku demonihipsteri.

Uskonto. Jumala. Kiirastuli.

Hän sulki taas silmänsä.

Päähän sattui.

Tumma skottinainen silitti häntä: hänen sydämensä oli läpeensä rakastunut. Voisiko se hajota ja mennä rikki? Hänen mielensä kamppaili järjettömyyksiä vastaan: tunteita.

Tunteiden meri oli syvä ja se pelotti. Hän kuitenkin ui sen pinnalla ja iso valkoinen valas ui hänen allaan, kuin kannatellen.

Demoni läpsi taas hänen poskiaan.

Herätys!

Umberto Eco sanoi jotakin ja rapsutteli partaansa veijarin näköisenä: Umbertolla oli ilmiselvästi joku salaisuus, mutta koska tämä seisoi toisella puolella virtaavaa jokea, niin Alderite ei voinut kuulla mitä mies sanoi. Mutta tämä viittilöi hurjasti esittäen kummallisia merkkejä käsillään. Umberton seurassa oli Wilhelm Occamilainen, joka katseli Umberton partaa hyvin arvioivasti. Semiootikkojen salaseura, missä kaikki vain vispasivat käsiään kummallisesti huuliaan lipoen, kuin käärmeet.

Kuningas Arthurin miekka pistettiin hänen käteensä.

Kuin Uthbert. Se sattui.

Hän ei ollut kivi, eikä miekka ollut miekka, vaan injektioneula.

Hän piristyi hieman.

Maailma alkoi jäsentyä selkeämmäksi räpsäys, läpsäys, silmän räpsäys, läpsäys läpsäykseltä. Käden kipsi katosi.

Filosofi Albinoni istui joogamaisesti lotusasennossa kertoen hänelle rakastumisen olevan ihmisen rakastumista omaan itseensä.

Joku nosti häntä ylös ja taas läpsäys. Hän istui, pää nuokkui eikä oikein totellut. Olo ei ollut enää niin kuvottava. Joku avasi ikkunan.

Lintujen huutoa. Paholaiset katosivat. Naakkoja.

Hän alkoi käsittää olevansa omassa olohuoneessaan kahden miehen kanssa. Sitten hän muisti dvd:n ja liikautti päätään katsoen kauhuissaan televisiota kohti. Miehet olivat hiljaa ja hän hengitti rauhallisesti. Toinen miehistä oli hyvin lihaksikas ja tämän käsissä oli komeat tatuoinnit: tällä oli pitkä ja paksu tukka ponihännällä, sekä hyvin erikoiset silmät. Miehessä oli jotakin sellaista, että hänen kanssaan ei haluttanut riidellä tai joutua kahnauksiin. Ehkä tämä oli joku akrobaatti, käsillä seisoja, tanssija tai kiipeilijä.

Toinen miehistä oli tummiin pukeutunut, enintään kuusikymmentäviisikiloinen laiheliini, jonka hän oli tosiaan nähnyt aiemmin poliisasemalla.

Vahvempi mies tarjosi hänelle lasillisen vettä. Alderite joi reilun kulauksen ja vesi tuntui hyvälle holahtaessaan hänen kurkustaan alas.

"Mitä helkkaria tämä oikein tarkoittaa?" Hän sai hetken kuluttua sanottua, mutta hänen äänihuulensa olivat vielä kuin botoxia yliannoksen saaneet pusuhuulet: niiden koordinaatio petti koko ajan. Hän tajusi makaavansa oman olohuoneensa lattialla ja olevansa hyvin avuttomana kahden tuntemattoman miehen seurassa.

"Hys, me selitämme."

"Dvd–levy, jota olitte katsomassa, on tässä pussissa tuhoutuneena. Tiedämme, tai oikeastaan voimme arvata sisällön", ponihäntäinen mies sanoi ja näytti Alderitelle minigrip -pussissa olevaa möykkyä.

"Sen, ja sen kotelon pinnassa oli jotakin humaavaa ainetta, joka imeytyi kehoonne kun koskettelitte sitä: luultavasti jotakin hyvin harvinaista sienimyrkkyä yhdistettynä johonkin ihon läpi imeytyvään aineeseen."

Mies jatkoi asiaansa ja asetti samalla minigrip -pussin olohuoneen pöydälle.

"Ette ole ensimmäinen, joka on joutunut kokemaan jotakin tällaista: monet muutkin ovat joutuneet kokemaan tämän ennen teitä, myös paljon isommat pamput."

Mies piti tauon ja antoi Alderiten koota ajatuksiaan.

"Meille tässä ei ole mitään uutta: kunhan sammuttelemme tulipaloja. Heidän tarkoituksensa oli tosiaan pelotella teitä. Taisivat kaikesta päätellen onnistua."

Nuorempi istuskeli hiljaa sivummalla ja tutki kädessään olevaa tablettitietokonetta. Välillä tämän sormet näpyttelivät tablettia.

"Korostan, ettemme kuulu näihin kyseisiin henkilöihin, joita etsitte, tai jotka oikeastaan taitavat leikitellä kanssanne", mies sanoi rauhallisella äänellä ja nojautui taaksepäin.

"Saanen esittäytyä: nimeni on Tom Lindahl ja olen tuntemanne kirjastonhoitajan Emil Lindahlin isoveli."

Alderite hätkähti ja yritti terästää katsettaan miehen suuntaan. Miehessä oli tosiaan jotakin samaa näköä kuin kirjastonhoitajassa.

"Ystäväni tässä on Eric Andersson. Teemme töitä Interpolille ja EU:n sisällä muodostetulle Europolin hyvin salaiselle tutkintakomissiolle, joka on syntynyt ja osin muodostettu oman elämäntyöni kautta, sekä myös Julian Assangen paljastusten kautta löytyneiden dokumenttien johdosta. Käytännössä jahtaamme tietynlaista rikollisryhmää, joista osa on myös pedofiilejä. Yritämme samalla saada erään superketkun nalkkiin."

Alderite kuunteli tarkasti ja hänestä tuntui, että asiat etenivät nyt liian kovaa vauhtia, koko ajan, joten hän ölisi jotakin vastauksen tyyppistä puutuneilla äänihuulillaan, päättäen lopulta pysytellä hiljaa.

Helkkarin sienet. Hän inhosi sieniä muutenkin.

Häntä oksetti.

"Emme osuneet paikalle ihan sattumalta. Olemme seuranneet asuntoanne jo tovin ja sitten huomasimme liikettä. Osasimme odottaa, että tutkimuksen avainhenkilöt saattavat joutua kokemaan jotakin tämän kaltaista", Tom Lindalh sanoi ja levitteli käsiään kuin voimattomuuden merkiksi.

"Oma majapaikkamme on viereisen ortodoksikirkon tiloissa, tai oikeastaan sitä käyttävän katolisen kirkon suojissa: kaupungin katolinen yhteisö kokoontuu siellä ja käyttää ortodoksikirkon tiloja tarpeensa mukaan. Kerron siitä teille enemmän joskus myöhemmin, jos tarve vaatii."

Hipsteri keskeytti miehen puheen hetkeksi ja näytti tabletiltaan jotakin. He keskustelivat hetken, ja sitten kertomus taas jatkui: "Kerron vielä teille jo tässä vaiheessa tiedoksi hyvin intiimin ja kauhean asian, jota kannamme mukanamme: meitä on hyväksikäytetty lapsena ja taistelemme sen puolesta, ettei kenellekään koskaan kävisi niin."

Alderiten sumea katse terästyi hetkeksi ja hän liikahti kiukkuisesti, mutta ei sanonut mitään.

"Ystäväni Eric on myös katolisen kirkon pappi ja erään munkkikunnan valan tehnyt jäsen, joten toimintamme taustalla on siis osin myös pedofiiliskandaaleissa ryvettynyt katolinen yhteisö."

Alderiten silmät muljahtivat jotakuinkin ympäri ja tämän eleistä näki, että jotakin rajoja ylitettiin juuri ja lujaa.

Mies kuitenkin jatkoi rauhallisella äänellä: "Piikitimme teihin adrenaliinia ja kipulääkkeitä. Ne hieman nopeuttavat toipumistanne ja korostan, että olette nyt turvassa, ainakin hetken", mies jatkoi.

"Tiedän, että ymmärrätte jo puheemme, joten jatkan kertomusta, niin voitte rauhassa pohtia sanomaamme. Menen seuraavaksi hyvin nopeasti koko asian ytimeen: tämän on sitten kaiken teidän tutkimuksienne alkupiste.

Kuollut kirjastotilojen vainaja on etsimämme superketkun käyttämä asiantuntija."

Juuri tähän Alderitekin oli päätynyt yhä uudestaan ja uudestaan: jotakin sieltä etsittiin, mutta mitä he etsivät asiantuntijan avustuksella? Löysivätkö he jo silloin haluamansa, koska asiantuntija oli tapettu? Alderite veikkasi, etteivät löytäneet, siispä hänellä oli vielä mahdollisuuksia. Saattoi tosin olla, että se, mitä he hakivat oli se, mitä Evelina otti viulun sisältä.

"Miehestä ei heti löydy tietoja, koska pähkinänkuoressa sanottuna joku superketkun kerholainen on ne Interpolin kansainvälisestä tietokannasta poistanut, tai ainakin koko ajan jarruttaa asiaa. Hän on sellaisessa asemassa, että myös kykenee häiritsemään nopeaa tiedonkulkua", Tom Lindahl sanoi mietteliäästi ja oikasi asentoaan.

"Onneksi me kuitenkin tiedämme kuka hän on, joten saamme takuuvarmasti tiedot palautettua. Tämä kaikki vain kestää jonkin aikaa. Luonnollisesti tämän hullunmyllyn syy kiinnostaa teitä, kuten meitäkin", mies sanoi ja piti tauon.

"Meille tämä on vain osa suurempaa tapahtumien ketjua, mutta teille hyvin ikävä ryppy pienen ja sympaattisen kaupunkinne elämässä. "

Miehet katsoivat taas hipsterin tablettia ja vaihtoivat muutaman sanan keskenään. Alderite tarkkaili Tom Lindahlia ja oli vaikuttunut tämän olemuksesta: miehessä oli jotakin hyvin voimakasta, ja samalla tämä vaikutti kuitenkin hyvin älykkäältä. Alderite ei kuitenkaan jaksanut vielä väittää vastaan tai esittää mitään tarkentavia kysmyksiä, sillä niiden aika tulisi myöhemmin.

"Kyseinen etsimämme rikollinen, tämä superketku, on, uskokaa tai älkää, minun ja Emilin isä. Häntä kutsutaan monilla nimillä: alamaailma tuntee hänet Patuna, Isukkina tai Dadinä."

Tom Lindahl piti taas taukoa ja ojensi Alderitelle lisää vettä. Alderite hörppi kiitollisena ojennettua vettä, ja hänen olotilansa koheni hetki hetkeltä.

Mies jatkoi kertomustaan: "Oikealta nimeltään tämä ketkujen ketku on Sir Christopher O'Morchoe. Tosin emme usko, että tuo sukunimi on hänen syntymänimensä, mutta siitäkin lisää myöhemmin."

Tom Lindahl hörppäsi olutta tölkistä ja näytti pitävän pienen mietintätauon.

"Minä ja Emil olemme todellakin hänen oikeita lapsiaan, kun taas muut Dadin "lapset" ovat hänen verkostonsa jäseniä. Tätä verkostoa kuvaa parhaiten, jos sanon sitä tässä yhteydessä paholaisen verkostoksi", hän piti taas tauon ja tarkisti kuunteliko Alderite.

"Sanoisin hieman kuvainnollisesti, että he ovat tämän paholaisen verkoston opetuslapsia: tällä tarkoitan jonkinlaista hyvin kierotunutta toimintamallia normaalin liikemiesten vaaliman tapakulttuurin sijaan. Mietin parhaillaan olisiko sana saatanallinen kerho kuvaava sana?" Tom Lindahl puhui rauhallisella äänellä ja antoi asian imeytyä Alderiten päähän, joka alkoi täyttyä tarjotuista tiedoista.

"Voihan olla, että Dadilla on jotakin rooleja isommassa poliittisessa pelissä, jonkun valtakerhon shakkilaudalla. Koko asian syvyys ja ulottuvuudet ovat meillekin hieman hämärän peitossa. Asiasta hyötyjien puolella ei näyttäisi olevan ketään sivistyneen maailman johtajaa, vaan pareminkin kaikki epäilyttävät toimijat."

Tom keskusteli hetken hipsterin kanssa, joka kierteli asunnossa ja palasi jatkamaan: "Dadin ympärillä on oma uskonnollinen yhteisö, kuin papan oma kirkko."

"Häh, oma kirkko..?" Alderite sammalsi.

"Se on ihan oma lukunsa, ja sillä on oma historiansa. Ajan kuluessa se vain on hiljalleen muotoutunut hyvin erikoiseksi yhteisöksi."

Hipsterin puhelin soi ja tämä siirtyi Alderiten eteiseen keskustelemaan. Tunnelma tuntui tihentyvän hetki hetkeltä.

"Ensin se sykki vapaamuurareiden looshien lämmössä, laajeni ja sulautui milloin minnekin, ollen lopulta lähes kaikkialla. Papan omaisuus on tarkasti asuinpaikkansa Ruotsin verottajan tiedossa, mutta koska hän on nöyrä juhlien ja pitojen isäntä, on moni sijoituskutsu ja pankkiirimaailman silmänisku siirtynyt oivallisesti eteenpäin, verottajan ulottumattomiin", Tom Lindahl kertoi ja kuunteli hetken mitä eteisessä puhuttiin.

"Kaikki etenee portinvartioiden, eräänlaisten maalivahtien kautta, ja Dad on ehdottomasti heistä paras", Tom jatkoi ja samalla hipsteri palasi huoneeseen ja nyökkäsi Tomille, joka jatkoi kertomusta: "Asiat etenevät maalivahdin koottujen lausahdusten kautta, jotka menevät lipevästi jotenkin näin: 'no, ei minulla ole nyt oikein sijoittaa, mutta ystävälläni, sillä ja sillä, voisi olla hieman intressejä', ja niin edelleen. Kaikesta puhutaan sitten kahden kesken näiden asiamiesten välityksellä. Lopulta Dad auttaa pala palata siirtämään rahaa turvasatamiin ja samalla saa luonnollisesti vastapalveluksia."

Tom Lindahl piti pienen tauon ja vilkaisi mukanaan kantamaansa tablettitietokonetta. Sitten hän taas jatkoi hyvin rauhallisella äänellä ja kokeili samalla Alderiten pulssia tämän ranteesta.

"Nämä vastapalvelukset eivät aina kuitenkaan ole rahaa."

Huoneeseen laskeutui hyvin pahaenteinen hiljaisuus.

"Dadin kirkon väri on dollarinvihreä ja sille kelpaa kaikki rahaan liittyvä: punainen veri muuttuu dollarin vihreäksi ja valkoiset huumeet kultaisiksi harkoiksi."

Alderiten pulssi tuntui rauhoittuvan lyönti lyönniltä.

"Oma käsityksemme on, että Dad on yksi maailman rikkaimmista miehistä: hänen omistuksensa kulkevat bulvaanien ja trustien kautta. Hän itse on trustien trusti ja tällä tarkoitan bulvaanien rakentamisen mestaria."

Alderite nielaisi ja alkoi korjailla asentoaan. Samalla hän mietti kuumeisesti kuulemaansa. Samassa Alexander palasi hänen mieleensä. Hänen pitäisi tehdä asiasta ilmoitus välittömästi, sillä Lindan pojan henki saattoi olla vaarassa. Tom Lindahl ojensi lisätyynyt Alderiten pään alle ja jatkoi kertomusta:

"Kaikesta juoksee korko ja kukaan ei tunnu pääsevän käsiksi paratiisisaarten säästöpossuihin, joten meillä on maailma maailmassa: se on kuin venäläinen maatuskanukke, jonka sisältä paljastuu aina uusi nukke."

Alderite piti mielikuvasta ja se herätti hänessä mielikuvan Venäjästä, mutta ajatukset palasivat nopeasti takaisin Alexanderiin.

"Dad myös omistaa valtavasti eri media- ja julkaisukanavia. Hän on niissä aina jollain tavoin osallisena", Tom Lindahl sanoi ja hörppäsi hieman lisää olutta.

"Hän on käytännössä kolmas valtiomahti poliitikkojen ja virkamiesten rinnalla. Anteeksi, oikeastaan hän on neljäs valtiomahti kerhonsa kanssa, sillä lehdistö on se kolmas", Tom piti jälleen tauon ja tämän kumppani luikkuhipsteri Andersson puuhasi taas jotakin Alderiten eteisessä.

Alderite itse oli jo melko rauhallinen, mutta kertakaikkisesti pudonnut asian ytimestä: asioiden sisältöjen imeytyminen hänen käsityskykyynsä ei oikein edennyt, koska hän ei oikein voinut kysellä tai pysäyttää tarinaa. Mutta mitä hän sitten olisi kysellyt? Tuntui tosiaan kuin hän olisi illalla lukemansa Econ Focaultin heilurin sankari Casaubon historiallisen sukellusvenelaitteen sisällä, eikä pääsisi ulos, samalla kun ympärillä maailmat vain vaihtuisivat synkemmiksi ja synkemmiksi, salaseurojen kokoontuessa ympärille pitämään bakkanaalejaan.

Alderiten mieleen nousivat Albrecht Dürerin keskiaikaiset helvetinkuvaukset ja se uni jonka hän oli aiemmin nähnyt.

Uni, missä hissi jäi jonnekin kerrosten välille, kun se pysähtyi, sen ovesta avautui näkymä klassiseen Danten kuvaamaan helvettiin.

"Maailma on joillekin paha paikka ja tällä kertaa kuvainnollisesti sanottuna Saatana saapui kaupunkiinne, näin bulgakovilaisesti ilmaistuna."

"Vaikka rikkaiden turistien touhu nyt näyttääkin melkoiselta kimallukselta, ei tänne jää yhtään mitään heidän lähdettyä", Tom sanoi naurahtaen sarkastisesti. Samalla hän vilkaisi tietokonettaan. Alderite huomasi, että kummallakin miehellä oli toisessa korvassaan ihonvärinen kuulonappi.

"Emme tiedä aivan tarkasti, kuinka vainajan kohdalla tapahtumat etenivät, mutta koska näitä salaseuroja on todennäköisesti useampi, niin on oletettavaa, että tällä kertaa kaksi tai miksei useampikin taho otti yhteen, ja heiltä jäi jostain syystä jälkeensä vainaja, mikä sivumennen sanoen on harvinaista."

Hipsteri kolusi yhä Alderiten eteisessä. Alderite oli varma, että hän kuuli akkuporakoneen surinaa.

"Sellaista virhettä ei nimittäin yleensä tapahdu. Toki voi olla, että joku keskeytti heidät, mutta mekään emme tiedä kuka tai mikä", Tom Lindahl virkkoi rauhallisesti ja antoi Alderitelle lisää vettä. Alderite nikotteli ja tunsi olonsa tyhjäksi, pieneksi, haaleaksi ja petetyksi. Toiset puhuivat hänen korvaansa salaliittoteorioita ja hän vain ajatteli kaiken taustalla tummaa Evelinaa. Ehkä se vain oli niin kovin inhimillistä. Sienimömmö ilmeisesti aiheutti myös tietynlaista jäykistymistä.

"Teitä varmasti kiinnostaa, mitä he oikein täältä haluavat? Asioiden haluaminen on heille elämän ydin ja sanoisin, että täällä tapahtuneet asiat ovat kuitenkin vain pieni osa koko palapeliä", Tom sanoi, ja sen jälkeen hän sanoi jotakin, jollain oudolla kielellä, luikkuhipsterille. Alderite mietti saisiko hän noudettua keittiöstä veitsen tai olisiko jotakin muuta kättä pitempää lähettyvillä, sillä hän ei luottanut nyt keneenkään. Hän halusi tehdä pidätyksen, olla itse ensin kuulustelijan ja lopuksi kertojan paikalla.

"Se, mitä he kaikki nyt niin kovasti haluavat on jotakin hyvin arvokasta, niin historiallisessa kuin uskonnollisessakin mielessä; toki ehkä myös rahallisesti. Tämä murhattu mies on hyvin kuuluisa jousisoitinasiantuntija. Oikeastaan hän on soitinten rakentaja ja korjaaja, jonka avulla avulla rikolliset tutkivat musiikki-instituutin soitinvarastoa ja kirjastoa. Emme usko, että hän oli mukana vapaaehtoisesti", Tom jatkoi.

"Mutta kuten tiedämme, heidän etsimänsä soitin oli tuolla hetkellä turvassa museon tiloissa."

Alderite tuijotti miestä hölmistyneenä.

"Entä jos viulu olisi ollut soitinvarastolla?" Alderite änkytti jäykästi, koska happi ei oikein tahtonut vieläkään kulkea kunnolla.

"Se, mitä he etsivät onkin toinen juttu, kuten myös se, miksi miehen piti kuolla. Miksi hänet aseteltiin, niin kuin aseteltiin, on asia mitä emme tarkasti tiedä", vastasi Tom Lindahl ja ohjasi pitkän poninhäntänsä pois häiritsemästä sylissään lepäävän tietokoneen näytöltä.

Alderite pyöritteli silmiään ja oikoi puutuneita jalkojaan, joita pisteli ja kihelmöi koko ajan yhä enemmän, koska niihin alkoi palata tuntoa.

"Seuraavaksi kerron teille sen, mitä tiedämme tämän koko asian synnystä, siitä miten kaupunkinne joutui näiden tapahtumien pyörteeseen."

Alderite yritti keskittyä kuulemaansa, kun Tom jatkoi monotonisesti kauhutarinaansa. Hän olisi kovin hartaasti halunnut kertomuksen nauhurille, tai ylipäätään jollekin tallenteelle.

"Ennen kuin menen tämän tapahtuman syihin, niin kannattaa muistaa, että Dad on kelpuuttanut verkostonsa ytimeen vain huippuälykkäitä henkilöitä. Mikäli tämä heidän kokoontumisensa tässä kaupungissa olisi järjestetty jossain suurkaupungissa, niin kukaan ei varmasti olisi huomannut mitään tavallisuudesta poikkeavaa."

Alderite nyökkäsi ja liikutteli jalkojaan.

"Se, mitä he etsivät, on jotakin jonka luultiin jo aikoja sitten kadonneen, jos sitä on koskaan ollutkaan. Sanotaan nyt vaikka näin, että näiden okkultismiin syväsuuntautuneiden piirien tämän kertainen hämmennys alkoi hyvin pienestä kimmokkeesta: kirjailija ja historiantutkija Simon Sebag Montefiori julkaisi jokin aikaa sitten kirjan Jerusalem. Kaupungin elämänkerta. Tämä tapahtui vain muutama vuosi sitten, muistaakseni vuonna 2011", Tom Lindahl virkkoi ja samalla luikkuhipsteri puuhaili jotakin Alderiten ulko-oven kimpussa.

"Kyseinen historiantutkija ja kirjailija herra Montefiori oli kirjansa taustatutkimuksia kartoittaessaan saanut käsiinsä Nigel Parker -nimiseltä vanhalta mieheltä, tai ehkä tämän veljeltä, joka muuten on Morleyn kuudes jaarli, vanhan mapin, joka sisälsi aivan uskomattoman seikkailun päiväkirjoja ja papereita." Tom piti luovan tauon ja tarkisti kuunteleeko Alderite.

Alderite nyökkäsi ja siemaisi vettä: hän mietti, että nyt homma alkoi mennä mielenkiintoiseksi.

"Tähän johtanut prosessi, tai oikeastaan sekoilu, alkoi todellisuudessa hieman yli sata vuotta aikaisemmin, jolloin tosiaan tapahtui monessa suhteessa hyvin samantyyppinen episodi, mutta toisella puolella maapalloa."

Hipsteri oli siirtynyt puuhailemaan Alderiten perhosentoukkia sisältävien terraarioiden pariin. Alderite karjaisi ääni särkyen pyytäen tätä olemaan hyvin varovainen. Tom kohotti kulmiaan tarjoten Alderitelle taas vettä, mitä tämä hörppi kiitollisena. Hipsteri aukaisi nyt Alderiten jääkaapin oven, ja tällä oli joku laite kädessään.

"No niin, palatkaamme kertomukseeni, siis Morleyn suvulta löytyi mielenkiintoisia dokumentteja, joita arvoisa herra Montefiori tutki samalla kun hän selvitti kirjaansa varten Jerusalemin historiaa. Hän on hyvin perusteellinen mies ja kirjan pohjatyö on todella hatunnoston arvoinen suoritus; mielestäni on huomiolle pantavaa myös se, että kirjailija on itse kaupungin historiaan liittyvää sukujuurta, onhan siellä kokonainen Montefiorin kortteli", Tom Lindahl puhui kuin vanha professori, muistuttaen kovin paljon nuorempaa veljeään.

"Menemättä kuitenkaan tässä yhteydessä sen pidemmälle herra Montefiorin henkilökohtaiseen maailmaan, niin hänen kirjansa toimi eräänlaisena kimmokkeena hyvin monelle asialle." Tom Lindahl piti jälleen hetken taukoa ja vilkaisi uudestaan tietokonettaan. Hetken kuluttua hän taas jatkoi.

"Tämä kaaokselta näyttävä sekoilu lähti liikkeelle siitä kun joku mystiikan, tai sanoisinko okkultismin ja magian, mutaisten jokien kahlaaja, ehkä peräti joku superketkun kerholaisista, huomasi kirjassa kiinnostavan sivuviitteen. Se liittyi Morleyn suvun dokumentteihin, joissa mainittiin kaukainen ja pohjoinen kaupunki nimeltään Viipuri."

Alderite kohotti kulmiaan ja avasi silmänsä.

"Viipuri?"

"Viipuri siirtyi Montefiorin kynän kautta Jerusalem -kirjaan ja mainittiin sen Monty Parkeria ja liitonarkkua käsittelevässä luvussa. Liitonarkku on asia, jota ei koskaan voi käsitellä ilman, että se herättää kiinnostusta tietyissä piireissä", Tom piti tauon ja Alderite katsoa killitti tätä silmiin: katse oli kuin saalistavalla sudella, joten Tomia väistämättä mietitytti miehen mielentila. Hän vilkaisi jälleen tietokonettaan, mutta kaikki vaikutti rauhalliselta, joten hän päätti jatkaa kertomustaan.

"Niinpä sana kiiri ja kiinnostus kasvoi, joten joka ikinen maailman hihhuli, hörhö, vinoon kasvanut hermeetikko ja okkultisti, suuntasi yht'äkkiä huomionsa tähän nyanssiin, tähän mainitsemani kirjan lukuun, koska siinä yksinkertaisesti mainittiin sana liitonarkku."

Tom Lindahl naurahti ja siirti tietokoneensa kauemmaksi, joten ilmeisesti tarinaan tulisi lisää vauhtia.

"Sopan ydinluu on siis liitonarkki tai arkku: siis SE raamatun liitonarkki", Tom piti tauon.

"Liitonarkki?" Alderite luuli käsittävänsä mistä oli kyse, mutta lopulta hänen aivonsa eivät kyenneet sulattelemaan tietoa.

"Siis raha, valta, mafia ja liitonarkki?" Alderite sanoi kuulostaen jo melko selvältä. Samalla Alderite huomasi, että luikkuhipsteri kolusi nyt jotakin hänen makuuhuoneessaan: miehillä oli koko ajan kumihanskat käsissään ja hän alkoi epäillä koko kerrottua juttua. Ehkä Occam sittenkin vielä leikkaisi jutun turhat rönsyt pois, hän ajatteli.

Tom kuitenkin jatkoi Alderiten mielestä löperöä huttuaan, josta Alderite ei enää uskonut sanaakaan. Totuus on aina yksinkertaisin ja loogisin vaihtoehto, mutta nämä veikot eivät olleet juttuineen sitä. Eipä sillä, hänestä oli kyllä mukava kuunnella kertomusta. Seuraavaksi mentäisiin varmaan keskimaahan ja joltain äveriäältä linnanruhtinaalta olisi sormus kateissa.

"Uskomatonta mutta totta! Kaikki kiteytyy selkeästi esille suomalaisen ja viipurilaisen tohtori Valter Juveliuksen kautta. Kyseinen herra Juvelius oli todella merkillinen veikkonen, jonka kerrotaan pukeutuneen raamatunaikaisen muodin mukaisesti ja tosiaan tutkineen ahkerasti raamattua", Tom lisäsi.

"Niin ahkerasti, että ratkaisi, tai niin hän itse ainakin kuvitteli, erilaisia raamatun sisältämiä salaviestejä. Eikä mitä tahansa salaviestejä, vaan itsensä Jumalan meille ihmisille jättämiä salakoodeja. Niinpä herra Valter Juvelius päätyi seikkailujensa jälkeen, jotka sanalla sanoen olivat kaikkien mittapuiden mukaan huimia, Viipurin ylikirjastonhoitajaksi.

Alderite hätkähti ja ärjäisi: "kirjastonhoitaja, siis sittenkin!"

Tom oli hetken vaiti ja sanoi: "...siis jos viittaat veljeeni, niin jätä hänet tämän sopan ulkopuolelle."

"Tiedämme, että kaupunkinne on jonkinsortin pikkuviipuri, jonne immigroitui sotaa pakoon melkein koko vanha Viipurin kaupungin kantaväestö omaisuuksineen. Joten eipä ihme, jos nämä piirit kiinnostuivat kaupungistanne: kirsikkana kakussa kaupunkinne museo järjesti vielä hienon Viipuri -näyttelyn. Ei siis ihme, että erinäiset mainitsemani piirit alkoivat punoa juoniaan, miettiä olisiko Valtterilta sittenkin jäänyt jotakin, ehkä todellista tietoa?" Tom sanoi ja hykerteli itsekin asialle; hänen silmänsä olivat kuitenkin hyvin surulliset.

"Juveliukselta oli ehkä jäänyt joku koodi, avain tai vaikka kokonainen arkullinen koodia, suoraan Jumalalta. Voi olla, että jollain oli jotakin etukäteisajatuksia mitä etsiä, ja niin edelleen, joten sitten kaikki alkoikin vyöryä kohti radiomastojen ja mäkihyppyreiden pohjoista kaupunkia."

Tom piti pienen tauon ja vilkaisi kannettavaa tietokonettaan.

"Itse olimme yllättyneitä, kuin mainitsit Econ Focaultin heilurin sankarin Casaubonin nimen. Ilmeisesti olet juuri lukemassa Focaultin heiluria? Siinä Casaubon jää museoon, vanhan sukellusvenelaitteen sisälle, vakoilemaan kokoontuvaa salaseuraa. Hieman samalla tavalla on meidän tarkoituksemme yrittää nähdä miten tämä kokonaisuus lähtee liikkeelle ja miten okkultistien kenttä elää. Tietysti pyrimme samalla tietysti keräämään tietoa."

Alderite mietti tätä asioiden siirtymistä satavuotta ajassa taaksepäin ja Viipurin roolia kertomuksessa: asiaan alkoi tulla kaikessa mielipuolisuudessaan jotakin logiikkaa.

"Korostan ettemme ole missään vaiheessa syöttäneet tietoa tai manipuloineet näitä okkultistia herrasmiehiä ja naisia millään tavoin. Se, että joku murhattiin tuli meillekin yllätyksenä."

"Hei, hiljennä nyt vähän tahtia, siis Juvelius ja Parker? O'Morchoe ja Morley?" Alderite älähti jo paljon selvemmän kuuloisesti ja pyysi lisäselvitystä asiaan, koska koko juttu kuulosti lähinnä pöpilästä karanneiden potilaiden puuhastelulta. Hänen puheensa alkoi tosiaan kulkea paremmin ja usvaisuus alkoi väistyä, mutta tilalle oli tulossa kaikkien aikojen pääkipu.

"Ok, siis kertaan asian tilan perusteellisesti. Myönnän kyllä, että on tämä erikoista, mutta juuri erikoisten ja uskonnollisia elementtejä sisältävien asioiden ja tapahtumien virrassa tämä maailma kuitenkin kelluu, joten se siitä järjen käytöstä", Tom sanoi.

"Palataksemme Valter Juveliukseen: hän oli alunalkujaan opettaja ja runoilija, siis ilmeisen kaunosieluinen mies. Hän kuitenkin harrasti erityisesti tuohon maailmanaikaan kovin yleistä spiritismiä eli keskustelua henkimaailman kanssa. Valtterin kiinnostuksen keskiössä oli raamatun Hesekielin kirja ja saatuaan oikeanlaista vauhtia, Montefiorin tulkinnan mukaan, erään tunnetun ruotsalaisen meedion spiritistisissä istunnoissa hän todellakin uskoi paljastaneensa Hesekielin kirjoitusten salakirjoituksen avaimen."

Alderite nyökkäsi ja käsitti mitä Tom Lindahl ajoi takaa.

"Toisin sanoen tämä asia liittyy myös viimevuosisadan alun nationalistisiin virtauksiin, ja myös juutalaisiin, sillä uskottiin että juutalaisilla oli jonkinlainen salaliitto käynnissä. Oikeastaan kaikilla oli tuolloin jotakin käynnissä ja suuret sodathan siitä sitten seurasi", Tom Lindahl sanoi surullisesti.

Alderite pysyi hiljaa ja sulki hetkeksi silmänsä. Tom jatkoi:

"No, palataksemi ajassa taaksepäin, niin muutama vuosisata aiemmin eli noin kaksi ja puolituhatta vuotta sitten, melko tarkasti vuonna 586 e.aa, päätti Nebukadressar niminen hallitsija tuhota Jerusalemin. Tästä Montefiorin kirjasta käy hyvin ilmi, että Jerusalemia oikeastaan tuhotaan ja rakennetaan monta kertaa. Juutalaiset olivat kuitenkin tuolloin juuri tästä tuhosta kovin suuresti pelästyneet, joten Morleyn dokumenttien mukaan he olivat piilottaneet kokonaisen temppeliarkistonsa, siis raamatussa puhutun liitonarkun, jonkinlaiseen luolastoon tai tunneliin Jerusalemin Temppelivuoren rinteen eteläpuolelle, tai ehkä jonnekin sen reunalle", Tom sanoi ja katsahti samalla verholla peitetyn ikkunan suuntaan kulmiaan rypistäen.

"Juveliuksen ongelma oli se, että hänellä ei ollut omaisuutta lähteä arkkua omin päin etsimään, vaan hän tarvitsi apua. Kumppaniksi valikoitui, kuin ihmeen kautta, Monty Parker -

niminen onnenonkija, joka siis oli Morleyn suurta ja varakasta sukua." Tom piti jälleen pienen tauon ja hörppäisi oluen sijaan itsekin vettä. Alderite mietti, että miehellä oli tosiaan kertojan lahjoja, oikea satusetä.

"Monty Parker oli tuolloin hieman alle kolmekymppinen, pujopartainen ja hyvin kultivoitunut nuori herrasmies, jonka tyylin ja maun kerrotaan olleen ilmeisen kalliita. Montefiori itse kuvaa Parkerin opportunistiksi, mutta hyväuskoiseksi. Kun tähän yhtälöön lisätään se, että Monty niin sanotusti tunsi oikeat seurapiirit, alkoi kuuleman mukaan tapahtua: olihan Monty ylellisen Etonin yliopiston kasvatteja, hänen isänsä oli Morleyn jaarlin nuorempi veli, joka oli myös toiminut Gladstonen viimeisen hallituksen ministerinä. Ei siis todellakaan mitään tyhjätaskuja tai huomaamattomia kansalaisia."

Hipsteri siirtyi myös huoneeseen kuuntelemaan kertomusta ja hymyili samalla leveästi.

"Juvelius siis kohtasi Parkerin ja tämä kiinnostui miehen papereista ja ei mennyt kuin hetki, kun Juveliuksen tarinat oli käännetty suomenkielestä englanniksi ja sidottu upeisiin kansiin. Tämän jälkeen kirja kiersi Parkerin tuttavapiirissä, missä oli aikansa huonomaineisimmat aristokraatit. Luonnollisesti tässä vaiheessa Parker oli jo määritellyt arkun olevan noin 200 miljoonan punnan arvoinen! Siis kahdensadanmiljoonan: se oli tuohon aikaan valtava summa!" Tom hörppäsi taas vettä ja piti luovan tauon.

"Alatko ymmärtää..?" Hän lisäsi.

Alderite toljotti miestä suu auki: "...vitut."

"Montefiori kertoo niin brittiaristokraattien, ruotsalaisten kuin venäläistenkin syytäneen heille rahaa kuin roskaa: esimerkiksi Marboroughin herttuattaren ja Edmond de Rotschildin tapaiset varakkaat henkilöt ja rikkaat amerikkalaiset hellittivät kuulemma suurten kukkaroidensa nyörejä. Kannattaa myös huomioida, että samaan aikaan Rotschild myönsi Suomen orastavalle teollisuudelle rahoitusta; toisaalla samaan aikaan madame Blavatsky puuhasteli teosofisissa piireissä, ja okkultisti Aleister Crowley teki omia tutkimuksiaan ja ristiretkiään sheilansa kanssa." Nimet eivät sanoneet Alderitelle mitään, mutta hän yritti painaa ne mieleensä.

"Rahojen järjestyttyä oli ryhdyttävä toimeen: velikullat saivat kuin saivatkin pääsyn Temppelivuorelle. Nimittäin nuoren Turkin hallinto yksinkertaisesti lahjottiin lupaamalla heille noin puolet löydön arvosta. Montefiori kertoo sopimuksesta, jonka allekirjoittivat Djavid Bey, valtionvarainministeri ja M. Parker, Kilparatsastuskerho, Lontoo." Tämä osuus kertomuksesta huvitti Tomia suunnattomasti ja Alderite puisteli päätään, sillä juttu kuulosti lähinnä Woosterin Droones Clubin korttiseuran vitsiltä.

"No, velikullat järjestivät Montefiorin mukaan päämajansa Saksan keisarin Augusta Victoria -linnoitukseen Öljymäelle asettuen itse asumaan kaupungin tasokkaimpaan hotelliin nimeltään Fast Hotel. Kyseinen vuosi oli 1909. Herrat luonnollisesti tapasivat järjestivää juhlia, ampumakilpailuja ja kaikkea muuta sangen värikkääksi luonnehdittua toimintaa."

Alderiten mielikuvitus laukkasi ja hän kuvitteli miltä miesten juhlat olivat näyttäneet ulospäin. Oliko jerusalemilaisista tuntunut samalle kuin hänen kotikaupunkinsa ihmisistä, kun jetset -piirit yllättäen laskeutuivat keskelle sen arkista aherrusta?

"Lopulta kaivaukset kuitenkin pääsivät alkuun Ofel-kukkulalla. Luonnollisesti kaivausten taustalla eri uskonnolliset ryhmittymät kiristelivät hampaitaan, koska olihan kyseessä kuitenkin pyhistä paikoista pyhin."

Luikkuhipsteri oli myös viimein asettunut istumaan ja virnisteli leveästi. Olihan tämä ilmiselvästi elämää suurempi kertomus ja tästä saisi melkoisen elokuvan. Tom jatkoi silmät puoliummessa kun kerran oli vauhtiin päässyt:

"Parkerin kerrotaan palkanneen Ecole Bibliquen tutkijan Pére Vincentin kaivausten valvojaksi. Kaivaukset olivat oma lukunsa työntekijöiden lakkojen ja vastaavien takia, mutta kaikesta selvittiin reippaasti juomarahoja jakamalla, niin ja tietysti väkijuomia nautiskelemalla." Tom piti luovan tauon ja tarkkaili meneekö kertomus Alderiten tajuntaan.

"No, kaikki hyvä ja hauska loppuu aikanaan ja niin tämäkin episodi liitonarkun historiassa", Tom sanoi.

Alderite vuoroin pidätti hengitystään ja välillä taas hän hengitti oikein syvään: se tuntui auttavan kohmeloisen olon vähenemiseen.

"Loppu tuli paikan hengelliseen laatuun nähden yllättävän pitkän ajan kuluttua ja melkoisen kutkuttavalla tavalla: eräänä yönä miesten kerrotaan hiippailleen valepukuisina arabeina. Heidän pukunsa kuulemma vaikuttivat lähinnä teatteriasusteilta ja tietysti tämän hiippailun taustana oli Kalliomoskeijan alue. He kuulemma kilkuttelivat alueella kivetyksiä päästäkseen sen luolastoihin käsiksi, mutta heidän huonoksi onnekseen huhtikuun 17:ta päivän yönä 1910, eräs huonouniseksi mainittu muslimivartija yllätti englantilaiset hakkuineen."

Tom piti tauon ja haki Alderitelle oluen jääkaapista. Samalla tämä näytti kuuntelevan jotakin mitä tuli hänen korvanapistaan. Palatessaan hän nyökkäsi luikkuhipsterille.

"Luonnollisesti tämä huusi kovaan ääneen, herättäen varmasti koko Jerusalemin, että valepukuiset kristityt ovat kaivautumassa kalliomoskeijan alle. Huuto kaikui öisillä rinteillä ja tästä lähti, kuin pitelemätön lumivyöry ikään, liikkeelle mitä hurjin tapahtumasarja. Ensin lahjottu Mufti irtisanoutui tästä törkeästä brittien ja kristittyjen salaliitosta, jonka jälkeen kansanjoukot ryntäsivät, kuten siellä on tapana, puolustamaan pyhää paikkaansa", Tom nauroi hytkyen kertoessaan tarinaa.

"Voi saatana! Minusta tuntuu, että nyt joku kusettaa minua ihan huolella!", Alderite totesi fatalistisesti ja hieroi toisella kädellään korvalehteään. Hänen mieleensä oli noussut mielikuvia juoksevista arabeista lepattavine kaapuineen, juttu oli kuin perhosten metamorfoosi, missä toukan kuoriutumisesta seurasi jotakin aivan erilaista ja uutta, kuin aiemmin; samalla jokin hämärä mielikuva Marvelin supersankareista ja Alien sci-fi hahmosta tunki tilalle, mutta Corto Maltese oli yhä sama vanha Corto, tuijottaessaan miehiä hiljaa seinältä.

Tomin ääni kuitenkin jatkoi sitkeästi vedet silmissä: "no, usko tai älä! ...miehet olivat täysin hullunrohkeita: usko sokaisee, kuten sanonta kuuluu. Kuitenkin mitä ilmeisimmin he ymmärsivät, että oli ehkä viisainta lähteä Iivohkaan, koska muuten jerusalemilaiset olisivat lynkanneet heidät. Tosin emme tiedä kuinka paljon he olivat nauttineet väkijuomia ja vastaavaa."

"Huhut velloivat aikanaan maailmalla: suuret lehdet huusivat etusivuillaan arvon Lontoon Kilparatsastuskoulun sankarin seikkailuista, ja totta kai arveltiin, että miehet olivat oikeasti ehtineet saada aarteen käsiinsä. Aarteeksi mainittiin Salomonin kruunu, Liitonarkku, Muhammedin miekka ja niin edelleen", Tom ja luikkuhipsteri nauroivat yhteen ääneen.

"Niinpä 19:ta päivänä 1910 Lontoon Times julisti peräti etusivullaan Jerusalemin valtavista mellakoista, kristittyjen peloista, että Nabi Musaan osallistuneet muhamettilaiset pyhiinvaeltajat olisivat tulossa murhaamaan kaikki kristityt. Luonnollisesti tästä alkoi sukeutua valtava kansainvälinen kriisi!" Tom nauroi ja jatkoi: "Ilmeisesti samaan aikaan muhamettilaiset taas uskoivat tahoillaan, että 8000 venäläistä pyhiinvaeltajaa oli aseissa ja aikeissa tappaa muut pyhiinvaeltajat", Tom piti hetken tauon.

Alderite tuijotti miehiä jokseenkin tyhmän näköisenä.

"Tämän kaiken seurauksena jokainen kynnelle kykenevä varustautui asein ja linnoittautui koteihinsa, joten paniikki ja sekaannus lienee ollut kerrassaan valtavaa! Samaan aikaan New York Times kertoi englantilaisen joukkion kadonneen luksusjahdilla kaivettuaan Omarin moskeijan alla, ja siis tosiaan löytäneen kuninkaan kruunun!" Tom ryki ja vihelsi ääni naurusta ja kertomuksesta käheänä.

Kertomusta kuunteleva luikkuhipsteri nojasi käsiinsä ja hymyili leveästi: hän ei varmasti ymmärtänyt suomenkieltä, mutta oletettavasti tunsi tarinan ja poimi sanan sieltä toisen täältä. Alderite hörppi lisää olutta, joka maistui taivaalliselta kulahtaessaan kurkusta alas.

"No, monen mutkan kautta tapahtumat jatkoivat etenemistään. Parker itse ei oikein käsittänyt puuhiensa seurausten laajuutta, vaan yritti vielä tämänkin jälkeen jatkaa puuhiaan."

Alderite yritti nousta ylös, mutta istui nopeasti takaisin alas. Tom kuitenkin jatkoi juttuaan välittämättä komisarion ponnisteluista:

"Kirjailija Montefiori mainitsee, että hän kirjoittaa koko Parkerin tarinan yhteenvedon ensimmäistä kertaa maailmassa auki juuri tässä kyseisessä Jerusalem –kirjassa. Mielestäni tämä kyllä on todellakin Hollywood -ainesta!

Herra Parker lopulta onnistui välttelemään alkaneet maailmasodat ja peri Morleyn jaarlin arvonimen, mutta samalla hänen kerrotaan ilmoittaneen sukulaisilleen tuhlaavansa koko perintönsä."

Alderite kysyi: "Entä tämä viipurilainen kirjastonhoitaja?"

"Viipurilainen Juvelius kirjoitti tapahtumiin pohjautuvan romaanin ja kuoli tyhjätaskuisena kirjastonhoitajana vuonna 1922."

Huoneeseen laskeutui hiljaisuus.

"Mitäs sanot?" Tom Lindahl kysyi ja levitteli käsissän.

Alderite katsoi myös käsiään, vilkaisi suljettua ikkunaverhoa. Viimein hänenkin sisältä kumpusi, ensin pulputtaen, lopulta melkein jylisten, valtava nauru.

Miehet nauroivat vedet silmissä ja heittelivät toisilleen englanninkielellä mielikuvia asiaan liittyen. Alderite tuijotti miehiä nauraessa, silmät päästä pullottaen, kunnes suurimmat energiat ja patoutumat oli purettu.

Tom jatkoi: "Emilin läsnäolo noinkin lähellä asioita on käsityksemme mukaan silkkaa sattumaa emmekä tiedä mitä he etsivät, tai mitä he oikeasti löysivät, vai löysivätkö mitään."

Alderite yski ja huojui noustuaan polvilleen.

"Tuskin nyt kuitenkaan mitään oikeaa liitonarkkua. Toisaalta olisihan se huvittavaa, jos hiljaisen, karun pohjolan perukoilta löytyisi noinkin myyttinen esine tai asia, mitä se nyt sitten on? Voihan olla, että täällä on jotakin muuta, mutta tämä on se asia, joka sai aarteenmetsästäjät ja muut liikkeelle."

Tom Lindahl tuki hieman huojuvaa Alderiteä ja nyökkäsi kumppanilleen, joka pakkasi tavaroitaan suureen olkalaukkuun.

"Voimme spekuloida asialla myöhemmin lisää, mutta nyt minun pitää saada teidät turvallisesti kuntoon ja sitten mietimme, miten jatketaan. Henkilökohtaisesti olen eniten huolissani Emilistä, koska hän ei tiedä, että Raakel saattaa kuulua toiselle puolelle: asiassa on hyvin synkkä vire ja matoinen ydin."

Alderite könysi polvilleen ja ölisi jotakin matkapuhelimeensa liittyvää ja osoitti pöytää. Nuorempi luikkuhipsteri, Interpolin Eric Andersson, otti puhelimen ja ojensi sen Alderitelle: hän avasi kuvavalikon ja sopersi: "Juttunne on täyttä potaskaa, mutta teimme kotietsinnän ja juttelin Emilin vaimon Raakelin kanssa. Tämä teki minulle eräänlaisen kuvion veljesi kirjahyllyn kirjoista, mutta pysyi muuten vaiti. Otin kuviosta kuvan: tarkoittaako tämä teille mitään?"

Eric katsoi kuvaa ja ojensi kuvan, tai oikeastaan kuvat, Tomille, joka katseli kirjoja ja kuviota kiinnostuneena.

"Tässä ei ole mitään, mitä me emme tietäisi tai osaisi arvioida, mutta sinulle tämä on varmasti kovin outoa?" Tom sanoi ja ojensi kameran takaisin pöydälle hyvin mietteliäänä.

"Onkohan Raakel sittenkään niin paatunut kuin olemme ajatelleet? Asia on niin, että Dadin todellinen, sairas kosto tai sitten vain puhtaasti suunnitelma on, että Raakel ujutettiin Emilin läheisyyteen, joten suhde siitä syntyi. Täytyy muistaa, että Raakel on tavattoman kaunis nainen ja myös työssään pätevä. Ei hän mikään läpikorruptoitunut noita ole, mutta Pappa, anteeksi Dad, oli pystynyt tekemään jonkinlaisen sopimuksen tämän kanssa. Syitä tai yksityiskohtia emme tiedä. Homman ydin on seurata sivusilmällä Emiliä, raportoida minun liikkeistäni ja ennen kaikkea tehdä Emilille lapsi. Papalla kun ei ole perillisiä, ilman meitä."

Eric oli siirtynyt tutkimaan jääkaappia ja palasi parin oluttölkin kanssa.

Tom jatkoi: "Emil ei tiedä, että hän siitti Raakelin paksuksi. Raakel kävi sopivalla hetkellä jossain klinikalla ja munasolu, tai mahdollisesti vain Emilin siittiöitä, istutettiin toiseen kantajaan."

Alderite oli noussut kokonaan seisomaan ja hieroi alaselkäänsä.

"Niin, joku muni Dadille, tehden tästä isoisän. Minulla on siis veljenlapsi, tai mahdollisesti useampikin, mutta Emil vain ei tiedä tästä mitään. Tosin saattaa olla, että Raakelin hyvin hienossa ohjauksessa, hän on alkanut epäillä minun kertomisiani ja mielenterveyttäni. Voihan olla, että Raakelkaan ei tiedä koko totuutta, tai sitten tietomme ovat täysin vääriä."

Alderite katsoi oluttölkkiä ja nyökkäsi. Luikkuhipsteri Eric ojensi hänelle tölkin virolaista A Le Coqia: "Ota vain. Jos tuntuu, että olo pahenee, niin sitten sopii passata. Uskoisin saamasi huumeyhdisteen kuitenkin olevan hyvin nopeasti elimistöstä poistuvaa tai hajoavaa. Puhdistimme kätesi huolellisesti ennenkuin heräsit, eikä ainetta ei pitäisi olla enää missään", Eric sanoi.

Alderite korkkasi uuden tölkin kädet täristen ja hän tunsi koko ajan olonsa paranevan. Botoxmainen kurkku alkoi hiljalleen laueta ja häntä kusetti helkkaristi, mutta hän ei kehdannut sanoa vielä mitään, koska halusi seistä vessassa ihan omilla jaloillaan: sitä paitsi se oli jäykkä kuin rautakanki.

"Eikö Graalin maljakin voisi löytyä täältä ja kuningattaren timantit", Alderite lohkaisi ja miehet nauroivat yhdessä ajatukselle.

"Uskomatontahan tämä on! Täysin mielipuolista, mutta niin tämä vain menee. Meitä vain ei oikeasti naurata yhtään se, että on tahoja jotka pystyvät olemaan lain tavoittamattomissa tai kuvittelevat pystyvänsä alistamaan maailman, tai kokonaisia kansakuntia tahtonsa mukaisiksi. Siitä tässä on loppujen lopuksi kyse. Oikeasti he myös tekevät niin", Tom sanoi miesten siemaillessa toverillisesti olutta. Saamalla hän katseli Raakelin asetteleman kirjapinon kuvaa mietteliäästi.

"Tuossa kuvan kirjapinossa on muuten David Kortenin enemmänkin taloushistoriaa ja kapitalismikritiikkiä sisältävä kirja, joka ei mielestäni oikein kuulu joukkoon."

Eric vastasi mietteliäänä: "Niin, se liittynee enemmän minun kiinnostukseni kohteeseen. Uskoisin, että taustalla on ajatuksia ylikansallisten yritysten intresseistä, joista yksi kehittynyt teema on, että hyvin konservatiivisella ja oikeistomielisellä joukolla on ajatus, että yhtiöt korvaisivat valtiojohtoiset hallitukset. Näin vanha maailma kuolisi ja tilalle astuisivat korporaatioiden kuningaskunnat, jotka kilpailisivat keskenään ja ihmisten olisi pakko kuulua jonkin piiriin, jolloin mitään yhteistä sosiaaliturvaa tai vastaavaa ei tällöin enää olisi. Tämän kaltainen korporaatioiden aika olisi kuin paluu pienruhtinaskuntien feodaaliajan Eurooppaan, missä korporaatioiden kuninkaalliset hallitsisivat hoveineen, joille ei varmasti mikään työntekijän työpanos riittäisi: siinä luotaisiin työmuurahaisten luokka."

"Maailma on mennyt sekaisin. Kaikki tuuttaavat jossain verkossa ja kukaan ei mieti asioita kuseman mittaa pidemmälle: kukaan ei edes osaa tehdä mitään itse", Alderite sanoi turhautuneena.

"Silti en usko mihinkään arkkupaskaan", Alderite jatkoi ja horjui eteenpäin. Tom ojensi kätensä, mutta Alderiten motoriikka alkoi hiljalleen toimia. Tämä lähti huojuen vessaa kohti. Alderiten horjuttua vessasta takaisin ulos, miehet olivat laittaneet reppunsa kasaan ja tekivät lähtöä.

"Luulen, että meidän on aika lähteä. Oli hauska tavata. Toivottavasti tapaamme paremmissa merkeissä seuraavalla kerralla."

Alderite nyökkäsi ja katseli ympärilleen huolestuneena.

"Ja toivotaan tosiaan, että murhattuja ihmisiä ei löydy enempää."

"Meinaatko, ettemme saa selvitettyä tätä murhaa?" Alderite sanoi riitaa haastavalla sävyllä.

"Pitäkää myös Emilistä hyvää huolta. Eric toimii hetken yhteytenänne ja neuvonantajananne laitoksella. Emme nimittäin tiedä vielä kuinka tämä episodi suuressa tarinassa päättyy. Oma oletukseni on, että porhokerho tekee jo lähtöään, ja samalla joidenkin sen paatuneempien jäsenien matkassa menee mitä ikinä he täältä hakivatkin, ellei ole jo lähtenyt", Tom vastasi Alderiten kysymykseen parhaansa mukaan. Samalla häntä kävi sääliksi miehen rooli asiassa, koska vielä oli paljon tekemistä, ennenkuin soppa asettuisi.

"Muuten, nuo teipit seinissä ja katossa ovat eliminoituja silmiä, tai mikrofoneja. Eric asensi oveenne hyvin pienen hälyttimen, joka kertoo avataanko sitä tietämättänne, sen käyttöohje on keittiön pöydällä."

Alderite katseli ympärilleen ja oli huojentunut siitä, että hänen olonsa alkoi tuntua huomattavasti paremmalle.

"Hälytin on patterikäyttöinen, joten sähkökatkolla ei pääse sen ohitse. Siihen liittyy myös pieni kamera eteisessä, joka tallentaa tunkeutumisen: sen käyttöohjeet ovat tosiaan perusteelliset", Tom piti tauon ja tarkkaili Alderiten tilaa, joka vaikutti jo melko vakaalta.

"Jos haluatte voimme ajaa pienen ohjelman älypuhelimeenne, tietokoneellenne tai tablettiinne, millä voitte turvallisesti ja huomaamatta olla yhteydessä meihin.

Kyseinen ohjelma on rakennettu erään tunnetun pelin sisälle. Se toimii siten, että kun tiedätte miten sen chat- ja viestiosioon pääsee, niin voitte olla yhteyksissä meihin, miltä tahansa laitteelta, missä on kyseinen peli tai vaihtoehtoisesti kirjautumalla internetissä pelaamaan peliä, mutta ette missään nimessä saa kertoa siitä kenellekään."

Alderite sulatteli kuulemaansa kuumeisesti ja mietti voisiko estää miesten lähtemisen jotenkin?

"Niin, ja koska voi olla, että ystävämme palaavat kiukkuisemmissa merkeissä, en luottaisi virka-aseenne patruunoiden laatuun. Sänkynne alla on pieni laukku, mistä löydätte hieman ylimääräistä tulivoimaa. Mikäli ette koe tarvitsevanne sitä, niin osaatte varmasti hävittää aseet asianmukaisesti", Tom sanoi ja miehet siirtyivät ovea kohti.

"Mitä hittoa, no hetkinen, hetkinen! Tuota, jos se ohjelma, asentakaa se ohjelma!", Alderite sanoi nopeasti ja etsi oman tablettimallisen tietokoneensa ja työnsi sen hädissään Tomia kohti. Alderitellä olisi tosiaan kysyttävää, mutta hän ymmärsi, että miehet olivat ehkä pelastaneet hänen nahkansa, ja että tässä pelattiin tosiaan tavallista isommassa kaukalossa: ilman kypärää, suojavarusteita ja tuomaria.

Ohjelma surahti laitteelle nopeasti. Tom näytti kuinka sen viestiosion sai salaa auki. Peliä pelasivat miljoonat asiasta täysin tietämättömät.

"Onnistuuko?" Tom kysyi.

"Totta Mooses!" Kuittasi Alderite.

"Jatkossa olisin hyvin varovainen, koska nyt he tietävät, että olemme tavanneet. Voi olla, että pelottelu ei enää riitä", Tom Lindalh sanoi.

"Entä Alexander? Työtoverini poika." Alderite sanoi.

"Hyvä kysymys. Emme tosiaan tiedä, emmekä voi juuri nyt muuta, kuin katsoa mitä tapahtuu", Tom Lindahl sanoi surullisesti. Sen jälkeen miehet häipyivät ovesta joka kolahti kiinni heidän jälkeensä.

Alderite horjui uudestaan kuselle, pää kivistäen ja asioita sulatellen.

Tekniikan pojat saisivat tarkistaa heti koko eteisen sekä koko muun huoneiston. Teippien alla olevat laitteet otettaisiin talteen ja tutkittaisiin ihan helvetin perusteellisesti. Dvd-levyn pinnasta tulisi ottaa jonkinlainen näyte, mutta koko levyä he eivät saisi. Helvatti, ja kaikki saakelin luvat ja paperit olivat vielä tekemättä, raportoinnista puhumattakaan! Hän mietti, mitä tästä nyt sitten raportoisi, ilman että päätyisi valkoiseen huoneeseen ja pakkopaitaan? Niin, ja kadonnut Alexander. Mihin tässä oikein oltiin menossa?

6.

Alderite jäi yksin miesten lähdettyä. Hän istui sohvalle hölmistyneenä yrittäen koota sekavia ajatuksiaan. Hänen mielensä ei vieläkään toiminut normaalisti: hallusinogeeniset aineet vaikuttivat yhä ja olivat lisänä edelliseen cocktailiin, sekoittaen hänen ajatustensa kulkua. Hän tiesi, että poliisiasemalla odotettiin häntä jo kuultavaksi, koska hänen verikokeensa oli osoittautunut positiiviseksi. Alderite arvasi, että hänet yritettiin siirtää vaihtopenkille, mutta mitä hän voisi tehdä asialle? Ilmeisesti taustalla vaikuttivat todellakin isommat voimat, joiden rinnalla hän olisi hyvin pieni pelinappula, joka voitaisiin surutta uhrata. Asuntoon tunkeutuminen oli jo kovaa touhua, eikä hänen yksityisyyttään ole koskaan aiemmin rikottu näin pahasti. Eniten häntä kuitenkin suututti lankeaminen kauneuden vieteltäväksi. Olihan se toki ollut hetken huippukokemus, mutta jotakin oli mennyt rikki hänen rinnassaan, pahasti.

Miten hän nousisi tästä ylös, kokoaisi itsensä, ja selvittäisi asian johonkin järkevään muotoon? Ei mitenkään. Hän ymmärsi tarvitsevansa tukea, joka tarkoitti ammattiapua. Ensin keskusteluapua, mutta toisaalta myrsky oli vielä käynnissä. Häntä pelotti, mutta lisäksi kaiken taustalla sykki suuttumus, jonkinlainen rajaton raivo: välillä hän puristeli rystysiään kiinni ja auki. Miten hän raportoisi luottotiimilleen jostain Jerusalemin kaivauksista ja vastaavista: jostain helvetin pyhästä arkusta, salaisesta koodista, hullusta kirjastonhoitajasta ja pedofiileistä? Kyllä laitoksen kollaasitaulusta tulisi näyttävä tämän jälkeen.

Hän otti esille vihkon ja kirjoitti ranskalaisilla viivoilla mieleensä jääneitä asioita: nimiä, tapahtumien kulkuja, kaikenlaista sekavaa. Pitäisikö Tom Lindahlista antaa etsintäkuulutus, vaikka tämä oli jo paikalla poliisihenkilön kanssa? Entä jos hän saisi samaan tilaan puhumaan kolme henkilöä: Tom Lindahlin, Emil Lindahlin ja Rakel Lindahlin, sekä tietysti neljänneksi sen hipsterin, Eric Andersonin? Aikansa kirjoiteltuaan Alderite päätyi siihen, että hänen omalta kannaltaan oli järkevää tehdä jonkinlainen varmuuskopio tapahtumista, ja piilottaa se jonnekin. Hän otti suuren kuoren ja laittoi sinne suljettavassa pakastepussissa palan dvd:stä ja sekavat muistiinpanonsa. Samalla hän mietti katoaisiko huume dvd:n pinnasta ajan kuluessa? Hän kirjoitti kuoreen tekstin:

Hei Mummi, laitatko tämän pakastimeesi odottelemaan.
Älä kuitenkaan koske paljain käsin sen sisältöön.

Hän pudottaisi kirjeen ensitöikseen mummin postilaatikkoon ja menisi vasta sitten asemalle. Toisaalta mummin seura voisi juuri nyt tehdä hyvää; naapurin Penttiä voisi samalla haastatella vapaamuurareihin liittyen, tai ei ehkä sittenkään huumetokkurassa: Pentti oli kyllä niin kaukana mistään liitonarkkuhihhuleista kuin olla vain saattoi, joten koko vapaamuurarit juttu, saattoi olla vesiperä.

Kello näytti iltapäivän aikoja kun Alderite päätti viimein lähteä poliisilaitokselle. Hän oli jälleen tutkinut internetin kautta arkkien ja salaseurojen ihmeitä, eikä oikein saanut otetta mistään: hänen oma teoreettinen viitekehyksensä oli aivan liian hatara. Entä mitä helkkaria hän kertoisi Heikille tai koko porukalle? Mihin tämä kaikki johtaa, koska hän oli tässä pelissä kuin hyttysen paska, ja koska tahansa nitistettävissä. Muuten hänestä olisi ollut mukavaa vaihtaa lisää mielipiteitä tuon Tom Lindahlin kanssa, mutta noinkohan se enää toteutuisi? Mies oli sangen vaikuttava ilmestys, ja mitä hittoa ne puhuivat olevansa itsekin jotakin lapsiin sekaantujia? Alderiten nuppi alkoi olla jo melko terävässä vireessä, ja hänen sisällään sykki raivokas lataus. Hän arvasi, että tässä pelattiin nyt aikaa. Häntä oli käsitelty jotenkin, ja kohta jetsetit katoaisivat kuin tuhka tuuleen. Nerokasta.

Hän oli myös soittanut uudestaan Heikille ja kysynyt voisivatko tekniikan pojat käydä jälleen kerran hänen kotonaan poimimassa sormenjäljet, pienen palan dvd-levyä, ja katsastaa eteisen huoneiston seinillä olevien teipinpalojen taakse. Tällä kertaa Heikki ei luvannut mitään vaitioloon liittyvää pomoportaan suuntaan: muutenkin hän vaikutti varsin poissaolevalta. Alderiten maailma eli Kafkan sävyissä, kun hän päätti jättää auton parkkiin ja kävellä töihin, koska ei ollut ihan varma olotilastaan. Samalla hän päätti viedä miesten jättämän aselaukun talon yläkerrassa sijaitsevaan pikku varastoon. Olisi kiusallista, jos poliisin tekninen ryhmä löytäisi häneltä jotakin laitonta. Ase olisi kyllä sieltä vaikeasti saatavilla, jos tarve tulisi.

Kävellessään harjunviertä ylöspäin, radiomastojen katveessa, hän kohtasi miehen nimeltä Kuhmu. Kyseinen Kuhmu Järvelä oli paikallinen taistelulajien, erityisesti vapaaottelun harrastaja ja valmentaja, joka myös omisti oman salin. Alderite kävi silloin tällöin hakkaamassa säkkiä ja kyselemässä poikien kuulumisia. Kuhmu oli kiitollisuuden velassa Alderitelle eräästä aiemmasta tapahtumasarjasta, kun Alderite oli auttanut tätä torjumaan liiviveikkojen salinvaltausyrityksen.

"Joni se siinä!" Kuhmu tervehti äänekkäästi, ja miehet sheikkasivat käsiä tyylikkäästi. Kuhmu oli hyvin rap-henkinen hahmo, vaikka olikin jo vanha mies. Tällä oli tapana pitää aina joku parikymppinen tyttöystävä lähistöllä, ehkä se oli se mikä piti Kuhmun nuorekkaana.

"Ei ole pitkään aikaan näkynyt? Tulehan käymään salilla ehtiessäsi", hän jatkoi.

"Toki", vastasi Alderite ja katseli Kuhmun terrierimäisiä kasvoja.

"Meillä oli muuten melkoiset painit eilen! Jumalauta! Salilla on laukannut tutustumassa ja treenaamassa aivan käsittämättömän rankkaa porukkaa", Kuhmu selitti selvästi innostuneena.

"Ammattisotilaita, tappajia ja tuhansia saleja kiertäneitä, vanhan koulukunnan kolleja. Olisitpa nähnyt ne matsit! Meidän Euroopan mestariakin pöllytettiin ihan huolella", Kuhmu jatkoi, hengitysilma pakkasessa höyryten.

"No joo, onhan tässä ollut vähän piristysruisketta ilmassa viime päivinä", Alderite vastasi nöyrästi ja päätti siirtyä eteenpäin. Hän ei nyt jaksaisi kuunnella taistelulajien duracellpupun juttuja kovinkaan paljoa.

"Nyt täytyy jatkaa. Tulen lähipäivinä käymään. Koodataan sitten lisää!" Alderite oli aikeissa jatkaa matkaa kunnes hän sai ajatuksen.

"Kuhmu, voisitko tehdä minulle tärkeän palveluksen? Veisit isoäitini postilaatikkoon yhden kirjeen. Asia on todella tärkeä."

Kuhmu katsoi Alderitea hetken ja huomasi väsymyksen merkit tämän kasvoilla.

"Tottakai, mielelläni. Kerrot vain osoitteen niin homma hoituu, jos tarvitset muuta apua, niin saat koko salin körmygallerian auttamaan. Soitat vain."

"Thanks", Alderite sanoi. Hän kaivoi kirjekuoren takkinsa taskusta ja kertoi isoäitinsä osoitteen Kuhmulle.

Loviisankadun poliisiasemalla oli hiljaista, kun Alderite asteli huoneeseensa ja veti tuolin alleen. Hänen katseensa harhaili omissa tavaroissaan: koko hänen elämänsä tuntui rullautuvan auki ja näyttäytyvän ihan eri näkökulmasta kuin aiemmin. Tätä se huumausaineet ja naisseikkailut teettivät, mietti Alderite sarkastisesti yrittäen ryhdistää itseään. Hän mietti kaipaavansa neuvoja, mutta ei oikein tiennyt minkä, tai kenen puoleen kääntyä, näin huuruisessa jutussa. Kenelle tästä oikein avautuisi tai keneltä tässä pyytäisi neuvoa? Pitäisikö hänen erota jutusta, siirtää vastuu tutkinnasta toisen kannettavaksi, ja myöntää virheensä? Voisiko psykologi Tuure Engelberg auttaa häntä?

Neljä päivää, ja tapahtumia oli enemmän kuin neljässä vuodessa. Hän oli kuitenkin virkaahoitava poliisi, ja tämä asia selvitettäisiin perusteellisesti. Se ei käynyt laatuunsa, että häntä kiristettäisiin; toisaalta kukaan ei ollut vielä vaatinut häneltä mitään. Tässä oli aivan pielessä kaikki asiat. Hänen piti jahdata rikollisia eikä niin, että hänestä olikin tullut jahdattava.

Alderite avasi tietokoneensa. Sähköpostiin oli tullut runsaasti postia, ja yllätyksekseen siellä oli kuvallinen viesti Dr. Evelina Dalylta. Viestissä oli aiemmin Pyhättömänmäen kentällä Alderiten ottama kuva ja kuvaan liitetty teksti:

Rakkaudella, E. <3.

Alderite meinasi karjaista raivosta. Häntä oli pantu halvalla, huumattu ja juoksetettu ihan tarpeeksi. Alderite lähetti viestin välittömästi atk-osastolle ja liitteenä oli pyyntö täydestä analyysistä: tiedoista mistä kuva on lähetetty ja koska; hän halusi kuvan koodit ja koordinaatit esille: koko siihen liittyvän digiavaruuden auki pohjiaan myöden. Hänellä oli myös mukanaan viulu, joka oli yhä kuplamuoviin käärittynä: hän kantoi sen tekniikan tiloihin. Tekniikan väki huomasi Alderiten olevan kiukkuinen, eikä kukaan ei kysellyt turhia. Nyt oli pakko olla tosi kyseessä, kun talon rautaisin mies alkoi hehkua.

Liisa otti viulun Alderiteltä ja laittoi hanskat käsiinsä. Hän avasi kuplamuovit varovasti ja levitti osat kauniinvärisen huovan päälle suurelle tutkimuspöydälle. Sen jälkeen hän sytytti sen päälle joka suunnasta loistavat valot, niin että varjojen määrä jäi minimaaliseksi. Liisa veti lähemmäksi kameran, joka oli oman liikuteltavan tankonsa päässä.

"Onpa kaunis viulu", Liisa henkäisi tarkastellessaan viulun sinisiä liljan kuvia.

"Melkoisen vaaleaa puuta tai vaaleaksi käsittelyä", hän jatkoi. Liisan otsalla oli maski, josta sai suurennuslasin, kun sen laski silmien eteen.

Alderite kertoi, mitä Emil Lindahl oli hänelle kertonut viuluista, ja pyysi Liisaa tutkimaan koko viulun hyvin tarkasti, ottamaan siitä kaikki sormenjäljet, dna:t ja painaumat talteen.

"Vai oli näiden kansien välissä salainen paperilappu", Liisa mutisi mietteliäänä. "...ja silti sitä oli soitettu melkein sata vuotta. Uskomatonta, tosiaan."

Alderite tunsi itsensä hyvin levottomaksi alkaessaan siirtyä kohti ovea. Liisa oli jo täysin työhönsä uppoutunut, joten

Alderite livahti tiloista ulos kohti omaa huonettaan. Poliisipäällikkö Virtanen oli kuitenkin huomannut hänen saapuneen laitokselle, ja asteli Alderiten huoneen ovelle: "Tulisitko huoneeseeni. Otetaan pieni neuvottelu." Virtasen sanat kuulostivat enemmän haasteelta kuin pyynnöltä. Miehet marssivat Virtasen tilavampaan huoneeseen, missä päällikkö asettautui pöytänsä taakse hyvin arvovaltaisesti astellen.

"Krhm", Virtanen köhi kuin vanha virtahepo: "...no niin, siitä verinäytteestä, joka siis oli sitten positiivinen." Virtanen asetti faktat heti kättelyssä ja kiertelemättä esille. Tästä tulisi nuhtelu ja varmasti varoitus, jopa potkut, Alderite pohdiskeli.

Hiljaisuus lankesi kuin varjo muuten valkoiseen huoneeseen. Miehet tuijottelivat toisiaan. Välillä katseet kiersivät seinille ja pöydän pinnalle palaten taas silmiin.

"Verestäsi löytyi melkoinen sekoitus huumeita, ja kieltämättä olisi kiva kuulla jonkinlainen selitys", Virtanen sanoi ojentaen pöydän yli verikokeen tulokset. Alderite otti analyysin ja alkoi tutkia sen sisältöä.

"Toisaalta, Tiina ja Heikki toimittivat minulle muitakin tietoja, ja Interpolilta ja muutamasta muusta lähteestä tuli vahvistava tieto, että sinut oli mahdollisesti huumattu sinun tietämättäsi. Tekniikan pojat, tai oikeastaan tytöt, tutkivat työhuoneesi: sieltä löytyi signaalien vakoilulaite."

Alderite luki verenkuvaansa: TSH:ta, amfetamiinia ja kokaiinia, sekä jotakin aineita, mitä hän ei tuntenut. Melkoinen soppa, mutta miten ihmeessä ne häneen joutuivat? Hänhän oli ollut kuin mustaori kevätlaitumella. Ehkä aineet hivutettiin hänen kehoonsa useammassa erässä: juomassa ja savukkeessa. Mikä ihmeen miehiä huumaava ninjanainen Evelina oikein oli? Tämä vaatii jo taitoa ja perehtyneisyyttä. Mikään vakoilulaite ei enää hätkähdyttänyt häntä.

Miesten välille muodostui jäätävä hiljaisuus. Yleensä se ennakoi räjähdystä ja niin tälläkin kertaa: Virtanen nousi ylös ja paukautti nyrkkinsä pöytään, niin että tietokone heilahti.

"Mistä helvetistä tässä oikein on kysymys? Menikö jetsettien juhlissa vähän pitkään?" Virtanen huusi kaikkea muuta kuin diplomaattisesti.

"Olen kyllä ymmärtänyt, että tässä taustalla pyörii jotakin hyvin isoa, mutta nyt olisi kyllä kiva tietää, mitä helvettiä tässä kaupungissa touhutaan", Virtanen jatkoi ja lopulta istua takaisin alas, vaikuttaen tyhjentyneeltä ja lähes yhtä väsähtäneeltä kuin Alderite.

"Niin kait", Alderite vastasi tutkiessaan verenkuvaansa, ulkoisesti hän vaikutti olevan hyvin välinpitämätön.

"Saimme äsken vahvistuksen vainajan henkilöllisyydestä ja se myös viittaa kansainvälisiin tapahtumiin. Enkä ole enää lainkaan varma saammeko, tai saatko sinä tiimisi kanssa, tätä asiaa selvitettyä", Virtanen jatkoi ja työnsi pöydän yli printin rekisteristä.

"Sepä se", sanoi Alderite yhtä fatalistisesti pitäen silmänsä tiukasti kiinni raportissa."

"Olisi kyllä kiva tietää mitä tämä oikein tarkoittaa..." Virtasen ääni alkoi hiipua.

"On mahdollista, että joudumme sulkemaan surman tutkimukset toistaiseksi ja siirtymään eteenpäin", Virtanen jatkoi nyt jo lempeämmällä äänensävyllä. "Tämä on kyllä todella harvinaista. En muista urallani yhtään tapausta, missä meitä olisi pommittanut näin iso joukko eri tiedustelupalveluita ja muita syvien vesien toimijoita. Koko ylin poliisijohto on muutaman poliitikon säestämänä kokoontunut neuvonpitoon."

"Voi helvetti", Alderite sanoi nöyrästi. Hänen mielessään muhi kuitenkin jotakin.

"Homma on kuule Joni vain niin, että monesti tällaisissa jutuissa halutaan joku syypää, syntipukki. Toivotaan nyt, ettet se ole sinä", Virtanen sanoi ja tuijotti ilme tyhjänä ikkunasta ulos. Päällikkö oli kuitenkin sinutellut häntä, ja se oli hyvä merkki. Jotakin ymmärrystä oli siis ilmassa.

"Koskaan aikaisemmin laitoksen historiassa ei meitä ole vakoiltu, vaan me olemme kytänneet ihmisiä. Tämä on tavattoman vakavaa", Virtanen jatkoi ja katseli Alderitea mietteliäänä.

"Minua ohjeistettiin laittamaan sinut hetkeksi jäähylle ja lähettämään talon kallonkutistajan juttusille, siispä mars sinne: olet toistaiseksi hyllyllä ihan kaikesta, sanotaan nyt vaikka sairaslomalla kunnes asiat selkiytyvät. Toivon kuitenkin, että olet hyvin varovainen ja katsot tarkasti olkasi yli. Mene vaikka mökillesi piiloon", Virtanen sanoi.

"Kerrotko tarkemmin kuka ohjeisti, ja tarkalleen mitä?" Alderite kysyi. Hänellä ei ollut aikomustakaan ryhtyä syntipukiksi tai syylliseksi, ainakaan purematta takaisin.

"Entä minkälaisen raportin teen viime päivien tapahtumista? Kyllä kai sinua sitten on ohjeistettu siinäkin?" Alderite kysyi hiljaisella ja rauhallisella äänellä.

Virtanen tuijotti pitkään takaisin, mutta ei sanonut mitään. Hiljaisuus väreili ja Virtasen kulmakarvat pörhöttivät sähköisinä. Ukolla oli tosiaan paineita ja Virtanen oli sananmukaisesti kuin sähkötöpseli takapuolessa, Alderite tuumi.

Hetken kuluttua Virtanen katkaisi hiljaisuuden puhuen itsekin hyvin rauhallisella äänellä, mistä Alderite päätteli, että keskustelu oli tältä erää ohi.

"Ennenkuin menet, niin käy Heikin luona kertomassa mihin asti pääsit ihmeellisissä tutkimuksissasi. Tiedoksi, että Heikki oli äsken museovirastolla, koska Myllysaaren vanha viikinkihauta, tai joku vastaava muinaishauta, on ilmoitettu luvattomasti avatuksi. Ilmeisesti myös heidän toiseenkin varastoonsa oli murtauduttu aivan äsken: lieneekö samaa asiaa?" Virtanen jatkoi.

"Ai niin, se Lindan poika. Tämän isällä ei ole pojan kaappaamisen kanssa mitään tekemistä, mutta Heikki kertoo siitäkin lisää."

7.

Alderite päätti mennä hetkeksi omaan työhuoneeseensa rauhoittumaan. Hän ei kyennyt keskittymään kunnolla mihinkään. Perhosharrastajien sivuston jutut eivät kiinnostaneet. Hän mietti verenkuvaansa ja museolla tapahtuneita varkauksia. Hän oli lähes varma että kaiken takana oli sama kopla, tai mahdollisesti useampi kilpaileva kopla. Hän oli nyt kivi, joka hieroi heidän kengissään. Alderitea myös väsytti hieman ja tuntui jotenkin absurdilta vain laittaa työhuoneen ovi kiinni ja lähteä kotiin katsomaan televisiota. Hän mietti olisiko mahdollista operoida journalistipiirien kautta, koska periksi hän ei aikonut antaa. Hän kuitenkin arvasi, että taustalla oli käynnissä isompi tutkimus, eikä hänen haluttu pilaavan asioita. Tai sitten ketkut kusettivat koko systeemiä, ja poliisilaitos oli aivan hakoteillä.

Hän pohdiskeli vereensä yöllä ujutettua huumecocktailia: amfetamiinia, kokaiinia ja jäänteitä TSH:sta, kannabiksen vaikuttavasta aineosasta ja jotakin muuta: miten hitossa ne oli saatu hänen sisäänsä? Oletettavasti heidän juhliessaan: Evelinalla oli ollut kondomit mukanaan, ja niitä oli käytetty. Erotiikan huumassa Alderite ei ollut tuntenut mitään muuta kuin voimakasta himoa. Lopuksi, tai melkein lopuksi, he olivat poltelleet pikkusikarin ikkunassa roikkuen, ehkä siinä oli jotakin? Oliko Evelina poiminut väärän pullon hotellilta mukaansa, vai oliko tämä itse sekoittanut siihen jotakin?

Niinpä, ehkä kokaiini oikein annosteltuna riitti saamaan hänet vauhtiin. Sen jälkeen ripaus amfetamiinia, ja hän olisi kuin ravihevonen loppusuoralla. Sen jälkeen lopuksi kannabiksen vaikuttavaa aineosaa TSH:ta, joka vähän rentoutti ja toi hyvää mieltä. Helvetti, Evelinalla olisi kyllä selittämistä. Alderite kävi ajatuksissaan asioita läpi: kuinka helvetissä hän olisi osannut varoa naista? Nainen esiteltiin poliisiasemalla ja oli hyvin kuuluisa kriminologian alan tutkija. Ei ihme että hän oli joutunut tämän pirun pauloihin. Mutta kuka tämä Dad sitten oikeasti oli? Joku helvetin musta pornopaavi, itse belsebuubi, vai mikä?

Evelina oli kuitenkin pohtinut salaseuroihin liittyviä asioita hänen kanssaan ja vielä neuvonut häntä hieman, sekä löytänyt sen sirun uhrin niskasta. Sitten oli vielä nämä rfid - tekniikat ihon alla: viivakoodit ja muut tekniset kummallisuudet. Tähän oli tosiaan koira haudattuna. Voisiko olla mahdollista, että myös Evelina oli uhattuna? Se selittäisi paljon tai ainakin jotakin. Toisaalta koko puolusteleva ajatusrakennelma saattoi olla hänen rakastuneen sydämensä epätoivoista selittelyä.

Alderite nosti jalat työpöydälleen ja alkoi heitellä kiukkuisesti paperitolloja oven vieressä olevaan roskakoriin. Hän ryhtyi miettimään asioita yrittäen järjestellä niitä loogiseen järjestykseen. Uhrin asennon ja tarotkortin asennon yhtäläisyys oli ilmeinen. Asento tosiaan oli samanlainen kuin internetin haun esittämän kortin The Oak King; The Hanged Man: tammeen hirtetyn miehen kortin kuvaama miehen asento.

Oak king tarkoitti tammen kuningasta, mutta oliko tammi kuningas vai mies tammen kuningas? Korttipakan isojen Major Arcana -korttien numero 12. Mutta mitä sillä viestitettiin ja kenelle? Tai sitten joku vain pilaili ja rankasti.

Kortin selityksessä sen merkityksen kerrotaan viittaavan viikinkijumala Odiniin, joka koki melkoisen näkyjen matkan riippuessaan tammessa. Odin keksi samalla viikinkien riimut, jotka olivat viikinkien aikanaan käyttämä ennustusmenetelmä. Kortin roikkuvan vainajan kerrottiin olevan rauhallinen ja vainajan jaloista muodostui numero neljä. Kortin symboliikan kerrottiin viittaavan jonkinlaiseen käynnissä olevaan muutokseen, missä kaikki palaset eivät vielä kuitenkaan olleet kohdallaan. Asiat olivat, kortin tulkinnan näkökulmasta, vielä keskeneräisiä. Oliko siinä viesti?

Oliko kysyjän sitten mahdollista tämän kortin tulkinnan avulla pohtia eri vaihtoehtoja, antaa joissain asioissa periksi saavuttaakseen jotakin uutta? Mutta siis kuka viestitti, mitä ja kenelle? Oliko se suunnattu poliisille vai jollekin kilpailevalle hihhuliporukalle? Ehkä se oli tarkoitettu liitonarkkuja tonkivalle salaseuralle, salaisille sukkanauharitareille, uutta maailmanjärjestystä suunnitteleville jästipäille. Entä jos vainaja oli vain belsebuubiporukan uhri, ehkä he olivat suorittaneet jonkin rituaalin? Rituaali musiikkikoulun wc-tiloissa, mitä vielä.

Ei tässä ollut mitään normaalipoliisitoimen vaatimaa logiikkaa. Mitä uutta hän voisi saavuttaa? Muutos oli käynnissä, se oli ainakin varmaa. Oliko mahdollista, että rikollisporukat viestittelivät toisilleen? Vainajan henkilöllisyys oli sentään selvinnyt, koska Alderiten pöydällä oli kansio, missä oli kaikki mitä uhrista tiedettiin.

Vainaja oli nimeltään Patrik Connor. Alderiten suosima kolmen päivän sääntö tosiaan venähti parilla päivällä, mutta kuitenkin kalmolla oli nyt nimi. Hän päätti pysyttäytyä tutkimuksissaan vainajassa ja tämän elämässä, niin pitkälle kuin siitä tiedettiin. Alderiten pohtiessa asioita lensi poliisiaseman ylitse helikopteri, kuljettaen mitä ilmeisimmin jetsettejä jahdeilleen: helikopteri oli iso ja lensi matalalla, sen aiheuttama jyminä oli valtava.

Vainaja, Patrik Connor, oli puoliksi puolalainen ja puoliksi englantilainen. Hänellä ei ollut varsinaista rikosrekisteriä, mutta hänestä tiedettiin kuitenkin jotakin: Hän oli toiminut nuorempana palkkasotilaana Etelä-Afrikassa mutta oli oikealta ammatiltaan muusikko ollen erittäin hyvä viulisti, joka oli jatkanut uraansa kouluttautumalla soitinkorjaajaksi. Hän osasi rakentaa huippulaatuisia viuluja. Connor oli julkaissut kaksi kirjaa vanhoihin arvoviuluihin liittyen, ja häntä pidettiin yhtenä alan johtavista asiantuntijoista: erilaiset huutokaupat käyttivät hänen palveluksiaan soittimien arvioimisessa. Ikää Connorilla oli kuollessaan vain 38 vuotta. Miehen kuolema tuntui Alderitestä jollain tavoin haaskaukselta ja erityisen turhalta. Hän sulki kansion ja heitti viimeisen paperipalleron koriin. Tämän jälkeen hän otti takkinsa ja lähti Heikin työhuonetta kohti.

Tapahtumia pohtiessaan Alderite oli samalla listannut asioita paperille, jonka kääntöpuolella oli hänen ottamansa kuva Raakel Lindahlin asettelemasta kirjapinosta:

TAROT Major Arcana nro. 12

Hirtetty mies: Odin, viikingit, muutos, riimut, "ruumis" viesti – kenelle?

Jetsetit, suojakilpiä, liikkuminen, pankit, henkilöllisyydet, salaseurat?

Viulu, salaisuus, aarre, viesti?

Dad, Patu, Lindahlin poikien isä: Sir Christopher O'Morchoe, Ruotsi, Mafiat, korporaatiot – alamaailman jutut!

Murhatekniikka.

Pedofiilit, oma kirkko, okkultismi, Hellfire club vai monta clubia?

Huumeet, kiristys (?), lahjonta, tiedustelupalvelut

Rahan valta

Pentagrammi

Rfid-tekniikka

Rikolliskoplat kilpasilla?

Evelina Dalyn rooli

Okkultismi

Alderite astui Heikin huoneeseen ja antoi lapun tälle taitettuna. Heikki ei edes vilkaissut lappua, vaan tuijotti Alderitea.

"Helvetti, näytät kuin olisit jäänyt junan alle. Eikö se tummaverikkö jo lähtenyt?"

"Kyllä lähti ja nyt poliisisetää pannaan kuin vierasta sikaa."

"Tekee sinulle vain hyvää", Heikki vastasi samalla viiksiään hiplaten.

"Kommentoiko chief Virtanen mitään verinäytteestäni?" Alderite kysyi.

"No joo. Sanoi, että pidät muutaman päivän loman kunnes homma selviää. Tiimi kootaan kokonaan uudelleen", Heikki sanoi.

"Ok, minkäs teen. Tämä on kertakaikkisesti omituisinta mihin olen ikinä joutunut, koskaan", Alderite sanoi karheasti ja hieroi sänkeään. Hän tunsi itsekin olevansa lähes luhistumispisteessä.

"Tuntuu viranomaisena, kuin katselisin jollain tuntemattomalla rautatieasemalla junia ja junalaiturin tapahtumia, samalla kun ihmisiä ja asioita menee ohitse, eikä itse pääse kyytiin. Ei voi olla missään osallisena, pysäyttää tai puuttua mihinkään: seison asemalla ilman lippua ja rahaa", Alderite sanoi väsyneesti, ja mietti samalla kuinka paljon voisi kertoa Heikille Tom Lindahlin kertomista asioista?

"Mihin valta ja kunnioitus oikein katosi? Kaikki se taisi olla vain lainaa. Helkkari sentään, neljä päivää, ja kaikki on aivan sekaisin", Alderite piti tauon ja Heikki ihmetteli tavallisesti niin tarmokkaan miehen väsähtämistä. Yleensä tämä kävi asioihin kiinni kuin raivokas terrieri. Heikki vilkaisi Alderiten jättämää lappua ja rypisti otsaansa.

"Otan nyt sen loman. Tavoitat minut siviilipuhelimestani. Raportoi minulle asioiden etenemisestä jos voit."

Alderite oli lähdössä, kun hän muisti: "Ai niin, Virtanen mainitsi jotakin jostain museomurroista. Entä se Alexanderin tapaus?"

"Jep, olen juuri lähdössä tekniikan porukan kanssa käymään museolla. Jotakin on kuulemma viety, ja joku muinaishauta avattu. Itse en edes tiennyt, että täällä on joku viikinkihauta", Heikki sanoi ja yritti valaa äänensävyllään voimaa kollegaansa.

"Ok, toimita minulle kuvia ja tietoa siitä, mitä sieltä on viety. Arvioin liittyykö se tähän vainajan tapaukseen", Alderite vastasi ja lähti huoneesta ulos samalla vilkuttaen ja silmää iskien. Heikki huomasi miehen olemuksessa jotakin kumaraa, nujerrettua, jotain mitä siinä ei koskaan ennen ollut.

Heikki Marjovirta jäi mietteissään tuijottamaan Alderiten antamaa listaa. Sanoivat, että Alderite on alkanut sekoamaan, ja siltähän tämä nyt pahasti näytti. Toisaalta miehessä oli sisua enemmän kuin kenessäkään hänen tuntemassaan ihmisessä. Tämä oli kaiken lisäksi filippiiniläisten taistelulajien asiantuntija, joten kyllä hän tilanteessa pärjäisi, kunhan vastustaja vain astuisi esiin piilosta. Heikki katsoi yhä tarkemmin Alderiten jättämää paperilappua.

Sen sisältämät kuvat, ja listaus erilaisista asioista, vaikutti hyvin erikoiselta, mutta siinä oli kuitenkin ilmiselvästi jotakin logiikkaa: hän laittoi paperin skanneriin. Sen jälkeen hän lähetti skannatun kuvan teksteineen tekniikan puolelle Liisalle, joka oli tunnetusti talon älykkö, ja yhdessä laitoksen informaatikon kanssa nämä olivat ratkaisseet monta mysteeriä. Etenkin lapun listassa viimeisenä oleva Evelina Dalyn nimi herätti jälleen kerran Heikin kiinnostuksen.

8.

Pakkanen oli alkanut aavistuksen lauhtua ja ihmiset olivat taas liikkeellä sankoin joukoin. Alderite katsoi kelloaan ja lähti kohti keskustan vanhimmassa puutalossa sijaitsevaa pientä kahvilaa. Kahvila oli hyvin viihtyisä ja rakennettu yli satavuotiaaseen, perinteistä suomalaista puurakentamista parhaimmillaan edustavaan puutaloon: se oli myös viimeisiä vanhan keskustan jäljellä olevista puutaloista. Hän istuutui alas ja otti kahvin ja pientä suolaista purtavaa. Tilaa oli mukavasti, joten hän oli sijoittautunut kulmapöytään, koska sen äärellä saisi keskustella mahdollisimman rauhassa ja samalla hän myös näkisi ketä tuli ovesta sisään. Aikaa olisi runsaasti ennen kuin kirjastonhoitaja saapuisi. Kahvilassa ei myöskään ollut ketään tuttuja, ja sen valaistus oli sopivan rentouttava. Vanhassa uunissa paloi pieni tuli ja sen säteilylämpö rentoutti mukavasti.

Alderite kirjoitti ylös asioita, joita hän alustavasti ajatteli kysyä Emil Lindahlilta. Hän ajatteli yrittävänsä hyödyntää nimenomaan tämän uskontotieteilijän asiantuntemusta. Ensin vapaamuurarit ja salaseurat ylipäätään: miten niihin tuli suhtautua ja mitä niistä olisi hyvä tietää? Toiseksi Viipurin asioista voisi yrittää kysellä lisää. Koko asia ja tapahtumat kuitenkin alkoivat jo hieman väsyttää häntä.

Ehkä keskustelun voisi antaa edetä omia polkujaan. Kirjastonhoitaja oli kuitenkin paljon keskeisempi hahmo tässä pelissä kuin hän. Lopulta Emil saapui paikalle ja tervehti Alderiteä ystävällisesti. Sen jälkeen hän nouti palvelutiskiltä pientä purtavaa ja ison cafe latten. Miehet kättelivät ja mittailivat toisiaan hieman epäröivillä katseilla. Viimein Alderite rikkoi hiljaisuuden: "Onko kaikki kunnossa ja hyvin?"

"Ihan hyvin, kiitos kysymästä", vastasi Emil Lindahl ja siemaili kahviaan. Hän mietti komisarion ulkonäköä, ja sitä mitä kulissien takana mahtoi parhaillaan tapahtua. Poliisissa tehtiin Alderiten naamasta päätellen ilmiselvästi ylitöitä, koska komisarion olemus ja leukaperät vaikuttivat hyvin jännittyneiltä.

"Mikä on tutkimusten tilanne? Oletteko päässeet eteenpäin vainajan mysteerissä?" Emil kysyi yrittäen kuulostaa leppoisalta silmäillen samalla ympärilleen.

"Kyllä, meillä on hänelle nimi: haluatko tietää, vai tiedätkö sen jo? Alderite kysyi haastavasti.

"En helkkarissa tiedä. Olen aivan ulkona siitä missä mennään, siis oikeasti."

"Minäpä kerron: hän on Patrik Connor, kansalaisuudeltaan puoliksi puolalainen ja puoliksi britti. Hän on työskennellyt eri puolilla maailmaa, myös palkkasotilaana: kuulostaako nimi yhtään tutulta?" Alderite kysyi, ja Emil mietti pitkään ennenkuin vastasi.

"Saman niminen henkilö on eräs hyvin kuuluisa viulunrakentaja, joka on myös kirjoittanut jousisoittimista paljon. Muistaakseni tutkimuksia viulunrakennuspuun uppokastelusta, puun käsittelystä ja vastaavista. Toisaalta voi olla, että muistan nimen väärin, tai sitten yhdistän sen vain kokonaan toiseen henkilöön", Emil vastasi.

"Oikeassa olet. Mies on tosiaan kuuluisa jousisoitinasiantuntija ja todellakin löytyi kuolleena musiikkioppilaitoksenne kellarista. Teiltä myös yllättäen vietiin jotakin arvokaan viulun sisältä", Alderite sanoi.

Miesten välillä vallitsi epäluuloinen hiljaisuus, ja kirjastonhoitaja naputteli sormillaan kahvikuppiaan hermostuneesti. Alderite arveli tämän siirtyvän puolustusasemiin lopun keskustelun ajaksi.

"Kerrohan muuten onko tammella puulajina mitään merkitystä soitinrakentamisessa?" Alderite kysyi katsoen samalla Emiliä tiukasti silmiin.

Emil kuitenkin ajatteli ihan muita asioita ja vastasi: "Tämä on todella erikoista, koska olisin voinut kuvitella, että nämä rikolliset tahot olisivat käyneet kirjastolla silloin, kun minä olen siellä, ja kyselleet asioita etukäteen. En kuitenkaan ole huomannut oikeastaan mitään tavallisuudesta poikkeavaa. Ehkä he tuntevat jonkun muun, joka tietää koulumme asioista? Itse en ole pelannut kaksilla korteilla, eikä minulla ole oikein mitään intressiä tässä asiassa. En edes tiedä mitä he tavoittelevat", Emil sanoi rauhallisesti ja siemaisi kahvia.

"Mitä tammeen tulee, niin se on liian painavaa ja kovaa, eikä sitä käsittääkseni käytetä kovinkaan paljoa soitinrakentamiseen", hän lisäsi hetken kuluttua.

"Onpa tämä kahvila muuten viihtyisä", Emil jatkoi. Hän vaikutti täysin avoimelta, joten Alderite päätti painostaa hieman lisää. Hän halusi avata lisää asiasta selvinneitä seikkoja ja häntä myös turhautti oma voimattomuuden tunteensa. Kirjastonhoitaja halusi ilmeisesti jutella niitä näitä ennen kuin he pääsisivät itse asiaan; Alderite itse oli sangen kärsimätön.

"Tapasin yllättäen veljesi ja hän avasi minulle asioita ja historiaasi. Tiedän nyt myös isästäsi hyvin ikäviä asioita, ja kuuntelisin mielelläni sinun versiosi. Oletko muuten tavannut veljeäsi lähiaikoina?" Alderite aloitti ja miesten välille virisi jälleen piinaava hiljaisuus. Emil näytti hyvin mietteliäältä ja hörppi lattea.

"Luotan veljeeni täysin, joten jos olette keskustelleet, niin minulla tuskin on siihen mitään lisättävää. Enkä ole häntä nähnyt aikoihin, joten tämä asioiden saama käänne on minulle täysi yllätys. Toki olisi mukavaa, jos hän olisi ollut minunkin kanssani yhteyksissä: ehkä hänellä on omat syynsä", Emil vastasi hieman taaksepäin nojautuen ja ilmiselvästi yhä enemmän puolustuskannalle vetäytyen. Hän riisui päällystakkinsa ja laittoi sen tuolin selkänojalle.

"Miksi muuten kysyit tammesta?" Emil kysyi.

"Tunnetko tarotkorttien kuvamaailmaa, vai olisiko nyt sitten symboliikka, se oikea sana? Alderite kysyi.

"Kyllä tunnen, ja tiedän niistä aika paljon, kuinka niin?" Emil kysyi.

"Eikö mieleesi ole tullut mitään ruumiin asennon ja erään tarotkortin yhtäläisyyksistä?" Alderite kysyi mystisesti hymyillen. Emil tuijotti ihmeissään Alderiteä ja kaivoi tablettimallisen tietokoneen laukustaan. Hän ryhtyi selaamaan tarotkorttien kuvia otsa rypyssä. Hetken kuluttua hän vihelsi:

"The Oak King, Hirtetty mies ja numero 12. No voi helkkari, kuinka en heti hoksannut tätä asiaa. Samankaltaisuutta todellakin on havaittavissa: Odin, tammi, misteli, numerot 12 ja 4, ja paljon muuta. Voi hyvänen aika sentään!" Emil

Lindahlin uskontotieteilijän puoli avautui täysin. Alderite huomasi hämmästyksekseen, kuinka intensiivisesti tämä asiaan suhtautui.

Alderite kävi hakemassa lisää juotavaa ja antoi asian imeytyä kuvaa mietteliäänä tuijottavan uskontotieteilijän mieleen. Alderiteä kiinnosti, mitä tietoa arvon tieteilijän nupista tulisi ulos. Niinpä hän istuutui alas hiljaa.

"Onko kertomus isästäsi, rikollisuudesta ja vauraudesta totta?" Alderite jatkoi tarkkaillen samalla Emilin ilmeitä. Tämä näytti vetäytyvän kuoreensa, kuin simpukka, eikä tämän kasvoista voinut enää lukea mitään.

"On se, ja siihen kietoutuu monta asiaa päällekkäin. Kannattaa muistaa, että jos isäni on tämän murhan ja viulun sisältä löytyneen arvoituksen varkauden takana, niin se ei varmasti ole mikään ihan pieni juttu. Hänellä kun on varaa ostaa Stradivarius ja arkullinen kultaharkkoja, jos sikseen tulee", Emil vastasi hieman ärtyneen oloisena.

"Homma alkaa siis kuitenkin hiljalleen avautua. Onko sinulla mitään muistikuvaa Valtter Juvelius -nimisestä henkilöstä, joka oli aikanaan Viipurin kirjaston ylihoitaja?" Alderite kysyi yllättäen.

"Hetkinen, siis kuka? Sanoitko Juvelius? Olen jossain kuullut nimen, odotas", Emil sanoi ja ryhtyi jälleen tutkimaan tablettiaan: hän selasi internetistä musiikki-instituutin kirjaston tietokantaa.

"Nyt löytyi. Meillä on museokokoelmassa joitakin papereita ja dokumentteja joissa on nimi Valtteri, tai Valter Juvelius", Emil vastasi.

"Voitko varmistaa mitä pikimmin, että ne ovat yhä paikalla kokoelmissanne. Ne pitää laittaa varmaan talteen ja toimittaa meille tutkittaviksi. Mikseivät ryöstäjät vieneet niitä? Hetkinen... onko mahdollista, että ne on viety, mutta emme vain ole huomanneet asiaa?" Alderite sanoi hämmästyneenä.

"En tosiaan tiedä. Juveliuksen nimi löytyy helposti tietokannasta, joten jos he ovat etsineet jotakin häneen liittyvää, niin luulisi että olisivat ottaneet myös nämä paperit mukaansa", Emil vastasi ja sulki tablettinsa.

Alderite nousi ylös pöydästä, haki jälleen lisää kahvia ja soitti samalla Heikille poliisiasemalle.

"Moi, minä täällä. Olen parhaillaan musiikki-instituutin kirjastonhoitajan kanssa juttusilla, ja mietin olisiko mahdollista laittaa vielä sinne kirjastolle pari poliisia vartioimaan."

"Juu, juu. Tiedän. Lepään, lepään, enkä tutki juttua", Alderite sanoi seuraavaksi ja Emil vilkaisi tätä huolestuneen näköisesti.

"Löysimme kuitenkin jotakin kiinnostavaa tietoa, joka voi olla vielä olla siellä, ja se ei saa missään nimessä kadota: kirjastonhoitaja tietää mitä haluan. Laita samalla vartiointia kirjastonhoitajan kotiin, jos vain resursseja riittää." Toisessa päässä Heikki kuunteli Alderiten selvitystä ja murahti lopuksi hyväksyvästi Alderiten tiedustelulle.

Juuri kun Alderite aikoi sulkea puhelimensa, Heikki sanoi: "Talon informaatikko kyseli sinua äsken, mitä jos laitan rautarouvat sinne kirjastolle tutkimaan niitä arkistoja kirjastonhoitajan avuksi? Sinun pitää oikeasti nyt vetäytyä tästä jutusta."

"Watson, tämä on paras ideasi tähän asti! Ilmoitan kun olemme menossa sinne", Alderite huikkasi ja sulki puhelimen vastamaatta mitään vetäytymiskehoitukseen.

"No niin, tutkitaan sitä asiaa vielä ihan rauhassa, ja pengotaan vielä hetki kokoelmianne", Alderite sanoi kirjastonhoitajan suuntaan.

"Veljesi kertoi minulle huiman tarinan tähän Viipurin Juveliukseen liittyen ja siihen mikä saattoi olla koko tämän tapahtumaketjun perimmäinen syy. En aio vielä kertoa sinulle tässä ihan kaikkea, mutta asioiden syy on hänen mukaansa jonkinlaiset okkultististen salaseurojen kiinnostuksen kohteet", Alderite sanoi ja jatkoi: "Niin, ja sinähän kerroit olleesi töissä jossain vapaamuurarikirjastossa Lontoossa. Voisitko nyt avata minulle näitä salaseurojen maailmoja hieman. Ovatko nämä rapparit jokin rikollisjärjestö, jokin muinainen mafia vai mitä?"

Emil katsoi hetken komisariota ihmeissään ja hymyili hetken, mutta ryhtyi sen jälkeen avaamaan asioita: "Suhteellisen vanhoja ne ovat, mutta eivät välttämättä niin vanhoja kuin haluavat antaa ymmärtää. Asia on aika laaja ja monisäikeinen: luitko sinä sen Econ Focaultin heilurin? Björn Riddari soitteli minulle yliopistolta ja kertoi suositelleensa sinulle kyseistä kirjaa."

"Olen vasta edennyt vähän matkaa, mutta tutkin internetistä siihen liittyviä asioita", Alderite sanoi.

"Ok, no huomasit varmasti kirjasta, että uskonnollista toimintaa on todellakin monenlaista, ihan katseidemme alla. Moni ihminen voi uskoa hyvinkin eri tavalla kuin miten valtauskonto asiat määrittelee, ja silti toimia virallisen yleisesti määritellyn valtauskonnon kehyksissä. Tarkoitan, että ihan normaalin arkisen oloisena, vaikka ihmisen maailmakuvat ja käsitykset saattavat olla hyvinkin kummallisia. Sama henkilö voi kuulua useampaan salaseuraan, ja näillä uskonnon sisäpiiriläisillä voi olla toiminalleen hyvin monenlaisia motiiveja", Emil kertoi.

"Erilaisia vapaamuurareiden kaltaisia järjestöjä on muitakin. Pääsääntöisesti ne eivät ole mitään rikollisjärjestöjä, vaan tarjoavat mystiikanhakuisille ihmisille pientä jännitystä ja seuranpitoa tähän harmaaseen arkeen. Toki vapaamuurarit ovat niistä ehkä kuuluisin, mutta yhtä isoja organisaatioita ovat muun muassa Odd Fellowsit, Teosifit ja Ruusuristiläiset tai miksei monet uususkonnolliset liikkeet kuten wiccat, druidit, ja niin edelleen."

Kirjastonhoitaja piti tauon ja siemaili kahviaan.

"Ovatko ne kaikki oikeasti salaisia, on kokonaan toinen juttu, koska heistä voi olla mukavaa mainita olevansa jotenkin salainen, mutta oikeasti näitä salaisuuksia ei juuri ole."

"Toisilla on salaisempia tasoja tai sanotaan nyt vaikka initiaatioasteita. Osalla on eräänlaisia ryhmän salaisempia sisäryhmiä, toiset ovat alusta asti salaisia: niiden avoimuus vaihtelee toinen toisistaan hyvin paljon, puhumattakaan niiden yliluonnollisista käsityksistä ja opeista."

Alderite rypisti kulmiaan, mutta ei keskeyttänyt. Hän vain nyökkäsi Emilille jatkamisen merkiksi.

"Salaseurat saattavat joissain tapauksissa kilvoitella keskenään olevansa se ainoa oikea, ja lähinnä salaista tietoa, mitä se nyt sitten kulloinkin on. Näitä salaseuroja on ollut aina, niin entisinä aikoina kuin nykyisinkin. Osa on aiemmin ollut ammattiyhdistysten kaltaisia järjestäytymiseen ja työn tekemiseen liittyviä järjestöjä ja osa hengellisempiin asioihin keskittyneitä. Alkuperäinen työkillan malli saattaa vaikuttaa siihen, että osa näistä nykyisistäkin organisaatioista auttaa jäseniään hädän hetkellä."

"Kuten vapaamuurarit", Alderite sanoi.

"Kyllä."

"On epäselvää, onko niiden hallussa sitten mitään sellaista salaista tietoa, mitä ei yleisimmin tiedettäisi. Tutkijat eivät sellaiseen oikein usko, mutta toki jäsenille itselleen voi olla hyvinkin tärkeää uskoa näin olevan. Monesti näissä piireissä toimiva ihminen liikkuu yhteisöstä ja opista toiseen, kuin etsien omaansa, ja moni muuttaa kokonaan oman aiemman teologisen ajatusrakennelmansa, silti yhä ehkä roikkuen alkuperäisessä yhteisöissä mukana", Emil kertoi.

"Keskiajalla, ja sitä ennen oli munkki- ja luostarisääntökuntia, joista osa elää yhä: ne ovat oikeasti vanhoja organisaatioita. Niiden nimet ovat varmasti tuttuja:

Maltan ritarit, fransiskaanit, jesuiitat ja niin edelleen. Temppeliritarien ja pyöreänpöydän ritarien kertomukset ovat näistä ehkä kiinnostavimpia, tai ainakin tunnetuimpia. Kannattaa muistaa, että niiden päälle on ajan saatossa kertynyt paljon tarinoita ja myyttejä", Emil kertoi. Kahvia siemaistuaan hän jatkoi: "Tämä siis näin ihan yleisellä tasolla. Jos jokin tietty suuntaus tai yhteisö kiinnostaa erityisesti, niin voin avata hyvinkin tarkasti heidän käsityksiään ja toiminnan muotoja, sillä tutkimustietoa on runsaasti tarjolla."

"Miten näitä seuroja tai järjestöjä tutkiva tutkija yleensä tapaa niitä lähestyä?" Alderite kysyi. Samalla hän mietti kuumeisesti miten kysymyksen asettaisi oikein, ettei vaikuttaisi ihan hölmöltä.

"Erilaisia tutkimusmetodeja on monia, koska metodi on tutkijan tärkein työkalu. Niinpä tutkijalla on yleensä joku isompi teema, kysymys, eräänlainen tutkimusnäkökulma, mihin haetaan vastausta. Kysymykset suhteutetaan sitten siihen. Kysymykset etenevät, vastauksia seulotaan ja sitten aineistolle asetetaan lisäkysymyksiä. Kuulostaa hyvin yksinkertaiselta, mutta prosessi on monesti melko vaativa. Tutkijalle voidaan valehdella, kaikkiin aineistoihin ei pääse käsiksi ja niin edelleen. Siinä todellakin punnitaan tutkijan taidot ja kyvyt", Emil vastasi naurahtaen ja levitteli samalla käsiään.

"Tämä on luennon kokoinen asia enkä oikein tiedä, mitä sanoisin, joten kerro jos menee yli käsityskykysi."

Alderite joi kahviaan ja kohautti olkapäitään.

Emil kuitenkin jatkoi: "Tutkimuksessa on oleellista, että se mihin viitataan ja mistä kerrotaan, on toistenkin löydettävissä. Humanistiset tieteet ovat juuri siitä syystä hyvin mielenkiintoisia, koska monesti niiden tutkimuskohteiden laaja-alaisuus on suuri, jolloin pienten yksityiskohtien selvittämisen kautta pystytään luomaan valoa koko ilmiöön."

"Niin no, tuohan on kuin oman työni tutkimusmetodien oppikirjasta", Alderite sanoi.

"Itseasiassa, tämä ei sitten loppujen lopuksi kuitenkaan poikkea luonnontieteiden metodeista kovinkaan paljoa. Tällaisessa tutkimuksessa mitattavat asiat ovat vain eri tavalla ilmentyviä: ne ovat sanoja, tekstejä, tapahtumia. Niitä avataan loogisessa järjestyksessä, mutta yhtä tarkasti kuin matemaatikko tehdessään laskutoimitusta, joka etenee kaavojen poluilla: reitti takaisin lähtöpisteeseen on aina oltava selvillä", Emil jatkoi ja tuntui pääsevän koko ajan enemmän oppialansa elementteihin käsiksi. Kertoessaan hän muistutti hieman vanhempaa veljeään.

"Tutkimuksen edetessä toinen tutkija luo taas uuden näkökulman, jolloin kokonaisuuden arvoituksen aukeaminen etenee. Monesti jonkin tutkimuskohteen salaisuuksien auetessa kysymykset supistuvat muutamiin teeseihin, joista sitten eri suunnista asiaa katsovat tutkijat kiistelevät."

Alderite oli mietteliään näköinen. Emil odotti hetken ennen kuin katkaisi hiljaisuuden.

"Niin, vielä sen verran luentoa, että tutkijoiden joukko on monimuotoinen ja jakautunut tutkimusnäkökulmien taakse. Jonkun mielestä uskonnollisia ilmiöitä ei saa palauttaa esimerkiksi psykologian näkökulmiin. Toisten mielestä ilmiön siirtäminen ulos kertojan tai tutkimuskohteen omista piireistä on järkevää. Itse kannatan monimetodista tutkimusotetta, mutta toki metodin valintaan vaikuttaa aina myös se, mitä ollaan tutkimassa. Tutkimuksen teosta ei kukaan tutkija palaa samanlaisena kuin lähtiessään."

"Luulen ymmärtäväni", Alderite sanoi. Avotulen säteilylämpö sai hänet haukottelemaan.

Emil mietti hetken ja palasi metodologisten mietintöjensä äärelle: "Itseasiassa kun sanoin sanan luonnontiede, niin voisin vielä huomauttaa, että klassisen luonnontieteet vastaan humanistiset tieteet -debatin ydin kietotutuu siihen, että viime kädessä kuitenkin ihminen itse, kaikkine aisteineen ja mahdollisuuksineen havaita maailmaa, on se joka katsoo mittaria tai mikroskooppia, tehden löydöistä havainnon ja tulkinnan."

Alderiten ajatuksissa loksahti monta filosofista pohdintaa oikein päin ja häntä alkoi melkein naurattaa: "Siis tarkoitat, että joku muu, vaikka jumala tai joku ufo tai alien, voisi katsoessaan mikroskooppiin nähdä sen näkymän jollain toisella tapaa rakentuneena, ja tehdä erilaista tulkintaa, siis tiedettä. Ehkä silti kuitenkin päätyä omilla seurattavilla merkinnöillään samaan lopputulokseen, tai miksei johonkin ihan muuhun?

"Juuri näin", Emil sanoi ja oli tyytyväinen, että keskustelukumppanilla välähti asiat näinkin hyvin.

"Voisimmeko teidän työkaluillanne päästä jotenkin lähemmäs sitä, mitä tuon viulun sisällä oli?" Alderite kysyi.

"Itse katsoisin ensin viulun oman rakennushistorian, tekniset analyysit ja sitten ryhtyisin seulomaan tätä muuta, ilmeisesti salaseuroihin liittyvää aineistoa. Kyllä sieltä joku teema varmaan sitten löytyisi, sen jälkeen aletaan kokeilla etenemistä erilaisilla metodeilla", Emil vastasi.

"Ajatusteni taustalla on iso kysymys, mutta en tiedä osaanko esittää sitä oikein. Mutta yritän...", Alderite aloitti, piti pienen mietintätauon ja jatkoi sitten eniten itseään askarruttaneeseen kysymykseen:

"Mikä on käsityksesi pahasta, pahuudesta? Onko jonkinlainen saatananpalvonta tai vastaavaa toimintaa oikeasti olemassa, siis järjestäytyneenä ilmiöinä?"

Emil katsoi komisarioita hetken, pyysi anteeksi ja nousi ylös. Hän kävi miestenhuoneessa, ja nouti samalla tiskiltä uuden cafe latten. Samalla Alderite ei voinut välttyä ajattelemasta, pitikö tämä häntä ihan mielipuolena. Emil palasi ja istuutui alas.

"Kysymys ei ollut ollenkaan huono", Emil sanoi palatessaan. Alderitestä tuntui huojentavalta, ja hän odotti kiinnostuneena mitä tuleman piti.

"Riippuu siitä miten me lähestymme kysymystä, siis tuo teema sisältää hyvin monia kerroksia tai ulottuvuuksia. Itse avaisin asiaa ehkä miettimällä ensin oikean ja väärän filosofiaa moraalin ja etiikan näkökulmasta, ilman uskonnollista tematiikkaa. Se varmasti on suhteessa kulloisenkin kyseessä olevan yhteisön normeihin: on todennäköistä, että intialaisella vasemmankäden tantrajoogilla tai kotoisalla liivijengillä on varmasti kovin erilaiset käsitykset siitä, mitä saa tehdä, kuin esimerkiksi tavallisella peruskoulun luokanopettajalla", Emil sanoi ja piti pienen tauon.

"Uskonnollinen tematiikka on sitten seuraava pohdinnan aihe. Mitä tuohon kristinuskon Saatanaan tulee, niin erottaisin ensin kyseisen tutkimuskohteen uskonnolliset kehykset erilleen yhteisön hyvän ja pahan käsityksistä. Voihan olla, että kyseessä ei ole lainkaan kristilliset käsitykset, muuten kuin asiaa tutkivan päässä. Nimittäin Saatana persoonallisena hahmona on melko lailla sitoutunut kristinuskon teologiaan ja käsityksiin."

Emil piti pienen tauon ja jatkoi: "Miten puhua Saatanasta jollekulle, joka palvoo esimerkiksi jotakin antiikin jumalaa ollen polyteisti, monijumalinen? Ja toiseksi, mitä yleensä yhteisössä tarkoitetaan Saatanalla, mihin kaikkeen se liitetään? Ja lopuksi: oliko sitten se oikea raamatun Saatana oikeasti paha? Onko sieltä löydettävissä erilaisia pahan arkkityyppejä?"

Alderite ymmärsi, että nyt oltiin ison asian juurella. Oliko suurten kertomusten paha oikeasti vastapuoli: oliko se kaikille vastakkainen, arvojen kiusaaja ja kääntäjä?

"Siis ensin auki se mitä pahalla kulloinkin tarkoitetaan ja sitten kohdistetaan katse tutkimuskohteeseen, mistä peilataan löytyykö tuota tarkoittamaasi pahaa tai pahuuden asianajajaa", Emil jatkoi.

"Esimerkiksi Saatanankirkko, Church of Satan, on tosiaan olemassa. Korostan vielä, että on oleellista, onko kyseessä persoonalliseksi käsitetty Saatana vai palvotaanko saatanaa filosofiana, satanismina? Siinäkin on eroa: eivät kyseiset henkilöt välttämättä ole pahoja tai tee pahaa, vaikka olisivat satanisteja. Saatananpalvoja ja satanisti ovat siis kaksi eri asia. Toiselle se on persoonallinen olento, toiselle filosofia", Emil kertoi ja alkoi levottomasti vaihdella asentoaan tuolissa.

Alderite katsoi pitkään kirjastonhoitajaa. "Church of Satan. Voi elämä."

"Älä muuta sano. Epäilen kuitenkin, että kysymyksesi liittyy isääni. Se, mikä siellä isäni tekojen taustalla lienee, on luultavasti joku antiikin, tai ehkä varhaisempikin uskonnollissävytteinen ajatusmaailma. Uskoisin, että samainen uskonnollinen ajatusmalli on mahdollisesti vaikuttanut kristinuskon Saatanan käsitteen syntyhistoriassa, mutta se ei kuitenkaan välttämättä ole sama asia."

Tietoa tuli tuutin täydeltä. Alderiteä alkoi harmittaa oma tietämättömyytensä. Kirjastonhoitaja kuitenkin vaikutti avoimesti kiinnostuneen aiheesta, koska jatkoi asian pohtimista:

"Korostan, että isäni ja hänen kumppaninsa eivät mielestäni ole kristinuskon uskonnollisten ajatusmaailmoiden kehyksien mukaisesti toimivia, siis satanisteja tai vastaavia. He ovat hyvin tehokkaasti järjestäytyneitä, ja omat tietoni heistä on hyvin hajanaisia. Enemmän tulee kaukaisesti mieleeni Intian hautausmailla asuvat pyhät miehet, jotka juovat ja syövät pääkalloista. Samanlaista yhteisön tabut päälaelleen kääntävää toimintaa on ollut myös idän ortodoksikirkon alueilla, siis tarkoitan hautausmaalla asuvia pyhiä näkijöitä ja vastaavia. Mieleeni tulee myös itsensä antikristukseksi julistanut Aleister Crowley", Emil sanoi ja jatkoi: "Käsittääkseni Rasputin oli myös vastaavan kaltainen etsijä. Käsitykseni mukaan ainakin osa isäni opillisista ajatuksista tulee jostain kaukaa Venäjältä. Kaiken taustalla on käsitys, että vain syntiä tekemällä voi vapautua synnistä. Tiedän, että hän on tehnyt monta pyhiinvaellusmatkaa Pyhän Nikolain luostarille Siperiaan, missä on Pyhän Simeonin jäännökset, ja toki myös paljon muihinkin paikkoihin", Emil kertoi jo hieman epäröivällä äänellä.

"Asia menee vain monimutkaisemmaksi. Tätä juttua tuntuu tulevan niin paljon, että meidän lienee syytä jatkaa toisella kerralla. Mikäli mahdollista, niin olisin kiinnostunut miettimään yhdessä, onko tätä mahdollista mitenkään järkevästi avata. Tietysti edellyttäen, että haluat asiaa pohtia. Voi olla, että suljemme omat viralliset kansiomme jossain vaiheessa, mutta minua kiinnostaa myös henkilökohtaisesti kovin paljon nämä asiat", Alderite sanoi ja suki kuumottavaa päälakeaan.

"Toki voimme keskustella. Voisin suositella sitten jotakin luettavaa asian tiimoilta. En kuitenkaan Econ Focaultin heiluria, vaan jotakin oikeasti oppiaineeseen kuuluvaa niin, että pääset hieman kauemmas omista pinttyneistä käsityksistäsi, ja sitten katsoa mistä suunnasta asiaa kannattaa lähestyä. Tämä juuri on sitä vertailevaa uskontotiedettä."

"Käsitin kyllä. Luulen, että tarvitsen vain paljon taustatietoa ennen kuin pääsen tasollesi kysymään asioita oikeasta näkökulmasta, etten vaikuta ihan hölmöltä", Alderite naurahti.

"Ihmisten sosiaalisissa kanssakäymisissä monesta ilmiöstä versoo uusi ilmiö ja homman juju on siinä, että niitä tosiaan voidaan vertailla. Usko tai älä: myös ateisimia voidaan tutkia samoilla työkaluilla. Viime aikoina on alkanut syntyä ateistien kirkkoja", Emil sanoi ja nauroi hersyvästi.

"Et voi olla tosissasi. Miten ateisti ja kirkko kuuluvat yhteen?" Alderite kysyi. Kahvi oli jälleen loppunut ja hän oli siirtynyt pyörittelemään lusikkaa levottomasti kädessään.

"Sosiaalinen dynamiikka on siinä sama, kuin muissa uskonnollisissa toiminnoissa, siis ihmiselle lajityypillistä sosiaalista käyttäytymistä. Sosiologi Emile Durkheim totesi aikanaan, että yhteisö loi jumalan omaksi kuvakseen", Emil sanoi nauraen.

"Nämä siis ovat minun tulkintojani, joten asioita voi myös esittää eri näkökulmista erilaisia tulkintoja."

"Sopisiko sinulle käydä vielä tänään työpaikallasi kirjastolla. Voisin saatella sinut sinne, paikalla on jo varmasti järjestetty vartiointi. Pari tutkijaa tulee laitokselta, joten voisitte yhdessä katsoa sitä Juseliuksen dokumenttia. Itse lähden lepäämään hetkeksi", Alderite sanoi.

Emil Lindahl katsoi Alderiteä kysyvästi: "Niin, se tarot-kortti, haluatko tietää siitä vielä jotakin?"

"Ai niin, no niin. Anna tulla täyslaidallinen."

"Se liittyy kovin moneen asiaan ja aukeaa moneen suuntaan. Se, mitä näin nopeasti mieleeni tulee, on että kuvan hahmon on ajateltu riippuvan tammessa omasta tahdostaan, koska hän hymyilee: merkitys liittyy ihmisen itsensä uhraamisen, tai kortti ylösalaisin tarkoittaa päinvastaista. Alkuperäisen kortin miehen vaatetus kielii omaa merkitystään: punaiset kengät, sininen paita ja hahmon pää hohtaa keltaisena, siis jonkinlaista liikettä kohti idealismia ja ajatuksia. Kortti on ranskaksi ja espanjaksi Le Pendu tai El Colgado, elementiltään se on ilma ja tyypiltään vaaka", Emil osasi kertoa.

"Pysytkö ajatusteni perässä?" Emil varmisti Alderiten tilan, koska mies näytti vajoavan syvälle omiin ajatuksiinsa.

"Jatka vain, en minä mitään käsitä mutta väliäkö sillä", Alderite sanoi hymyillen.

"Ok, kortin puu esittää maailmanpuuta, mihin taas liittyy kovin monenlaista: vanhassa Marseillen tarotpakassa kuva on ilman puuta ja on esitetty, että taakse sidottu jalka kuvaa askelta eteenpäin", Emil kertoi ja vilkaisi ympärilleen, mutta kukaan ei kiinnittänyt huomiota miesten melko intensiiviseen keskusteluun.

"Tammi on puista pyhin, ja ainakin kelteillä ja druideilla se lienee ollut hyvin keskeinen. Näistä teemoista voi jatkaa koko illan, mutta avataan asiaa lisää, jos tarve vaatii", Emil sanoi.

Alderite tuhahti, mutta mietti kovasti asiaa. Etenkin tuota esitettyä teemaa itsensä uhraamisesta.

"Kerrohan sitten, miten tämä sinun mielestäsi voisi liittyä kokonaisuuteen: vainaja, tarotkortin symboliikka, salaisuus viulun sisällä ja rikkaiden tahojen salaseurat, sillä minä en saa tästä koostettua mitään järkeen käypää kokonaisuutta", Alderite sanoi. Hän kuulosti tuskastuneelta.

"Tjaa-a. Hyvä kysymys. Lupaan yrittää ratkaista ongelman taustoja. Voihan olla, että he vain sotkevat jälkiä ja yrittävät ohjailla seuraajia eli muita asiasta kiinnostuneita harhaan", Emil vastasi mietteliäästi.

Keskustelu oli tältä erää ohi. Miehet vetivät päällystakit päällensä siirtyen kylmään ulkoilmaan. Alderite saatteli Emilin musiikki-instituutin edustalle, mistä tämä jatkoi matkaansa taloon sisälle kirjastonsa arkistoja penkomaan. Alderite soitti uudestaan Heikille, joka kertoi naisten tutkimustiimin lähteneen jo poliisiasemalta kohti kirjastoa. Alderite itse jatkoi kohti kotiaan jättäen kirjastonhoitajan turvallisesti työpaikalleen.

9.

Heikki katseli surullinen ilme kasvoillaan uutta rikospaikkaa: nuori uhri oli aseteltu hyvin siististi istumaan suuren keskustapuiston vanhan tammen runkoa vasten. Tämän kasvoilta näkyi kuitenkin sanaton kauhu. Heikistä tuntui, kuin hän olisi katsellut pientä ja siroa vahanukkea, joka oli kuin jostain irvokkaasta kauhuelokuvien rekvisiittana käytettyjen nukkien varastosta poimittu. Uhrin hiukset on kammattu siististi taaksepäin ja tälle on puettu päälle lastenkokoa oleva frakki, joka hohti puhtautta ja uutuutta; sen paita on yllättäen väriltään sininen, uhrilla on käsissään kauniit vaaleanruskeat nahkahansikkaat ja jaloissa aivan uudet, punaiset ja kiiltävät juhlakengät. Koko asetelma on makaaberi. Puiston reunalla seisoi hyvin kalpea koiranulkoiluttaja, joka oli juuri löytänyt vainajan. Pahinta tässä oli se, että uhri on aiemmin kadonnut Lindan poika, Alexander.

Samalla Heikin puhelin soi ja toisessa päässä oli hänen luottoparinsa ja ystävänsä Alderite. Heikki ymmärsi, että Alderite pitäisi nyt saada kauemmas tutkimuksista ja lepäämään, muuten tässä kävisi vielä huonosti. Hän kuunteli mitä miehellä oli asiaa: Alderite halusi tiimin kirjastolle. Heikki lupasi hoitavansa asian ja kehotti tätä siirtymään sivuun, mutta tästä uudesta löydöstä hän ei maininnut vielä mitään. Linda ei onneksi ollut työvuorossa, mutta Heikki oli silti komentanut radiohiljaisuuden. Järkytys tulisi olemaan kova.

Vainajan asettelussa oli erikoinen piirre: tämän kainaloon oli aseteltu perhoskirja ja puun runkoa vasten nojasi vanha perhoshaavi. Heikki ei kuitenkaan uskonut hetkeäkään, että tällä teolla olisi mitään tekemistä Alderiten kanssa. Samalla hän oli melkein varma, että pojasta löytyisi Alderiten dna:ta: jotenkin hän oli alkanut oppia lukemaan jonkun kieron vastustajan oikullista peliä. Laitoksella liikkunut Interpolin tutkija Eric Andersson tutki maastoa puun ympärillä, ja kohta heidän olisi pakko kutsua tekniikan väki tekemään työnsä. Sitten olisi kerrottava Lindalle tämän pojan löytymisestä. Heikki mietti miten edetä ja soitti Virtaselle ja sitten Tuurelle, koska tämä olisi se, joka saisi viedä suru-uutisen Lindalle. Samalla Heikin jo kaiken nähneistä silmistä pusertui kyynel, joka aiheutti hänessä suuren tunnekuohun. Hän käsitti, että Alderite saattoi olla suuressa vaarassa.

Kun tutkimusryhmä oli saanut kenttätyönsä päätökseen ja pakkasi tavaroitaan takaisin autoihin, kuului kaupungin keskustan suunnalta valtava räjähdys. Ääni oli niin kova, että osa poliiseista meni kyyryyn kuin maastoutuakseen. Heikki kirosi ääneen ja astui lämpimästä autostaan ulos. Puiston takana kaupungin suunnalla satoi pölyä ilmaan ja räjähdyksen paineaalto puski ulos talojen välistä. Heikki arvasi, että illasta tulisi pitkä.

Epilogi

Kaupungissa oli kolme päivää sitten räjähtänyt pommi pienessä keskiaikaisessa ravintolassa. Pommin räjähtäessä ravintolassa oli ollut asiakkaita, jotka olivat menehtyneet. Tämän lisäksi muutama ravintolan päällä olevan kerrostalon asukas oli menettänyt henkensä. Alustavien tutkimustulosten perusteella pommi oli ammattilaisten tekoa ja sen räjähdysvoima suuntautui ravintolan takaosista ulos kadulle, pyyhkäisten kaiken mukanaan. Alderite oli kadonnut ja kaikki videotallenteiden kuvat viittasivat siihen, että hän oli ollut kyseisessä ravintolassa räjähdyksen aikana. Komisario Joni Alderiten nimi kirjattiin menehtyneiden listalle, joka julkaistaisiin aamulla.

Heikille tämä oli kova paikka, koska Joni oli ollut hänelle enemmän kuin työpari, melkein kuin oma poika. Hän tunsi itsensä syvästi masentuneeksi istuessaan keittiönpöytänsä ääressä tutkimassa Alderiten jättämää lappua, missä oli teemoja hänen viimeisestä tutkimuksestaan, joka oli ollut erikoisin tapahtumasarja Heikin pitkällä uralla. Kirjastonhoitaja oli myös kadonnut, mutta hänen ei uskottu kuolleen räjähdyksessä. Tiina ja Liisa olivat löytäneet mielenkiintoisia asioita musiikki-instituutin kirjastolta räjähdysiltana ja seuraavana aamuna kirjastonhoitaja oli havaittu kadonneeksi. Kyseisten löytöjen analysointi oli kesken ja se oli jäänyt pahasti räjähdystutkimuksen jalkoihin. Heikki oli käynyt Alderiten isoäidin luona, joka oli yllättäen ollut hyvin kannustava. He olivat keskustelleet monta tuntia.

Heikki huokaisi ja ryhtyi tutkimaan noutamaansa aamupostia. Laskujen ja päivän sanomalehden mukana oli leimasta päätellen jostain päin Ruotsia saapunut kirjekuori. Heikki avasi sen nopeasti, jolloin kuoresta vierähti pöydälle ruskeaa pientä nappia muistuttava epämääräisen näköinen esine. Heikki otti sen käteensä: se oli perhosentoukan kotelo. Kuka helvetti lähetti hänelle Ruotsista perhosentoukan kotelon? Heikki vilkaisi päivämäärää: se oli lähetetty räjähdyksen jälkeen.

Heikki oli ensin hiljaa. Sitten hänen silmäkulmastaan pusertui kyynel.

Hetken kuluttua hänen kurkustaan alkoi kuulua epämääräistä ääntä, joka lopulta kasvoi jyliseväksi nauruksi täyttäen pian koko asunnon ja kuuluen ulos asti.

KIRJAILIJASTA

Ari-Pekka Lauhakari (s. 1967) on suomalainen kirjailija, jonka esikoisteos on runokirja *Sukellus runomereen - 7 ensimmäistä askelta (2016)*. Lauhakarin ensimmäinen romaani on jännitys- ja dekkarikirja komisario Joni Alderiten seikkailuista *Alderite ja paholaisen kapellimestari* (2016).

Ari-Pekka Lauhakari on koulutukseltaan filosofian maisteri humanististen tieteiden alalta ja pääaineena hänellä on uskontotiede. Tämä myös heijastuu hänen kirjoitustensa teemoissa ja tapahtumissa.

Lauhakari käsittelee fiktiivisten hahmojen kautta hyvän ja pahan tematiikkaa kuljettaen kuin huomaamatta lukijan miettimään aikamme ilmiöitä erilaisista näkökulmista.

Ari-Pekka Lauhakari työskentelee musiikkikirjastonhoitajana taidemusiikin maailmassa, mistä esikoisromaani ammentaa teemoja ja henkilökuvia. Hän on myös entinen ympäristöaktivisti ja seuraa tarkasti ympäristöpolitiikkaa.

25835756R00252

Printed in Great Britain
by Amazon